Yves Laurent

Jeux de MAINS...

Esfera, Imaginons ensemble

Ouvrage publié originellement dans le cadre de l'Initiative d'édition collaborative : *Esfera, Imaginons ensemble*

Mise en page et travail éditorial : *Esfera, Imaginons ensemble*
Correction : *Talentbulle, révélation de talents*

Pour la présente édition :

54, Rue Albert Ier, 6230 Viesville, Belgique
ISBN : 978-2-930950-00-6
Dépôt légal : avril 2017
Première édition 2017

À Jacques Vandeberg et Michèle Vinck.
Papa, pour te faire découvrir ma passion de la littérature.
Maman, dans l'espoir de te redonner goût à la lecture.

Yves

À Luna, le soleil de ma vie.

Laurent

Toutes les expressions belges expliquées dans le marque-page et dans le lexique (p. 375) sont en italique dans le texte.

Prologue

J'adore le contact du latex sur mes mains, surtout lorsqu'il est maculé d'hémoglobine. Cela m'excite à un point tel, qu'aucun mot n'existe pour le décrire. Mon corps, sous ma combinaison en plastique, est trempé de sueur. Idéalement, je devrais également porter un masque, mais alors je perdrais le plus important : la bonne odeur de sang frais qui m'a tant manqué ces deux dernières années. Ce coup-ci n'était qu'un « essai » afin de m'assurer que je n'avais pas tout à fait perdu la main, mais, pour ma prochaine victime, je lui réserve une véritable petite œuvre d'art. Mon vieux Corduno, il va falloir te préparer à en baver grave.

Pourtant, ce matin, lorsque le réveil a sonné, j'ai éprouvé un sentiment très étrange. J'avais une boule à l'estomac, un peu comme quand on tombe amoureux et que, pendant plusieurs jours, on est incapable d'avaler quoi que ce soit, ni même de penser à autre chose qu'à la personne qui, d'un seul regard, a fait chavirer notre cœur.

J'ai essayé de retarder le plus longtemps possible le moment où je sortirais de mon lit. J'ai tenu près de deux heures, flottant entre la réalité et un cauchemar obsédant qui ne me quittait plus depuis plusieurs nuits. En fait, ce n'était pas vraiment un cauchemar car, dans ces cas-là, en général on est une victime alors que moi J'ÉTAIS le bourreau, la personne qui fait peur, qui poursuit, torture et massacre sa proie avec un sentiment d'invulnérabilité.

Lorsqu'à onze heures, j'ai appuyé sur le bouton actionnant l'ouverture du volet électrique de la fenêtre de ma chambre, le ciel maussade, au diapason de mon humeur, m'a confirmé que c'était bien le jour idéal pour recommencer la partie que j'ai interrompue il y a près de vingt-quatre longs mois. C'est également à ce moment-là que j'ai su que cette boule au ventre n'était due ni à l'angoisse ni à la peur, mais bien à une certaine forme d'excitation mêlée de joie, de fureur et d'une envie irrépressible d'agir.

Si même ce Dieu, auquel je ne crois pas, m'envoie des signaux avec de gros nuages noirs, c'est qu'il est d'accord avec moi. Je ne vois donc pas pourquoi je me priverais. Bon, je ne pense pas que mon psy serait d'accord avec ce raisonnement, mais c'est bien le cadet de mes soucis. D'ailleurs, le mois dernier, j'ai cessé de prendre les médicaments qu'il me prescrivait grâce auxquels j'ai réussi à tenir aussi longtemps sans passer à l'acte.

Après avoir fait mes exercices quotidiens d'assouplissement et de musculation, j'ai continué à préparer mon corps et mon esprit en réalisant certains Katas de karaté, que j'ai pratiqué pendant de nombreuses années. J'ai pris une longue douche brûlante avant un copieux petit-déjeuner. Après quoi, j'ai révisé toute la mise en scène, répétant inlassablement le déroulement de la soirée pour parer à toutes éventualités.

Chapitre 1

Il était à peine 16h30 et, déjà, l'obscurité tombait. Le ciel était chargé de nuages noirs et bas, ce qui laissait supposer que, pour une fois, les prévisions météo n'allaient pas être loin de la vérité. L'orage menaçait et les lampadaires commençaient à s'allumer. David Corduno descendait le boulevard Anspach en direction de la place De Brouckère. En passant devant une taverne, il décida d'entrer afin de se relaxer après sa dure journée de boulot. L'établissement était peu fréquenté vu l'heure et le temps exécrable.

Il s'installa dans le coin entre le bar et la vitrine, puis commanda un café. Il était en train d'y verser le sucre et le lait lorsque la porte s'ouvrit, laissant le vent s'engouffrer avec force dans la pièce et entraînant dans son sillage, tel un fétu de paille, un grand type maigre vêtu d'un long imper et d'un bonnet de laine noir assorti à ses lunettes. David remarqua immédiatement quelque chose de bizarre dans l'attitude de ce nouvel arrivant. Outre les lunettes de soleil, qui n'étaient pas du tout adaptées aux conditions météo du jour, son bras droit restait tendu contre son corps comme pour maintenir un objet encombrant sous son manteau.

Le flic qui sommeillait en Corduno – mais jamais que d'un seul œil – réagit instantanément quand l'individu sortit un fusil à canon scié pour le braquer droit sur lui. Il renversa sa table et se planqua derrière, tout contre le bar, en dégainant son arme de service.

La première salve fit voler en éclats les bouteilles et les

verres disposés sur le bar au-dessus de sa tête. Dès que la pluie de fragments de verre cessa, David fit feu à son tour. Un coin de son bouclier improvisé fut pulvérisé par la riposte qui ne tarda pas à suivre. La panique des clients prit le relais au moment où les armes se turent.

Corduno osa un coup d'œil par-dessus la table, juste à temps pour apercevoir le truand s'échapper de l'établissement. Il s'élança à sa poursuite, tout en aboyant au garçon d'appeler les renforts. Tandis qu'il franchissait prudemment le pas de la porte, les regards horrifiés des passants lui apprirent dans quelle direction le tireur fuyait. Une fois sur le trottoir, il repéra l'échalas qui, 30 mètres plus loin, traversait le boulevard en oblique, la bouche de métro en ligne de mire pour se noyer dans la foule.

David se mit à courir et son excellente condition physique lui permit de gagner rapidement du terrain sur l'agresseur. Il traversait à son tour la route, sans faire attention à la circulation, lorsqu'à sa gauche, un violent coup de klaxon déchira la nuit. Il tourna la tête juste à temps pour voir un bus foncer droit sur lui. Il était tellement proche qu'il put distinguer le visage du chauffeur déformé par le cri qu'il poussait en écho à son propre hurlement de terreur.

C'est à ce moment qu'il se réveilla en haletant, le corps trempé de sueur. Il mit plusieurs secondes à réaliser qu'il était allongé dans son lit. Le klaxon du bus, résonnant encore à ses oreilles, clignotait sur la table de nuit. Décidément, il faudrait absolument penser à changer cette sonnerie de GSM. Il avait le sommeil tellement lourd que sa compagne, Sasha, lui en avait sélectionné une capable de réveiller un mort. D'ailleurs, cette fois, il avait bien cru que sa dernière heure était arrivée. Au moment où il tendit la main vers son portable, il se tût. À tâtons, il trouva l'interrupteur de sa lampe de chevet, l'actionna et s'empara du cellulaire. Son adjoint, Michel Meerpoel, avait tenté de le joindre.

Il voulut se lever pour le rappeler hors de la chambre afin de ne pas réveiller Sasha, mais il constata qu'elle n'était pas à ses côtés. Elle était chef de rang dans un restaurant et rentrait souvent tard le soir. Il était prévu qu'elle passe très prochainement Maître d'hôtel, voilà pourquoi elle ne rechignait pas à faire des heures supplémentaires quand c'était nécessaire.

David pressa la touche de rappel. Dès la deuxième sonnerie, la voix de son adjoint et ami se fit entendre :

— Qu'est-ce que tu foutais ?
— À ton avis…
— Encore en train de roupiller pendant que les autres bossent ?
— Ne me dis pas que tu me réveilles juste pour savoir si je dormais.
— Non, c'est quand même un rien plus important que ça. Il est de retour…

Corduno sentit son sang se glacer. Il comprit immédiatement de quoi il parlait. D'ailleurs, il avait toujours su que cela arriverait un jour ou l'autre. Il posa néanmoins la question :

— Qui est de retour ?
— Ton admirateur, ton cauchemar, ton…
— Ok, ça va, j'ai compris, l'interrompit-il. Tu es sûr que c'est lui ?
— Aucun doute. Tu verras.
— Donne-moi l'adresse, j'arrive.

En raccrochant, il regarda l'heure sur son portable : 23h30.

Sasha n'allait pas tarder à rentrer. Après s'être habillé à la hâte, il griffonna un mot à son attention puis se rendit à l'adresse indiquée. Complètement perdu dans ses pensées, il se livra à un rapide calcul pour estimer depuis quand le tueur ne s'était plus manifesté. Le dernier meurtre qui lui avait été attribué datait d'environ deux ans.

Il n'y avait pas de circulation à cette heure-là et, par les tunnels de la petite ceinture, il mit moins de quinze minutes pour arriver sur les lieux. Il s'agissait d'une petite rue perpendiculaire à l'avenue Franklin Roosevelt, proche du bois de la Cambre. Les façades des maisons se renvoyaient les lumières bleutées des gyrophares dans un ballet macabre à l'image, il en était sûr, de ce qu'il allait découvrir dans quelques instants. Certains curieux du voisinage étaient postés à leur fenêtre tandis que d'autres s'agglutinaient autour des barrières mises en place par la police. Il montra son badge à l'agent en faction et s'approcha du bâtiment.

L'immeuble avait l'air assez récent et luxueux, impression qui se confirma quand il pénétra dans le hall d'entrée bien éclairé. Le sol et les murs étaient recouverts d'un marbre blanc immaculé. Le deuxième accès au sas était une porte blindée en acier avec vitre anti-effraction. Visiblement électrique, elle était verrouillée en permanence et pouvait se déverrouiller au départ des parlophones de chaque appartement. Comment le meurtrier avait-il réussi à franchir cette entrée si on ne lui avait pas ouvert de l'intérieur ? Il enregistra cet élément dans un coin de son cerveau avant de poursuivre.

L'agent chargé de surveiller les allées et venues dans le bâtiment lui indiqua le deuxième étage. Corduno décida de monter par les escaliers et constata que son adjoint avait déjà dépêché des collègues pour interroger les voisins. En arrivant sur le palier, il se dirigea vers Michel qui l'attendait devant la porte.

— Désolé de t'avoir réveillé, dit-il.
— Tu peux l'être, grogna David.
— Dis donc, ton caractère ne s'améliore pas avec l'âge.
— Je me passerai de tes…
— Je plaisante, lança Michel en riant. Viens, suis-moi.

Michel le conduisit à travers l'appartement. Au premier coup d'œil, il remarqua qu'il était en ordre. Il n'avait donc pas l'air d'avoir été fouillé ou saccagé par un cambrioleur.

— Quand le corps a-t-il été découvert et par qui ?
— L'appel nous est parvenu à 21h52. C'est la sœur de la victime qui l'a découverte. Elles devaient se rejoindre *Chez Lola*, au Sablon, vers 21h pour *souper*. La sœur ne s'est pas inquiétée tout de suite de son retard. Apparemment, elle n'était pas très ponctuelle. Mais, au bout d'une demi-heure, elle a téléphoné plusieurs fois. N'arrivant pas à la joindre, elle est venue directement ici pour voir ce qui se passait.
— Elle avait les clés pour entrer ?
— Oui.
— Parle-moi de la victime.
— Patricia Verschueren, trente-deux ans, célibataire, secrétaire de direction dans une firme pharmaceutique. Difficile de dire si elle était jolie, grimaça Michel.
— Où est-elle ? questionna Corduno.
— Dans la chambre.

Du couloir menant à la chambre qui se trouvait au fond, on voyait déjà le pied du lit ainsi que ceux de la jeune femme qui y reposait. Dès que David entra dans la chambre, toute l'horreur de la scène lui sauta au visage et, l'espace d'un instant, il se retrouva plongé deux années en arrière.

La victime était allongée sur le dos, les poignets et les chevilles attachés aux quatre coins du lit par des sangles. Le tueur avait l'air d'avoir pris son temps pour la torturer et la tuer. Son sein gauche était entaillé autour de l'aréole et la prothèse en silicone, posée sur son pubis et percée de plusieurs coups de couteau, en avait été extraite. Son ventre et ses cuisses comportaient de nombreuses entailles, toutes relativement profondes vu la quantité de sang qui s'en était écoulé. Son visage était tellement tuméfié que l'on ne voyait plus l'œil gauche. Le droit, grand ouvert, affichait encore toute sa frayeur.

— A-t-elle été violée ? s'enquit Corduno.

— Oui et non.

— Pardon ? C'est quoi pour une réponse, ça ?

— D'après les premières constatations du légiste, il n'y a pas eu de pénétration, mais...

— Donc, la réponse est non, trancha-t-il.

— ... Il a quand même utilisé un préservatif.

— Je ne comprends pas. Tu ne peux pas être plus clair ?

— C'est pour ça qu'on est sûrs d'avoir affaire au même tueur. Le légiste a trouvé dans son vagin un préservatif contenant un doigt sectionné au niveau de la première phalange ainsi qu'un petit mot doux à ton attention. Le doigt en question n'est pas celui de Patricia puisqu'elle a le pouce de la main gauche sectionné et le doigt retrouvé en elle est un auriculaire droit.

— Je pense savoir à qui il appartient, soupira Corduno.

Meerpoel lui tendit une pochette stérile en plastique dans laquelle se trouvait le message. Sur la coiffeuse, il lui montra le deuxième sachet contenant le doigt toujours dans le préservatif. Le message dactylographié disait ceci :

« Alors Dave, tu penses toujours à moi ?
Tu arrives à dormir la nuit ?
Prêt à reprendre la partie où on l'a abandonnée ?
Et de 6 ! »

Corduno fut pris de vertiges. Ce ne pouvait être que lui en effet. Certains détails de l'enquête n'avaient jamais été révélés à la presse, comme l'histoire du doigt coupé qui les avait mis sur la piste du tueur en série.

Le chiffre six correspondait au sixième meurtre qu'il commettait, la sixième étape de ce jeu de piste sadique, parsemé d'atrocités, qui avait commencé plus de deux ans auparavant. Il n'y avait donc que lui pour avoir laissé un message pareil. Mais pourquoi une interruption si longue ?

Lorsqu'il sortit de sa torpeur, on détachait le corps de la malheureuse afin de l'emmener à l'institut médico-légal pour autopsie. Les gars du labo de la police scientifique, vêtus des pieds à la tête d'une combinaison blanche, allaient maintenant pouvoir poursuivre leur travail et passer le reste de la chambre au peigne fin, à la recherche du moindre petit indice qui pourrait les aider à identifier le coupable.

David et Michel enfilèrent chacun une paire de gants en latex et entreprirent de faire le tour de l'appartement en s'efforçant de ne pas gêner les techniciens dans leur travail. Dans son ensemble, l'endroit était relativement bien rangé et propre, même si, dans le salon et la cuisine, des verres sales et des bouteilles vides traînaient, comme si elle venait de recevoir du monde. Il y avait donc fort à parier qu'ils trouveraient une foule d'empreintes digitales dans chaque pièce, ce qui compliquerait grandement le travail de recherche.

— Où est la sœur de la victime ? demanda Corduno.
— Elle a été emmenée en état de choc aux urgences. L'une de nos agents l'accompagne afin d'essayer de l'interroger.
— Est-ce que tu l'as vue ? Elle t'a dit quelque chose ?
— Oui, mais je n'ai rien pu en tirer vu les circonstances, répondit Michel.
— Je me pose quand même une question par rapport au doigt. Comment a-t-il fait pour le conserver aussi longtemps ?

L'adjoint réfléchit un instant, puis son visage s'illumina :

— De la glace !
— Mais oui, bien sûr, approuva David.

Ils filèrent tous les deux à la cuisine à la recherche du congélateur qu'ils ouvrirent en hâte. Le bac à glaçons était vide et une boîte de sachet de congélation traînait encore sur le meuble de cuisine.

— Fais tout de suite relever les empreintes sur le congélateur et l'ensemble de la cuisine. Je n'y crois pas trop, mais on ne sait jamais.
— Ok, je m'en occupe.
— Dis-moi, Michel, pourquoi crois-tu qu'il soit revenu après si longtemps ?
— Je n'en sais rien.... Qu'est-ce qu'il cherche à ton avis ? Il joue vraiment avec nos pieds.

— Dès demain matin, on lance une recherche sur toutes les personnes emprisonnées à partir du jour du dernier meurtre qui sont sorties entre le mois dernier et hier. Je ne pense pas qu'il ait pu contenir ses pulsions plus d'un mois après un emprisonnement de près de deux ans. Et je veux voir toute l'équipe demain matin à 8h30. Priorité absolue sur cette affaire !

⊥⊤⊥

David Corduno était entré dans la brigade criminelle de Bruxelles à cause de son frère ou, plutôt, à cause du destin qui ne les avait pas épargnés sa famille et lui. Il était l'aîné de deux enfants. Son frère, Jean-Paul était de dix-huit mois son cadet. Leur père les avait abandonnés juste avant sa naissance.

Leur mère, infirmière de nuit à l'hôpital Bordet, avait dû bosser très dur, cumulant parfois plusieurs emplois afin que ses enfants ne manquent de rien. Elle avait même été forcée d'interrompre sa carrière pendant plusieurs semaines pour se faire soigner d'un cancer du sein qui, fort heureusement, avait été traité à temps, ce qui lui avait évité de longues séances de chimiothérapie.

Dès son plus jeune âge, David s'était mis à fréquenter la salle de sport au-dessus de laquelle ils occupaient un modeste appartement. Il était véritablement passionné par les arts martiaux pour lesquels il semblait posséder un certain don, don qui lui permit d'ailleurs de devenir assez vite un as en Jiu-jitsu et en boxe thaï.

La rigueur et la philosophie des arts martiaux forgèrent son esprit et sa personnalité, en même temps que son corps d'athlète. Il était devenu un jeune homme raisonnable, responsable, bien dans sa peau et dans sa tête. Exactement ce dont sa mère avait besoin pour remplacer son déserteur de mari et surveiller son plus jeune fils pendant les nuits où elle travaillait. À l'inverse, Jean-Paul ne s'intéressait pas au sport, il était d'ailleurs beaucoup plus chétif et insouciant. Ses seules passions dans la vie étaient s'amuser, sortir avec ses amis, draguer les filles, boire et fumer des joints.

David se démenait pour dissimuler les conneries de son frère et devait régulièrement se relever la nuit pour nettoyer et ranger l'appartement avant le retour de leur mère. Il ne le faisait pas tellement pour protéger son frère, mais plutôt pour éviter tout tracas à leur maman, qui en avait déjà suffisamment.

Et puis, un beau jour, Jean-Paul disparut. Il était parti en week-end à Londres avec quelques amis pour fêter ses dix-huit ans. Cinq jours plus tard, il n'avait toujours pas réapparu. Finalement, des randonneurs trouvèrent son corps dans la campagne anglaise. Un malade mental l'avait tué à coups de hache et lui avait fendu le crâne avant de dévorer une partie de son contenu.

Le meurtrier fut rapidement identifié grâce aux empreintes relevées sur l'arme du crime abandonnée près de la victime. David avait dû se rendre à Londres avec une amie afin d'identifier le corps de son frère. Une expérience atroce qui le marqua à jamais, même si l'entrepreneur des pompes funèbres avait fait du bon boulot en lui redonnant un aspect présentable.

Le tueur avait été interné et libéré au bout de quelques années passées en institut psychiatrique, les médecins britanniques ayant estimé qu'il était guéri de ce qu'ils avaient appelé « une phase maniaco-dépressive à tendance destructrice des plus violentes ».

Folle de douleur, Arlette, leur mère, avait fait une rechute de cancer. Elle en était morte six mois plus tard, laissant son fils aîné seul au monde. David avait horreur de l'injustice et il n'avait jamais accepté la mort des deux seules personnes qui composaient sa famille, alors que le coupable avait été libéré après une peine d'une durée ridiculement courte pour un tel acte de barbarie.

Bien sûr, il se rendait compte qu'il ne pouvait rien contre la justice britannique, mais il s'était juré de venger la perte de sa famille en veillant à ce que pareille chose ne se produise jamais dans sa ville. C'est pourquoi il s'était engagé dans la police avec l'intention de rejoindre la brigade criminelle de Bruxelles. Il étudia et passa tous les examens avec un tel acharnement et une telle rigueur qu'à vingt-cinq ans, il intégrait déjà la brigade. Dix ans plus tard, il avait résolu plus d'affaires que la plupart de ses collègues. Il était considéré comme l'un des meilleurs enquêteurs de sa génération.

À trente-neuf ans, à la suite du départ à la retraite de son supérieur, il fut nommé inspecteur principal de la brigade criminelle. Il était très populaire et très apprécié par tous ses collègues pour sa droiture et sa rigueur au travail. Malgré son nouveau statut, il restait toujours à l'écoute de ses hommes et attentifs à leurs besoins. Il partait du principe que le travail d'enquêteur était le fruit d'une collaboration entre tous les services de police et que, son succès, il le devait autant à son travail qu'à celui de ses collègues.

Il menait chaque enquête avec le plus grand soin, ne négligeant aucun détail et faisant preuve de beaucoup de ténacité et de clairvoyance. Il venait de fêter ses deux ans comme grand patron de la criminelle lorsque le premier meurtre eut lieu.

Début novembre 2007, Thierry Desimpel, un homme d'affaire de cinquante-deux ans avait été retrouvé, assassiné et atrocement mutilé, dans son véhicule abandonné sur une aire de parking de l'autoroute E19 menant de Bruxelles à Anvers. D'après le légiste, il n'avait pas été tué dans sa voiture, mais y avait été transporté après son décès. Cet homme ne semblait pas avoir d'ennemis. Il était divorcé, mais, au dire de ses amis, le couple avait beaucoup mieux réussi son divorce que son mariage puisqu'ils étaient restés bons amis. Il n'avait pas de problèmes particuliers, sa situation financière était plus que confortable et, au vu de la somme que l'on avait retrouvée dans ses poches, le vol n'était pas le mobile du crime. Il ne jouait pas, n'avait pas de dettes.

À l'exception d'une arrestation pour conduite en état d'ivresse, son casier judiciaire était vierge. À cause de la sauvagerie avec laquelle il avait été massacré, du pouce de la main droite amputé et du manque apparent de mobile, Corduno pencha pour la thèse du meurtre crapuleux. Les experts n'avaient trouvé ni indice ni empreinte digitale qui aurait pu les aider dans leur enquête. Le pouce n'avait pas été retrouvé.

Un mois plus tard, jour pour jour, Jessica Despiegeleer, une jeune femme de vingt-neuf ans, fut retrouvée dans le garage de la maison familiale. Elle était pendue au plafond par les pieds et éventrée du pubis au sternum. Ses viscères pendaient sur le haut de son corps, recouvrant sa poitrine nue et son visage. L'autopsie révéla qu'elle était vivante pendant son éviscération, mais probablement inconsciente vu la violence du coup qu'elle avait reçu à l'arrière de la tête.

Les parents avaient découvert le corps de leur fille en rentrant de leur week-end. De la voiture, ils avaient actionné l'ouverture automatique de la porte du garage à l'aide de leur télécommande, le faisceau des phares révélant brutalement toute la monstruosité de la scène. Sous le choc, la mère eut une crise cardiaque et décéda pendant son transfert à l'hôpital.

Les experts ne découvrirent pas plus d'indices que dans le cas précédent. Il n'y avait pas la moindre trace d'effraction, pas d'empreintes autres que celles des membres de la famille – à part deux traces de doigts partielles et non répertoriées sur ses chevilles – pas de petit ami jaloux, pas d'ennemis. Étant donné les circonstances, le père fut rapidement écarté de la liste des suspects. D'ailleurs, qui aurait pu commettre une pareille ignominie sur sa propre fille ?

Les investigations révélèrent que les victimes ne se connaissaient pas. Elles ne fréquentaient pas les mêmes milieux, n'habitaient même pas dans la même ville, le premier habitant à Anvers, la deuxième à Rhode-Saint-Genèse dans la banlieue Ouest de Bruxelles. Les seuls vrais points communs entre les deux affaires étaient, d'une part, l'amputation d'un doigt de la main droite, cette fois l'index, lui aussi introuvable sur les lieux du crime, et, d'autre part, le fait que les deux victimes étaient passées de vie à trépas de manière fort peu naturelle.

L'enquête piétinait lorsqu'ils furent appelés, quinze jours plus tard, sur les lieux d'un nouveau crime. La victime, Louise Demot, était une dame âgée de quatre-vingt-cinq ans. La porte avait été fracturée et l'appartement, visité et saccagé de fond en comble. Le vol était, du moins en apparence, le mobile du meurtre. La vieille dame avait été découverte dans son lit par l'infirmière à domicile qui venait chaque jour lui prodiguer les soins dont elle avait besoin. C'était elle qui avait alerté la police.

La victime avait été étouffée avec son oreiller et, à part l'amputation et disparition du majeur de la main droite, la vieille dame n'avait subi aucune violence physique. Corduno et son équipe avaient méticuleusement fouillé l'appartement. Tâche pour le moins ardue vu le désordre qui y régnait. Leur attention avait été néanmoins attirée par la découverte, sur la table de la cuisine, de deux verres de modèles différents qui avaient été utilisés.

Le labo révéla que le premier verre, dont le modèle était

identique à ceux retrouvés dans les armoires de la cuisine portait, les empreintes de la victime elle-même. Sur le second, on discerna, outre des traces de rouge à lèvres, celles de deux personnes différentes, dont une était fichée sous le nom de Thierry Desimpel, la première victime arrêtée en état d'ivresse et dont les empreintes avaient été relevées lors de son interpellation.

Suivant son intuition, Corduno demanda donc au labo de comparer la seconde ainsi que la trace de rouge à lèvre avec les empreintes et l'ADN de Jessica, la deuxième victime. Et il avait vu juste : le verre avait bien été manipulé par la jeune femme sauvagement assassinée deux semaines plus tôt.

Décidément, il ne comprenait plus rien à cette affaire. Pourquoi le tueur se donnait-il tant de mal pour empêcher le rapprochement entre les victimes, changeant de modus operandi à chaque meurtre, si c'était pour finalement leur offrir des indices sur un plateau d'argent ? Il était évident, aux yeux de Corduno, que, si le tueur avait sectionné et emporté un doigt de la première victime ainsi qu'un verre comportant les traces de la deuxième, c'était dans le but de les mettre sur sa piste. Le tueur était donc en train de jouer et de mettre la police au défi de le retrouver.

David Corduno vit son intuition vérifiée lorsqu'ils découvrirent le quatrième corps, celui d'un jeune homme de trente-trois ans, sauvagement assassiné dans son appartement. Pour ce meurtre-là, le tueur avait fait preuve d'encore plus de cruauté. Il avait même poussé le vice jusqu'à introduire le doigt sectionné, à savoir l'annulaire droit, dans l'anus de la victime. Il avait également eu la délicate attention de laisser sur place un message dactylographié à l'attention toute spéciale de Corduno.

« Mon cher Dave,

On dit de toi que tu es le meilleur... Je te prouverai que tu as trouvé ton maître. Es-tu prêt à relever le défi ? Et de 4 ! »

Le chiffre quatre en guise de signature signifiait sans aucun doute qu'il s'agissait du quatrième meurtre, de la quatrième étape de ce jeu de piste macabre et hors du commun qui avait commencé environ trois mois plus tôt. La cinquième victime fut, quant à elle, découverte un mois et demi plus tard, l'auriculaire droit manquant à l'appel pour toute signature.

Et puis, plus rien. Plus rien du côté du tueur, et pas grand-chose non plus du côté des forces de l'ordre. L'enquête piétinait plus que jamais et ils avaient mis cette accalmie à profit afin de la reprendre depuis le début. Ils réinterrogèrent les familles, les amis, les collègues et les voisins des victimes, avec les mêmes résultats ou, plutôt, avec le même manque de résultats. À croire que le tueur avait choisi ses victimes justement parce qu'ils étaient des gens sans histoire, sans problèmes et sans particularités.

Sa manière de laisser derrière lui uniquement les indices qu'il souhaitait voir découverts prouvait qu'ils avaient affaire à un tueur froid, calme, intelligent, méthodique et implacable. Combien de victime allait-il encore semer sur sa route avant de commettre cette erreur à laquelle David ne croyait plus trop ?

Au bout de six mois de recherches infructueuses et d'absence de crime, il finit par se dire que le coupable avait peut-être été arrêté bêtement pour un autre motif et que, privé de liberté, il ne pouvait plus sévir. Son équipe se mit donc à éplucher les dossiers de toutes les personnes arrêtées et incarcérées depuis le jour du dernier meurtre, sur tout le territoire de Bruxelles et de son agglomération, d'abord, et dans la Belgique toute entière, ensuite. Ces recherches furent pour le moins hasardeuses, puisqu'ils ne savaient quoi ou qui chercher.

De toute façon, elles ne donnèrent pas davantage de résultats.

Corduno était frustré, c'était un de ses premiers échecs et sa fierté en avait pris un solide coup. Il repensa à l'époque où sa carrière d'inspecteur était à son zénith. En 2004, après la découverte d'un cadavre repêché dans le canal de Willebroeck, auquel il manquait tous les organes vitaux, il avait ferré un gros poisson.

Grâce à sa perspicacité et sa rigueur, son enquête mena au démantèlement d'un trafic d'êtres humains servant lui-même à alimenter un réseau de trafic d'organes. Il s'avéra que les têtes pensantes de cette organisation étaient d'éminents chirurgiens belges. Promettant du travail à des filles de l'Est dans le Benelux, ils les tuaient et prélevaient leurs organes pour les vendre à prix d'or.

De par la notoriété des personnes impliquées, l'affaire fut très largement médiatisée et David, auréolé de gloire, avait témoigné sur plusieurs plateaux de télévision, ce qui contribua à sa réputation et sa promotion comme chef de la brigade. Même INTERPOL lui proposa de rejoindre leurs rangs, mais, trop attaché à son équipe, il déclina l'offre. Comment pouvait-il, lui Corduno, l'enquêteur de renommée nationale, tellement peiner à résoudre cette enquête aujourd'hui ?

Chapitre 2

Le lendemain matin, David fut réveillé par une bonne odeur de café et de pain grillé qui vint lui titiller les narines. Il tâtonna à côté de lui à la recherche de Sasha, geste parfaitement inutile si son odorat ne lui jouait pas de mauvais tour.

Il se leva, enfila son peignoir et la rejoignit alors qu'elle dressait la table. Il adorait la voir vêtue, en tout et pour tout, d'un de ses t-shirts lui descendant jusqu'aux genoux. Ses longs cheveux foncés encore mouillés ondulaient sur ses épaules. Elle mesurait 1,75 mètre, mais avec ses 20 centimètres de moins que lui, elle avait l'air minuscule quand il la prenait dans ses bras vigoureux. Il l'embrassa tendrement dans le cou, elle se retourna et blottit son visage au creux de son épaule.

— Bonjour mon amour. Je t'ai réveillé ?

— Oui. Et je dois dire que c'est un vrai supplice. D'abord, l'arôme du café puis te voir là, avec mon T-shirt et rien d'autre en-dessous, c'est vraiment le pire des réveils que je connaisse.

— Tu penses pouvoir supporter ça encore longtemps ? demanda-t-elle d'un air coquin.

— Ce sera dur, mais je veux bien essayer de faire un effort pour toi.

— Je ne sais pas comment te remercier, dit-elle en s'esclaffant. Tu as faim ?

— Je suis affamé!

— Assieds-toi, je vais te préparer des œufs.

David tira sa chaise qui gémit en prenant 125 kilos d'un coup dans les pattes. Depuis qu'il avait dépassé la quarantaine, David avait eu tendance à s'empâter légèrement au niveau de la ceinture abdominale, le muscle s'étant transformé en graisse depuis que son travail l'empêchait de faire du sport. Il fallait dire qu'avec les horaires de fou qui étaient les siens, il se nourrissait mal, toujours en quatrième vitesse et à des heures tout à fait irrégulières.

Comme Michel avait coutume de le taquiner sur son physique et de le dire « bâti comme un frigo américain grand modèle », il avait décidé de scotcher, sur la porte de son réfrigérateur justement, une photo de lui datant de l'époque où il avait encore les abdos comme des tablettes de chocolat.

De cette façon, chaque fois qu'il ouvrait le frigo, il se voyait bien obligé de se rappeler ses bonnes résolutions.

Pour ce qui était de son visage, David avait une mâchoire carrée recouverte d'une barbe de trois jours, des yeux foncés expressifs, un regard perçant et, chose tout à fait inattendue, un nez petit et très fin, qui contrastait avec la taille impressionnante de ses doigts. Souvent son adjoint lui demandait comment il arrivait à se le curer sans le déchirer. Quel humour, ce Michel !

Lorsqu'il était rentré la veille, Sasha dormait déjà à poings fermés et lui, tout énervé par la découverte du cadavre et le retour de son défi irrésolu depuis tant d'années, avait eu un mal fou à s'endormir. Il avait maintenant besoin d'en parler. Sasha savait l'écouter et, comme elle réfléchissait toujours avant de répondre, ses réflexions, souvent pertinentes, lui permettaient de prodiguer régulièrement de bons conseils.

— Tu te souviens de cette vieille affaire dont je t'ai parlé quand on s'est rencontrés ?
— Tu veux dire l'Affaire avec un grand A ?
— Exactement. La série de meurtres qui, pour une raison inconnue, a cessé subitement voilà près de deux ans.
— Tu plaisantes ? Comment pourrais-je l'oublier ? Tu en fais régulièrement des cauchemars.
— Eh bien, il est de retour, lâcha-t-il.
— Depuis quand ? demanda-t-elle avec une note d'inquiétude dans la voix.
— Il est l'auteur du meurtre de la nuit dernière.

Elle se retourna pour le regarder, négligeant la cuisson de ses œufs.

— Tu es sûr que c'est lui ? insista-t-elle.
— Il a eu la gentillesse de me laisser un petit mot. Il n'y a pas de doute, c'est bien lui.
— Mais pourquoi se manifeste-t-il subitement ?
— Je n'en sais rien, il peut y avoir un tas de raisons. Il se peut qu'il vienne de sortir de taule, arrêté pour l'une ou l'autre raison, sans rapport aucun avec les meurtres, ou que ça fasse partie de son plan. Peut-être même qu'il nous sentait proche de lui et qu'il a décidé de se mettre au vert pour quelques temps.
— Je pensais que vous n'aviez pas le moindre indice ? fit-elle remarquer.
— Peut-être qu'au contraire, la solution était là, juste sous nos yeux, et qu'on ne l'a pas vue. On va reprendre toute l'enquête depuis le début.
— Écoute, je ne sais pas trop quoi te dire ce coup-ci, mais promets-moi d'être prudent. Ce type a l'air de t'en vouloir quand même...

Elle pâlit tout à coup et David aperçut l'inquiétude se peindre sur son visage. Il entama l'omelette tomates-champignons qu'elle venait de lui mitonner en détournant les yeux. Il avait besoin d'un petit-déjeuner copieux le matin et Sasha savait exactement ce qu'il aimait. Pour détendre l'atmosphère, il décida de changer de sujet de conversation.

— Comment se passe ton boulot ma chérie ? demanda-t-il d'un ton enthousiaste.
— Très bien. Le maître d'hôtel m'a encore répété que j'étais la seule capable de reprendre sa succession lorsqu'il arrêtera le mois prochain. Il a d'ailleurs appuyé ma candidature en ce sens auprès du patron.
— Dommage, c'est la place de chef de cuisine que tu mérites, ton omelette est succulente. T'es un vrai cordon bleu mon ange.
— Il y a une légère différence entre faire une omelette baveuse comme tu l'aimes - même si j'ai loupé la cuisson cette fois-ci - et diriger la cuisine d'un restaurant, mais merci quand même pour le compliment. Et puis, tu sais bien que, ce qui me plaît, c'est le contact avec la clientèle.
— Si tu n'obtiens pas le poste que tu convoites, pourquoi n'ouvrirais-tu pas ton propre restaurant ?
— C'est ça, et notre vie de couple alors ? Tu peux faire une croix dessus si je me lance comme indépendante. On ne se voit déjà pas beaucoup entre ton emploi du temps chargé et le mien.
— C'est vrai, tu as raison...
— En plus, je n'ai pas la carrure d'un chef d'entreprise.
— Mais elle me plaît bien moi, ta carrure, dit-il en souriant. Au fait, ton maître d'hôtel a-t-il vraiment besoin d'appuyer ta candidature auprès du patron ?

— Non, pas vraiment, mais je pense que ça lui fait un coup de prendre sa retraite et il aime à penser qu'en se retirant, il peut encore se rendre utile pour quelqu'un. Et moi, je n'ai pas le cœur à le priver de ce petit plaisir.
— T'ai-je déjà dit à quel point je t'aime ?
— Pas depuis que tu as entamé ton omelette, non, répondit-elle, espiègle.

En fait, il le lui disait presque chaque jour. David en était très amoureux et elle le taquinait souvent à ce sujet. Après avoir terminé son petit-déjeuner, David alla prendre sa douche. Il profitait du jet brûlant qui détendait ses épaules lorsqu'il entendit la porte de la cabine s'ouvrir derrière lui. Sasha avait perdu son T-shirt quelque part entre la cuisine et la salle de bain et venait le rejoindre.

— Je pensais que tu t'étais déjà douchée ?
— Je viens juste vérifier que tu te laves correctement, rétorqua-t-elle d'un air malicieux.

Elle versa alors un peu de gel douche dans ses mains et se mit à le savonner d'une manière qui ne laissait aucun doute quant à ses intentions.

Le siège de la police criminelle de Bruxelles était situé en plein centre-ville, rue Marché au Charbon, à deux pas de la Grand-Place. En arrivant ce matin-là, David retrouva l'équipe complète dans la salle de réunion attenante à son bureau. Michel Meerpoel avait pris soin de contacter tout le monde afin de pouvoir commencer dès l'arrivée du big boss.

Alex Vanderstraeten était occupée à se servir une tasse de café quand David entra. Elle était toujours vêtue d'un blue-jeans moulant parfaitement ses fesses menues et d'un T-shirt mettant en valeur ses petits seins fermes. Elle n'était pas jolie à proprement parler – sans toutefois être laide, loin de là –, mais elle possédait ce petit quelque chose d'inexplicable qui la rendait hyper-sexy. Avec ses cheveux blonds coupés très courts et sa silhouette mince et musclée, elle ne passait pas inaperçue. Régulièrement, des hommes se retournaient en rue pour la contempler, avec toute la discrétion dont ils étaient capables dans ce genre de situation.

Fille unique, orpheline et célibataire, elle avait tout ce qu'il fallait pour être un flic totalement investi dans son boulot. Ajoutons à cela le fait qu'elle en pinçait vachement pour David – qui n'en était même pas conscient. Il n'y avait donc rien de plus important pour elle que ses collègues qu'elle considérait comme sa famille.

— Je te sers un café patron ? offrit-elle.

— Oui, merci. Je vois que tout le monde est là… Merci à tous !

Fabien Haesevoets était en train de tirer des bouffées sur sa cigarette électronique. Non pas qu'il essayait d'arrêter de fumer, il n'avait jamais commencé, mais il estimait qu'en tant qu'informaticien, il se devait de tout faire de manière électronique, même s'il s'agissait de fumer.

De l'équipe, Fabien, dit « Le Fabe », était le seul à ne pas vraiment être flic. La police, il était tombé dedans un peu malgré lui. En dépit du fait qu'il avait été longtemps du mauvais côté de la barrière, utilisant ses talents de génie de l'informatique pour se faire du blé d'une manière fort peu réglementaire, David avait toujours eu de l'estime et éprouvé de la sympathie pour lui. Il avait d'ailleurs souvent eu recours à lui comme indic, dans un premier temps, et pour ses compétences en informatique, ensuite.

Cependant, lorsque Fabien avait été suspecté d'être mêlé à une grosse arnaque bancaire, David n'avait eu d'autre choix que de l'arrêter. Il lui fit bien comprendre qu'il n'avait pas trente-six solutions : soit il croupissait une paire d'années derrière les barreaux, soit il décidait de se ranger. Il lui proposa donc de rejoindre la brigade, pas en tant qu'inspecteur bien sûr, mais comme consultant et responsable du service informatique. David voulait créer une base de données établie à partir du VICAP[I] utilisé par le FBI.

Depuis lors, le petit homme grassouillet d'à peine 1,65 mètre, participait de plus en plus aux enquêtes de la brigade criminelle. Sa formation lui conférait une ouverture d'esprit et une logique bien à lui qui apportaient, à David et à son équipe, une autre approche des affaires sur lesquelles ils enquêtaient.

— Bon, les gars, Michel vous a briefé sur ce qui s'est passé la nuit dernière ?
— Oui, chef, confirma Alex.
— Quelqu'un a une idée ou une suggestion qui pourrait nous aider à y voir clair ? Pourquoi ce type revient-il subitement ?
— Ce *peye* est un vrai malade, lança Pascal Devalk, le coéquipier d'Alex.
— Ouais, ça on le sait, rétorqua David. Ce que je veux savoir, c'est pourquoi il réapparait maintenant.
— Soit il sort de taule, soit il tue juste pour le plaisir et pas pour assouvir une pulsion. Ce qui expliquerait

---

[I] Violent Criminal Apprehension Program : outil informatique destiné à collecter et à analyser des données sur certains types de crimes violents aux États-Unis.

qu'il ait pu se tenir à carreau pendant un laps de temps assez long. Il joue avec nos pieds, proposa Alex.

— Moi je pense que vous cherchez midi à quatorze heures les gars, répondit Fabien.

— Qu'est-ce que tu radotes ? ironisa Pascal.

— Pour moi, la solution est très simple : il vient d'entamer la deuxième mi-temps de son jeu.

Il leva la main droite et énuméra les différents meurtres en baissant les doigts un par un, en commençant par le pouce et en se basant sur l'ordre dans lequel le tueur avait découpé les doigts de ses victimes. Il leva ensuite la main gauche grande ouverte et continua :

— Il vient de tuer sa sixième victime, dit-il en baissant le pouce. Il lui en reste quatre. Je suppose qu'il s'est donné comme objectif de tuer dix personnes sans qu'on arrive à le choper. Il veut prouver qu'il est meilleur que nous. Enfin… que toi, chef.

— Théorie intéressante, risqua Michel pour briser le silence qui venait de s'abattre sur la salle de réunion.

— Bon, on ne va négliger aucune piste, reprit David. Alex et Pascal, vous allez interroger la sœur Verschueren et, dès que possible, vous me communiquerez les coordonnées de son employeur. Ensuite, vous irez interroger les voisins. Fabien, toi, tu te plantes devant ton ordi et tu vas m'éplucher tous les dossiers des personnes qui ont été incarcérées depuis le jour du cinquième meurtre et libérées ces dernières semaines jusqu'à hier.

— On a déjà vérifié cela à l'époque, répondit-il.

— Oui, je sais, mais maintenant on dispose d'un critère supplémentaire, une date approximative de libération, précisa David. Michel et moi allons chez le légiste pour savoir où en est l'autopsie et, dès que nous aurons les coordonnées de l'employeur, nous irons aussi lui rendre une petite visite. On se retrouve tous ici vers midi pour faire le point.

⊥⊤⊥

Le vaste bâtiment de trois étages abritant le dépôt mortuaire de la ville de Bruxelles et l'institut médico-légal était situé au 31 de la rue Montserrat. La rue, située derrière le palais de Justice de Bruxelles, se trouvait en plein cœur du quartier des Marolles, où avait lieu, tous les dimanches matin, le célèbre marché aux puces.

La façade en briques claires était relativement propre comparée à celle des autres maisons de la rue. Bizarrement, toutes les fenêtres du rez-de-chaussée étaient pourvues de grilles de protection. Corduno s'était toujours demandé à quoi elles pouvaient bien servir. Qui aurait pu avoir l'idée de s'introduire par l'une des fenêtres dans cet endroit pour le moins morbide, et pour y voler quoi ? Par ailleurs, ce n'étaient certainement pas les « locataires » qui allaient s'en échapper.

Évidemment, en observant la vitre brisée du vieux bistro, *Le café du Coq*, juste en face, on pouvait en déduire que ce devait être un passe-temps fort répandu dans ce coin de la ville que de briser les vitrines. D'autant plus qu'il fallait presque plus de courage pour pénétrer dans ce troquet – même aux heures d'ouverture – que dans la morgue, tant l'endroit avait l'air malfamé avec sa vitrine crasseuse et son éclairage plus que sommaire. Pourtant, c'était ce genre d'endroit qui faisait tout le charme du quartier.

Corduno et Meerpoel arrivèrent à l'institut médico-légal et pénétrèrent dans le bâtiment. Ils se présentèrent à l'accueil et descendirent au premier sous-sol où se trouvaient la morgue et les salles d'autopsies.

Xavier Spreutels, en tant que médecin légiste en chef, exerçait toujours dans la plus grande salle, qui jouxtait son bureau. Les murs et le sol de la vaste pièce étaient recouverts d'un carrelage blanc immaculé. Sur le mur du fond, face à la porte d'entrée s'alignaient une vingtaine de grands tiroirs frigorifiques dans lesquels reposaient les cadavres en attente d'autopsie, de permis d'inhumer ou d'identification.

Au centre de la pièce, trônaient deux tables de dissection en Inox pourvues, à l'une de leurs extrémités, d'un grand évier avec robinet et douchette permettant de rincer les organes extraits des corps. Une rigole par laquelle s'écoulaient les fluides corporels en faisait le tour. Au-dessus de l'évier se trouvait aussi une étagère sur laquelle reposait une balance électronique pour la pesée des organes.

Chacune des tables était surmontée d'une grosse lampe sur un bras articulé fixé au plafond, de manière à pouvoir la déplacer d'un bout à l'autre de la table et l'orienter vers n'importe quelle partie du corps. Pour couronner le tout, une caméra digitale haute définition était accrochée à la lampe et servait, d'une part, à enregistrer toute l'autopsie et, d'autre part, à retransmettre les images sur le grand écran situé dans le bureau du légiste.

Spreutels s'affairait autour du corps de Patricia Verschueren tout en expliquant ses découvertes à voix haute. Il s'interrompit en apercevant David et Michel arriver et pressa sur le bouton pause de la caméra. Il retira ses gants en latex et mordit un grand coup dans son *pistolet* à l'*américain préparé* qu'il avait négligemment posé sur l'étagère à côté du pèse-organe.

— Bon app' ! lui lança David. Où en es-tu ?

— Che termine, dit Xavier, la bouche pleine, en leur envoyant quelques postillons bien gras en guise de bienvenue.

— Une idée approximative de l'heure de la mort ?

— Entre 18h30 et 20h00 hier soir, répondit-il après avoir dégluti.

— Et pour la cause ?

— Vous avez remarqué qu'elle avait des fausses loches, hein ? Très beau travail d'ailleurs, elles sont bien proportionnées par rapport à l'ensemble du corps.

— Ok, c'est bon. On s'en fout de tes goûts en matière de femmes, trancha David.

— À votre avis, pourquoi a-t-il retiré la prothèse gauche ? reprit le légiste, légèrement vexé.

— Pas la moindre idée, répondit Michel.

— Eh bien, c'est par là qu'il est passé avec une très fine lame pour aller transpercer le cœur. La mort a été instantanée. Regardez, dit-il, en les invitant à s'approcher du corps et en leur montrant l'organe qui reposait au fond d'une bassine.

Il rabattit le sein gauche sur le bras gauche et leur montra la cage thoracique béante.

— Vous voyez cette entaille sur la côte, ici ? C'est la lame qui a éraflé l'os avant d'aller perforer le cœur. Il n'y a donc aucun doute, affirma-t-il, en mordant une nouvelle fois dans son sandwich.

Michel se retourna, blanc comme un linge et se retenant de vomir.

— Comment peux-tu manger en travaillant comme ça ?

— *Alleï* Michke, fais pas ta chochotte, lui renvoya Spreutels hilare, dans une nouvelle salve de postillons.

À ce moment précis, le téléphone portable de David sonna pour annoncer l'arrivée d'un message. Alex lui transmettait l'adresse de l'employeur de la dernière victime.

— Bon, tu peux m'envoyer ton rapport complet pour demain matin au plus tard ?

— Pas de soucis, répondit le légiste. Encore juste un petit détail par rapport à l'auriculaire que nous avons retrouvé. Le tueur l'a emporté dans une pochette avec de la glace, puis l'a conservé dans du formol.

— Pendant deux ans ? s'étonna Michel.

— Oui. Sans même altérer l'empreinte digitale.

— Merci Xavier. Bon, « Michke » tu viens ? On a du boulot.

⊥⊤⊥

Alex Vanderstraeten et Pascal Devalk sortirent de chez Sophie Verschueren un rien déçus. Encore sous le choc, la pauvre ne leur avait pas appris grand-chose. Les deux sœurs travaillaient beaucoup et ne se voyaient qu'aux *soupers* de famille ou encore lorsqu'elles allaient, deux à trois fois par an, manger un bout ensemble. Patricia n'avait, à sa connaissance, ni ennemis ni problèmes particuliers. En tout cas, rien qui justifie un meurtre.

Alex envoya l'adresse de l'employeur par message à David, puis se rendit avenue Franklin Roosevelt afin d'interroger les voisins de la victime. Elle se sentait un peu déprimée en pensant à ce que Sophie devait ressentir. Sa vie et celle de sa famille venait de basculer d'un coup dans l'horreur et rien ne serait plus jamais pareil.

— Elle m'a fait beaucoup de peine, lâcha-t-elle à Pascal, qui n'avait pas dit un mot depuis qu'ils avaient rejoint la voiture.
— Heureusement que son mari est un *tof*, sinon cette pauv' *fieke* n'y survivrait pas.
— Il faut vraiment que l'on arrive à coincer ce salopard avant qu'il ne détruise d'autres vies.
— *Godverdoeme*, si je tenais ce *smeirlap* entre mes mains, je lui ferais bouffer ses *kluuts*. En parlant de bouffer, quand est-ce qu'on mange ? J'ai l'estomac dans les chaussettes.
— Dans les talons, le corrigea-t-elle en riant.
— Quoi dans les talons ?
— L'expression c'est : « J'ai l'estomac dans les talons » et pas dans les chaussettes.
— C'est du pareil au même, hein. Talons, chaussettes, c'est dans les pieds quoi.
— Tu le fais exprès ou t'es vraiment con ? Soit on a le moral dans les chaussettes, soit on a l'estomac dans les talons. Ce sont deux expressions différentes qui ne veulent pas dire la même chose, lui expliqua Alex.
— Oh, arrête de m'embrouiller avec tes *carabistouilles*. J'ai faim quoi !
— Mais il est à peine 10h30, t'as pas mangé ce matin ?

Pascal Devalk était un grand gars d'environ 1,80 mètre, mince et qui, pourtant, mangeait comme quatre. Il pouvait s'empiffrer à midi, être affamé trois heures plus tard et ingurgiter encore tout un repas, tout cela sans prendre de poids. À son âge, à peine trente ans, il avait un métabolisme qui fonctionnait bien et qui lui permettait de garder la ligne. De plus, il faisait beaucoup de jogging et était un grand fan d'escalade en salle.

Assez paradoxalement, c'était un garçon intelligent, mais qui pouvait sortir des âneries sans s'en rendre compte. Il avait l'art d'énoncer des expressions populaires, qu'il pensait correctes, mais qu'il transformait à sa sauce. Personne dans l'équipe ne savait s'il le faisait exprès ou s'il croyait être dans le bon. Comme le jour où il avait fièrement annoncé à ses collègues que sa femme « attendait famine ».

— Si, mais j'ai encore faim.
— Tu ne penses qu'à manger dis donc. Avec tout ce que tu t'enfiles, tu devrais être plus gros que Corduno. De toute façon, ce n'est pas l'heure, on a encore du taf avant.

Chapitre 3

David et Michel se garèrent sur le vaste parking de l'entreprise pharmaceutique du Business Park de Neder-Over-Hembeek, proche de l'hôpital militaire Reine Astrid. Ils restèrent muets de fascination devant le bâtiment qui semblait flotter au milieu d'un énorme plan d'eau. L'immeuble ressemblait à un ballon dirigeable dont le rez-de-chaussée était un rectangle de bois brun foncé dans lequel s'ouvrait une large baie vitrée, faisant office de porte d'entrée, et à laquelle on accédait via une passerelle en Inox. Le reste de l'édifice, beaucoup plus grand, tout de verre, d'acier et de forme ovale, semblait tenir en équilibre sur sa base en bois.

Ils sortirent de la voiture et empruntèrent la passerelle. D'énormes Koïs perforaient régulièrement la surface de l'étang afin de gober des insectes. Des nénuphars géants en fleurs flottaient sur l'eau en guise de décoration. En approchant, la porte s'ouvrit automatiquement sur un hall d'entrée somptueux, au centre duquel se trouvait le comptoir de la réceptionniste.

À elle seule, elle réussit à faire oublier aux deux hommes la splendeur des lieux. La jeune femme d'environ vingt-cinq ans était d'une beauté à couper le souffle. L'ovale parfait de son visage bien bronzé était encadré d'une magnifique chevelure blonde coupée au carré. Ses yeux gris, sous des sourcils bien dessinés, éclairaient son visage tandis que ses lèvres s'ouvraient sur une dentition d'une blancheur éclatante.

— Bonjour messieurs, les accueillit-elle avec un joli sourire. Puis-je vous aider ?

De la main gauche, David referma la bouche de Michel qui commençait à baver et, de la droite, sortit son portefeuille pour présenter sa plaque.

— Bonjour... Sylvie, lut-il sur le badge épinglé au niveau de la poitrine de la déesse. David Corduno, de la brigade criminelle. Et voici mon adjoint, Michel Meerpoel, dit-il en donnant un coup de coude à son acolyte dont la mâchoire inférieure recommençait à s'affaisser. Nous souhaiterions parler à votre employeur.
— Vous n'avez pas rendez-vous, affirma-t-elle simplement. Dans ce cas, je crains qu'il soit très difficile de le rencontrer.
— Pourquoi, il n'est pas là ? s'enquit David.
— Si, monsieur Devuyst est bien présent, mais il a horreur d'être dérangé. Il est un peu... nerveux, si je peux m'exprimer ainsi.
— Vous voulez dire qu'il est nerveux aujourd'hui ou, plutôt, que c'est une habitude chez lui ?

Sylvie regarda autour d'elle pour s'assurer que personne ne puisse les entendre.

— Non, il est comme ça tout le temps, chuchota-t-elle. Je pense qu'il est incapable de s'exprimer autrement qu'en gueulant. Si j'osais, je dirais que c'est un gros... trouduc !

Ces grossièretés, sortant d'une si belle bouche, ramenèrent Michel sur terre qui, pour la première fois depuis son arrivée, ouvrit la sienne pour autre chose que haleter :

— Ne vous inquiétez pas, on va vous le mater votre patron. Je vous laisserai mon numéro de téléphone et, s'il vous ennuie, je viendrai personnellement lui botter le cul.

Miss Univers éclata de rire et décrocha son téléphone :

— Je vais l'appeler dans son bureau en mettant le haut-parleur, comme ça, vous pourrez entendre sa réaction, expliqua-t-elle en s'exécutant. Monsieur, j'ai ici deux inspecteurs de la police criminelle qui souhaitent vous parler.
— Qu'est-ce que vous ne comprenez pas dans la phrase : « Je ne veux pas être dérangé » ? hurla-t-il.
— Désolée, Monsieur, mais ils insistent. Ils ne partiront pas avant de vous avoir vu. Ils ont même menacé d'ouvrir toutes les portes du bâtiment jusqu'à ce qu'ils vous trouvent.
— Fait chier, aboya-t-il de plus belle. Faites les poireauter dix minutes, j'enverrai ma secrétaire les chercher.
— Heu... Je ne suis pas sûre que ce soit une bonne idée. Ils n'ont vraiment pas l'air commode.

Il soupira bruyamment avant de capituler et de les autoriser à monter.

— Waouh, vous mentez à merveille. J'adore, ironisa Meerpoel lorsqu'elle eut raccroché.

— Je ne respecte que les gens qui me respectent. Lui, je le méprise et il ne me fait pas peur. Vous pouvez prendre l'ascenseur jusqu'au cinquième étage. Francine, sa secrétaire, vous indiquera son bureau.
— Merci, Sylvie, la remercièrent-ils en chœur.
— Bon amusement, messieurs, répondit-elle avec un sourire mutin.

En sortant de l'ascenseur au cinquième étage, Michel se fit la réflexion qu'il avait toujours imaginé le paradis en haut et l'enfer en bas. En voyant la grosse Francine, l'air revêche, qui trônait derrière son bureau, il se dit qu'ici, c'était juste l'inverse. Décidément, il y avait vraiment quelque chose qui clochait dans la tête du type qui dirigeait cette boîte.

David se présenta en exhibant à nouveau son badge, sans avoir à fermer la bouche de Michel cette fois-ci. Miss « Saucisse de campagne » les toisa d'un air dédaigneux, comme si l'inspecteur lui présentait sa carte de bibliothèque. Elle maugréa un « je suis au courant », puis leur indiqua la double porte en hêtre au fond du couloir en marmonnant quelque chose qui devait signifier « c'est par là ». Quoique, Michel n'en était pas tout à fait certain.

Quand David frappa à la porte, il entra sans attendre la réponse. Michel le suivit et referma la porte. Une vilaine petite tête chauve et laide – le frère jumeau de Francine peut-être – reposait sur un petit corps gras, vautré dans un fauteuil en cuir. Une plaque sur le bureau mentionnait qu'ils avaient bien affaire au PDG de l'entreprise, Monsieur Patrick Devuyst.

Il leva les yeux vers ses deux visiteurs qui s'assirent sans y avoir été invités. David et Michel, sans se concerter, avaient décidé de le pousser un peu à bout pour voir comment il allait réagir. Il était visiblement très en colère et n'appréciait pas cette intrusion.

— Bonjour, Monsieur Devuyst. David Corduno, de la brigade criminelle, se présenta-t-il en lui tendant la main.

L'autre ne prit même pas la peine de la lui serrer.

— Qu'est-ce que vous me voulez ? Je suis débordé. Je ne vous accorde que deux minutes, donc, allez droit au but, messieurs.
— Nous venons vous voir pour une affaire de meurtre.
— Vous trouvez vraiment que j'ai une tête à tuer quelqu'un ? demanda-t-il vivement, sur la défensive.
— Vous allez commencer par vous calmer, mon vieux, annonça Corduno.
— Ne me dites pas ce que je dois faire et, surtout, je ne suis pas « votre vieux ». C'est compris ?

Un petit sourire se dessina sur les lèvres de Meerpoel. Il commençait à s'amuser de la situation et il savait déjà comment les choses allaient tourner. David garda le silence pendant plusieurs secondes tout en regardant son interlocuteur dans les yeux pour le déstabiliser et, probablement aussi, pour le faire mousser un peu. La réaction ne se fit pas attendre :

— Bon alors, vous crachez le morceau ou bien vous êtes juste venus pour ma belle gueule ? J'ai pas que ça à foutre, moi ! s'énerva-t-il.

Alors, soudain, sans que rien ne le laisse présager, l'orage éclata. Corduno abattit son énorme paluche sur la table avec une violence telle, que le petit gros et son pot de stylos sursautèrent de concert, tandis que sa femme et sa fille tombaient à plat ventre sur le bureau, brisant le verre qui les retenait prisonnières du cadre depuis trop longtemps. Michel crut même les entendre soupirer de soulagement, mais c'était sûrement un effet de son imagination, tellement il s'amusait. D'une voix étrangement calme, David mit les choses au point :

— Écoute-moi attentivement, mon petit bonhomme. Tu as peut-être l'habitude de t'octroyer le droit de traiter les gens comme de la merde, mais, avec moi, ça ne marche pas. Au cas où tu ne l'aurais pas bien compris, nous représentons la loi. La brigade criminelle, pour être plus précis. Alors, tu vas fermer ta grande gueule et ne l'ouvrir que pour répondre poliment à mes questions. Est-ce que j'ai été suffisamment clair ou tu veux que je développe ?

Le patron de l'entreprise était subitement passé du rouge écarlate au blanc crayeux, mais cela ne le rendait pas plus beau pour autant.

— Nous enquêtons sur le meurtre de Patricia Verschueren, reprit Corduno plus doucement.
— Je… Je ne connais pas, balbutia-t-il
— Ha ! Pourtant, elle était employée chez vous.
— Ça ne me dit rien, mais nous employons plus de *nonante* personnes rien que sur ce site.
— Elle était secrétaire de direction, répondit Michel.
— Écoutez, sans vouloir vous contredire, ma secrétaire s'appelle Francine. Vous avez dû l'apercevoir en sortant de l'ascenseur. Vous avez sûrement remarqué qu'elle était bien vivante, même si je trouve qu'elle a une sale tête ce matin.

— Pouvez-vous quand même vérifier auprès du service du personnel ? proposa David.

Patrick Devuyst décrocha son téléphone et appela le service des ressources humaines. Il parla relativement gentiment pour demander que l'on vienne dans son bureau avec le listing du personnel. La leçon avait l'air d'avoir porté ses fruits.

En attendant la DRH, Corduno demanda à Michel de contacter Alex pour qu'elle leur envoie une photo de la dernière victime par MMS. Au bout de quelques instants de conversation, Michel prévint David qu'ils devraient attendre un peu. Alex allait contacter la sœur pour en obtenir une.

Après quelques minutes, la DRH entra dans le bureau avec, sur le visage, une expression de crainte et d'étonnement. Visiblement, elle ne devait pas avoir l'habitude d'entendre son patron lui parler sur un ton aussi mielleux. De fait, elle confirma qu'il n'y avait pas de Patricia Verschueren dans le personnel et qu'à sa connaissance, il n'y en avait jamais eu.

Lorsque la cuisse droite de Michel vibra, il sortit son Samsung Galaxy et effleura l'écran pour faire apparaître la photo de Patricia. Il tendit alors son bras par-dessus le bureau afin de la montrer à Devuyst, qui lui prit l'appareil des mains, chaussa ses lunettes et regarda la photo quelques secondes. Michel n'en fut pas sûr, mais il crut le voir blêmir. Ce fut très bref, il se ressaisit aussitôt.

— Je suis désolé, mais cette jeune femme ne fait pas partie de notre personnel, annonça-t-il.
— Vous en êtes certain ? insista David.
— Tout à fait. Je vous propose de la montrer à ma secrétaire et à tous les membres du personnel que vous croiserez dans les couloirs en repartant. Comme ça, vous aurez la confirmation que je ne vous mens pas.

— Vous avez eu l'air troublé en découvrant son visage, comme si vous la connaissiez, dit Michel.

— C'est juste que c'est une très jolie jeune femme et la savoir morte m'a fait un choc. Pourquoi pensiez-vous qu'elle travaillait ici ?

— C'est ce que sa sœur nous a affirmé.

— Je ne sais pas pourquoi elle vous a menti, mais c'est votre boulot de le découvrir, pas le mien. Transmettez mes condoléances à la famille. Si vous n'avez pas d'autres questions, je vais vous demander de bien vouloir me laisser. J'ai déjà perdu beaucoup trop de temps avec une affaire qui ne me concerne pas.

Les enquêteurs se levèrent pour sortir du bureau. La main sur la poignée de porte, David se retourna :

— Avez-vous déjà entendu parler de la loi sur le bien-être au travail ? lança-t-il.

L'autre le regarda sans broncher, l'air de dire : « Mêle-toi de tes oignons mon vieux ».

— Faites gaffe que personne ne porte plainte contre vous pour harcèlement moral. Je suis convaincu que l'on se reverra très vite, ironisa-t-il en claquant la porte derrière lui.

En sortant du bureau, ils surprirent Francine, la DRH et un jeune homme, réunis autour de la photocopieuse, en train de chuchoter. Ils se turent à la vue des deux policiers qui se dirigeaient vers eux.

— Mesdames, Monsieur, puis-je vous demander de regarder cette photo pour me dire si vous connaissez cette jeune femme ? demanda Michel en leur tendant son smartphone.

— Non, répondirent-ils à l'unisson après avoir scruté l'écran.
— Je n'ai jamais vu cette jeune femme, confirma Francine.
— C'est mademoiselle Verschueren ? interrogea la DRH.
— En effet. Je vous remercie.

Sylvie répondit également par la négative lorsqu'ils lui posèrent la question en sortant de l'ascenseur. Ils discutèrent encore quelques minutes avec la jeune femme avant de prendre congé.

— Non, mais tu as vu sa tête quand tu t'es énervé ? J'ai cru mourir de rire.
— Il a suffi d'une petite tape sur son bureau pour qu'il s'écroule de son piédestal. J'ai horreur de ce genre de mec. Il faut bien que quelqu'un le remette à sa place de temps en temps, rétorqua David.
— Oh, une petite tape ? Je pense avoir vu les pieds du bureau se tordre sous l'impact. Qu'est-ce que ça aurait été si tu y avais mis toute ta force ?

Toute personne voyant David et Michel côte à côte aurait été tentée de les appeler « *De Dikke en den Dunne* », tellement ils étaient différents physiquement. Quoique, face à David, il aurait fallu être complètement inconscient pour oser formuler cette idée à voix haute.

Michel ne mesurait que 1,74 mètre et il annonçait fièrement à qui voulait l'entendre qu'il restait toujours sous la barre des 70 kilos. Son crâne dégarni, son visage constellé de taches de rousseur et son teint pâle presque maladif le faisaient passer pour un freluquet. De ce fait, les gens n'avaient pas peur de lui, ce qui était une grave erreur parce qu'il était le plus dangereux des deux. D'abord, parce qu'avec son physique, on ne s'en méfiait pas, ensuite, parce qu'il ne connaissait ni la pitié ni la peur.

Dans son enfance, il avait été emmerdé et agressé tellement souvent qu'il avait appris qu'il fallait toujours frapper le premier, vite, fort et juste là où cela fait mal, mais sans laisser trop de traces. Il avait développé des réflexes inouïs, mais très simples, qui lui permettaient parfois de se débarrasser d'un adversaire sans même avoir à le frapper. Par exemple, il percevait toujours un coup de boule, une fraction de seconde avant qu'il ne soit amorcé. Il ne lui restait alors qu'à baisser légèrement la tête afin que le nez de l'imprudent vienne s'écraser avec force sur son front. Si nécessaire, un coup de genou bien placé venait terminer le travail.

Pourtant, Michel était un vrai gentil et un ami fidèle toujours prêt à rendre service. David, lui, était plutôt la force à l'état brut.

— Je ne comprends pas ce qui se passe. Pourquoi la sœur nous aurait-elle menti sur son employeur, demanda Michel lorsqu'ils remontèrent en voiture.
— Je ne sais pas, mais on va immédiatement tirer cela au clair, lui répondit Corduno.
— Qu'as-tu pensé de sa réaction lorsqu'il a découvert le visage de la victime ?
— Je suis certain qu'il l'a reconnue. Il m'a semblé troublé.
— Oui, par contre les employés avaient l'air parfaitement sincère lorsqu'ils ont affirmé ne jamais l'avoir vue.
— D'accord avec toi, acquiesça David en remontant sur le Ring en direction du domicile de la sœur.

Alex et Pascal pénétrèrent dans l'immeuble de quatre étages où habitait Patricia Verschueren. Dans le hall d'entrée se trouvaient les boîtes aux lettres ainsi que le tableau des sonnettes, qui comportait dix noms disposés en deux colonnes, un parlophone et une caméra pour le vidéoparlophone. Il y avait donc deux appartements par étage, y compris au rez-de-chaussée.

Ils s'approchèrent de la seconde porte d'entrée afin de vérifier si elle portait des traces de tentative d'effraction, mais il n'y en avait aucune. Et pour cause : les montants de la porte étaient en acier avec, au centre du vantail, une vitre anti-effraction d'environ 60 centimètres de large et 180 centimètres de haut.

Deux impostes blindées, faites d'un cadre en acier avec le même type de vitre de sécurité, se trouvaient de part et d'autre de la porte. Au-dessus de la poignée brillait un petit témoin lumineux rouge, à côté d'un second, éteint. À la même hauteur, sur la partie dormante de la porte, un lecteur de badges permettait aux occupants de déverrouiller la porte blindée électrique.

Ils sursautèrent lorsqu'une voix cria derrière eux :

— Qu'est-ce que vous chipotez à cette porte, jeunes gens ?

Ils se tournèrent pour se retrouver face à une grande femme vêtue d'un cache-poussière duquel dépassaient les jambes élimées d'un vieux training. Une paire de Crocs complétait la tenue.

— Inspecteurs Vanderstraeten et Devalk, annonça Alex en présentant sa carte officielle.
— Ha, vous venez pour cette pauvre jeune femme, répondit-elle. Je suis la concierge. Venez, suivez-moi, nous serons plus à l'aise à l'intérieur pour parler.

Elle sortit un porte-clés de sa poche et présenta le petit badge devant le lecteur. Aussitôt, le témoin rouge s'éteignit et l'autre passa au vert. Elle poussa la lourde porte, les invitant à la suivre. Elle chercha une clé sur son trousseau, puis déverrouilla la porte de l'appartement qui se trouvait à droite de l'entrée.

— J'ai déjà tout dit à vos collègues qui sont venus m'interroger hier soir, vous savez. Est-ce que vous avez déjà trouvé le coupable ? Non, j'imagine que c'est un peu trop tôt encore... Qui pouvait en vouloir à une si gentille fille ? Dans quel monde vivons-nous, j'vous jure. De mon temps...
— Parlez-nous d'elle si vous voulez bien, la coupa Alex.

Cette femme était une vraie pipelette. Si Alex ne dirigeait pas elle-même l'interrogatoire, ils allaient y passer la journée.

— Elle était très gentille, polie et souriante. Jamais eu le moindre problème avec elle. C'est pas comme avec les africains du quatrième étage. Des locataires. Toujours à faire du bruit et pas très propres sur eux avec ça. Vous savez que pas plus tard que la semaine dernière, ils ont laissé traîner toutes leurs pubs par terre dans le hall d'entrée ? Y a rien à faire, à partir du moment où ils sont locataires, ils ne respectent rien. Avec les propriétaires, on n'a jamais d'ennuis. Je l'ai encore dit...

— Madame, s'il vous plaît, revenons-en à la victime, s’exaspéra Alex, tandis que Pascal levait les yeux au ciel.

— S'cusez-moi, m'dame. Elle était propriétaire de son appartement depuis *kek* chose comme six ans. Tout le monde dans l'immeuble l'aimait bien. Je ne vois pas qui aurait voulu lui faire du mal.

Elle étouffa un sanglot et fouilla ses poches pour en extirper un mouchoir. Elle se moucha bruyamment.

— Est-ce qu'elle vivait seule ? interrogea Pascal.

— Oui. Elle a eu une relation il y a deux ou trois ans, mais ça n'a pas duré longtemps. J'ai plus jamais revu le gars, mais je ne pense pas que ça se soit mal passé. En tout cas, je ne me souviens même plus de son nom. Vous allez l'attraper le salopard qui lui a fait ça, hein ?

— On y travaille, Madame, ne vous inquiétez pas, la rassura Alex. Si quelque chose d'important vous revient plus tard, voici ma carte avec le numéro de ma ligne directe. Pensez-vous que d'autres habitants sont présents dans l'immeuble à cette heure-ci ?

— Oui, madame Dumortier doit être là. C'est une *braaf* petite dame de quatre-vingt-trois ans qui n'a plus de famille. Elle ne sort quasiment plus de chez elle. On se relaye avec quelques autres propriétaires, mon mari et moi pour lui faire ses courses. D'ailleurs, Patricia s'entendait à merveille avec elle. Elle lui tenait compagnie, veillait à ce qu'elle mange et...

— *Madameke*, s'il vous plaît, on n'a pas le temps, intervint Pascal qui commençait à en avoir ras le bol de cette commère. À quel étage habite cette dame ?

— Au deuxième, elles étaient voisines de palier.

— Pfff, quelle *babbeleir* celle-là, dis ! J'ai cru qu'on n'allait jamais s'en sortir, chuchota Pascal lorsque la porte de l'ascenseur se referma sur eux.
— J'espère que la vieille du deuxième ne sera pas pire qu'elle, surenchérit Alex.

En sortant de l'ascenseur, la lumière du palier s'alluma automatiquement. Pascal repéra, au plafond, un détecteur de mouvement raccordé à l'éclairage. En s'approchant de la porte de l'appartement, ils constatèrent qu'ils étaient observés par le judas. Ils sonnèrent.

— Qui est là ? demanda une voix chevrotante.
— Bonjour, Mme Dumortier. Nous sommes inspecteurs de la brigade criminelle et nous aimerions vous parler au sujet de votre voisine.
— Je ne vous crois pas, la police est déjà venue m'interroger hier soir. Et puis, vous n'avez pas des têtes de policiers.
— Madame, avez-vous le téléphone ?
— Bien sûr que j'ai le téléphone. Vous me prenez pour une vieille bique attardée ou quoi ? J'ai même une télévision et un lecteur DVD si vous voulez tout savoir. Mais si vous venez m'assassiner pour me les voler, vous pouvez vous brosser, hein.
— Mais non, Madame, nous sommes de la police. Je vous propose simplement de téléphoner à votre concierge pour qu'elle vous confirme notre identité.

Le judas devint obscur et ils entendirent la vieille dame s'éloigner de la porte. Finalement, elle revint leur ouvrir après plusieurs minutes et les laissa entrer.

— Désolée, Inspecteurs, mais avec toute cette histoire, je ne me sens plus à l'aise et je me méfie de tout le monde.

— Vous avez raison, Madame, on n'est jamais trop prudent, la conforta Alex.

— Je suis complètement anéantie. Patricia était comme ma fille. Je l'aimais tellement, sanglota-t-elle en les accompagnants au salon.

— La concierge nous a effectivement dit que vous étiez très proches. Nous vous présentons toutes nos condoléances, Madame Dumortier.

— Merci beaucoup. Mon mari est mort il y a une quinzaine d'années et nous n'avons jamais eu d'enfant. Patricia était ma seule famille. J'ai bien un neveu, mais il vit quelque part à l'étranger. En Australie, je crois, ou bien en Autriche, je confonds toujours ces deux pays.

— Lorsque nous sommes sortis de l'ascenseur, la lumière s'est allumée automatiquement et nous avons remarqué que vous nous observiez par le judas. Vous n'avez rien remarqué d'anormal hier ? s'enquit Alex.

Madame Dumortier se raidit dans son fauteuil, vexée par cette question. Ses joues, baignées de larmes, s’empourprèrent.

— Je ne suis pas une commère qui épie ses voisins si c'est ce que vous insinuez. C'est juste qu'à cause de ce qui s'est passé hier, je deviens méfiante. Alors, quand j'ai entendu l'ascenseur se mettre en marche et s'arrêter à l'étage, je suis venue voir ce qui se passait. Dans les films, ils disent que le meurtrier revient toujours sur les lieux du crime, dit-elle avec conviction.

— Est-ce qu'elle venait vous voir tous les jours ? demanda Alex.
— Oui, surtout ces dernières semaines. J'ai eu une grosse bronchite et elle s'inquiétait pour moi.
— Recevait-elle beaucoup de visites ?
— Oui, parfois jusqu'à quatre ou cinq visites par jour.
— Avez-vous une idée de l'heure à laquelle elle rentrait du travail ? intervint Pascal.
— Mais elle ne travaillait pas. Enfin, si, mais je veux dire pas à l'extérieur. Elle travaillait dans son appartement.
— D'après nos informations, elle était secrétaire de direction dans une grosse boîte pharmaceutique.
— Eh bien, je ne sais pas qui vous a dit ça, mais ce n'est pas vrai, Inspecteur. C'est chez elle qu'elle recevait ses clients.
— Ses clients ? Mais quel genre de travail faisait-elle ? s'étonna Pascal.
— Elle donnait des consultations de... Sofroto machin-chose. Vous savez, une de ces nouvelles modes pour combattre le stress ou un truc du genre.

Alex et Pascal se regardèrent, interloqués. La vieille dame avait-elle perdu la tête, ou les informations dont ils disposaient, concernant la profession de Patricia, étaient-elles erronées ?

— Vous voulez dire « sophrologie » ? proposa Alex.
— Oui, ça ressemble bien à ça. C'est pour ça qu'il y avait beaucoup de monde qui défilait chez elle. Elle devait être sacrément douée.
— Je ne comprends pas pourquoi sa sœur nous aurait menti à ce sujet, intercéda Pascal.

— Vous savez, je crois que ce n'était pas vraiment officiel. Elle faisait cela en *stoemelings*, si vous voyez ce que je veux dire.
— A-t-elle reçu beaucoup de clients hier après-midi ?
— Je ne sais pas, je n'ai pas fait attention. Vous savez, l'après-midi, j'aime bien regarder mes feuilletons à la télé.
— Nous comprenons, pas de soucis. Souhaitez-vous que l'on vous envoie une psychologue pour vous aider à surmonter ce traumatisme ? suggéra Pascal.
— Vous êtes un chou mon garçon. Je pense que ça pourrait me faire du bien d'en parler.
— Les services sociaux peuvent également vous aider pour faire le ménage, préparer vos repas…
— Merci, mais tant que je peux encore me débrouiller toute seule pour les tâches ménagères, je préfère le faire moi-même. Vous comprenez, cela m'aide à rester en forme et, en plus, ça m'occupe l'esprit. J'ai surtout besoin de compagnie et de parler.
— Parfait, Madame Dumortier. Nous vous laissons nos cartes de visites avec notre numéro de GSM. Si vous avez le moindre souci ou si vous vous souvenez de quelque chose dans les prochains jours, n'hésitez surtout pas à nous contacter. Jour et nuit s'il le faut, insista Alex.
— Merci, mes enfants. Je m'excuse encore de vous avoir accueillis de manière si rude.
— Ne vous tracassez pas avec ça et prenez bien soin de vous, répondit Alex.
— *Alleï*, moi, je vous fais une *bais'*, *Madameke*, dit Pascal en l'embrassant.

En arrivant au bureau, peu après midi, Alex et Pascal trouvèrent David et Michel qui s'installaient dans la salle de réunion. Le Fabe entra et connecta son ordinateur portable au rétroprojecteur afin que tous les participants puissent lire les notes qu'il prendrait pendant la réunion.

— Bon, commença Corduno, le légiste situe l'heure de la mort entre 18h30 et 20h00 hier soir. Le meurtrier a entaillé le sein gauche, ôté la prothèse en silicone et, par l'ouverture, est allé perforer le cœur. Tout ça après avoir copieusement tabassé et mutilé la victime.

L'équipe encaissa la nouvelle en silence pendant que Michel eut un petit souvenir nauséeux à la pensée du déjeuner du légiste.

— Par contre, du côté de l'employeur, c'était une fausse piste. Personne ne la connaît là-bas. Alors, nous sommes allés réinterroger sa sœur. Michel, tu nous résumes ça ? lui intima David pour qu'il puisse s'ôter de la tête la vision du cadavre malmené par Spreutels.
— Pour la sœur et les parents de Patricia, il n'y a aucun doute. Elle leur a bien dit qu'elle travaillait comme secrétaire de direction dans cette boîte. Ils n'ont jamais eu la moindre raison de mettre sa parole en doute. Il semblerait qu'elle ne supportait pas qu'on lui téléphone pendant qu'elle travaillait. Elle estimait qu'elle n'était pas payée pour passer ou recevoir des appels privés pendant ses heures de travail. En plus, elle était toujours débordée. Elle avait donné comme consigne de la contacter par message si on devait lui demander quelque chose. Il n'y avait vraiment qu'en cas d'extrême urgence que l'on pouvait l'appeler sur

son portable. D'ailleurs, elle n'avait jamais donné son numéro de ligne fixe du bureau à sa famille. Sophie a été vraiment choquée d'apprendre que sa sœur leur avait menti à ce sujet, sans toutefois pouvoir nous donner d'explications.

— Nous, on en a une, lança Pascal. Sa voisine de palier, madame Dumortier, nous a dit qu'elle recevait des clients à la maison pour des séances de sophrologie.

Un silence perplexe s'installa dans la salle.

— Ça ne tient pas debout, rétorqua David. Pourquoi avoir inventé ce boulot de secrétaire si elle était sophrologue ? Pourquoi ne pas avoir dit la vérité ?
— Toujours d'après sa voisine, elle faisait ça au black. Il faudra que l'on vérifie auprès d'ACTIRIS[1] si elle était au chômage, proposa Alex.
— Même dans ce cas-là, je ne vois pas la raison de mentir à sa sœur. Elle n'avait quand même pas peur qu'elle la dénonce ? argumenta Michel.
— Fabe, est-ce que tu pourrais fouiller son ordinateur pour voir si tu trouves quelque chose qui pourrait nous aider à y voir clair ? demanda David.
— Fastoche, répondit-il. Je ferai ça après déjeuner. Ça ne devrait pas me prendre plus de trente minutes.
— Alex et moi avons d'abord rendu visite à la sœur, enchaina Pascal. Elle ne nous a rien appris. Elle ne voit vraiment pas qui aurait pu vouloir la tuer.
— Pour ce qui est des voisins, nous n'avons pu interroger que la concierge et la voisine de palier. Là non plus, rien qui nous permette d'avancer. Il n'y avait pas

[1] Actiris, anciennement Orbem, est l'Office Régional Bruxellois de l'Emploi.

d'autre occupant présent dans le bâtiment, mais on sait que la victime recevait pas mal de monde chez elle. Donc, je suppose que ça va compliquer les choses, poursuivit Alex.

— En tout cas, cela explique comment le meurtrier a réussi à franchir la porte blindée de l'immeuble. A-t-on récupéré son GSM, demanda David à Fabien, qui s'affairait à dissiper le nuage de vapeur émanant de sa cigarette électronique.

— Non. Les techniciens ont fouillé tout l'appart, sans résultat, répondit-il en toussotant.

— Essaie de te procurer son numéro et contacte Proximus, Base et tous les principaux opérateurs de téléphonie mobile pour avoir la liste des appels reçus et émis ces trois derniers mois. Sans pirater leur système, hein. Je veux que tu fasses cela de manière réglo, même si ça dure un peu plus longtemps.

Un peu déçu, Fabien baissa la tête et soupira bruyamment, s'attirant le regard compatissant du boss.

— Voici son numéro, annonça Alex en lui tendant un post-it sur lequel la sœur l'avait griffonné.

— De notre côté, poursuivit Michel, nous savons avec certitude qu'elle ne travaillait pas dans cette entreprise pharmaceutique. Par contre, David et moi sommes convaincus que le patron l'a reconnue quand il a vu sa photo, alors qu'à l'énoncé de son nom, il n'avait pas eu de réaction. Ce mec est vraiment louche, en plus d'être un véritable trou du cul. Voici sa carte de visite avec ses numéros, à comparer avec la liste que l'on recevra des opérateurs.

— Et de ton côté, qu'est-ce que ça a donné, Fabe ? s'enquit David.

— J'ai lancé une recherche sur toutes les personnes qui ont été emprisonnées dans le courant du mois qui a suivi le cinquième meurtre et libérées au cours de ces quatre dernières semaines, jusqu'à hier inclus, ce qui nous donne une liste de dix-sept personnes. Dans un premier temps, je ne me suis focalisé que sur Bruxelles.

— Ok, partage la liste en quatre et envoie-nous les dossiers sur nos ordis respectifs s'il te plait. En même temps, on va mettre des agents sur le coup pour qu'ils contrôlent les alibis de chacune de ces personnes pour la journée d'hier. Après ça, Alex et Pascal, vous irez personnellement interroger ceux qui n'en ont pas. Allez, tout le monde au boulot.

— Euh, j'ai l'estomac dans... Enfin, j'ai la dalle, se corrigea Pascal en saisissant le sourire moqueur d'Alex. Je vais chercher des frites, est-ce que quelqu'un en veut ?

Chacun accueillit sa proposition avec enthousiasme et lui passa commande.

Chapitre 4

Après avoir mangé leurs frites, fricadelles et cervelas dans la salle de réunion, les enquêteurs retournèrent à leur bureau pour éplucher les dossiers. David alluma son ordinateur et se connecta au serveur interne pour trouver, sur sa session, les dossiers envoyés par Fabien. Il double-cliqua sur le premier pour l'ouvrir.

Éric Vanderbruggen, quarante-deux ans, emprisonné pour conduite en état d'ivresse et délit de fuite. En rentrant d'une soirée bien arrosée, il avait perdu le contrôle de sa voiture et renversé un piéton qui marchait sur le bas-côté de la route. Ce dernier avait échappé à la mort, mais était dans un état critique lorsqu'il fut transporté aux urgences. Le lendemain matin, le chauffard s'était dénoncé à la police. La prise de sang révéla que son taux d'alcoolémie était de 2,4 grammes par litre.

À part son problème avec la boisson, il était un employé modèle, un mari et père de famille convenable. Étant donné qu'il s'était déjà fait arrêter pour ivresse au volant, il avait écopé d'une peine de prison de cinq ans, dont deux fermes et trois avec sursis, d'un retrait de permis à vie ainsi que d'une obligation de suivre une thérapie pendant et après son incarcération. « Pas vraiment le profil d'un tueur en série », songea Corduno.

Le deuxième dossier était celui de Mohammed Kanzaoui, vingt-trois ans et un casier plus long que le bras : vandalisme, vol à la tire, vol de voitures, agressions violentes et association de malfaiteurs. Il était tombé pour un braquage à main armée dans une librairie. Le parfait C.V. de la petite crapule, mais cela faisait-il de lui un tueur en série pour autant ? David n'y croyait pas trop, mais il faudrait quand même vérifier son alibi.

Le troisième, un certain Bienvenu Kabongo, libéré il y a deux semaines, avait purgé une peine pour escroquerie sur Internet, faux, usage de faux et violence conjugale. Avec ce planning déjà bien chargé qui était le sien, il avait en plus trouvé le temps de voler des petites vieilles, chez elles, en se faisant passer pour un technicien de Sibelga[1] de passage pour détecter des fuites de gaz. Il repartait en général avec les économies de ses proies.

Alors, soit ce gars jouait vraiment de malchance, soit il était complètement stupide car il s'était fait démasquer pour chacun de ses forfaits. En tout cas, cela ne cadrait pas avec le profil du tueur en série qui faisait preuve de beaucoup d'audace et d'une intelligence hors du commun.

David en était là dans ses réflexions lorsqu'on vint toquer à sa porte.

— Oui, entrez.
— J'ai du nouveau avec le PC de notre victime, dit Fabien en entrant dans le bureau.
— Je t'écoute.
— J'ai commencé par inspecter sa boîte mail. Rien de bien spécial de ce côté-là. Quelques blagues transférées par ses amis, une confirmation de réservation effectuée sur le site Travelbird.be d'un

[1] Gestionnaire du réseau de distribution pour le gaz naturel et l'électricité dans la région de Bruxelles-Capitale.

voyage à Porto pour quatre personnes et puis beaucoup de spams.

— Bref, rien d'intéressant, répondit David.
— Ça vient. J'ai ensuite consulté l'historique de navigation sur Internet. Elle visitait quelques sites olé, olé.
— Hein ? C'est quoi ça ? Tu veux dire des sites pornos ?
— Ce ne sont pas vraiment des sites pornos avec vidéos et tout ça, mais plutôt des sites de rencontres coquines. Des jeunes femmes qui postent des annonces pour proposer des massages californiens, érotiques ou tantriques. Le tout payant bien sûr.

Tantrique... David haussa un sourcil. Le mot lui rappelait quelque chose, mais plus moyen de se souvenir de ce en quoi cela consistait exactement dans l'univers du sexe. Un peu embarrassé par son ignorance, il posa la question :

— Tantriques ? questionna-t-il.
— Oui. Ce sont des filles qui font des massages sensuels et érotiques durant lesquels le client et la masseuse sont nus, couchés sur un futon posé à même le sol. La pièce n'est éclairée que par des bougies, la masseuse enduit le corps du client d'huile et le masse avec différentes parties de son corps : les mains, les pieds, les fesses et la poitrine. Il semblerait qu'il n'y ait pas de rapport sexuel, mais le massage se termine par, je cite : « une finition manuelle ». Il n'y a pas de rapports sexuels d'après les annonces.
— Quel rapport avec notre sophrologue ?
— Elle visitait plusieurs sites différents, mais, à chaque fois, l'annonce faisait référence à la même masseuse : Shanice, la coquine. Regarde, dit-il en tapant l'adresse d'un des sites sur l'ordinateur de David. Chaque

annonce comporte les photos d'une fille à moitié nue, mais avec le visage flouté ou masqué. Pour contacter la fille, deux solutions : soit une adresse mail, soit un numéro de portable. Alors, j'ai chipoté dans son ordinateur en cherchant avec l'adresse : shanice-la-coquine@gmail.com. Et là, bingo ! Notre victime avait une deuxième boîte mail en plus de la privée. Et, sur cette boîte, des dizaines de mails demandant des informations de prix et/ou des rendez-vous.

— Tu veux dire que Patricia et Shanice étaient une seule et même personne ?
— C'est bien ce que je crois, oui.

Pour s'en assurer, David consulta les différents sites et compara les numéros de téléphone et adresses mails. Il dut bien admettre que Fabien avait raison.

— Alors, cela explique pourquoi elle a menti à sa famille à propos de son emploi. Et à sa voisine, aussi. Elle n'était pas sophrologue, mais masseuse érotique. En même temps, cela lui permettait de justifier les allées et venues chez elle sans que la voisine ne trouve cela bizarre, argumenta Corduno.
— Oui, ça se tient. En plus, tu sais qu'elle demandait cent cinquante euros pour une heure de massage ou deux cents pour une heure et demi ?
— Bon sang, ça rapporte les massages ! lança David, éberlué.
— *Non peut-être !* Mais j'ai poussé mes recherches un peu plus loin pour confirmer ce que je pensais. Le numéro de téléphone qui figure dans les annonces ne correspond pas à celui que la sœur nous a transmis. J'ai donc appelé Proximus. Mon contact m'a confirmé

que Patricia Verschueren avait deux numéros de téléphone différents. Selon lui, elle avait un portable dans lequel on peut mettre deux cartes SIM, donc deux abonnements différents, mais dans un seul appareil. Par contre, pour obtenir la liste des appels émis et reçus, il faudra faire la demande par écrit avec une autorisation du Juge.

— Je m'en occupe, assura David en notant l'info sur le sous-main de son bureau.

— Merci. Je vais maintenant lire tous les mails de Shanice et espérer y trouver quelque chose d'utile.

— Super ! Tu as fait du bon boulot Fabien. J'ai l'impression qu'on va enfin avancer dans cette affaire.

— Pour les mails, ça va être un rien plus difficile car la majorité d'entre eux viennent de pseudos.

— Euh, ce qui veut dire ? s'enquit David.

— Eh bien, avec une adresse mail du type « prénom.nom@hotmail.com », il est facile d'identifier l'expéditeur. Par contre, si l'adresse est, par exemple, « biloute@hotmail.com », c'est plus compliqué. Je dois faire des recherches avec l'adresse IP pour voir qui l'a envoyé. Donc, dans un premier temps, je lirai les mails, du plus récent au plus ancien et pousserai mes recherches plus loin si le mail me semble suspect.

— Ok, mais pour aller plus vite, peux-tu d'abord faire un classement des mails des trois, quatre derniers jours qui sont des prises de rendez-vous pour la journée d'hier ? Demande à Pascal de t'aider si tu veux.

— Pascal ? Excuse-moi, mais, en informatique, il est encore pire que toi.

— Il ne faut pas être ingénieur pour lire un mail quand même, hein !

— T'inquiète, je travaille beaucoup plus vite seul, assura Fabien.
— Comme tu veux. Je contacte tout de suite le juge afin d'obtenir le mandat pour Proximus, comme ça on pourra avancer sur deux tableaux en même temps.

Quand Fabien sortit du bureau, Alex y entra avant que la porte se referme.

— Chef, j'ai vérifié auprès d'ACTIRIS avec son nom et son numéro de registre national. Elle n'était ni chômeuse, ni demandeuse d'emploi. Alors, j'ai vérifié au tribunal de commerce puisqu'elle était sophrologue et, là, réponse positive. Elle avait un numéro de TVA et était bien indépendante en personne physique, mais pas comme sophrologue. Tu ne devineras jamais ce qu'elle faisait...
— Mmmh, masseuse, hasarda Corduno.
— Bah... M'enfin, comment tu sais ça ? demanda-t-elle, interloquée. À vrai dire, le terme exact qui est repris dans le registre est « massothérapeute ».
— Voilà, notre victime masseuse, répondit David en lui présentant son ordinateur portable afin qu'elle puisse lire l'une des annonces en question.

Alex prit quelques minutes et observa la photo.

— Son visage est masqué. Est-ce qu'on est sûrs que c'est bien elle ? insista-t-elle.
— Après vérification, le numéro de téléphone qui y figure est enregistré à son nom et le Fabe a bien retrouvé la boîte mail sur son PC.

— C'est dingue, tu as vu le prix qu'elle demandait ? Je me demande si je ne devrais pas me recycler. On se casse le cul pour des salaires de misère et elle gagnait de l'or en barre avec ses massages.

— Ce qui me choque le plus, moi, c'est que ses massages n'étaient pas exclusivement réservés aux hommes... Bon, de ton côté, qu'est-ce que ça donne avec les dossiers que Fabien t'a transmis ?

— Heu, je vais m'y mettre tout de suite. Je voulais d'abord faire la vérification auprès d'ACTIRIS et du registre de commerce, répondit-elle en sortant.

Alors que Corduno commençait la lecture du dossier du quatrième suspect, son téléphone se mit à sonner. À la vue du visage de Sasha qui s'afficha sur l'écran, il retrouva instantanément le sourire.

— Mademoiselle Peeters, que me vaut l'honneur ?

— Bonjour, mon cœur. Je m'inquiétais pour toi. Comment vas-tu ?

— Écoute, mon ange, tu n'as aucune raison de t'inquiéter. Tout va bien. Au fait, tu as déjà fini de travailler ?

— Oui, on n'a eu que deux tables ce midi et, une fois que les desserts ont été servis, je suis partie. J'ai congé ce soir. Je pensais aller faire les courses et préparer le *souper*. Tu as une idée de l'heure à laquelle tu rentreras ?

— Je vais essayer de rentrer vers 18h00 au plus tard. Il y a trop longtemps que l'on n'a pas passé une soirée tous les deux, en amoureux. Et si on sortait manger au resto plutôt ?

— C'est gentil, mais je n'ai pas envie de sortir. Je préférerais que l'on reste à la maison.
— Comme tu veux. Je fais mon possible pour rentrer au plus vite. À tantôt, mon cœur.
— À tout à l'heure, mon amour, et sois prudent, hein !

Après avoir raccroché, Corduno se leva et alla se coucher dans le canapé qu'il avait installé dans un coin de son bureau. Comme il passait plus de temps dans ce bâtiment que chez lui et qu'il restait souvent la nuit lorsque les besoins d'une enquête difficile l'exigeaient, il avait de temps en temps besoin de s'octroyer un moment de repos.

Pourtant, cette fois-ci, il ne parvint pas à fermer l'œil. À chaque fois qu'il pensait à Sasha, il sentait son cœur se gonfler d'amour. Il se remémora leur rencontre. Depuis qu'elle était entrée dans sa vie, il était plus heureux qu'il ne l'avait jamais été. Il n'était pas spécialement fleur bleue, mais leur histoire était, à ses yeux, un véritable conte de fées.

⊥⊤⊥

Un peu moins de trois ans plus tôt, alors qu'il était célibataire depuis de nombreuses années et qu'il n'avait eu que de rares aventures sans lendemain, son célibat commença vraiment à le peser. Tout allait bien dans sa vie professionnelle, mais sa vie sentimentale était un grand désert dont il ne voyait pas le bout.

Sur les conseils de Michel, qui, lui, passait d'une aventure à l'autre, il s'était inscrit sur *Rendez-vous.be*, un site de rencontre. Pour être tout à fait exact, c'est Michel et Sandra Dujardin – sa nouvelle conquête et son record de longévité en matière de relation sentimentale – qui insistèrent pour qu'il s'y inscrive.

Ils étaient assez expérimentés dans ce domaine, puisqu'ils s'y étaient rencontrés six mois plus tôt. Ils prirent plusieurs photos de David, les téléchargèrent et sélectionnèrent les plus belles pour les mettre sur son profil. Ensuite, ils détaillèrent ses caractéristiques physiques, décrivirent brièvement ce qu'il aimait dans la vie et ce qu'il recherchait exactement sur le site. Il ne resta alors plus à David qu'à effectuer le paiement de la cotisation mensuelle afin d'obtenir l'accès aux profils des femmes et la possibilité d'entrer en contact avec elles de manière privée.

Il allait éteindre son ordinateur lorsque Michel l'arrêta d'un geste.

— Qu'est-ce que tu fais ?
— Tu vois bien, je vais éteindre mon PC et aller me coucher. Je suis vanné.
— C'est ça. Et, dans dix ans, tu seras encore célibataire. Allez, on va tout de suite lancer une recherche sur les profils féminins en sélectionnant tes critères de préférence.
— Mais qu'est-ce que tu me chantes ? Je pensais que c'étaient les femmes qui allaient me contacter en consultant mon profil. On ne s'est quand même pas décarcassés à le créer pour rien ? râla David.
— Si tu veux rechercher l'âme sœur, tu es obligé de créer ton profil, sinon tu n'as accès à rien. Et puis, il faut savoir forcer le destin.
— Il a raison, confirma Sandra. Fais-nous confiance.
— En plus, tu n'es pas très doué en informatique et tu ne t'en sortiras jamais si on ne te montre pas la marche à suivre. Allez, décris-moi la femme de tes rêves.
— On fera ça une autre fois, si cela ne t'ennuie pas, tenta David en baillant aux corneilles.

— Si, ça m'ennuie. Il n'y en a que pour cinq minutes maxi. Vas-y, je t'écoute, insista Michel.

David dut bien admettre qu'il avait raison ; cela ne prit que quelques minutes pour un résultat qui le laissa bouche bée. Une liste de quarante-huit femmes correspondant à ses critères ne tarda pas à s'afficher sur l'écran.

Sandra lui montra comment consulter chaque profil en détail, comment leur envoyer un message privé et revenir à la liste des candidates afin de consulter le profil suivant. Puis ils prirent congé en lui souhaitant bonne chance.

Rapidement, David se prit au jeu. Il passa des heures à regarder les profils dont les photos lui plaisaient, poussant même l'audace jusqu'à lancer une nouvelle recherche en modifiant certains critères. Il envoya quelques messages privés à ses favorites, puis éteignit son ordinateur et alla se coucher, complètement vidé.

Deux jours plus tard, la série de meurtres débuta et il n'eut plus du tout le temps de penser à sa vie privée et au site de rencontres. Alors que l'enquête piétinait depuis quatre mois, Michel lui demanda si ses recherches avaient donné quelque chose. Il mit plusieurs secondes à comprendre à quoi son ami faisait allusion. Corduno lui répondit qu'il n'avait eu ni le temps ni la tête pour s'occuper de cela.

Le soir même, rentré de bonne heure, David décida de se reconnecter sur le site. Après avoir introduit son nom d'utilisateur et son mot de passe, il reçut une alerte lui signalant que sa boîte de réception était pleine. Pour la consulter, il dut repayer sa cotisation car, après une inactivité de plusieurs mois, son compte avait été provisoirement désactivé. En attendant que le paiement soit enregistré, il mit une pizza surgelée au four et alla se doucher.

Quand il revint dans son bureau avec sa pizza, il ouvrit la boîte de réception. Il avait reçu septante-trois messages. Les plus anciens dataient du jour où il avait créé son profil, les plus récents, d'un peu plus d'une semaine. Les trois premiers messages le laissèrent de glace, tandis que les quatre suivants, émanant de la même femme, avaient été envoyés en l'espace d'une heure et demi. Cela tenait du harcèlement et il décida donc de les supprimer.

Il passa près de deux heures à lire les différents messages, répondant à ceux qui lui plaisaient et éliminant ceux qui venaient de nymphomanes ou de femmes mariées en quête d'une aventure d'un soir. Lorsqu'il ouvrit le soixante-quatrième message, il resta scotché devant la photo d'une jeune femme d'une beauté saisissante. Le message était très bref et disait : « Profil intéressant. Envie d'aller consulter le mien ? »

Il cliqua sur la photo qui le redirigea instantanément vers le profil complet de la belle. Lorsque la page s'ouvrit, il fut accueilli par la photo grand format d'une jeune femme de trente-deux ans. Prénommée Sasha, elle était célibataire et sans enfants. Elle avait le teint mat, des yeux noisette et de longs cheveux noirs ondulés. Après quelques minutes à regarder les différentes photos qu'elle avait publiées, il lut attentivement le profil dans son intégralité, ce qui acheva de le faire craquer.

Il retourna au message et y répondit : « Magnifiques photos et profil TRÈS intéressant. Envie de faire plus ample connaissance ? » Il se sentait tout excité et attendit la réponse avec impatience. Il alla ranger son assiette dans le lave-vaisselle, puis ouvrit son courrier, histoire de faire passer le temps.

Dix minutes plus tard, lorsqu'il revint dans son bureau, il constata que la réponse tant attendue était déjà arrivée. Son cœur se mit à battre la chamade et ses mains tremblèrent lorsqu'il cliqua sur le message pour l'ouvrir : « Je ne vais pas tourner autour du pot. J'ai vraiment eu un coup de cœur pour ton profil et je meurs d'impatience de te connaître. »

À partir de ce jour-là et pendant près d'une semaine, ils s'échangèrent plusieurs messages par jour sur le site, avant d'enfin décider de continuer par mail. Puis, trois jours plus tard, ils se téléphonèrent, convinrent d'un rendez-vous et tombèrent fous amoureux. Un vrai coup de foudre. Ils ne se quittaient pratiquement plus et, cinq mois plus tard, elle vint s'installer chez lui. Depuis lors, David avait l'impression que son amour pour elle croissait de jour en jour. Ils avaient même commencé à parler mariage...

⊥⊤⊥

À 17h00, Corduno avait fini d'éplucher les cinq dossiers transmis par Fabien. Il était convaincu qu'aucun d'entre eux n'avait le profil d'un tueur en série.

Comme ils attendaient toujours les relevés téléphoniques de Proximus, il décida de rentrer chez lui. Il donna les dernières consignes à son équipe avec ordre de l'appeler en cas d'urgence. À cette heure, les tunnels de la petite ceinture seraient complètement bouchés, il décida donc de rentrer à moto.

Il retourna dans son bureau pour y enfiler son pantalon en kevlar, sa veste en cuir et ses bottes. Ensuite, il prit son casque, ses gants et laissa son laptop sur son bureau. En cas de besoin, il pourrait toujours se connecter au serveur de la police au départ de son ordinateur personnel. Il prit l'ascenseur jusqu'au premier sous-sol pour rejoindre le garage.

Sa Triumph Speed Triple était garée entre sa voiture de fonction et la Honda X11 de Michel. Il glissa la clé dans le contact et appuya sur le démarreur électrique. Aussitôt que le moteur vrombit et que le trois cylindres produisit son ronronnement typique, il sentit les poils de sa nuque se hérisser.

Il enfourcha sa moto, sortit du parking souterrain et se dirigea vers son domicile.

Moins de vingt minutes plus tard, il arriva chez lui, à Dilbeek, commune flamande de la périphérie Bruxelloise, où il avait acheté une vieille maison. L'assurance-vie qu'il avait perçue au décès de sa maman lui avait servi à payer l'acompte et les frais de notaire. Il avait contracté un emprunt hypothécaire pour payer le solde de la maison qu'il avait acquise juste avant la flambée des prix de l'immobilier.

Au fil des ans, il avait retapé les pièces une à une selon ses moyens financiers. Peu avant de rencontrer Sasha, il avait transformé sa cuisine en faisant abattre le mur qui la séparait de la salle à manger afin d'en faire une cuisine américaine, avec une cuisinière en îlot central.

Il appuya sur le bouton de la télécommande pour actionner la porte du garage, s'y engouffra et referma derrière lui. Il ôta ses gants, retira son casque et ses bottes, puis pénétra dans le hall d'entrée où il accrocha sa veste au porte-manteau. Il pénétra dans la vaste pièce en L qui composait le salon, la salle à manger et la cuisine.

— Mais quelle bonne surprise ! Je ne t'attendais pas si tôt, l'accueillit Sasha.

— Ah bon ! À voir ta tenue, je pense plutôt que tu étais fin prête à m'accueillir comme il se doit, répondit-il avec un grand sourire.

Elle avait enfilé le tablier qu'elle mettait pour cuisiner et dont l'imprimé imitait la tenue d'une serveuse de restaurant. Elle avait les épaules nues et le haut du tablier peinait à cacher ses petits seins libres de tout soutien-gorge. Elle fit le tour de l'îlot pour venir l'embrasser et, lorsqu'il la serra dans ses bras, il constata qu'elle ne portait absolument rien sous sa tenue de cuisine.

— Vous savez, très chère, que je pourrais vous coffrer pour attentat à la pudeur et tentative de corruption sur un officier de police ?
— Oh oui, sors tes menottes et attache-moi ! surenchérit-elle avec excitation.

Elle l'embrassa à pleine bouche avec une ardeur qui fit monter le désir en lui. S'il n'avait pas porté ce pantalon-là, il aurait pu en déchirer son slip et son jeans, tellement son érection fut vigoureuse. Malgré l'épaisseur du tissu, Sasha s'en rendit compte. Elle souleva le bas de son tablier, qu'elle coinça sous la ceinture, puis lui sauta au cou et enroula ses jambes autour de sa taille tout en l'embrassant de plus belle.

— Fais-moi l'amour, gémit-elle. Maintenant, tout de suite.

David la posa délicatement sur le coin de la table de la salle à manger, défit son pantalon, tout en continuant à l'embrasser, et le laissa tomber sur ses chevilles en même temps que son caleçon. Malgré son ardeur, il la pénétra avec beaucoup de douceur et resta en elle plusieurs minutes sans bouger. Seules sa langue et ses mains s'activaient. Il glissa les doigts de sa main droite sous l'étoffe pour lui caresser les seins tandis que, de la gauche, il frôlait son intimité, intégralement épilée.

N'en pouvant plus, Sasha appuya ses talons sur les fesses de David et commença à lui imprimer un mouvement de va-et-vient. Leur respiration s'accéléra au fur et à mesure que le plaisir montait. Jusque-là, elle était restée assise, les bras autour de son cou. Elle s'allongea de tout son long sur la table et écarta les jambes au maximum offrant son sexe à la vue de son homme qui commença à accélérer ses coups de rein. La jouissance les submergea tous les deux avec une telle intensité qu'il dut s'agripper des deux mains à la table, sans quoi il se serait écroulé, ses jambes tremblantes peinant à le maintenir debout.

Après le *souper*, ils s'installèrent au salon avec leur verre de vin rouge et ne tardèrent pas à refaire l'amour. Il adorait admirer et cajoler le corps musclé de sa compagne, avec beaucoup de douceur et de tendresse. Il descendit et enfouit son visage entre ses cuisses pour goûter avec délice ce fruit défendu et juteux. Ils allèrent se coucher de bonne heure et se racontèrent leur journée respective.

Le lendemain matin, David se leva tôt, se doucha, s'habilla et but deux cafés avant de préparer le plateau petit-déjeuner de Sasha sur lequel il lui laissa un mot doux pour lui souhaiter une bonne journée.

Angie et David, c'était une vieille histoire. Il l'avait connue à l'époque où il s'était essayé à la boxe anglaise. Un ami, Éric, avait réussi à le traîner dans son club sous prétexte « qu'il avait besoin de perdre quelques kilos », ce qui n'était pas faux.

Éric était le propriétaire d'un restaurant connu à Bruxelles, le *French Kiss*. On y mangeait une cuisine française assez raffinée, mais aussi des grands classiques bruxellois. Son médaillon de lotte à l'effiloché de poireaux et crevettes grises, pommes natures était un vrai délice, mais l'*américain préparé* et pommes frites n'avait rien à lui envier.

Éric avait eu la bonne idée d'ouvrir, quelques années plus tard, un snack qui pouvait accueillir les clients ne disposant que de peu de temps le midi. Les deux établissements étant collés l'un à l'autre, il put avoir des cuisines communicantes. Toutes deux se complétaient à merveille et Angie, sa femme, s'imposa sans problème dans cette nouvelle entreprise.

À force de petit-déjeuner au snack le *Petit Kiss*, David et Angie avaient appris à se connaître et, d'année en année, une amitié sincère et indéfectible s'était tissée entre ces deux « belles âmes », comme ils aimaient eux-mêmes se nommer. Après tout, leur deuxième prénom les prédestinaient à se côtoyer *ad vitam æternam*. Pour David, c'était Marie, et pour Angie, c'était Joseph.

Angie était une femme sur qui le glas, encore tout récent, de la cinquantaine n'avait eu absolument aucune emprise. Belle, élancée et avec de larges épaules, elle paraissait dix ans de moins. On l'imaginait aisément en tant que mannequin sportif ou nageuse olympique. Aussi canon dans un jeans que dans un ensemble de Sarah Pacini, il y avait fort à parier qu'elle attirait certains de ses clients pour d'autres raisons que la qualité du déjeuner.

— Hey, salut, toi ! Ça fait des semaines qu'on ne t'a plus vu, je commençais à m'inquiéter ! C'est la première fois que tu me fais ce coup, lança Angie, sur un ton de reproche avec une petite moue boudeuse.
— Tu sais bien que je ne pourrais jamais me passer de toi ! Sérieusement, on n'a pas une minute à nous pour l'instant. D'ailleurs, je passe en coup de vent, je n'ai que dix minutes pour manger. Tu pourrais me préparer ton sandwich spécial Angie, avec beaucoup de Tabasco, s'il te plaît ? Je meurs de faim ! s'exclama David en s'asseyant.
— Je te fais ça directement. Un café ?
— Oui, merci Angie, t'es un amour !

— Je sais, qu'est-ce que tu ferais sans moi ? le taquina-t-elle.

— Je perdrais du poids et ton homme n'aurait plus à m'embrouiller pour que je l'accompagne à la boxe ! rétorqua-t-il avec humour.

— Mais t'es très bien comme ça ! Du moment que Sasha ne se plaint pas, c'est le principal. À ce propos, comment va-t-elle, ta dulcinée ? l'interrogea-t-elle en s'activant à la préparation du sandwich.

— Elle est comme moi, un peu débordée. Et c'est tant mieux parce qu'avec mes horaires de fou, c'est carrément un cas de divorce. On n'a plus le temps de rien. Vivement le mois de juin, qu'on puisse enfin profiter de nos congés et se retrouver. On a réservé dix jours en All-In à Biarritz.

— Toi, en All-In ? Je pense que je vais quand même remotiver Éric à te coller au cul pour la boxe, histoire que tu perdes anticipativement les 5 kilos que tu vas prendre en vacances. Et, à partir d'aujourd'hui, plus que quatre œufs sur le plat pour le petit-déj et pas six. En plus, je pense bien que je vais téléphoner à Sasha pour qu'on se mette au diapason.

— Il y a deux minutes tu me dis que je suis très bien comme ça et, maintenant, tu me mets au régime ? Y a pas à dire, tu es un modèle de stabilité... Est-ce que, par hasard, je ne serais pas tombé la mauvaise semaine ? ironisa-t-il.

— C'est bien possible, lui répondit-elle, en lui déposant son spécial Angie et son café à table. Tout comme il est possible que j'aie eu la main lourde avec le Tabasco... Fallait pas m'énerver ! lui asséna-t-elle sans se départir de son sourire ravageur.

— Franchement, ça va quand même, je ne suis qu'à 125 kilos !

— Ouais, tu as comme qui dirait un problème avec ton IMC!

— Tout-à-fait... Je suis trop petit ! lâcha-t-il avec beaucoup d'autodérision.

Complices, ils éclatèrent de rire. Cinq minutes plus tard, ce fut ragaillardi que David quitta sa meilleure amie pour retourner au boulot, en n'oubliant pas de lui promettre qu'il repasserait encore dans le courant de la semaine.

⊥┬⊥

En garant sa moto au parking, il constata que celle de Michel n'y était pas. Il prit l'ascenseur jusqu'au deuxième étage et se rendit dans son bureau pour se changer. Lorsqu'il entra dans la salle de réunion, il constata qu'Alex, Pascal et le Fabe étaient déjà au boulot. Alex donnait des instructions à quatre agents de terrain afin qu'ils aillent vérifier les alibis des criminels libérés récemment. Pendant ce temps, Fabien et Pascal s'affairaient autour de l'ordinateur en discutant à voix basse.

— Bonjour, lança David. Quelqu'un a déjà vu Michel aujourd'hui ?

— Non. Hier soir, il est parti environ quinze minutes après toi et on ne l'a plus vu depuis expliqua Fabien, en faisant pivoter sa chaise pour faire face à son supérieur.

David sortit son GSM pour le joindre, mais il tomba immédiatement sur sa boîte vocale.

— Il s'est passé quelque chose hier soir ? Ce n'est pas normal qu'il ne soit pas encore là.

— Après ton départ, il a reçu un coup de fil. Il est sorti de la pièce pour répondre, puis, quand il est revenu quelques minutes plus tard, il semblait nerveux. Il est parti ensuite sans rien dire, continua le Fabe, surpris de lire tant d'inquiétude dans les yeux de David.

David tenta de l'appeler sur sa ligne fixe à son domicile, mais n'obtint pas de réponse. Cela commençait à l'inquiéter. Depuis quelques jours, Michel semblait parfois tracassé, ailleurs. Mais c'était bien la première fois qu'il arrivait en retard au boulot et le fait qu'il soit injoignable ne faisait qu'empirer ses craintes.

— Bon, on a du neuf ? demanda-t-il, changeant de sujet.

— Dans les quatre dossiers dont je me suis occupée, trois sont des multirécidivistes : attaques à main armée, vol avec violence, drogue et prostitution. Je ne sais pas si cela fait d'eux des tueurs en série, mais, en tout cas, ce ne sont pas des enfants de chœur, expliqua Alex.

— Moi, j'en ai un qui a purgé une peine pour tentative d'assassinat, enchaîna Pascal. Pour jouer la sécurité, on envoie nos quatre meilleurs agents. Pendant que Tony et Marc les interrogeront, Juan et Philippe surveilleront les lieux pour empêcher toute fuite et prêter main forte en cas de besoin.

— Parfait, sage décision. Et toi, Fabien, tu as du neuf ?

— J'ai consulté les mails reçus par Patricia – alias Shanice – le jour de sa mort et la veille. Seulement deux d'entre eux sont des prises de rendez-vous. L'un pour le jour J et l'autre pour le lendemain. Je dois encore tracer la provenance du mail dont l'expéditeur est un certain « bigwilly@live.be ». Par contre, avec Pascal, on a étudié la liste reçue de Proximus. Apparemment, elle recevait des coups de fil, mais n'en émettait aucun au départ de ce numéro-là. Il y a beaucoup d'appels de moins de trente secondes. Je suppose qu'ils sont tombés sur la boîte vocale. On les a laissés de côté pour l'instant. On s'est concentré sur ceux dont la communication a duré plus longtemps, probablement des prises de rendez-vous, et sur les numéros qui reviennent régulièrement dans la liste. Certains émanent de cartes prépayées et sont donc intraçables. Pour les autres, nous avons reçu les coordonnées des abonnés. Il y a un numéro qui revient au moins une fois par semaine. Je l'ai surligné. Est-ce que ça te dit quelque chose ? demanda Fabien en lui tendant la liste.

Le numéro était au nom d'une firme pharmaceutique bien connue. Immédiatement, un visage s'imposa dans l'esprit de Corduno. Fabien lui tendit la carte de visite que Michel lui avait transmise la veille. David compara le numéro. C'était bien celui de Patrick Devuyst.

— Bordel, je savais que ce type nous cachait quelque chose. Est-ce qu'il avait rendez-vous le jour du meurtre ?
— Je n'en sais rien. Son dernier appel remonte à quatre jours avant et a duré un peu plus d'une minute. Est-ce que l'on prend rendez-vous plusieurs jours à l'avance pour un massage ? réfléchit Fabien à voix haute.
— Je vais charger Michel de me le ramener ici au plus vite. Enfin, dès qu'on aura réussi à le joindre...

Pourquoi est-ce que ça dure si longtemps pour retrouver l'expéditeur du mail ?

— Parce que cela dépend de beaucoup de choses. Le type a pu envoyer le mail depuis un smartphone, une tablette ou encore un ordinateur à son domicile, à son bureau, voire dans un Cybercafé. Si c'est à partir d'un appareil mobile, il a pu se connecter au net depuis un endroit public ou, mieux, un hot-spot quelconque. Je pense que si notre tueur a pris rendez-vous par mail, il aura pris soin de brouiller les pistes. Il a déjà prouvé qu'il est très intelligent, donc j'ai peu d'espoir.

— Vois ce que tu peux faire, mais fais le vite, s'il te plaît. Et puis, si tu arrives à le retrouver, je veux le voir ici, aujourd'hui même, insista David, dont les doigts, tapotant nerveusement la table, trahissaient son impatience.

— Qu'est-ce qu'on fait avec la liste des appels reçus ? Tu veux qu'on les contacte tous pour les interroger ?

— Oui, en commençant par les appels du jour de la mort pour remonter aux jours précédents. Partagez-vous la tâche avec Alex et Pascal.

— Parfait, on s'y met tout de suite.

David retourna à son bureau et essaya à nouveau d'appeler Michel. Cette fois-ci, il répondit à la troisième sonnerie :

— Où es-tu ? Qu'est-ce qui se passe ? Ça fait presque une heure que j'essaie de te joindre, enchaîna-t-il sans reprendre son souffle.

— Désolé, répondit Michel d'une voix pâteuse. Je viens juste de me réveiller.

— Tu as fait la fête hier soir ou quoi ? s'emporta David.

— Non, non, c'est juste que j'ai mal dormi. Je me douche et j'arrive.

— Sur le chemin, j'aimerais que tu ailles me cueillir Patrick Devuyst. Il figure sur la liste des appels reçus par notre dernière victime. Apparemment, il l'appelait au moins une fois par semaine.

— Ok. Je me grouille, répondit Michel.

— Quand tu arrives, tu me le fous en salle d'interrogatoire, puis tu viens me voir dans mon bureau. Il faut qu'on parle. J'ai l'impression qu'il y a quelque chose qui cloche depuis deux ou trois jours.

— Mais non, tout va bien, t'inquiète... tempéra-t-il.

Chapitre 5

— Bonjour ma jolie Sylvie, lança Michel en pénétrant dans le hall du bâtiment.
— Oh, voilà mon chevalier servant. Alors, ça y est, vous êtes venu lui botter le cul ? dit la réceptionniste, les yeux brillants d’excitation.
— C'est un peu ça, oui, concéda-t-il.
— Sans même que je doive vous appeler ? Quel homme galant.
— J'avoue que l'idée de vous revoir y est également pour quelque chose.
— Mmm, minauda-t-elle.
— Bon, sérieusement maintenant, il est là votre patron adoré ?
— Je ne l'ai pas encore vu aujourd'hui. Je vais demander à Francine, dit-elle en décrochant son téléphone.
— Non, laissez tomber. Je vais monter directement à son bureau. Vous seriez un chou de ne pas la prévenir.
— Comme vous voulez. À tout à l'heure, dit-elle en lui faisant un clin d’œil.

Michel sortit de l'ascenseur au cinquième étage en retenant sa respiration. Ses craintes n'étaient pas fondées, Francine ayant bien meilleure mine que la veille. Elle était plus détendue, plus sereine et avait l'air d'être passée chez le coiffeur. En s'approchant de son bureau, il constata même qu'elle était légèrement maquillée.

— Bonjour, Madame. Inspecteur Meerpoel. Vous vous souvenez de moi ?
— Bien sûr. Il me faut plus de vingt-quatre heures pour oublier un visage vous savez, surtout lorsqu'il s'agit d'un si joli garçon.
— Il est ici le big boss ? interrogea-t-il, un brin perturbé par l'attitude coquine de la secrétaire.
— Non, il est parti en voyage d'affaires pour trois jours.
— Quand est-il parti ?
— Une heure après votre visite d'hier. Il s'est rendu au siège de la société, en Suisse. Il avait l'air très énervé et troublé quand vous l'avez quitté. Vous l'avez un peu secoué ? s'intéressa-t-elle.
— Comment est-il parti ? En avion ou en voiture ? demanda-t-il sans répondre à sa question.
— En avion. Je lui ai personnellement réservé son billet Bruxelles-Bâle, aller-retour.
— Pouvez-vous me communiquer son adresse personnelle ?
— Bien sûr. Que se passe-t-il ? Il est soupçonné de quoi ? demanda-t-elle, dévorée par la curiosité.
— Je ne peux rien dire, Madame, tant que l'enquête est en cours. Vous seriez bien gentille de me prévenir dès qu'il revient. Voici ma carte avec le numéro de ma ligne directe.
— Pas de problème, Inspecteur.

Une fois de retour dans sa voiture, Michel appela David pour le mettre au courant de la situation.

— Je vais faire contrôler s'il a bien pris son vol et s'il est arrivé à destination. Va voir si tu peux tirer quelque chose de sa femme, puis rapplique ici.

— Si cela ne t'ennuie pas, je voudrais faire un détour par Schaerbeek pour rendre visite à un gars qui est sorti de taule il y a quatre jours. Il a l'air de correspondre au profil.

— Si tu étais venu au bureau ce matin, tu saurais qu'Alex a déjà envoyé quatre agents de terrain pour interroger les ex-détenus de la liste du Fabe. Donne-moi ses coordonnées, je vais vérifier s'ils y sont passés. Sinon, je te les enverrai pour que tu ne sois pas seul. Vous me le ramènerez ici ensuite. Et pas de conneries, hein ? Tu attends les renforts avant d'agir.

Vingt-cinq minutes plus tard, Meerpoel se gara à quelques mètres de la maison d'Algas Bektachis. L'équipe d'intervention en route n'allait plus tarder. Il sortit de sa mallette le dossier du gars pour étudier sa photo de près. Elle avait été prise lors de son incarcération deux ans plus tôt. Il avait une grosse tête ronde avec une mâchoire puissante, un nez épaté de boxeur professionnel et de petits yeux cruels. Il était mal rasé et avait les cheveux courts.

Il avait été arrêté après avoir tabassé le client d'une des « filles » qui travaillaient pour lui en vitrine rue d'Aarschot. Suite à son arrestation, l'une de ses employées avait eu le cran de porter plainte contre lui pour coups et blessures. Parce qu'il l'avait soupçonnée d'avoir volé une partie de ses gains, il l'avait copieusement battue en guise de représailles.

Ce mec était une teigne ultra violente et toujours armée. Il faisait également partie d'une bande qui, comme lui, trempaient dans le proxénétisme, la traite d'êtres humains et le racket. Ils étaient aussi connus pour trafic de drogue.

Michel referma le dossier, consulta sa montre, puis porta son attention sur la maison où Bektachis occupait un petit flat au premier étage. La dernière victime était masseuse érotique et lui, un mac. Peut-être la jeune femme faisait-elle plus que des massages et travaillait-elle pour lui ? C'est en tout cas ce raisonnement qui l'avait amené ici.

Il connecta son oreillette Bluetooth à son portable, se l'enfonça dans l'oreille et composa le numéro de Juan Candelario, chef de l'équipe d'intervention.

— C'est Michel. Vous êtes encore loin les gars ?
— On est sur le boulevard Lambermont, à hauteur du parc Josaphat. Le GPS indique que nous serons là dans trois minutes.
— Vous êtes avec deux voitures ?
— Oui, confirma Juan.
— Parfait. Il habite au 34. Je me suis garé devant le 30. J'aimerais que vous mettiez une des deux voitures en amont de ma position et l'autre en aval. Que les chauffeurs restent au volant, moteurs allumés et que deux hommes viennent avec moi pour l'interpellation. Le mec est dangereux et probablement armé. On va y aller en douceur et lui demander de nous accompagner au commissariat.
— Ça marche, répondit Juan.

Quelques minutes plus tard, Michel les vit se mettre en place. Juan et Marc sortirent des véhicules pour rejoindre Michel, qui sortait de la sienne.

— As-tu déjà vu du mouvement ? demanda Juan.
— Non, rien du tout. Il habite au premier. On va sonner au rez-de-chaussée pour se faire ouvrir la porte de l'immeuble. S'il n'y a personne, on essaiera d'ouvrir nous-même.

Juan et Marc étaient tous les deux bien bâtis, ce qui suffirait certainement à impressionner le bonhomme sans avoir besoin de recourir à la force. Après tout, malgré son profil et ses antécédents, il n'était peut-être pour rien dans la mort de Patricia Verschueren.

Du trottoir, une petite allée pavée menait à la porte d'entrée. Du côté gauche, à côté de la grille, se trouvaient trois boîtes aux lettres en métal à moitié déglinguées. À part celle du bas, les deux autres ne portaient pas de nom et débordaient de brochures publicitaires et de journaux.

Michel s'approcha de la porte d'entrée, ses deux collègues sur les talons. Comme pour les boîtes aux lettres, seule la sonnette du bas mentionnait un nom. Quand Michel sonna trois petits coups brefs, ils entendirent la tonalité résonner dans l'appartement du bas. En-dehors de cela, la maison était silencieuse.

Michel secoua doucement la porte. Vu le jeu entre le chambranle et la porte, il en déduisit qu'elle n'était pas verrouillée. Il sortit de sa poche un morceau de plastique rond et souple d'une quinzaine de centimètres de diamètre pour l'introduire sous la serrure. Il monta le plastique jusqu'au pêne lançant en agitant la porte, qui s'ouvrit dès le premier essai. Il rangea le plastique dans sa poche et se retourna vers ses collègues :

— Vous êtes témoins les gars. La porte était entrouverte lorsque nous sommes arrivés, dit-il en leur adressant un clin d'œil.
— *Non peut-être*, répondit Juan avec un sourire complice.

Dans la pénombre du couloir, Michel vit briller le témoin de l'interrupteur. Face à la porte, se trouvait l'escalier qui montait vers les étages. Sur la droite, un petit couloir menait vers l'entrée de l'appartement du rez-de-chaussée.

Michel commença à monter l'escalier. Il venait à peine de poser le pied sur la deuxième marche lorsqu'une porte s'ouvrit et se referma à l'étage. Il s'immobilisa et fit signe à ses coéquipiers de ne pas bouger. Un pas lourd descendit rapidement la première volée d'escalier. Arrivé sur le palier de l'entresol, l'homme tourna et descendit les trois premières marches avant de s'arrêter. Même s'il avait les cheveux plus longs que sur la photo examinée quelques minutes plus tôt et qu'il était rasé, Michel le reconnut immédiatement.

Bektachis sembla hésiter quelques secondes entre remonter ou continuer à descendre. Puis, soudain, il écarta les jambes, fléchit les genoux et, avec un cri guttural, plongea droit sur Michel, qui eut juste le temps de se laisser tomber à plat ventre sur les marches. L'homme vola au-dessus de lui et s'écrasa lourdement au pied de l'escalier, les jambes de part et d'autre de celles de Michel, qui en profita pour lui asséner un bon coup de pied entre les deux gros orteils.

Bektachis hurla de douleur. En une poignée de secondes, Juan réagit en lui plantant un genou entre les omoplates. Il lui ramena les deux bras dans le dos avant de le menotter, puis, avec l'aide de Marc, le força à se relever. Michel sortit sa carte de police, la lui fourra sous le nez et lui cria, quelque peu essoufflé :

— Vous êtes en état d'arrestation pour agression sur un inspecteur de police !
— Je pas savoir que vous être police, bredouilla-t-il dans un français approximatif.
— J'en ai rien à foutre. Peu importe qui nous sommes, vous nous avez agressés avant même que l'on puisse se présenter. Vous êtes à peine sorti de prison que

vous recommencez déjà à déconner. Vous êtes bon pour retourner en cabane.

— Quoi cabane ? Je pas comprendre.
— Tu vas retourner d'où tu viens mon coco. Tu piges ça ?
— Je vouloir avocat, exigea-t-il durement.
— Ouais, c'est ça. Tu passeras ton coup de fil de l'Amigo[1]. Fouillez-le, dit-il à ses collègues, mettez toutes ses affaires dans un sac, puis embarquez-le.
— Joli réflexe, lui lança Juan, tandis qu'ils sortaient de la maison.

Juan fit signe à Philippe, qui démarra en trombe et s'arrêta devant eux dans un crissement de pneus. Il poussa l'homme sur la banquette arrière en prenant bien soin de lui cogner la tête sur le montant du toit. Cela le tiendrait calme le temps du trajet.

⊥┬⊥

Michel entra dans le bureau de David qui achevait une conversation téléphonique. Il leva les yeux et lui fit sèchement signe de s'asseoir. Lorsqu'il eut raccroché, Michel lui raconta en détail ce qui s'était passé.

— Est-ce qu'il a demandé un avocat ?
— Oui. J'ai demandé à Pascal de le laisser téléphoner et de le surveiller. Il est en salle d'interrogatoire.

---

[1] Au 16e siècle, le mot flamand « vrunt » signifiait « prison ». La prononciation étant proche du mot « vroend » signifiant « ami », les espagnols l'auraient traduit par Amigo. D'où l'origine du nom de la rue et de la prison du commissariat.

— Ok. On ne bouge pas tant qu'il n'a pas parlé à son avocat. Je ne tiens pas à merder pour une question de procédure.

— Ce mec est une grosse brute. Un peu con, mais, physiquement, il ne faut pas le sous-estimer.

— Et toi ? sonda David

— Quoi moi ?

— Qu'est-ce qui se passe ? Tu n'étais pas là ce matin et tu étais injoignable.

— Ça va, je t'ai dit de ne pas t'inquiéter, grommela Michel.

— Ne pas m'inquiéter ? On est au cœur d'une enquête d'une importance capitale et, toi, tu n'es pas disponible quand on essaie de te joindre. C'est ton supérieur qui te parle, là, pas ton ami. Je veux tout le monde à cent pourcent sur cette enquête, vingt-quatre heures sur vingt-quatre, jusqu'à ce qu'on l'ait résolue. On aura besoin de tout le monde pour arrêter ce malade. Pas question de tourner avec une équipe réduite ou de perdre du temps à te chercher.

— Je pense que l'on tient une bonne piste avec ce gars, se défendit Michel.

— On n'a que dalle pour le moment. Si son avocat est bon, dans moins de deux heures, il sera dehors. Va voir si Fabien a besoin d'un coup de main, commanda Corduno.

Alex et Pascal se trouvaient en salle de réunion. Ils téléphonaient à tous les numéros figurant sur la liste reçue de la part de Proximus. Le but était d'arriver à convoquer tous les clients qui avaient appelé Shanice pour les interroger et leur demander un prélèvement ADN.

Alex n'en revenait pas. Certains jours, elle recevait entre cinquante et soixante appels. Rien que pour les cinq derniers jours avant sa mort, cela faisait plus de deux cents numéros à appeler. Avec Pascal, ils avaient convenu de faire un premier tri sous la forme d'un tableau Excel. Tous les appels qui avaient duré moins de trente secondes et qui ne figuraient qu'une seule fois dans la liste étaient classés dans la première colonne. Les numéros qui revenaient plus d'une fois étaient répertoriés dans la deuxième. Enfin, les appels uniques de plus d'une minute figuraient dans la troisième.

Pour commencer, ils allaient devoir concentrer leurs efforts sur les deux dernières colonnes. Les contacts de la première étant probablement tombés sur le répondeur sans pour autant avoir laissé de message, il y avait fort à parier qu'ils n'avaient jamais rencontré Patricia, alias Shanice.

C'était un travail de fourmi. À cette heure de la journée, la plupart des gens étant au travail, ils tombaient fréquemment sur les messageries vocales. Ils devaient rappeler ces numéros toutes les trente minutes jusqu'à ce qu'ils les aient finalement en ligne. Plusieurs personnes affirmèrent avoir appelé de nombreuses filles pour avoir des infos et ne se souvenaient pas particulièrement de Shanice.

Après trois heures de boulot, seules quatre personnes – trois hommes et une femme – avaient reconnu à Alex être des habitués de Shanice. Tous les quatre avaient promis de passer après leur travail pour témoigner et livrer un échantillon de leur ADN. Pascal avait eu moins de chance. Seuls deux hommes avaient admis être venus se faire masser par la victime au cours de la semaine. Ils acceptaient de venir au poste pour autant qu'on leur promette une certaine discrétion.

— J'en ai ma claque. Je vais faire une pause, grogna Pascal. Tu veux un kawa ?

— Non, je préfère un Coca light... Et un Snickers aussi.

— Eh, *fieke*, y a pas marqué « Bancontact » ici, dit-il en se passant le doigt sur le front.

— Tais-toi, rapiat. Pour toutes les fois où c'est moi qui paie, c'est bien le moins que tu puisses faire, rétorqua Alex.

Pascal grommela en fouillant dans ses poches à la recherche de monnaie, lorsque le téléphone de la salle de réunion sonna. Sur l'écran, il vit qu'il s'agissait d'un appel interne, provenant de l'accueil.

— *Dag, schatteke*, répondit-il.

Il écouta quelques secondes avant de répondre :

— C'est bon, tu peux le faire monter au deuxième. Merci *chouke*. L'avocat de l'autre *snul* est là, annonça-t-il après avoir raccroché. Je vais l'attendre près de l'ascenseur. Tu préviens Corduno ? demanda-t-il à Alex, qui opina du chef.

Pascal accompagna l'avocat jusqu'au bureau de Corduno, frappa à la porte, l'ouvrit et s'effaça pour le laisser entrer.

— Maître Dewinter, se présenta-t-il à David d'un air hautain. Où est mon client ?

— David Corduno. C'est moi qui dirige la brigade criminelle. Votre client est en salle d'interrogatoire. Il vous attend.

— J'ose espérer que vous ne l'avez pas interrogé avant que je m'entretienne avec lui.

— Non, Maître. Nous connaissons la procédure. Depuis qu'il a émis le souhait de consulter un avocat, la seule question que nous lui ayons posée était de savoir s'il voulait boire quelque chose.
— Je vais aller lui parler et je reviens vous voir. J'espère sortir d'ici, avec lui, dans moins d'une heure.
— Nous verrons bien. Allez d'abord lui parler.
— J'y compte bien, répondit-il sèchement.
— Je vous laisse dix minutes, Maître. Pas une de plus.

L'avocat le défia du regard pendant quelques secondes, s'attendant probablement à l'intimider, puis il tourna les talons et sortit du bureau. Pascal l'accompagna auprès de son client, referma la porte et attendit devant.

Dix minutes plus tard, la porte se rouvrit et l'avocat fonça d'un pas décidé vers le bureau de David sans même adresser un regard à Pascal. Il entra dans le bureau dont la porte était restée ouverte et se campa, droit comme un i, en face de David.

— Je peux savoir ce que vous avez contre mon client ?
— Au minimum, agression contre un représentant de l'ordre dans l'exercice de ses fonctions.
— Vous voulez dire qu'il a rencontré votre inspecteur en rue et qu'il l'a agressé ?
— Je ne sais pas ce qu'il vous a raconté, mais, non, ça ne s'est pas passé comme ça.
— Je suis curieux d'entendre votre version des faits.
— Nos hommes sont allés à son domicile pour l'interroger dans le cadre d'une enquête en cours.
— Et ils se sont introduits chez lui par effraction ?
— Non, absolument pas. Ils se sont présentés devant la maison qui comprend trois appartements. Seule la sonnette du rez-de-chaussée comportait un nom. Ils

ont sonné sans obtenir de réponse. Comme la porte d'entrée était entrebâillée, ils sont entrés. Ils n'ont même pas eu l'occasion de monter les escaliers que votre client leur est tombé dessus.

— Il affirme qu'ils ne se sont pas présentés et, comme ils étaient en civil, il ne s'est pas rendu compte qu'ils étaient policiers.

— Il ne leur en a pas laissé l'occasion. Dès qu'il les a vus, il leur a sauté dessus du haut de l'escalier. Au vu du contenu de son casier judiciaire, ils ont préféré se protéger et le maîtriser avant de lui lire ses droits.

— Et au passage, ils l'ont roué de coups ?

— Vous voulez rire ? Quand on est inconscient au point de se jeter du haut d'un escalier, il ne faut pas s'étonner de se blesser. Il y a seulement quatre jours qu'il est sorti de taule et il agresse déjà trois personnes qui pouvaient très bien être des visiteurs pour l'un de ses voisins. Avouez qu'il s'agit d'un comportement pour le moins suspect.

Tout en astiquant ses boutons de manchettes et sans répondre à la dernière remarque de l'inspecteur, l'avocat prit le temps de réfléchir à cette dernière réplique. Finalement, il toisa Corduno de toute sa hauteur et lança :

— Ça ne me dit toujours pas pourquoi vous vouliez l'interroger. Que lui reprochez-vous ?

— Nous enquêtons sur une affaire de meurtre en série. Les crimes ont cessé il y a deux ans et ont repris il y a deux jours. Alors, nous interrogeons tous les criminels qui ont été incarcérés après le dernier meurtre et libérés récemment. Monsieur Bektachis en fait partie.

— Donc, si je comprends bien, vous n'avez absolument rien contre lui.

— En effet, c'était un interrogatoire de routine et il n'était pas plus suspect que les autres, sauf que, maintenant, à cause de sa réaction, il passe en tête de liste. Nous allons en tout cas le garder pour agression sur policiers.

— Je souhaiterais voir les agents qu'il a agressés afin de pouvoir photographier leurs blessures ou contusions.

— Aucun d'eux n'a été blessé. Ils ont été plus rapides et plus malins que lui.

— Alors, vous n'avez aucune preuve. Donc, dans cinq minutes exactement, lui et moi monterons dans ma voiture et nous en irons.

— C'est la parole d'un inspecteur assermenté contre celle d'un criminel qui sort tout juste de prison. Alors, blessures ou pas, nous allons bien le maintenir vingt-quatre heures en garde à vue.

L'avocat devint rouge de colère et s'apprêtait à répliquer lorsque Alex ouvrit la porte du bureau, passa la tête et fit signe à David de venir.

— Laisse-moi cinq minutes, lui répondit-il.

— Désolé, chef, c'est très important. Vraiment.

— Ne bougez pas, Maître, je reviens tout de suite.

Il suivit Alex dans la salle de réunion. Elle lui tendit la liste sur laquelle elle travaillait avec Pascal depuis plusieurs heures, lui mit un téléphone entre les mains et lui suggéra de composer le numéro surligné.

— Qu'est-ce que tu me fais ? lui demande-t-il.

— Il y en a pour deux secondes, chef. Fais-moi confiance, ça va te plaire.

David s'exécuta et porta le téléphone à son oreille. Dès la première sonnerie, il entendit une musique retentir dans la pièce. Il fixa Alex avec stupeur. Il raccrocha et recommença l'opération. À nouveau, la même musique se fit entendre. Il se dirigea vers le sac de pièces à conviction d'où provenait la musique. Il raccrocha et se tourna vers Alex qui lui souriait de toutes ses dents.

— À qui est ce téléphone ?
— À notre gus qui est en salle d'interrogatoire, annonça-t-elle fièrement.
— Tu es géniale, lui répondit-il avec un grand sourire.
— Je savais que ça te plairait, répondit-elle en rougissant.

Il lui rendit son téléphone et repartit vers son bureau avec la liste en question.

— Je suis désolé de vous avoir fait attendre, Maître Dewinter. Ma collègue avait raison, c'était extrêmement important. J'espère que vous n'êtes pas pressé ? Finalement, on va le garder un peu plus longtemps que prévu, votre brave client.
— Ce qui veut dire ?

David lui colla la liste sous le nez et lui indiqua le numéro de téléphone.

— C'est quoi ce numéro ? demanda-t-il.
— Ceci, c'est la liste des appels reçus par la dernière victime de notre fameux tueur en série.

— Je vous repose la question, c'est quoi ce numéro ?
— Celui de monsieur Bektachis. Il lui a téléphoné la veille du meurtre. À partir de maintenant, il est bien relié à notre victime et nous avons donc de bonnes raisons de le soupçonner. Je suppose que vous souhaitez assister à l'interrogatoire ?
— Vous n'aviez rien contre lui et, au moment où l'on s'apprêtait à prendre congé de vous, voilà que vous nous sortez un atout de votre manche. Est-ce que, par hasard, vous me prendriez pour un imbécile ?
— Oh non, Maître ! Je n'oserais pas, répondit-il sarcastiquement. C'est juste que le travail de notre équipe commence enfin à porter ses fruits. Pendant que nous papotons, il y en a qui bossent et qui font même du très bon boulot.
— J'ai à nouveau besoin de dix minutes pour m'entretenir avec mon client, seul à seul.
— Je vous en laisse cinq, pas une de plus. Ensuite, que ça vous chante ou non, nous commencerons l'interrogatoire.

L'avocat quitta la pièce d'un pas raide. David mit ce temps à profit pour informer Michel de la situation et lui demander d'assister à l'interrogatoire. Au bout du délai accordé, ils pénétrèrent dans la pièce. David s'assit en face de Bektachis et de son avocat pendant que Michel enclenchait la caméra, qui se trouvait dans un coin de la pièce, face au suspect. Il était toujours menotté à l'anneau fixé au plateau de la table. La longueur de la chaîne lui laissait suffisamment de liberté pour pouvoir boire ou écrire.

Corduno prit la parole et énonça clairement la date, l'heure ainsi que l'identité de toutes les personnes présentes dans la pièce. Il posa sur la table le sachet contenant le téléphone de Bektachis :

— Monsieur Bektachis, pouvez-vous me confirmer que cet appareil est bien le vôtre, s'il vous plaît ?

Le prévenu hocha la tête.

— Je vous prie de bien vouloir répondre à mes questions à voix haute.
— Oui.
— Pourriez-vous m'écrire votre numéro de téléphone ? suggéra-t-il en lui tendant un carnet et un stylo bille.

Il obtempéra, après que son avocat lui eut fait un signe de la tête. David récupéra le carnet et composa le numéro avec son propre téléphone. L'appareil qui était posé sur la table entre eux se mit à sonner. David raccrocha.

— Maître Dewinter, je vous prie de bien vouloir comparer le numéro que votre client vient d'inscrire sur ce carnet avec celui qui figure sur la liste et celui que je viens de composer à l'instant.
— Oui, c'est bien le même numéro, confirma-t-il. Mais, à vue d'œil, cette page comporte environ cinquante numéros. Et, regardez, ici en bas de page, il est noté clairement qu'il s'agit de la quatrième page sur une liste qui en compte dix. Ce qui veut dire que votre victime a reçu, grosso modo, cinq cents appels téléphoniques. Alors, pourquoi mon client est-il le seul à se trouver dans vos locaux pour interrogatoire ?
— D'abord, parce qu'il est le seul à avoir agressé mes collègues. Ensuite, ne vous tracassez pas, il y en a

d'autres qui vont défiler. Actuellement, votre client n'est pas encore accusé de meurtre. Mais nous aimerions savoir pourquoi il a téléphoné à une jeune femme qui, le lendemain, s'est fait assassiner. Et puis, sa réaction violente lors de son interpellation nous pousse à penser qu'il a quelque chose à se reprocher.

— Il vient de passer deux ans en prison, entouré d'hommes. Il a donc eu envie de recourir aux services d'une jeune femme pour, je dirais, soulager un besoin naturel et humain. Cela ne fait pas de lui un meurtrier.

— Nous sommes donc d'accord pour dire qu'il est entré en contact téléphonique avec notre victime. Mais ce que j'aimerais savoir c'est s'il s'est rendu chez elle pour recevoir un massage, poursuivit David.

— Non, il affirme que le prix demandé était trop élevé pour lui.

— Maître Dewinter, notre victime avait posté des annonces pour massages sur plusieurs sites web. Nous les avons consultés et, dans chaque annonce, le prix demandé est clairement indiqué. Il devait donc savoir, bien avant de lui avoir téléphoné, que cette dépense serait trop élevée pour son budget. Donc, je répète ma question : pourquoi lui a-t-il téléphoné si ce n'était pas pour prendre rendez-vous ?

L’avocat se pencha vers son client, avec qui il s’entretint à voix basse quelques secondes, puis, d’un hochement de tête, l’autorisa à répondre à la question.

— Je vouloir demander bon prix, répondit Bektachis.

— Un bon prix ? Maître, vous entendez ça ? Vous croyez vraiment que je vais gober un truc pareil ?

Je pense que vous ne comprenez pas bien de quoi il est question. Alors, je vais vous expliquer cela pour que vous ayez une vue claire de la situation. Nous avons un tueur en série qui a assassiné cinq personnes. Le cinquième meurtre a eu lieu environ quinze jours avant l'incarcération de votre client, il y a deux ans. Il sort de prison et, moins d'une semaine plus tard, nous avons une nouvelle victime, une masseuse érotique. Votre client travaille dans le milieu de la prostitution et, en plus, on sait maintenant avec certitude qu'il lui a téléphoné. Cela fait beaucoup de coïncidences et, moi, je ne crois pas aux coïncidences.

— Vous n'avez encore que des présomptions. Il vous faudra bien plus que ça pour pouvoir l'inculper, le défendit Maître Dewinter.
— Monsieur Bektachis, où étiez-vous mardi soir entre 18h00 et 21h30 ?
— Je crois... chez moi, répondit-il avec hésitation.
— Seul ou quelqu'un pourrait en témoigner ?
— Je juste sortir de prison. J'a pas de femme et non plus pas de amis.
— Vous voyez, Maître, il n'a pas d'alibi pour le soir du meurtre et nous avons une preuve irréfutable qu'il était entré en contact avec notre victime. J'ai donc largement de quoi le maintenir en garde à vue. Et, en tenant compte du fait qu'il sort de taule, je pense que je n'aurai aucun mal à trouver un juge qui acceptera de la prolonger. Acceptez-vous que nous procédions à un prélèvement d'ADN ?
— Pas question ! protesta l'avocat avec véhémence.
— Écoutez, si votre client est innocent, comme vous semblez le croire, son ADN pourrait servir à le disculper. Vous n'avez donc pas de raison d'être

inquiet. Par contre, en refusant ce prélèvement, vous confirmeriez les soupçons qui pèsent sur lui.

Finalement, c’est de fort mauvaise grâce qu’il accepta de soumettre Bektachis au test. David ouvrit l'épais dossier cartonné qui était posé sur la table devant lui et en sortit les photos d'identité des cinq premières victimes pour les aligner sur la table devant le suspect et son avocat.

— Monsieur Bektachis, reconnaissez-vous ces personnes ?

Il ne leur accorda qu'un bref regard distrait avant de secouer la tête.

— Je vous prie de bien vouloir les regarder plus attentivement et de répondre à voix haute et intelligible.
— Je jamais voir ces gens, répondit-il après les avoir inspectées plus minutieusement.
— Peut-être les reconnaîtrez-vous mieux sur celles-ci, lança Corduno en déposant respectivement les photos des cadavres, tels qu'ils avaient été découverts, par-dessus les premières.

L'avocat blêmit et eut un haut-le-cœur en découvrant les atrocités infligées aux malheureuses victimes alors que son client ne broncha pas.

— Vous croire que moi faire ça ? demanda-t-il au bout de quelques instants.
— Je pense clairement que vous en seriez capable.
— Vous tromper sur moi. Pourquoi je faire ça à des gens que je pas connaître ? se défendit-il.

— C'est ce que nous allons tenter de découvrir. Nous avons fait des dizaines de prélèvements sur chacune de ces scènes de crimes et, si l'un d'eux correspond à votre ADN, je vous garantis que vous passerez le restant de vos jours derrière les barreaux. Je vois à votre tête, Maître Dewinter, que vous avez compris que la situation est très grave et que nous ne nous acharnons pas bêtement sur votre client.

Celui-ci se leva sans répondre et sortit de la pièce sans accorder le moindre regard à son client ou à Corduno. David ne savait pas s'il était parti rendre son déjeuner ou s'il était à bout d'arguments. En tout cas, il semblait clair qu'il avait été vraiment secoué par ce qu'il venait de voir et en avait perdu de sa superbe.

David fit procéder au prélèvement de salive et annonça l'heure de la fin de l'interrogatoire, avant de faire signe à Michel d'éteindre la caméra. Ensuite, il fit escorter Bektachis par deux agents afin de le boucler dans une cellule du sous-sol et convoqua toute l'équipe en salle de réunion.

— Tout le monde a bien bossé. Je pense que l'on tient enfin une piste sérieuse, annonça David lorsque tous furent installés autour de la table. Je vais demander à faire prolonger sa garde à vue de vingt-quatre heures supplémentaires, ce qui veut dire qu'il nous reste un peu moins de quarante-cinq heures pour trouver d'autres preuves. Pascal et Alex, je veux que vous montriez la photo de notre homme aux voisins de Patricia Verschueren. Ceux de l'immeuble, mais aussi tous ceux de la rue. Allez-y ce soir, quand les gens seront rentrés du boulot. Fabien, j'aimerais que tu vérifies avec les opérateurs de téléphonie mobile si

Bektachis avait un abonnement avant son incarcération. Vois également si tu peux relier ce numéro avec l'une ou l'autre des victimes précédentes. Michel, tu vas m'éplucher la vie de ce type dans les moindres détails, avant et pendant son séjour en prison. Je veux savoir qui il voyait, avec qui il mangeait, avec qui il « travaillait ». Enfin, bref, la totale.

— Ok. J'aimerais commencer par fouiller son appartement. Il nous faudrait un mandat de perquisition, notifia Michel.

— Je vois cela avec le juge, accorda David.

Subitement, Corduno prit conscience de ce qui le taraudait depuis l'interrogatoire. Tout accusait Bektachis et ils tenaient peut-être l'assassin, mais il était évident que les lacunes en français du suspect n'étaient pas feintes. Cela contrastait fortement avec le machiavélisme développé pour cette série de meurtres, sans parler de sa difficulté à aligner trois mots correctement, qui ne cadrait pas avec les messages rédigés à son attention.

— Chef... David ! A-t-on déjà reçu le rapport de la scientifique pour l'appart de notre victime masseuse ? demanda Fabien pour la deuxième fois.

— Non, pas encore, répondit David, qui remarqua que tous les regards étaient braqués sur lui. Pourquoi ?

— Comme elle faisait des massages en enduisant le corps de ses clients avec de l'huile, j'ose imaginer qu'ils devaient prendre une douche avant de partir. On devrait donc pouvoir retrouver des poils et des cheveux dans la baignoire ou dans le siphon et les comparer avec ceux de notre suspect, proposa Fabien.

— Bien vu, répondit David. Alex, tu peux te charger de vérifier si la scientifique a bien fait ces prélèvements ? Et, si cela n'a pas été fait, qu'ils y retournent rapido.

— Je pense aussi à autre chose, répondit-elle. Les massages se terminaient par une masturbation. On devrait donc aussi retrouver des préservatifs ou des kleenex avec du sperme. Je vais voir s'ils ont trouvé quelque chose de semblable lors de la fouille de l'appart.

— Très bonne idée. Mais toutes ces analyses ADN vont prendre plus de quarante-huit heures. Donc, si on veut le garder plus longtemps, il faudra trouver du solide avant cela. Les gars, dit-il en se tournant vers Juan et Marc qui assistaient à la réunion, vous continuez à rendre visite aux autres détenus qui ont été libérés. Je vous donne vingt-quatre heures pour tous les voir. Et puis, vous me ferez parvenir votre rapport.

— Bien chef, on s'y met tout de suite, acquiesça Juan.

— De notre côté, intervint Pascal, j'ai réussi à contacter deux hommes qui sont venus se faire masser cette semaine chez cette pauv' *fieke*. Ils vont encore passer au poste cet aprèm. Alex, elle, en a eu quatre en ligne, dont une femme, qui vont également passer ce soir après leur boulot.

— Parfait, tout ça. Allez, au boulot tout le monde, encouragea David. Moi, je m'occupe de notre PDG, Patrick Devuyst. Ce mec a quand même quelque chose à cacher et j'aimerais m'assurer que ce ne soit rien de plus que le fait qu'il était un habitué de massages érotiques.

Chapitre 6

22h10. Voilà plus de trois heures qu'Alex et Pascal parcouraient le quartier en montrant la photo de Bektachis, après avoir rendu visite aux habitants de l'immeuble de Patricia Verschueren. À part madame Dumortier, la voisine de palier, qui l'avait reconnu comme étant l'un des acteurs de sa série télévisée préférée, personne n'avait jamais vu l'individu dans le quartier, ce qui ne voulait rien dire bien sûr. Il avait pu prendre des précautions en mettant une cagoule ou en se déguisant pour venir assassiner sa victime.

— J'en ai ma claque de voir la tronche de ce type. Suis vannée. Allez, viens, on rentre, annonça Alex.
— Moi aussi, suis nase. J'ai le dos complètement *sketté*, surenchérit Pascal.
— Je te dépose à ta voiture, proposa-t-elle en actionnant la télécommande du verrouillage central. Comment va Martine ?
— Elle grossit à vue d'œil. Malgré l'échographie qui n'en montre qu'un, j'ai l'impression qu'il y a au moins trois *ketjes* dans son bide.
— Qu'est-ce qui t'angoisse dans le fait de devenir père ?
— Tout ! L'avenir qu'on va lui offrir à ce gamin. Est-ce qu'il sera en bonne santé ? Est-ce qu'il sera chiant à l'adolescence ? L'idée que je vais probablement passer au second plan lorsqu'il sera là… Enfin, ce genre de conneries, quoi.

— Ce que j'aime chez toi, c'est ton côté positif, ironisa sa coéquipière.
— En plus, ça fait trois mois qu'on n'a plus rien fait et que je suis obligé de tirer sur mon *tich* moi-même.
— Ah oui ! Ton côté poète me plaît pas mal aussi.
— Et toi, t'es toujours célibataire ?

Elle, qui s'investissait corps et âme dans son travail pour compenser ce vide affectif, redoutait vivement cette foutue question.

— Ouais. Ma vie sentimentale est aussi lisse qu'une piste de Bowling.
— Et comment tu fais pour... la bagatelle ? sonda-t-il d'un air lubrique.
— Ça ne te regarde pas.
— Si tu veux, moi je suis prêt à...
— Tu vas pas recommencer à me faire du rentre-dedans, hein ? Tu es marié et tu vas avoir un moutard. Alors, tu calmes tes ardeurs et tu m'oublies.
— On pourrait juste se rendre « service » mutuellement, proposa-t-il.
— Désolée, tu devras continuer à « tirer sur ta *floche* ». On bosse ensemble et il n'est pas question de cul entre nous. En plus, tu n'es vraiment pas mon type d'homme, lança Alex qui commençait à s'énerver.
— C'est quoi ton genre ?
— ...
— C'est Corduno, hein ?
— Mêle-toi de tes affaires et fous-moi la paix, s'il te plaît.
— T'en pinces pour le boss ? J'y crois pas. Dis-moi pas qu'c'est pas vrai ? riposta-t-il en riant.
— Ferme ta gueule, tu veux ? Ça nous fera des vacances.

Lorsque le feu passa au vert, elle démarra brutalement et ne dit plus un mot pendant le reste du trajet. Après avoir déposé Pascal, elle téléphona chez le traiteur chinois pour se commander un plat qu'elle passerait chercher avant de rentrer chez elle, seule.

⊥⊤⊥

David se gara peu avant 8h20 sur le parking de l'entreprise pharmaceutique. Francine, la secrétaire, l'avait appelé moins d'une heure plus tôt pour lui annoncer que son patron était revenu de Suisse et qu'il travaillait déjà dans son bureau.

Corduno lui avait bien précisé de ne pas prévenir Devuyst de son arrivée. Il constata que Juan était déjà présent et ils sortirent de leur véhicule ensemble pour se diriger vers l'entrée du bâtiment.

— Tu vas voir le petit canon qui va nous accueillir, annonça David.

Il fut très surpris, voire déçu, de constater que l'antipathique Francine trônait derrière le comptoir de la réception.

— Bonjour, Messieurs, les accueillit-elle.
— Bonjour, Madame. Il est dans son bureau ?
— Oui. Vous connaissez le chemin, pas vrai ? fit-elle en décochant un beau sourire à Juan.
— On n'a pas les mêmes goûts en matière de canon, il me semble, chuchota Juan lorsqu'ils se furent éloignés.
— Non, je te jure ! L'autre fois, il y avait une véritable petite poupée. Elle est probablement en congé ou malade.

— Ouais, c'est ça, le taquina-t-il.
— En tout cas, on dirait que tu lui as tapé dans l'œil.
— Arrêtez, je vais vomir, geignit-il en feignant l'évanouissement.
— Bon, sérieux maintenant. Il n'est pas encore en état d'arrestation, mais je veux le ramener, de force s'il le faut, au poste pour interrogatoire. Je ne pense pas qu'il posera de problèmes mais je me méfie de lui, c'est un sale type.
— Vous n'avez quand même pas peur de lui ?
— Ben non, mais j'avais besoin d'un témoin au cas où il voudrait m'accuser de brutalité ou une connerie du genre.

Corduno tambourina à la porte et entra sans attendre.

— Encore vous, protesta Devuyst. On dirait que c'est une habitude chez vous d'entrer sans y avoir été invité.
— Je vous avais bien dit que l'on se reverrait.
— Je vous ai tout dit la dernière fois.
— C'est une façon de voir les choses. Vous m'avez menti et ça ne m'a pas plu, le sermonna David.
— Qu'est-ce que vous voulez dire ? demanda le PDG, légèrement mal à l'aise.
— Vous connaissiez la fille qui a été assassinée. Alors, j'espère que vous avez un bon alibi pour le jour du meurtre, car on vous embarque pour interrogatoire. Je vous laisse deux minutes pour appeler votre avocat.
— Pas besoin d'avocat, je n'ai rien à me reprocher, se défendit Devuyst.
— Juan, tu lui passes les menottes ?
— Est-ce vraiment nécessaire ? Vous êtes deux armoires à glaces, vous n'avez donc pas grand-chose à craindre

de moi. En plus, je suis prêt à vous suivre sans faire d'histoires.

— Allons-y, dans ce cas, rétorqua Corduno, tandis que Juan empoignait le bonhomme par le coude.

En sortant du bureau, ils tombèrent sur Francine qui s'installait à son poste de travail.

— Madame, si quelqu'un demande après votre patron, il sera absent une bonne partie de la journée.
— Bien, Inspecteur.
— Francine, soyez gentille de ne pas faire courir de ragots pendant mon absence.

Lorsque le PDG les précéda pour se diriger vers l'ascenseur, David remarqua avec amusement le doigt d'honneur que la secrétaire adressa à son patron.

Au rez-de-chaussée, David demanda à Juan, qui venait d'apercevoir la bombe atomique de la réception, de fermer la bouche afin de ne pas rayer le parquet.

— Je m'excuse pour ce que j'ai dit tout à l'heure, chef. Vous avez très bon goût en matière de femmes.
— Bonjour, Mademoiselle Sylvie, lança Corduno avec entrain. Vous allez bien ?
— Très bien, Inspecteur, je vous remercie. Comment va le beau gosse ? Il n'est pas avec vous aujourd'hui ? se renseigna-t-elle l'air triste.
— Il va bien, merci. Il est occupé ailleurs.
— Transmettez-lui mon bonjour si vous voulez bien.
— Ce sera fait. Je suis certain que cela lui fera plaisir.
— C'est qui le beau gosse ? demanda Juan lorsqu'ils sortirent.

— Michel.
— M'enfin, c'est un freluquet, qu'est-ce qu'elle lui trouve ?
— Fais attention à ce que tu dis, le prévint David.
— Oups. Pardon, chef.

Juan fit monter Patrick Devuyst à l'arrière de sa fourgonnette, seule partie du véhicule qui ne s'ouvrait que de l'extérieur.

— On se retrouve au poste ! lança David.
— Ça marche, chef. À tout à l'heure.

Corduno et Meerpoel pénétrèrent dans la salle d'interrogatoire où le suspect attablé buvait un gobelet de jus de chaussettes réservé aux détenus. Michel enclencha la caméra et David débuta la procédure habituelle d'interrogatoire en précisant que monsieur Devuyst avait refusé de se faire assister d'un avocat.

— Pouvez-vous confirmer cela, je vous prie ?
— Je confirme que je n'ai pas besoin d'être défendu, je n'ai rien à me reprocher.
— Monsieur Devuyst, lorsque nous sommes venus vous interroger, il y a deux jours, au sujet du meurtre de mademoiselle Verschueren, vous nous avez affirmé ne pas la connaître.
— En effet.
— Je vous remontre sa photo. Regardez-la bien et dites-moi si vous maintenez votre déposition.

Il scruta la photo pendant un long moment, mais il

semblait plus réfléchir à ce qu'il allait dire qu'à étudier le visage. Finalement, il releva la tête, les yeux emplis de larmes.

— Je ne connaissais ni son nom ni son prénom, mais je la connaissais bien, commença-t-il d'une voix chevrotante. Par contre, elle ne travaillait pas pour moi, comme vous sembliez le croire. Est-ce que je peux être sûr que ma famille et mon personnel n'apprendront pas ce que je vais vous révéler ?
— Tout dépendra de ce que vous allez nous dire, rétorqua David d'une voix ferme.
— Shanice était une jeune femme charmante. Elle était masseuse et je la voyais au moins une fois par semaine. J'avais recours à ses services pour m'évader de mon boulot et du stress qu'il génère. Vous ne me croirez probablement pas, mais sachez qu'il m'arrivait fréquemment de passer une heure avec elle, uniquement pour parler tout en lui payant le prix d'un massage.
— Vous couchiez avec elle, n'est-ce pas ?

Le PDG semblait sur le point de s'effondrer. Outré par la question, son visage afficha un mélange de stupeur et d'indignation.

— Quoi ? Vous pensez que c'était une prostituée ? Alors, vous vous gourez complètement. Elle était très stricte sur la chose et remettait fermement le client à sa place s'il essayait de franchir les limites qu'elle avait imposées dès la première visite, déclara-t-il d'un trait.
— Comment le savez-vous ?
— Pardon ?
— Comment savez-vous qu'elle remettait le client

« fermement » à sa place ?

— Parce qu'elle m'a dit que cela arrivait de temps en temps. Je vous l'ai dit, on parlait souvent.

— Moi, je pense que vous avez eu les mains baladeuses ou que vous avez essayé de coucher avec elle. Elle s'est débattue et vous l'avez tuée.

— Pour qui me prenez-vous ?

— Pour un salaud. On vous a vu à l'œuvre et avons reçu des plaintes de votre personnel, exagéra David. Vous traitez les gens comme de la merde et vous vous croyez tout permis. Vous ne respectez personne. Moi-même, j'ai été obligé de vous remettre à votre place parce que vous éleviez la voix alors que je représente la loi. De plus, dois-je vous rappeler que vous avez affirmé ne pas la connaître lorsque nous vous avons montré sa photo la première fois ?

Devuyst pâlit et déglutit péniblement. Il se tortilla sur sa chaise, visiblement pas habitué à se faire insulter de la sorte.

— Si ma femme apprenait que j'allais voir une masseuse... Elle ne sera pas... particulièrement contente. Voilà pourquoi j'ai, hum, menti, bredouilla-t-il. J'avoue que ce n'était pas très intelligent de ma part. Mais il faut dire aussi que je ne vous avais pas trouvé particulièrement sympathique lors de notre première entrevue et je pense qu'un rapport de force s'était installé entre nous. Pour être tout à fait sincère, je ne pensais pas que vous apprendriez que je la connaissais, finit-il après avoir retrouvé un peu de son assurance.

— Où étiez-vous lundi soir entre 18h00 et 21h00 ?

— Je ne me souviens même pas de ce que j'ai mangé

avant hier, alors comment voulez-vous que je vous dise où je me trouvais il y a quatre jours sans consulter mon agenda ? rétorqua-t-il avec aplomb.

— Bon, je vais envoyer un agent interroger votre épouse. Je veillerai à ce qu'il la mette bien au courant de la situation.

— Écoutez, vous vous trompez sur mon compte. Je ne suis pas un patron très sympa, mais jamais je ne ferais de mal à une mouche. De plus, j'adorais Shanice. Nous avions vraiment lié une relation d'amitié. Je suis profondément choqué de ce qui lui est arrivé et elle va énormément me manquer. J'espère sincèrement que vous trouverez celui qui lui a fait ça et si je peux vous aider, je le ferai sans hésiter.

David l'observa attentivement. Malgré l'aversion qu'il éprouvait pour le bonhomme, il sentait au plus profond de lui qu'il était sincère.

— Ne vous a-t-elle jamais parlé de quelqu'un qui lui faisait peur ou la menaçait ?

— Non, mais, à vrai dire, elle ne parlait pas beaucoup d'elle. Je ne savais rien de sa vie privée. Elle savait surtout écouter, donner des conseils sans jamais être indiscrète. Elle était d'une douceur et d'une gentillesse extra-ordinaires. Je ne peux pas concevoir que quelqu'un ait voulu lui faire du mal, sanglota-t-il.

Michel regarda David d’un air entendu. Les réponses du suspect les avaient bien convaincus. Corduno se leva, le remercia et, avant de quitter la pièce, lui intima de ne pas quitter le pays sans son accord.

Cela faisait plusieurs jours déjà que l'équipe dînait de frites, dürüm, *mitraillettes* et pizzas. C'est pourquoi, David avait proposé de se retrouver chez Ivone, à la *Brasserie des étangs de Pede*, à Anderlecht. Dans un cadre verdoyant au bord des étangs de la Pede, à deux pas de l'hôpital Érasme, Ivone gérait la brasserie du club de badminton du Mayfair. Elle avait récemment repris le club-house et l'avait transformé en une brasserie cosy et chaleureuse. La cuisine italo-belge y était savoureuse et le prix, raisonnable.

David et Michel y jouant de temps en temps le dimanche matin depuis plusieurs années, ils connaissaient bien l'endroit et avaient sympathisé avec Ivone ainsi que son équipe. Ils arrivèrent les premiers, peu avant treize heures. Rita, la serveuse, les accueillit chaleureusement avec un grand sourire.

— Bonjour les amis. Comment allez-vous ?
— Salut ma belle, répondit David en la serrant dans ses bras. Et toi, comment vas-tu ?
— Ça va bien. Vous mangez ?
— Oui, on meurt de faim, répondit Michel en l'embrassant.
— Vous serez deux ou bien vous attendez le reste de l'équipe ?
— Nous serons cinq, précisa David.
— Prenez la table dans le coin, près de la terrasse, comme ça vous serez plus à l'aise pour discuter.

À ce moment-là, ayant entendu leur voix, Ivone sortit de sa cuisine pour venir les saluer. C'était un superbe petit bout de femme d'à peine 1,60 mètre qui respirait la joie de vivre et ne faisait pas ses cinquante ans. D'origine brésilienne, vivant en

Belgique depuis une vingtaine d'années, elle était passionnée par son métier et tous ses clients l'adoraient.

— Ça me fait plaisir de vous voir. Qu'est-ce que je peux vous offrir à boire ?
— Pour moi, une Tripel Karmeliet au fût, répondit David.
— Même chose pour moi.
— Parfait. Je laisse Rita vous servir. Je retourne à mes fourneaux.

Alex et Fabien arrivèrent quelques minutes plus tard et commandèrent leur apéritif.

— Pascal n'est pas avec vous ? demanda David.
— Non. Il est chez la concierge qui était absente hier soir lors de notre tournée avec la photo de Bektachis. Il nous rejoint ici direct après, expliqua Alex.
— Ok. Je veux que l'on se détende et qu'on oublie le boulot le temps du repas. On parlera de l'enquête après avoir mangé. Santé, dit-il en levant son verre.
— À Pascal, qui rate l'apéro, proposa Michel.
— Ah ! C'est con, on va être obligé d'en boire un deuxième lorsqu'il arrivera, renchérit le Fabe.
— J'ai dit : on va se détendre, pas se bourrer la gueule, blagua Corduno.
— Pourtant, une bonne *doef,* ça nous ferait du bien, rétorqua Michel. Aaah ! Le voilà !
— *Potverdekke*, dis ! Y a un de ces vents à décoiffer les bœufs.

Ils éclatèrent de rire à l'unisson.

— Quoi ? Qu'est-ce qu'il y a ? demanda-t-il.

Leur fou rire s'intensifia encore. Pascal les observa sans comprendre leur hilarité.

— Bande de *pauv' taches.* Pourquoi vous riez ? Vous êtes déjà bourrés ou quoi ?
— Tu nous charries ? demanda Alex, les larmes aux yeux.
— Quoi encore ?
— Tu portes mal ton nom. En fait, je crois que tu en es un vrai[1].
— J'pige rien à ce que tu radotes. Bon, vous avez fini de vous foutre de ma balle ? Vous allez m'expliquer ?
— On dit : « Un vent à décorner les bœufs », pas à les « décoiffer ». Franchement, tu fais semblant de te tromper, hein ? s'assura Alex.
— Bon, je vous laisse vous amuser comme des gamins, moi je vais boire une Chimay bleue au bar près de Rita.
— Allez, arrête de râler. Tu nous fais bien rire et on en avait besoin, le rassura David. Comme je le disais avant que tu arrives, on mange, on se détend et on parlera boulot après le repas.

Ils passèrent commande et mangèrent de bon appétit. Après les desserts, on leur servit les cafés. Comme la salle s'était vidée, ils purent discuter tranquillement de l'enquête.

Alex commença par expliquer que personne dans le bâtiment, ou dans le quartier, n'avait reconnu Bektachis. Pascal confirma que la concierge ne l'avait jamais vu. Tous les clients de Shanice, venus témoigner au poste la veille au soir, étaient des gens biens, au casier judiciaire vierge. Aucun d'entre eux ne l'avait vue le jour de sa mort. Ils coopérèrent tous en

[1] Jeu de mots avec son nom de famille Néerlandophone, Devalk, qui signifie « le faucon ».

fournissant alibi et échantillon d'ADN. Les techniciens de la scientifique devaient retourner le jour-même dans l'appartement de la victime pour démonter la bonde de la baignoire afin d'y récolter des indices.

Michel avait terminé d'étudier tous les dossiers des criminels libérés récemment. Sans résultat.

David leur raconta l'interrogatoire du patron présumé de Patricia Verschueren et la raison pour laquelle il avait menti.

Il ressortit de cette réunion qu'à ce stade de l'enquête, la seule bonne piste dont ils disposaient était Bektachis, mais qu'il faudrait attendre les résultats des analyses ADN avant de pouvoir l'incriminer, ce qui pouvait durer encore deux à trois jours. Heureusement, ils disposaient d'une prolongation de quarante-huit heures de sa garde à vue. Au moins, pendant ce temps-là, il ne ferait de mal à personne.

Vers 15h30, ils quittèrent la brasserie et retournèrent au bureau.

Pour la troisième fois, j'ouvre l'armoire pour m'assurer que ma mallette est bien rangée. Elle est légèrement de travers et je ne supporte pas ça ! Du coup, j'éprouve de nouveau le besoin de tout recommencer. Au moment où je m'empare de la bouteille d'alcool dénaturé, la porte du box voisin grince. Lentement, sans faire de bruit, je traverse l'espace qui me sépare de l'interrupteur et j'éteins la lumière. Je reste là, dans le noir le plus total, à écouter quelqu'un fouiller dans des cartons en sifflotant.

Je n'ai pas la moindre idée du temps qui s'est écoulé, mais l'importun finit par s'en aller en refermant sa porte avec fracas. Je compte jusqu'à cent avant de rallumer les néons. Après la désinfection de mes outils de travail, le rangement correct de la mallette sur son étagère, je recompte ma réserve de combinaisons et vérifie qu'il me reste suffisamment de paires de gants. Je n'en peux plus, il faut absolument que je me masturbe ! Mais qu'est-ce qui m'arrive ? C'est bien la première fois que tuer provoque chez moi une telle excitation sexuelle.

Tout ça à cause de cette petite pute de masseuse ! L'odeur de sexe et de sperme qui stagnait dans sa chambre me titillait les narines quand j'ai rivé mon regard dans le sien. Pendant que je lui découpais l'aréole, elle a ouvert les yeux tellement grands que j'ai cru qu'ils allaient me sauter au visage.

Rien que d'y penser, je sens le plaisir monter en moi et, à l'aide de ma main, je laisse l'orgasme me submerger, là, dans mon antre, gisant sur mon vieux divan qui sent le moisi. Pour finir en beauté, je repasse en boucle, dans ma tête, l'interview de ce couillon de Corduno qui sourit, fier comme un paon.

Jamais il ne pourra m'arrêter et je gagnerai mon défi. J'aurai toujours une longueur d'avance sur lui. D'ailleurs, pour la proie de ce soir, je voyage léger. Juste le scalpel que j'affectionne particulièrement. Et pour cause, c'est un cadeau de papa !

Chapitre 7

Franck Boon commençait seulement à se calmer. Il était près de 16h00 et il terminait son dernier dépannage de la journée. Journée qui, il fallait bien l'admettre, avait été particulièrement difficile.

Pour commencer, il fut sorti de son sommeil à 5h30 par un appel téléphonique de son patron. Avant même d'avoir décroché, il avait su ce que cela signifiait. Sa nuit s'achevait pour laisser la place au travail. Il détestait être réveillé de manière brutale, à plus forte raison, pour aller bosser. Il s'agissait encore une fois, comme dans quatre-vingts pourcent des dépannages, d'une personne ayant quitté son domicile en laissant son trousseau de clés – celle de la voiture comprise – à l'intérieur. La seule chose qu'elle avait emportée était son GSM.

Dans ces cas-là, malgré qu'ils soient seuls responsables de l'oubli, les gens s'attendaient à être dépannés rapidement et ils devenaient franchement désagréables quand le délai annoncé pour l'intervention atteignait l'heure.

Le client habitant Keerbergen, une petite commune de la périphérie de Malines, Franck savait que, même à cette heure matinale, il lui faudrait près de quarante-cinq minutes pour arriver à destination, et cela suffisait à le rendre de méchante humeur. C'est en maugréant, et en râlant contre tous ces « tocards » qui écourtaient ses nuits, qu'il arriva chez le distrait. Il lui fallut dix minutes pour ouvrir la porte, même si, en réalité, il aurait été capable de le faire en moins de dix secondes, mais il se devait de justifier un peu le prix demandé.

Plus tard, alors qu'il avait prévu de s'arrêter pour prendre son petit déjeuner, le sort s'acharna sur lui. Les dépannages se succédèrent à un rythme d'enfer, à Bruxelles, à Anvers et puis de nouveau à Bruxelles, le forçant même à sauter son deuxième repas de la journée.

C'est malgré tout satisfait du travail accompli, et pour le moins affamé, que Franck rangea le coffre à outil dans sa camionnette. Au moment où il s'apprêtait à téléphoner à sa compagne pour lui annoncer qu'il avait terminé, Calogero l'invita à « danser encore ». Il jeta un œil sur l'écran de son Nokia et constata avec stupeur que la secrétaire du magasin d'Anvers tentait de le joindre. Un mauvais pressentiment lui fit comprendre qu'il y avait peu de chance que ce soit un appel de courtoisie. Il répondit par un « ouais » un peu plus brutal qu'il ne l'aurait voulu.

— Bonjour, Franck. Tu n'es pas trop occupé ?
— Non, je viens juste de terminer mon dernier dépannage.
— Il parait que ta journée a été chargée...
— C'était de la folie aujourd'hui. Même pas eu le temps de manger.
— Tu n'es pas trop fatigué ?
— Tu t'inquiètes pour ma santé ou bien tu tournes autour du pot ?
— Euh... Je... balbutia-t-elle, mal à l'aise.
— Tu as encore un dépannage pour moi, c'est ça ? réagit-il, sidéré.
— Euh... oui. Il s'agit d'un diamantaire qui n'arrive plus à verrouiller sa porte blindée. Il aimerait que le problème soit résolu aujourd'hui.
— Je suis à Uccle. À cette heure-ci, avec la circulation, il me faudra près d'une heure pour arriver sur place. Je

viens de terminer ma semaine de garde et je n'ai pas arrêté depuis 5h30 ce matin. Qui commence le tour de garde ce soir ?

— C'est Paul, mais je viens de l'avoir en ligne et il n'aura pas terminé le placement de sa porte avant 18h00. Peux-tu t'en charger, s'il te plaît ?

— Il me semble que je n'ai pas trop le choix, pas vrai ? Donne-moi les coordonnées du client, je m'en occupe, lâcha-t-il, excédé.

La société qui l'employait était spécialisée dans le placement de portes blindées, de systèmes d'alarme et de coffres-forts. Elle possédait un magasin à Bruxelles et un autre à Anvers. Elle offrait à ses clients un service de garde sept jours sur sept, vingt-quatre heures sur vingt-quatre, pour tous les produits vendus et installés par ses ouvriers, qui, par extension, pratiquaient tous dépannages de serrurerie, quelle que soit la marque, et ce, dans les deux villes.

L'exploitation d'Anvers était située à deux pas du célèbre quartier des diamantaires, véritable plaque tournante du commerce mondial du diamant. Ces clients assurant la plus grosse partie du chiffre d'affaire, il était donc hors de question pour Franck de ne pas les dépanner dans les plus brefs délais, même s'il était épuisé et affamé.

C'est vers 19h00 que Franck stationna enfin son véhicule utilitaire sur le boulevard Sylvain Dupuis à Anderlecht, où il habitait un modeste appartement avec Ainslee Debroeck, sa concubine depuis six ans. Chaque soir, en rentrant, il attrapait des crampes au ventre en déverrouillant la vulgaire porte en bois de leur domicile. Le serrurier avait vainement tenté de convaincre son propriétaire d'installer une porte blindée, arguant qu'elle donnerait une plus-value au bien, mais ce dernier était tellement radin qu'il refusait de faire le moindre frais superflu. Le couple n'avait pas les moyens de s'en payer une et estimait qu'en tant que locataire, c'était un investissement à fond perdu.

En pénétrant dans le hall d'entrée, les narines de Franck furent assaillies par une bonne odeur émanant de la cuisine.

— Salut, mon cœur, dit-il en rejoignant sa compagne.
— Bonsoir, mon amour. Tu dois être exténué, mon pauvre chéri.
— Je suis sur les rotules et très énervé. Quelle journée! Heureusement que ce n'est pas tous les jours pareil. Je suis soulagé que cette semaine de garde soit terminée.
— Je comprends. Je t'ai fait couler un bon bain bien chaud et le *souper* est prêt.
— Tu ne vas pas à ton cours de spinning ce soir ?
— Si, d'ailleurs, je ne t'ai pas attendu pour manger. Je pars dans vingt minutes.
— J'irai me coucher tôt, probablement avant ton retour, donc profite bien de ta soirée ma chérie.
— Merci. Mes copines seront toutes là ce soir, donc, on risque fort de jouer les prolongations. Ça fait trois semaines qu'on ne s'est pas retrouvées toutes les quatre ensemble.

Franck fila à la salle de bain pour se déshabiller et s'allonger dans le bain brûlant en fermant les yeux. Lentement, tous les muscles de son corps se décontractèrent sous l'effet de la chaleur. Il se laissa aller jusqu'au moment où sa petite femme vint l'embrasser avant de partir.

Il se lava alors les cheveux, se savonna vigoureusement pour se débarrasser des derniers souvenirs de cette dure journée de labeur et se rinça. Après s'être séché, il enfila son peignoir et se rendit à la cuisine afin de réchauffer son *souper* au micro-ondes. Il se servit un verre de vin rouge et se rendit dans le salon.

Il avait pris l'habitude de *souper* dans le canapé, devant la télé, quand il était seul. Comme il avait raté le journal télévisé de 19h00 sur RTL, ainsi que celui de 19h30 sur la Une, il décida de regarder celui de 20h00 sur TF1.

Dès qu'il entendit la sonnerie du four, il fila chercher son assiette et engloutit, plus qu'il ne mangea, le *stoemp* aux choux de Bruxelles et les deux tranches de pain de viande. Il rangea son assiette dans le lave-vaisselle, se resservit un deuxième verre de vin et revint s'affaler dans le canapé.

Les Experts Manhattan venaient à peine de commencer lorsqu'il s'assoupit. Il fut tiré de sa torpeur par la sonnette de la porte d'entrée qui retentissait déjà pour la deuxième fois. Il se leva péniblement pour aller décrocher le parlophone :

— Oui ?
— ...
— Allô ?

À ce moment, un petit coup frappé à la porte lui apprit que le visiteur se trouvait déjà sur le palier. Il raccrocha le parlophone et commit l'erreur d'ouvrir la porte sans regarder par le judas.

La rapidité du mouvement fut telle qu'il ne vit pas venir le premier coup de poing qui lui fracassa le nez. Le deuxième, qui atteignit le plexus, le plia en deux, l'empêchant de crier. Le dernier coup, porté à la nuque du tranchant de la main, fut si violent qu'il s'écroula sur le sol, inconscient.

⊥┬⊥

Le cours de spinning venait de se terminer et Ainslee était en nage. La sueur ruisselait sur son visage et lui plaquait les cheveux sur le crâne. Elle avait commencé ce sport quatre mois plus tôt, à raison de trois séances par semaine, et elle commençait à sentir une nette amélioration au niveau de l'endurance. Sans compter qu'elle avait perdu 2,5 kilos, ce qui la motivait à continuer.

Ce jour-là, il était près de 23h00 lorsque ses amies et elle descendirent au vestiaire pour se doucher. Une demi-heure plus tard, elles se séparèrent sur le parking. Ainslee démarra sa Seat Ibiza et se mit en route pour rentrer chez elle. En se garant devant l'immeuble, elle constata que les lumières du séjour étaient éteintes.

Au lieu de prendre l'ascenseur, elle grimpa l'escalier jusqu'au deuxième étage. Elle ouvrit la porte silencieusement, entra et posa son sac de sport dans le hall d'entrée, puis, sans allumer la lumière, se rendit à la cuisine. Elle se prépara un bol de céréales qu'elle mangea devant la télé en prenant soin de diminuer le son au maximum afin de ne pas réveiller Franck.

En zappant, elle tomba sur *Ça se discute*, animé par Jean-Luc Delarue. L'émission du jour était consacrée aux hermaphrodites, autrement appelés « inter sexes ». Hommes et femmes, nés avec cette malformation sexuelle, présents sur le plateau, racontaient leur histoire, leur souffrance, le tout ponctué de reportages.

Tellement elle fut captivée, elle ne vit pas l'heure passer. Quand l'émission prit fin, il était près d'une heure du matin. Elle se rendit à la salle de bain pour se brosser les dents et enfiler sa chemise de nuit. Le nez complètement encombré, elle pesta en réalisant qu'elle avait omis de passer à la pharmacie pour acheter un nouveau spray nasal.

Toutes lumières éteintes, elle passa la porte de la chambre et, sur la pointe des pieds, marcha à tâtons jusqu'au lit ; Franck avait le sommeil assez léger et se réveillait facilement. Elle se glissa sous la couette, posa la tête sur son oreiller et ne tarda pas à tomber dans les bras de Morphée.

Elle dormit d'un sommeil agité, la tête pleine des images qu'elle venait de voir. Elle se réveilla en sursaut, le corps trempé de sueur, le tissu lui collant à la peau. Toujours dans le noir, elle se leva pour aller aux toilettes. Elle avait peur d'allumer la lumière, d'être alors complètement réveillée, et d'avoir un mal fou à se rendormir, comme cela lui arrivait fréquemment.

Assise sur le WC, son esprit émergeant des brumes de son cauchemar, elle prit conscience que ses doigts étaient poisseux et collants. Elle alluma la lumière et son cœur fit un bond dans sa poitrine à la vue du sang qui maculait sa robe de nuit. Elle l'arracha plus qu'elle ne l'enleva et vérifia qu'elle n'était pas indisposée ou blessée.

Elle courut alors jusqu'à la chambre dont elle ouvrit la porte à la volée. Elle actionna l'interrupteur, fit un bond en arrière et étouffa un cri de terreur. Ses jambes se dérobèrent sous elle et elle s'effondra en rendant le contenu de son estomac sur le sol. Le hurlement qui monta ensuite de ses entrailles se poursuivit en un flot presque ininterrompu.

Les Vandenbroeck avaient pour habitude de se lever tôt en semaine car leur journée de travail débutait dès 5h00 avec la sonnerie du réveil.

Ce soir-là, ils dormaient déjà d'un sommeil profond quand un bruit sourd, au-dessus de leur tête, suivi immédiatement par un cri strident à vous glacer le sang, les réveilla en sursaut. Le beuglement semblait provenir de la gorge d'un animal blessé.

— Qu'est-ce que c'est ? demanda Germaine effrayée.

— On dirait que ça vient d'en haut.

— Oh, mon dieu, mais quelle horreur ! Allez, Louis, va voir ce qui se passe.

Louis attrapa son peignoir qu'il enfila à la hâte et quitta la chambre en courant. Lorsqu'il sortit de l'appartement, les plaintes semblèrent s'amplifier encore. Jacques, son voisin de palier, jaillit hors de chez lui au même moment. Ils se dévisagèrent une fraction de seconde, l'air grave, avant de monter les marches au pas de course.

Au moment où ils déboulèrent sur le palier du deuxième étage, la porte de l'appartement de droite s'ouvrit brutalement et leur voisine, à moitié nue, les percuta de plein fouet. Elle avait les jambes couvertes de sang et le menton ainsi que la poitrine barbouillés de vomi.

— Bon sang, Ainslee, mais qu'est-ce qui se passe ? demanda Louis d'une voix douce mais inquiète.

Elle le regarda, mais ne sembla pas le voir et encore moins le comprendre.

David se garait devant chez lui lorsque son téléphone sonna. Comme le kit mains-libres était encore branché, il actionna la commande depuis son volant pour décrocher tout en continuant sa manœuvre de stationnement.

— Corduno.

— Désolée de vous déranger, chef, mais on vient de recevoir un appel étrange, dit la téléphoniste de garde.

— Étrange ? Comment ça ? s'étonna-t-il.

— Il s'est apparemment passé quelque chose de grave, mais la personne n'a pas pu me dire quoi exactement.
— Ça s'est passé où ?
— À Anderlecht, boulevard Sylvain Dupuis. Une jeune femme couverte de sang et en état de choc. Ses voisins l'ont recueillie chez eux, mais n'osent pas entrer dans son appartement.
— Ok, envoie-moi l'adresse exacte par SMS et demande à Michel de me rejoindre sur place.
— Je m'en occupe. Les voisins ont déjà appelé l'ambulance.
— Que personne ne rentre avant mon arrivée. Je serai là dans moins de cinq minutes.

David avait espéré pouvoir se coucher à une heure raisonnable - si l'on peut considérer que 2h00 du matin était une heure raisonnable –, mais il sentait bien que ce ne serait pas encore pour aujourd'hui.

Comme il habitait à une sortie d'autoroute du Westland Shopping Center, situé sur le boulevard Sylvain Dupuis, il ne lui fallut que trois minutes pour arriver sur place. Il pénétra sur le parking devant le bâtiment en même temps que l'ambulance. Un homme vêtu d'un peignoir vint à sa rencontre précipitamment.

— Louis Vandenbroeck, c'est moi qui vous ai appelé.
— Inspecteur principal Corduno, de la brigade criminelle. Que se passe-t-il ?
— Nous avons été réveillés par des hurlements provenant de l'appartement au-dessus du nôtre. Nous sommes montés voir ce qui se passait.
— Qui ça « nous » ?

— Mon voisin de palier et moi-même. En arrivant au deuxième étage, notre voisine est sortie de chez elle à moitié nue et couverte de sang. « Il est mort » sont les seuls mots que nous avons réussi à lui faire dire.

— De qui parle-t-elle ?

— De son compagnon je suppose…

— Avez-vous vu quelqu'un d'autre quitter l'appartement ?

— Non, mais nous ne sommes pas restés pour faire le guet, répondit le quinquagénaire en se grattant nerveusement le crâne. Nous sommes immédiatement redescendus avec elle chez nous et vous avons contacté.

— Ok, indiquez-nous où se trouve l'appartement.

Michel, qui venait d'arriver, lui emboîta le pas. Ils grimpèrent les marches quatre à quatre jusqu'au deuxième étage, dégainèrent leur arme de service et poussèrent la porte de l'appartement restée entrouverte. Ils furent immédiatement agressés par un mélange d'odeurs de vomi et de sang.

À part la lumière dans la chambre, au bout du couloir sur leur gauche, l'appartement était plongé dans l'obscurité.

— Je ne pense pas qu'il y ait de risques, mais restons prudents, et couvre mes arrières », chuchota David à Michel.

En approchant de la pièce éclairée, l'odeur devint insoutenable. David passa prudemment la tête pour voir ce qu'il s'y passait. Il sursauta violemment et son cœur manqua deux ou trois battements. Il fallut quelques secondes pour que son cerveau enregistre ce que ses yeux étaient en train d'observer.

Là, posé sur l'oreiller, deux globes énormes dans un masque hideux le fixaient. Les yeux étaient pour le moins grands ouverts. Et pour cause, les paupières avaient disparu, de même que les lèvres, ce qui donnait l'impression d'un sourire macabre, laissant apparaître les dents et les gencives de l'homme qui était vraisemblablement mort. Du sang lui bariolait le visage et le haut du torse.

— Oh, mon dieu, gémit Michel, qui venait d'entrer à son tour.

Ni l'un ni l'autre n'avait la réputation d'être une petite nature, mais la vue de ce visage effrayant leur retourna le cœur et l'estomac. Ils faillirent bien rajouter leur petite touche personnelle à la flaque de vomi qui s'étalait déjà dans l'entrée de la chambre.

— Je pense qu'on ne peut plus rien pour lui ! murmura David. Viens, sortons pour ne pas polluer la scène de crime. »

Corduno sortit son GSM pour faire dépêcher le médecin légiste et les techniciens de la scientifique. En les attendant, Michel et lui descendirent chez les Vandenbroeck pour prendre des nouvelles de la compagne de la victime.

— Comment va-t-elle ? demanda Corduno.
— Elle est restée prostrée et n'a plus dit un mot. Elle n'a même pas touché à sa tasse de thé, répondit madame Vandenbroeck.
— Elle est en état de choc. Pouvez-vous demander aux urgentistes qui sont en bas de venir s'occuper d'elle ?

David et Michel remontèrent à l'étage supérieur afin de s'assurer que personne ne rentre dans l'appartement.

— Il y a quelque chose qui cloche, dit Michel.
— C'est-à-dire ?
— Tu as vu comment le mec a été charcuté ? Et quoi, pendant qu'on le découpait, sa copine dormait à côté de lui ?
— Il y a peu de chances, convint David.
— Alors, c'est elle qui a fait ça ? Ou bien elle a attendu avant de se mettre à hurler ?
— Où veux-tu en venir ?
— Écoute, c'est jeudi aujourd'hui, donc il y avait de fortes chances pour qu'ils bossent tous les deux demain matin. Enfin, tout à l'heure dit l'adjoint en regardant sa montre. Alors, soit cela s'est passé en pleine nuit lorsqu'ils dormaient côte à côte, soit ça s'est passé plus tôt dans la soirée, avant qu'elle ne soit couchée. Comment aurait-elle pu ne rien remarquer ?
— Peut-être qu'elle était de sortie ? proposa l'inspecteur principal. Il faudra qu'on l'interroge dès que possible.
— Elle était à moitié nue quand ses voisins l'ont trouvée, sa chemise de nuit traînait dans le couloir, couverte de sang. Donc, elle était couchée à côté de lui. Tu as senti cette odeur et pas elle ?
— Bizarre, en effet. Évidemment, l'odeur de vomi n'y était pas lorsqu'elle s'est couchée...

Lorsque Xavier Spreutels sortit de la chambre, quarante minutes après y être entré, il semblait également assez choqué par ce qu'il avait vu.

— Les gars, enfilez vos combinaisons et rejoignez-moi. Il faut que vous voyiez ça.

David et Michel, vêtus de blanc des pieds à la tête, pénétrèrent dans la chambre et rejoignirent le légiste à côté du lit.

— Venez. Approchez, il ne va pas vous mordre, lança-t-il, pince sans-rire. À votre avis, c'est quoi ça ? demanda-t-il en désignant un petit bout de chair qui dépassait d'entre les dents du défunt.
— Sûrement pas sa langue, répondit Michel après quelques instants.

David se rapprocha encore de la tête et, subitement :

— Non, ne me dis pas que c'est...
— Bingo, répondit le médecin en retirant d'un coup le drap qui recouvrait le bas du corps.

En découvrant l'entrejambe sanguinolent du pauvre gars, David eu la confirmation de ce qu'il redoutait.

— C'est son sexe ? s'étrangla Michel.
— En effet. Enfin, ce que vous voyez c'est juste le prépuce, mais il y a fort à parier que le *tich* suive. Avec ou sans les burnes, ça je ne sais pas encore. En tout cas, elles manquent aussi à l'inventaire, tout comme l'index de la main gauche.
— Quoi ? Tu en es sûr ? s'estomaqua Corduno.
— Non, j'ai pu me tromper. Peut-être qu'il se rongeait juste les ongles un peu trop loin...

— L'humour des légistes n'est donc pas une légende, ironisa Michel.

— Ça ne peut pas être une coïncidence. Cherchez s'il n'y a pas un message pour moi, commanda David en sortant de la chambre.

Quatre heures plus tard, toute l'équipe était réunie au commissariat :

— Ça veut dire que l'on doit relâcher Bektachis ? demanda Pascal.

— A priori, il n'a pas pu commettre le crime d'hier soir. Donc, oui, on doit le laisser sortir, répondit David, visiblement contrarié

— Il a quand même agressé Michel alors qu'il est en liberté depuis peu. Je me sentirais plus à l'aise si ce type ne retournait pas dans la rue, émit Alex.

— Son avocat va jouer sur le fait qu'il ne savait pas qu'il avait affaire à des flics et puis, comme il n'a pas pu tuer depuis sa cellule, on n'a aucune raison valable de le garder. Ne perdons pas davantage de temps et d'énergie avec ce type alors qu'on a un grand malade en liberté qui joue avec nos nerfs, riposta Corduno.

— Et si c'était quand même lui notre meurtrier ? proposa le Fabe.

— Mais enfin quelle *klet* celui-là. Tu veux qu'on te fasse un dessin ou quoi ? Il était derrière les barreaux, le rabroua Pascal.

Fabien empoigna son e-cigarette et se mit à vapoter comme une cheminée, excédé par leur entêtement à ne pas tenir compte de ses déductions. Finalement, il déclara :

— Putain, vous avez vraiment l'esprit obtus. Réfléchissez une seconde. Nous avons émis l'hypothèse qu'il pouvait être le bras armé et pas le cerveau, non ? Vous ne trouvez pas ça bizarre, vous ? On le chope hier et le soir même on se retrouve avec une nouvelle victime ? Quoi de mieux, pour nous faire croire que l'on s'est gouré de suspect, que de tuer pendant qu'il est en taule ? Il a maintenant un alibi en béton et, donc, on va définitivement le lâcher. Ok, c'est vrai, cela l'innocente pour ce crime-ci, mais pas forcément pour les autres.
— Du coup, on le libère, on lui présente des excuses et il pourra continuer son petit jeu sans être inquiété. C'est pas con du tout ça, Fabe. C'est pour ça que je te voulais dans notre équipe. Tu penses comme un truand, à l'inverse de nous, renchérit David.
— Je vais prendre ça pour un compliment, répondit-il, l'air faussement vexé.
— Alors, quoi ? On le libère ou pas ? rouspéta Pascal.
— Oui, on le relâche, mais on va lui coller au cul discrètement. Alex, après la réunion je te laisse deux heures pour organiser une surveillance discrète avant que son avocat vienne nous casser les pieds. Je veux une équipe devant son domicile avant même qu'il ait mis sa truffe dehors. Fabien, est-ce que tu peux placer une puce dans son portable afin de pouvoir le tracer et éventuellement écouter ses conversations ?
— Tiens, tu veux faire dans l'illégal toi aussi ? C'est moi qui déteins sur toi ou quoi ? le nargua-t-il.

David n'avait dormi que trois heures et avait demandé à Michel de réunir l'équipe à 7h30 au plus tard. Il leur avait exposé la situation, sans oublier la violence dont le tueur avait fait preuve envers la nouvelle victime.

— Est-ce qu'on a pu interroger la compagne de ce pauvre gars ou je m'en occupe ? interrogea Alex.
— Ce serait bien que ce soit toi qui ailles la voir, répondit Corduno. Mais renseigne-toi d'abord pour savoir si elle est toujours à Érasme. Elle était en état de choc hier soir, donc vas-y mollo hein ? D'après nous, elle n'a pas vu tout ce que son compagnon a subi. Son corps était toujours couvert du drap lorsque nous sommes arrivés. Donc, tu ne lui donnes pas de détails.
— Bah ! Évidemment que non, répondit-elle. Tu me prends pour Pascal ou quoi ?
— Ça veut dire quoi ça ? s'insurgea l'intéressé en bondissant de sa chaise.

Alex leva les yeux au ciel en soupirant, mais se garda bien de répondre.

— Allez, vas-y, crache ta valda, s'emporta Devalk.
— Ça suffit vous deux, ordonna David.
— Tu essayes toujours de garder l'église au milieu du visage, mais faut…

L'hilarité de ses collègues l'empêcha de finir sa phrase.

— Quoi, j'ai encore dit une connerie ? s'énerva-t-il.
— Mais non, t'es juste trop marrant avec tes expressions à la con, le taquina-t-elle.

— Alex, j'aimerais que tu interroges la demoiselle sur son emploi du temps d'hier soir, demanda Michel, pour éviter que la situation s'envenime.

— Pourquoi, tu la soupçonnes ?

— Non, mais je trouve bizarre qu'elle se soit couchée à côté du cadavre de son jules et se soit endormie sans rien remarquer, alors que ça *schmoutait* à donf et que le matelas était imbibé de sang, précisa-t-il.

— Mais quelle horreur, dis. Quand est-ce que ça va s'arrêter ? s'inquiéta Pascal, désormais calmé.

— Quand on aura chopé ce salaud, rétorqua sèchement Corduno.

— C'est plutôt mal barré, réfuta Fabien. Si le mec choisit ses victimes au hasard, on aura beau fouiller dans leur vie, on ne trouvera rien. Aucun rapport entre elles, pas de points communs, pas d'ennemis. Y a que dans les séries télés qu'ils trouvent une empreinte qui les mène en moins de vingt minutes à l'arrestation du coupable. Dans la vraie vie, un appartement ordinaire regorge d'empreintes en tous genres : amis, famille, femme de ménage, etc. On ne trouvera que ce que le tueur voudra bien nous laisser comme indices.

— Alors, qu'est-ce que tu proposes ? s'irrita David.

— Cette fois, mon esprit tordu de truand est à court d'idées, répondit-il, penaud.

— Donc, on baisse les bras et on attend ? Selon ta théorie, il ne reste plus que trois victimes avant la fin de la partie, répliqua David.

Sur cette réflexion, Michel proposa de repasser en revue toutes les notes prises par Fabien depuis le retour du tueur. Ils avaient certainement laissé passer un indice, un élément important, qui reliait les victimes à leur bourreau ou à l'un des cinq premiers meurtres de la série.

— La seule chose qui pourrait nous aider, c'est de chercher qui pourrait t'en vouloir à ce point, proposa finalement Michel. Clairement, le tueur te met au défi de le retrouver, c'est une affaire personnelle.
— J'ai fait enfermer des dizaines de gars.
— Et Bektachis n'en fait pas partie. Donc, à moins d'avoir été payé pour le job, il n'aurait aucune raison de t'en vouloir, observa Pascal.
— On peut donc considérer que tous ceux que tu as faits enfermer ne te portent pas dans leur cœur. Mais est-ce un mobile suffisant pour tuer tant de gens avec une telle cruauté ? demanda Alex.
— Notre coupable n'est pas forcément quelqu'un que tu as serré. Ça pourrait tout aussi bien être le père, le fils, le frère ou un gars de la bande qui voudrait se venger, avança le Fabe.
— Alors, pourquoi ne pas simplement tenter de me tuer si c'est pour se venger ? Pourquoi jouer à ce petit jeu et faire tant de victimes innocentes ? fit-il, en parcourant la pièce de long en large, tentant de se calmer sans succès.
— Et si tu avais arrêté un gars innocent, qui se soit fait tuer en prison, ou bien qui s'y soit suicidé ? Ce ne serait pas une bonne raison pour vouloir te le faire payer ? suggéra Pascal.
— Ne perdons pas de vue qu'il veut prouver qu'il est meilleur que toi, plus intelligent, que malgré ton palmarès impressionnant, lui, arrive à tuer sans se faire prendre. L'un de ses messages était très clair à ce sujet, rappela Michel.

— Putain, on n'est pas dans la merde ! cria David.

— Je fais quand même surveiller Bektachis ? interrogea Alex.

— Oui. Pour l'instant, c'est la seule piste que nous ayons. Michel, tu veux bien appeler le légiste pour voir où il en est avec l'autopsie ?

— Euh... Il est tout juste 8h du mat'. Tu crois qu'il aura bossé dessus cette nuit ?

— J'espère bien, sinon tu le tires du lit et tu lui dis que c'est urgent. Pascal, de ton côté, rends toi à la scientifique pour savoir s'ils ont trouvé quelque chose dans l'appartement.

Chapitre 8

Corduno était complètement frustré et démoralisé. Pour la première fois de sa carrière, il se sentait dépassé, impuissant. Quelqu'un avait décidé de lui lancer un défi pour le ridiculiser et était sur le point d'y parvenir.

Il ne tenait pas à ce que sa baisse de moral ne déteigne sur le reste de l'équipe, c'est pourquoi il décida d'aller faire une balade vers le Marché aux Poissons où Sasha travaillait. Il en profiterait pour réfléchir à tête reposée et faire un brin de causette avec sa compagne, qui saurait trouver les mots apaisants et le remettre en confiance.

Il sortit du commissariat et se dirigea vers la Bourse. Il passa devant la friterie « Fritland » et, arrivé à hauteur de la brasserie Bruxelloise « Le Falstaff », il s'arrêta les sens en alerte. Il releva la tête, humant l'air. Il reconnut immédiatement le parfum et sut où la trouver. Arrivé au coin du boulevard Anspach, il la repéra à sa place habituelle, sur le trottoir d'en face, juste devant le « O'Relly's Irish Pub ».

Les beaux jours revenant, Jeannine avait sorti sa charrette de *caricoles*. Il lui était très difficile, voire impossible, de passer à côté sans s'en acheter une portion. Sasha le taquinait souvent en disant qu'il avait une certaine tendance à penser avec son estomac, quand ce n'était pas avec une autre partie de son anatomie.

Après une papote avec Jeannine, tout en dégustant sa portion, David reprit sa marche. Il dépassa la rue Auguste Orts, face au bâtiment de la Bourse, et bifurqua à gauche pour rejoindre la rue Sainte-Catherine qui mène à la place du même nom. Il aurait été plus rapide pour David d'emprunter ce chemin pour arriver au Marché aux Poissons, mais il voulait prendre le temps de terminer ses escargots parce que Sasha en détestait l'odeur.

⊥⊤⊥

Xavier Spreutels interrompit l'enregistrement de l'autopsie qu'il réalisait et appuya du petit doigt sur le bouton de son oreillette Bluetooth afin de répondre à l'appel entrant.

— Le *Fritkot* de la place Jourdan, bonjour, lança-t-il.
— Euh, pardon, j'ai dû me tromper de numéro, répondit son interlocuteur avant de raccrocher.
— Mais quelle banane, dis !

La sonnerie retentit à nouveau et il décrocha en disant, d'une voix monocorde :

— Bonjour. Vous êtes bien sur le répondeur de Xavier Spreutels. Laissez-moi votre message après le bip, et je vous rappellerai quand les poules auront des dents. Biiiiiiiip.
— Xavier, c'est Michel Meerpoel. Rappelle-moi d'urgence, s'il te plaît.

Et il raccrocha.

— Mais quelle *klet*, celui-là alors ! reprit-il, hilare.

Il le rappela aussitôt :

— Eh, *Ket*, ça fait deux fois que tu me raccroches au nez. T'es *zot* ou quoi, dis ?
— Putain, mais t'as rien d'autre à foutre que tes blagues idiotes ? T'as quel âge ?
— L'âge d'être ta mère, alors un peu de respect, gamin.
— Ma mère ? Mais qu'est-ce que tu me racontes ? T'as changé de sexe récemment ou bien j'ai raté un épisode ? Bon alors, elle est finie cette autopsie ?
— Non, pas encore.
— Mais qu'est-ce que tu as foutu jusqu'à maintenant ?
— Bah ! J'ai fait une grasse mat jusqu'à 05h30, puis j'ai pris mon petit-déj' en commençant l'autopsie.
— Pourquoi est-ce que ça dure aussi longtemps ?
— Écoute, je t'invite cordialement à participer à la prochaine, comme ça tu verras le temps que ça prend réellement. Et puis, c'est pas tous les jours que j'ai un cadavre qui me pond un œuf.
— Quoi ? C'est encore une de tes blagues à la con ou quoi ? C'est quoi cet œuf ?
— Un Kinder Surprise.
— Hein ? Qu'est-ce que tu me chantes ? Je ne comprends rien, explique-toi.
— Tu connais la signification du mot surprise ? Alors rappliquez-vous tous les deux illico, faut qu'vous voyiez ça de vos propres yeux.

Il raccrocha sans laisser le temps à Michel de protester.

⊥⊤⊥

— Hé, t'as pas une cigarette, M'sieur ?

Corduno les avait déjà repérés. Deux sur chaque trottoir, avec des échanges de regards qui ne laissaient aucune place au doute quant à leurs intentions.

— Désolé, je ne fume pas, répondit-il.

Ils étaient trois à avoir un physique plus ou moins sportif. Le dernier, un coton-tige, faisait apparemment office de rabatteur. Deux des petites frappes étaient d'origine nord-africaine et les deux autres, probablement belges de souche.

La question, crachée plus que posée, venait de sortir de la bouche du coton-tige. Pour le reste, on avait affaire au modèle type de la petite crapule de banlieue comme on en trouve dans presque toutes les grandes métropoles.

— Ouais, c'est ça. T'as juste pas envie, quoi ? C'est ça, hein, bouffon ? Ma tête te r'vient pas ? 'Spèce de bâtard !

Que dire de plus ? Pas besoin d'avoir fait bac moins douze pour comprendre la tournure qu'allait prendre cette entrevue potentiellement brève. La bande était maintenant au complet sur le même trottoir. Le coton-tige et un rouquin face à Corduno, les deux autres, les mains dans les poches, 10 mètres derrière.

Pendant que le rabatteur tentait de faire diversion avec son flot d'injures et de menaces qu'il était tout à fait incapable de mettre à exécution, poil de carotte se faisait oublier en rasant les murs de la maison devant laquelle tout allait apparemment se dérouler. Corduno sentait l'étau se resserrer derrière lui. Encore 5 mètres à tout casser et les deux suiveurs lui tomberaient dessus.

Dans son dos, trois cliquetis caractéristiques attirèrent son attention. Un coup d'œil furtif lui confirma qu'un des deux futurs éclopés venait de déployer une matraque télescopique alors que le deuxième faisait virevolter un couteau papillon à double tranchant.

Corduno se mit en mode « off ». Quand il faut y aller, il faut y aller. Il n'était plus l'heure de réfléchir, il fallait qu'il déconnecte son cerveau, fasse de sa peur une amie et laisse son instinct prendre le dessus.

Il le savait, à chaque affrontement, la règle demeurait la même : pour pouvoir donner des coups, il fallait savoir en prendre, ce qui n'était pas vraiment un problème pour l'inspecteur, mais qui avait certainement échappé au petit groupe de futurs bras-cassés.

— Attendez les gars, vous trouvez ça équitable ? Je suis seul et vous n'êtes que quatre. Vous êtes complètement inconscients ou quoi ? blagua Corduno dans le but de désamorcer la bagarre qui s'annonçait.

Surpris par cette petite vanne, qui finalement n'en était pas une, les quatre jeunes s'étaient stoppés net pour rire de bon cœur. C'était maintenant ou jamais. Action !

Le roux de service, pensant être en camouflage total avec le mur, se rendit rapidement compte qu'il ne s'était pas assez fait oublier lorsqu'il se prit le quarante-sept fillette de Corduno en pleine tête, suivit du mur de la façade en brique rouge 20 centimètres plus loin. La pommette côté mur était complètement écrasée, tandis que le numéro de la maison apparaissait en relief, partiellement décalqué sur la tempe. David trouva que c'était du plus bel effet.

Dans le même temps, le coton-tige sentit l'énorme paluche de leur cible, qui le saisit à la gorge, entourer la presque entièreté de son cou. Surpris et tétanisé par la peur, il ne bougea plus un cil, se demandant quand il allait pouvoir recommencer à respirer et priant intérieurement que cet ours relâche son emprise.

Corduno estimant que sa prise ferait suffisamment le poids face à une lame de couteau de 14 centimètres, il exauça le vœu du rabatteur. S'aidant de sa deuxième main, et en y mettant toute sa force, il balança le gringalet comme une vieille chaussette sur l'homme au papillon. Ils s'écroulèrent tous deux sous la violence du choc. Le craquement émis par le tête-à-tête improvisé ne laissa rien augurer de bon.

David, suite à son lancer de coton-tige, avait encore le buste incliné vers l'avant. Il leva les yeux vers le matraqueur au moment où il terminait sa manœuvre d'armement. Contre toute attente, au lieu de se reculer pour tenter d'esquiver le coup, les 125 kilos de Corduno se ruèrent en avant pour être au plus près de l'œil du cyclone[1].

David se retrouva alors presque collé à son adversaire qui continua son mouvement, pris dans son élan. Son bras s'enroula autour de Corduno et l'arme lui percuta le flanc droit en bout de course. Il accusa le coup en expirant d'un coup sec.

Dans sa course, le colosse avait réussi à saisir, de ses deux mains, la nuque de l'agresseur. Ils étaient maintenant l'un contre l'autre, face à face. Sans lui laisser une seconde, David bloqua le bras armé et pivota vivement tout en armant son coude droit qui vint ouvrir net l'arcade sourcilière de son nouveau camarade de jeux.

En plus de saigner abondamment, cette blessure impressionnante, mais loin d'être grave, permettait, vu le débit de sang, d'aveugler en partie l'adversaire le temps nécessaire pour porter le coup de grâce, qui ne se fit pas attendre.

---

[1] Axe depuis lequel un coup est initié.

Après avoir pivoté vers la gauche, Corduno resta dans les bras de son partenaire de danse, qui se retrouva cette fois derrière lui. De ses deux mains, il saisit celle qui avait lâché l'ouvre-crâne suite au coup de coude. Il la plaqua à son torse, paume contre ses pectoraux en béton armé. Il fit alors brusquement demi-tour vers la droite en maintenant le membre fermement contre lui.

Retentit alors un claquement sec, comme un coup de fouet, accompagné d'un hurlement bestial. La main de la crapule venait de se désolidariser de son poignet. Un crochet au menton vint mettre un terme à sa douleur. Le coton-tige et le poil de carotte étaient encore dans les bras de Morphée, mais l'homme au papillon avait ouvert un œil pour tomber sur la scène finale, qui le fit retomber illico dans les pommes.

— Je ne te demande pas si tu as besoin d'un coup de main ?

Corduno releva la tête et s'apprêta à foncer vers la voix.

— Hé, calme, calme ! C'est moi, c'est Michel !
— Qu'est-ce que tu fous ici ? lui cracha David, l'adrénaline toujours bien présente.
— Bonjour l'accueil ! Quand je t'ai appelé sur ton portable pour te donner des nouvelles du médecin-légiste, j'ai entendu ta sonnerie retentir depuis la salle de réunion, là où tu l'as oublié. Faut pas demander comme tu es ailleurs pour l'instant. Alors je me suis dit que j'allais te le ramener directement, vu que d'habitude, il est toujours scotché à toi.
— Merde, ouais. Excuse-moi, je ne suis pas au top ces derniers temps. Mais comment as-tu réussi à me retrouver ? Je n'ai dit à personne où j'allais.

— Hé, ça va, hein ! Je te connais assez pour savoir que tu allais certainement voir ta dulcinée et que j'avais même neuf chances sur dix de te choper chez Jeannine, ton fournisseur attitré d'escargots.

— Quoi ? Je suis si prévisible que ça ?

— T'inquiète, ça restera entre nous… Même si je ne suis pas le seul à le savoir.

— Quoi ? Qui d'autre ?

— Ben, en gros, toute ta brigade. Ça schlingue les *caricoles* à des kilomètres chaque fois que tu vas voir Sasha ! J'espère pour elle que tu les manges sur le chemin du retour et pas le contraire, la pauvre.

Manifestement, David allait devoir s'y habituer. Il était évident qu'il allait les entendre à tour de bras, les réflexions sur son haleine de gastéropode.

— Sinon, à part ça, tu fais quoi ? interrogea Michel à la vue des corps gisants sur le sol.

— J'en sais rien. Ces quatre épaves s'étaient mis en tête de me faire ma fête, apparemment. Comment peut-on se mettre à quatre contre un quand on est gaulés comme des roseaux ?

— Heu, en fait, le roseau plie, mais ne se rompt pas, paraît-il. Ce qui n'est pas tout-à-fait le cas de la majorité de ces énergumènes. Et quand je dis majorité, je parle de majorité absolue, du style quatre sur quatre ! Si tu as eu le temps de faire « ça », je suis presque sûr que tu aurais eu le temps de dégainer ta plaque et ton flingue. Ça aurait évité que l'on passe par la case hôpital avant l'interrogatoire, histoire de gagner du temps.

Sur ces mots, David et Michel contemplèrent l'ampleur des dégâts. Il fallait bien avouer que la scène faisait plus penser au tableau du « Radeau de la Méduse » qu'à une rixe de rue avec des petites frappes. Le bilan était éloquent.

Le rabatteur, – toujours out – avait le nez à côté du visage. Il lui manquait également cinq ou six dents et sa mâchoire était complètement disloquée. Sous son ventre, une flaque de sang épais s'écoulait.

L'homme au papillon – toujours out –, lui, avait le crâne en partie lacéré, ce qui devait vraisemblablement être l'œuvre de la nouvelle grande gueule du coton-tige. Le poignet droit reposait également dans une drôle de posture. Lorsqu'il avait levé les bras pour se protéger du corps lancé sur lui, le rabatteur était venu s'empaler sur la lame du papillon. En s'écroulant de concert, la main qui tenait toujours l'arme et l'avant-bras avaient décidé qu'ils ne partiraient pas dans la même direction.

Poil de carotte – toujours out – avait été relativement épargné, mais devrait quand même passer aux urgences avant son petit séjour à l'Amigo. Son visage était enflé de la mâchoire jusqu'à la tempe d'un côté et le haut de son crâne était ouvert de l'autre. Trois dents et la lèvre supérieure avaient explosé sur la marche en pierre bleue qui menait à la maison témoin. La position du corps, assez inattendue faisait penser à une carpette qui épousait le trottoir et la marche contre laquelle il s'était assoupi.

Quant au matraqueur – toujours out également –, sa position en mode aléatoire donnait presque envie de demander quand allait commencer la partie de Mikado ! L'homme s'était effondré de façon verticale, comme un immeuble dynamité par des experts en démolition, et son arcade sourcilière crachait encore du sang.

— Tu y as quand même été fort, là, non ? risqua Michel.

— J'y ai été au réflexe, quoi... C'est tout.

— Bon, trêve de plaisanteries, il faut qu'on aille chez le légiste. J'ai bien essayé de lui tirer les vers du nez, mais rien à faire, il veut qu'on vienne tous les deux en personne.

— Ouais, ben, appelle déjà le central pour qu'ils envoient des ambulances et des agents. On ne peut pas laisser la scène sans surveillance. Dès que la relève est là, on file chez Spreutels.

— Ils vont bien s'amuser, les ambulanciers. Bonjour le puzzle ! grommela Michel.

— Voyons le côté positif des choses : une fois qu'ils seront raccommodés et remis dans le bon sens, je pense qu'ils risquent d'être plus coopératifs pour l'interrogatoire, lâcha David.

— C'est pas faux ! concéda Michel.

— Tiens, au fait, tant qu'on a le temps, j'aurais aimé te parler d'un truc. La sonnerie que tu m'as attribuée, « Jeff un p'tit verre on a soif » du Grand Jojo, même si ça a fait un tabac dans tous les *caberdouches* de la place du Jeu de Balle, je ne sais pas trop comment je dois le prendre. Je ne suis quand même pas un pochtron, si ?

— Ha, mais je n'ai jamais dit ça, moi ! Non, c'est juste que je trouvais que ça t'allait bien.

— Hmpf, je ne sais toujours pas comment je dois le prendre...

Pascal prit l'ascenseur jusqu'au sixième étage et traversa les labos où régnait une activité intense mais silencieuse, comme si quelqu'un avait utilisé une télécommande pour couper le son. Il se dirigea vers le bureau d'Alexandre Mixailof, chef de la police scientifique. Pour s'annoncer, il frappa sur le chambranle de la porte restée ouverte.

Alexandre et son adjoint, Fred Loos, levèrent la tête en même temps et l'accueillirent en blaguant :

— Alors, ça y est ? C'est l'heure de l'apéro et tu débarques, comme par hasard, lança Fred.
— Quels *peyes* dis, vous ne pensez qu'à picoler vous deux. Il est à peine 10h00, répondit Pascal en consultant sa montre.
— Nous ? M'enfin, avec quoi tu viens, rétorqua Alexandre, l'air faussement outré. On t'accueille cordialement et, toi, tu nous traites d'alcoolos. Sympa mon vieux !
— Corduno aimerait savoir où vous en êtes avec la scène de crime d'hier soir à Anderlecht, expliqua Pascal, pour changer de sujet.
— Nous sommes justement occupés sur ce dossier, répondit Fredje, ainsi surnommé par ses amis et collègues très proches.

Mixailof était une armoire normande toujours tirée à quatre épingles. Ses dents, d'une blancheur éclatante, et ses yeux rieurs éclairaient un visage amical et jovial. Il avait la réputation d'être franc et direct. Professionnellement parlant, il était très rigoureux, méticuleux et exigeait la même chose de son personnel.

Son adjoint, plus petit et râblé, avait les cheveux blonds coupés en brosse, une tête ronde bien remplie, un visage très sympathique et la bedaine proéminente de l'amateur de bonnes bières belges. Ces deux-là s’entendaient comme cul et chemise et ne manquaient jamais une occasion de se retrouver, en dehors des heures de service, pour faire la fête ou tout simplement prendre l'apéro, qui se prolongeait parfois assez tard. Malgré cela, jamais ils ne manquaient à l'appel ou n'arrivaient en retard au boulot.

— Vous avez trouvé quelque chose qui nous permette d'avancer dans notre enquête ?
— On a trouvé plein d'empreintes, des cheveux, un peu de sang aussi, mais ça tu t'en doutais je suppose. Maintenant, il faut qu'on relève les empreintes et un échantillon d'ADN du couple pour les comparer. Donc, vous ne recevrez pas de résultats avant ce soir ou demain matin, répondit Mixailof.
— Corduno aimerait un rapport encore aujourd'hui, insista Devalk.
— Nos gars ne sont revenus de la scène de crime qu'il y a une heure environ, ne vous attendez donc pas à ce que nous fassions des miracles. On a déjà mis le maximum d'hommes sur l'affaire. J'ai même fait revenir ceux qui étaient en congé aujourd'hui. Je ne peux pas faire plus vite, se défendit l'expert.
— Si vous avez l'occasion d'envoyer déjà un premier rapport par mail pour dire si vous avez trouvé quelque chose qui sorte de l'ordinaire ou qui vous fasse penser aux autres scènes de crime, ce serait déjà pas... Allô, dit-il en décrochant son téléphone qui vibrait dans sa poche.

Il écouta quelques secondes et raccrocha, visiblement choqué par ce qu'il venait d'entendre.

— Faut que j'vous laisse. Corduno vient de se faire agresser par quatre types, annonça-t-il aux deux scientifiques.
— Ah bon ! Il y a combien de morts ? demanda Alexandre en faisant un clin d'œil à Fred.

À vrai dire, aucun des deux hommes n'avaient la moindre inquiétude pour David, sachant à quel point il était capable de se défendre seul.

⊥┬⊥

— Ah ! C'est pas trop tôt ! Vous en avez mis du temps pour arr... Le légiste venait de voir la tête et le regard noir de Corduno. Ouh, tu n'as pas l'air de bonne humeur, toi, reprit-il.
— Cette enquête n'avance pas et on a une victime de plus. Tu vois des raisons de se réjouir, toi ? grogna-t-il.
— Heureusement qu'il a pu se défouler un peu, rajouta Michel.
— Pourquoi, vous êtes venus à pied ou quoi ? C'est pour ça qu'il vous a fallu si longtemps pour arriver ?
— Non. « Môssieur » a cassé de la petite crapule en mangeant des *caricoles*.
— Ça ne m'a pris que quelques secondes, se défendit David.
— C'est vrai, mais le ramassage des ordures a pris du temps. Il a fallu rassembler les morceaux et rendre à chacun ce qui lui appartenait, plaisanta Michel.
— Faut toujours que t'exagères. Bon, alors, qu'est-ce que tu avais à nous montrer ? demanda David.
— Chaque chose en son temps, répondit Spreutels. Notre homme est mort hier soir entre 20h30 et 21h30.

L'analyse du contenu de l'estomac révèle qu'il venait de *souper*. Il a reçu plusieurs coups violents, au nez, au plexus, à l'arrière de la tête, au foie et à l'estomac. Voilà comment j'imagine que la scène s'est déroulée : les coups portés par surprise au plexus et au nez ont dû l'empêcher de crier. Le choc à l'arrière de la tête l'a mis KO. J'ai retrouvé des fibres de textiles entre les dents et sur la langue. Je suppose donc qu'on lui a fourré quelque chose dans la bouche pour le bâillonner. Ensuite, on l'a frappé violemment au foie et à l'estomac, ce qui l'a fait vomir. Comme il était couché sur le dos, il s'est étouffé ; j'ai retrouvé du dégueulis en grande quantité dans les poumons et les bronches.

Les deux inspecteurs se regardèrent éberlués, grimaçant à l'idée de ce que le pauvre homme avait enduré avant de mourir.

— Et c'est quoi cette histoire d'œuf, finalement ? redemanda Michel, intrigué.
— Minute papillon ! L'ablation des paupières et des lèvres a été faite post-mortem, avec un outil très tranchant, style bistouri. Idem pour les parties intimes. Le pénis se trouvait bien dans la bouche comme on le supposait. La peau du scrotum a été utilisée pour « emballer » ce petit œuf jaune en plastique, que nous connaissons tous pour avoir déjà mangé des Kinder Surprise. Le tout a été introduit dans l'anus. Comme cela a été fait après la mort, quand les sphincters sont relâchés, il n'a pas eu de mal à l'introduire. Il s'est quand même servi d'un objet long et rigide pour le repousser dans le rectum, jusqu'à l'ampoule rectale.

— L'ampoule ? Tu veux dire qu'il y avait de la lumière à l'intérieur ? s'étonna Michel.
— En parlant de lumière, je crois que tu n'as pas l'électricité à tous les étages pour poser des questions pareilles. Pour ton information, l'ampoule rectale est la cavité où sont stockées les matières fécales en attente de défécation.
— Et quoi, tu chipotes le trou de balle de toutes les victimes que tu autopsies ? interrogea Meerpoel.
— Il le fait exprès tu penses ? demanda-t-il à Corduno, médusé.
— Peu importe, continue, lui intima-t-il.
— Pour ta gouverne, on extrait toujours les viscères, qui sont alors pesés, inspectés et disséqués. C'est comme ça que j'ai trouvé la surprise. Ensuite, oui, j'ai inspecté l'anus pour chercher des lésions afin de déterminer s'il y a eu viol ou pas. Je ne néglige aucun détail et, contrairement à toi, je ne tripote pas ces parties pour le plaisir.
— Contrairement à moi ? Qu'est-ce que tu veux dire ?
— Bah ! Toi t'es homo, non ?
— Quoi ? C'est ma fête aujourd'hui ou quoi ? Pourquoi t'arrête pas de me chambrer ?

Spreutels ne lui répondit pas et fit un clin d'œil à Corduno.

— Et alors cet œuf ? s'impatienta ce dernier.
— Comme d'habitude, il y avait un petit message pour toi dedans, dit-il en lui tendant une pochette en plastique.

« Mon cher Dave,
L'endroit où vous avez trouvé ce message résume à lui seul la situation dans laquelle vous vous trouvez : dans la merde !
Quand vais-je enfin avoir affaire au Grand Corduno dont tout le monde ne dit que du bien ?
7-0 »

— J'ai l'impression que ce tueur en a après tes miches, lança Spreutels.
— Quel grand esprit de déduction. Quand as-tu compris ça ? ironisa Michel, un brin revanchard.
— Comment ce *peye* sait-il que vous avez que dalle sur lui ? demanda-t-il en ignorant Michel. Tu ne trouves pas ça étrange ? Vous pourriez très bien avoir des indices ou des témoins.
— Ça vaut la peine d'étudier la question, répondit Corduno. Autre chose de spécial ?
— Je n'ai pas terminé, mais je t'enverrai mon rapport au plus tard en fin d'après-midi.
— J'aimerais qu'après ça, tu te penches sur les rapports des sept victimes pour les comparer et essayer d'y trouver des points communs ou quoi que ce soit qui puisse nous aider.
— Ok, je m'y attelle ce soir, promit Spreutels.

Depuis qu'ils avaient regagné la voiture, Michel n'avait pas pipé mot, se renfrognant, les bras croisés et l'air contrarié, sans répondre à son ami, qui lui demanda à deux reprises ce qui lui prenait. Corduno attendait qu'il sorte de son mutisme.

— Tu crois vraiment qu'il pensait que j'étais homo ? l'interpela subitement Meerpoel.
— Ah ! Tu ne l'es pas ?
— Tu vas pas t'y mettre toi aussi, hein ? Tu me connais trop bien quand même !
— Qu'est-ce que tu es susceptible, dis. T'as pas remarqué qu'il te faisait marcher ? Bon, à sa décharge, je dois bien admettre que tu t'es comporté comme une chochotte lors de la dernière autopsie à laquelle nous avons assisté. À mon avis, c'est à ça qu'il faisait allusion. Et puis, comme tu marches à fond, lui, il en profite pour te taquiner.
— Ha, ha ! Très marrant. Tu m'excuseras, mais comme j'ai les lèvres gercées, ça fait mal quand je ris.

Michel continuant à râler, David le sortit de ses ruminations en changeant de sujet.

— Spreutels a soulevé un point important à propos du fait que le tueur à l'air bien sûr de lui, déclara David.
— Tu crois que le tueur nous surveille ?
— C'est pas impossible. Ou alors, il a une taupe chez nous, dans nos services, voire dans notre équipe.
— Quoi ? T'es pas sérieux là ?
— J'en sais rien. Imagine qu'il ait un informateur parmi nous. Cela lui permettrait de savoir où en est l'enquête. Et c'est vrai que, d'après son message, il a l'air de savoir que l'on rame. Et... Oh putain !
— Quoi ? Qu'est-ce qu'il y a ? s'enquit Michel.
— Et si le tueur était un flic ?
— De mieux en mieux. Tu crois vraiment que l'un d'entre nous est un tueur sanguinaire ? Et tu soupçonnes qui ? Alex ? Pascal ? Ou Fabien, peut-être ? On se connaît

tous très bien et je ne peux pas imaginer une seconde que l'un d'entre nous soit un meurtrier.

— Là, tu ne penses qu'au noyau dur de la brigade, mais ça pourrait être n'importe quel flic. Peut-être même un des gars de la scientifique. Je ne vois personne de mieux placé qu'eux pour savoir comment effacer des traces. Ou, si le tueur a un complice parmi les gars du labo, il peut facilement faire disparaître des indices.

— Tu déraillles complètement. Tu es sûr de ne pas avoir pris un coup sur la tête lors de ta partie de plaisir ?

Ils conduisirent en silence pendant quelques minutes, réfléchissants chacun de son côté. Puis, soudain, le visage de Michel s'illumina :

— Je viens d'avoir une idée de génie.

— Vas-y, Modeste, je t'écoute.

— Le tueur sous-entend que nous n'avons rien sur lui. Et si nous contre-attaquions, via la presse, en affirmant le contraire ? Nous pourrions par exemple annoncer qu'un voisin de la dernière victime a vu quelqu'un de suspect quitter l'appartement, qu'il nous en a communiqué une description assez précise et que son arrestation n'est plus qu'une question d'heures. Si le tueur mord à l'hameçon, il pourrait tenter de réagir en empêchant le voisin de témoigner.

— Et c'est là que nous entrons en jeu. On met deux agents, vingt-quatre heures sur vingt-quatre, dans l'appartement dudit voisin, et une équipe de filature discrète pour quand il quitte son domicile. C'est pas mal ! Ça vaut le coup d'essayer.

— J'ai un pote qui bosse à la *RTBF*. Il faudrait absolument que ça passe aux infos de 19h30, ce soir. Ça nous laissera le temps de mettre l'équipe de protection en place avant les infos. Il faudrait aussi que ça sorte dans la presse écrite dès demain matin. On contacte *La DH* et *Le Soir*.

Alex était chargée d'entrer en contact avec le voisin de palier de Frank Boon et Ainslee Debroeck. David se doutait bien qu'il ne serait pas facile de le convaincre de servir d'appât pour un dangereux criminel. Il supposa, à juste titre, que l'idée d'avoir une jeune et jolie fliquette dans son appartement pendant quelques heures, voire quelques jours, ne serait pas pour lui déplaire. Le jeune célibataire de vingt-neuf ans, Luc De Poortere, étant susceptible de tomber sous le charme d'Alex, cela augmenterait les chances de réussite de la mission. Voilà pourquoi, Alex se garda donc bien de préciser qu'un colosse, prénommé Juan, leur tiendrait également compagnie et que l'équipe changerait toutes les huit heures.

Corduno avait également demandé à la seule représentante féminine de son équipe de prévenir les parents de la victime et ceux de sa compagne. Les deux agents qui avaient contribué à l'interpellation de Bektachis seraient chargés de suivre De Poortere, lors de ses sorties, afin d'assurer sa protection. Il fut décidé qu'une équipe demeurerait dans l'appartement du jeune homme pendant son absence également, juste au cas où le tueur aurait l'idée de s'y introduire pour l'accueillir comme il se doit, dès son retour.

À 15h00, Michel arriva au boulevard Auguste Reyers et se gara sur le parking de la RTBF. Son ami, Manu Debiève, qui travaillait au service des sports, lui avait arrangé un rendez-vous avec la rédaction. Il l'attendait à l'entrée du bâtiment et l'accueillit chaleureusement. Ils se connaissaient depuis quelques années, mais avaient rarement l'occasion de se voir.

Manu, en tant que commentateur sportif, travaillait presque tous les week-ends, sauf quand il n'y avait pas de matchs de foot – ce qui était assez rare – ou quand il n'était pas en déplacement à l'étranger pour des événements, tels que la Coupe du Monde ou les Jeux Olympiques. C'était également lui qui s'occupait de toute la préparation de l'émission *Rendez-vous en terrain inconnu*, dont le concept est d'inviter une personnalité belge à découvrir un sport qu'elle ne pratique pas.

Tout en déambulant à travers le dédale de couloirs du bâtiment, ils prirent des nouvelles l'un de l'autre. Michel le remercia d'avoir pu le dépanner si rapidement et lui expliqua brièvement de quoi il retournait, tout en le priant de ne rien révéler.

— Tu me connais, je suis une tombe, le rassura Manu.
— Je te fais confiance.

Le journaliste s'arrêta devant une porte à laquelle il frappa. Il l'ouvrit dès qu'il entendit une voix crier : « Entrez ! »

— Jean-Jacques, je te présente mon ami, Michel Meerpoel, de la brigade criminelle. Je vous laisse, dit-il en les saluant.
— Merci, Manu. Bonjour à Sandrine et aux filles.

L'entretien dura moins d'une demi-heure. David ayant rédigé lui-même le communiqué de presse, il n'était pas question que les journalistes improvisent ou y ajoutent des suppositions. En échange, Michel dut promettre qu'ils auraient la priorité de diffusion dès que l'affaire serait résolue.

De son côté, David avait convoqué les rédacteurs en chef des journaux *Le Soir* et *La DH* pour 16h30. Il leur remit le même communiqué qu'à la chaîne de télévision en requérant de publier l'article en première page de l'édition du lendemain matin.

Alex, quant à elle, lui avait appris que la compagne de la dernière victime était rentrée assez tard de la salle de fitness et qu'à son retour, Frank était déjà couché. Après avoir regardé la télé jusque passé 1h00 du matin, elle était allée se coucher sans allumer la lumière et sans rien remarquer d'anormal. Alex tenait ces infos des parents de la jeune fille, puisqu'elle n'était pas en mesure de se faire interroger directement pour l'instant.

Fabien, lui, s'était assuré que le serveur de la police n'avait pas été piraté. David voulait également qu'il mette en place un système permettant de lire tous les emails entrants et sortants afin de s'assurer qu'il n'y avait pas de taupe dans leurs services.

Enfin, Pascal fut renvoyé chez lui pour se reposer et rester auprès de son épouse, qui devait accoucher dans les prochaines heures.

Tout était en place pour le piège dans lequel Corduno fondait beaucoup d'espoir. Étant donné que Sasha était en congé, il rentra chez lui pour se détendre et passer un peu de temps auprès d'elle. Il désirait également essayer de se coucher tôt, même s'il avait ordonné à l'équipe de l'appeler dès qu'il y aurait du nouveau. Épuisé, il sentait bien que toute cette histoire le minait bien plus qu'il ne voulait l'admettre...

Chapitre 9

À 18h00, les équipes étaient en place au boulevard Sylvain Dupuis. Un des agents avait trouvé une place de stationnement sur le parking de l'immeuble, juste devant la porte d'entrée, ce qui lui donnait une vue directe sur le hall bien éclairé et le tableau des sonnettes. Le second était garé le long du trottoir, juste avant l'entrée du parking.

Ils communiquaient tous les deux par radio avec Alex et Juan qui se trouvaient dans l'appartement de Luc De Poortere. Le jeune homme semblait nerveux. Il tournait en rond dans le salon et scrutait sans arrêt sa montre.

Quand Alex sonna à la porte, il l'accueillit avec un grand sourire qui s'évanouit aussitôt à la vue de la tête de Juan dépassant de celle de sa collègue. Elle lui expliqua que c'était la procédure habituelle, en cas de planque, d'être toujours à deux et que c'était pour sa propre sécurité. Elle le rassura encore en précisant que deux autres agents se trouvaient en planque devant le bâtiment pour leur prêter main forte en cas de besoin.

De Poortere avait préparé des sandwichs pour deux et mis une bouteille de vin blanc au frais. Vraisemblablement, il pensait passer une soirée romantique avec une jolie nénette. Alex eut un peu mal au cœur en voyant sa mine déconfite lorsqu'elle lui conseilla de ne pas déboucher la bouteille, mais de préparer du café bien fort, en grosse quantité, car la nuit risquait d'être longue. Ils devraient tous garder les idées claires et la tête bien froide.

À 19h15, il alluma la télé sur la Une pour être sûr de ne pas rater le début des infos.

— Vous semblez nerveux et je vous comprends, mais tant que l'info n'est pas diffusée, vous ne risquez rien, tenta Juan, un peu maladroitement, pour le calmer.
— Waouh, génial. Vous voulez dire que je suis en sécurité, mais que d'ici quinze minutes, j'aurai une belle cible dessinée dans le dos et qu'alors mes jours, voire mes heures, seront comptés ? Et je dois rester calme ? Quel réconfort, fit-il, ironique.
— On ne vous lâchera pas d'une semelle, donc il ne peut rien vous arriver. Nous vous protégerons jusqu'à ce qu'on l'ait arrêté, lui répondit l'inspecteur d'un ton ferme, pour tenter de le remettre en confiance.

À 19h30, le générique du journal télévisé retentit dans la pièce et Luc se précipita sur la télécommande pour augmenter le volume.

« ***Hier soir à Anderlecht, un homme a été retrouvé assassiné dans son lit. C'est sa compagne qui l'a découvert. Nous avons appris de source sûre que, lors de l'enquête de voisinage, une personne a affirmé avoir vu le présumé coupable sortir de l'appartement et a pu en fournir une description assez précise. Son arrestation ne serait, semble-t-il, plus qu'une question d'heures. Pour des raisons évidentes de sécurité et de protection de l'enquête, la police se refuse à fournir plus de détails.*** »

Le présentateur passant à un nouveau sujet, Luc se leva d'un bond en criant :

— Quoi, c'est tout ? Je risque ma vie pour quinze secondes d'antenne ? fulmina-t-il.

— Vous auriez aimé que l'on diffuse votre photo et votre adresse ? demanda Juan.

— Vous voulez vraiment connaître le fond de ma pensée ? Je pense que j'ai fait une grosse connerie en acceptant de vous aider. Je risque ma peau et...

— Vous connaissiez bien votre voisin de palier ? l'interrompit Alex.

— Oui, c'était un gars très sympa, même si je me sentais plus attiré par sa copine.

— Alors, vous avez pris la bonne décision en acceptant ce rôle. Vous allez pouvoir lui rendre justice. Et je suis sûr que, si ça fonctionne, elle vous en sera reconnaissante. Bon, et si on mangeait maintenant ?

— Mangez, si ça vous fait plaisir, moi je n'ai plus faim. Je vais me doucher. Faites comme chez vous surtout, reprit-il, de mauvaise humeur.

Alex et Juan, n'ayant pas avalé grand-chose de la journée, dévorèrent avec appétit le repas frugal préparé par leur hôte. Après quoi, Juan se posta discrètement à la fenêtre pour surveiller la rue et l'entrée de l'immeuble. Il entra en contact radio avec les hommes postés en faction dans leurs véhicules. Rien à signaler de ce côté-là.

Après sa douche, Luc avait enfilé un pantalon de training et un T-shirt blanc, qui mettait en valeur ses bras épais comme des cure-dents. Il revint dans le salon et s'installa devant la télé avec un coca et zappa de chaîne en chaîne, ce qui traduisait sa nervosité.

Vers 21h30, lorsque la sonnette de la porte d'entrée retentit, il sursauta si violemment que sa cannette lui échappa des mains, déversant des flots de soda sur son parquet. Juan réclama immédiatement aux agents de dire s'ils voyaient quelqu'un devant les sonnettes.

— Oui, un livreur de pizza vient d'arriver en mobylette.
— C'est vous qui avez commandé une pizza ? demanda-t-il à De Poortere.
— Mais non, pas du tout !
— Répondez et laissez le monter, ordonna-t-il.

Après qu'il eut ouvert la porte du rez-de-chaussée, Alex lui expliqua :

— Nous allons nous cacher. Vous lui ouvrirez la porte puis, sous prétexte d'aller chercher l'argent dans la cuisine, vous le laisserez poireauter sur le palier, porte ouverte. S'il entre, c'est que c'est notre homme et, là, nous intervenons. Par contre, s'il reste bien sagement à attendre, on le laisse repartir. Il vient peut-être juste en repérage. À moins que ce ne soit réellement qu'un simple livreur.

Dès qu'ils entendirent l'ascenseur s'arrêter à l'étage, ils se turent et se cachèrent derrière la porte. Quelques coups frappés sur le vantail firent à nouveau sursauter le jeune homme, qui n'en menait pas large.

— J'a... j'arrive, cria Luc, stressé.

Alex lui sourit gentiment pour l'apaiser, leva les bras en joignant les pouces et majeurs des deux mains pour l'inciter à rester zen. Il risqua un coup d'œil par le judas et constata que le gars n'avait pas enlevé son casque. Il respira un grand coup et ouvrit la porte.

— Bonsoir. Excusez-moi, mais je sortais de ma douche, j'ai donc dû m'habiller en vitesse.
— Pas de soucis, Monsieur. Voici votre pizza quatre fromages. Cela fait treize euros, s'il vous plaît, pourboire non-compris.
— Merci. Excusez-moi une petite minute, je vais chercher l'argent.

Il tourna les talons et se rendit à la cuisine où il ouvrit bruyamment trois tiroirs l'un après l'autre pour faire semblant de chercher son portefeuille. Il espérait sincèrement qu'en revenant dans le hall d'entrée, il trouverait le livreur couché sur le ventre, les mains menottées dans le dos et le gros lourdaud de flic assis dessus en attendant les renforts. Il fut déçu de le retrouver debout sur le palier, l'air impatient. Il lui tendit quinze euros :

— Tenez, gardez la monnaie.
— Merci, M'sieur, et bon appétit.

Il reprit l'ascenseur et Luc ferma la porte. Juan chuchota dans la radio :

— Que l'un d'entre vous suive le livreur.
— Non, surtout pas ! cria Alex. C'est peut-être une ruse du tueur pour voir si le bâtiment est surveillé. Si on le suit, on risque de compromettre l'opération. Essayez de prendre sa plaque d'immatriculation.
— Il n'y a pas d'immatriculation pour une petite mopette comme ça, s'emporta l'agent en planque dans le parking.

De Poortere, légèrement pâlot, s'assit en tremblant dans le canapé.

— Vous avez bien joué votre rôle, le félicita-t-elle.
— Ouais, ben, j'sais pas si je survivrais à une deuxième épreuve comme celle-là. Vous réalisez que si ça avait été votre tueur, il aurait pu me tirer une balle dans la tête dès que j'ai ouvert cette fichue porte ?
— C'est vrai, mais on l'aurait arrêté tout de suite, en flagrant délit. Il aurait été bon pour finir ses jours à l'ombre, lança Juan.
— Et vous vous croyez drôle en plus ? Pauv' tache, va.
— C'est juste pour détendre l'atmosphère, je vous charrie c'est tout.
— Ce qui va bien me détendre, c'est cette pizza. Elle sent vachement bon.
— Pas question que vous la mangiez, l'interrompit Alex.
— Eh, je l'ai payée donc je la bouffe, que ça vous plaise ou non.
— C'est vrai vous avez raison, vous l'avez payée. Mais qui l'a commandée ? rétorqua-t-elle.
— Qu'est-ce que j'en sais moi ? C'est important ?
— Réfléchissez un peu, mon vieux. Pourquoi sommes-nous ici ? demanda Juan.

Après quelques secondes, Alex vit la tête de Luc changer.

— Quoi, Vous pensez qu'elle est empoisonnée ?
— C'est pas impossible, en effet. Rapide, efficace et pas besoin de se salir les mains. Du bon boulot, répondit Juan.

— Donnez-moi le ticket, je vais vous la rembourser, proposa Alex. Et ne touchez plus à la boîte, on la fera analyser demain, y compris son contenu.

Après avoir regardé les infos, David et Sacha avaient soupé. Ils débarrassaient la table lorsqu'à 20h20, le téléphone de Corduno sonna. Comme il l'avait laissé dans le salon, il se rua dessus avant que l'appel bascule sur la boîte vocale. C'était Pascal.

— Alors, vous avez du neuf ?
— Oui, ça y est !
— Quoi, sérieux ? Vous l'avez chopé ?
— Chopé ? C'est un nouveau synonyme pour accoucher ? Quand je pense que vous vous foutez sans arrêt de ma balle quand je fais un petit plapsus. Non, on vient d'arriver à la maternité. Elle est en salle d'accouchement.
— Ah oui ! C'est vrai. Excuse-moi, j'ai pas les idées très claires, répondit Corduno sans prendre la peine de corriger sa nouvelle erreur de langage. Tu vas bien ?
— Non, je suis stressé et angoissé à mort.
— Et tu ne vas pas assister à l'accouchement ?
— Non ! Tu veux que je tombe dans les pommes ou quoi ?
— Tu aimerais que je vienne te tenir compagnie ?
— Ça me ferait plaisir, mais je n'osais pas te le demander.
— J'arrive, j'ai besoin de me changer les idées de toute façon. Et puis, comme ça, si tu t'évanouis, ben je te ferai pas le bouche à bouche.
— Merci, David. À tout à l'heure.

— Attends ! À quel hôpital es-tu ?
— À Brugmann. À la maternité.
— Ouais, ça, je me doutais un peu que tu ne serais pas en gériatrie. Allez, à tout de suite !

La relève de l'équipe de surveillance avait eu lieu aux environs de 2h00 du matin. Alex était rentrée chez elle sans avoir eu le courage de passer au labo pour y déposer la pizza. Non seulement, elle était épuisée après avoir bossé seize heures d'affilées, mais, en plus, rien ne garantissait que quelqu'un serait présent pour la réceptionner.

Elle dormit comme une masse durant six heures et arriva au poste sur le coup des 9h00 sans avoir pris le temps de petit-déjeuner. Elle se rendit d'abord au labo afin d'y déposer son colis, puis reprit l'ascenseur pour se diriger vers son bureau. En passant devant celui de Fabien, elle constata qu'il était déjà occupé à travailler. Il la salua et l'informa que Corduno souhaitait la voir dans son bureau pour un débriefing de la soirée.

Quand elle poussa la porte du bureau du patron, elle le vit en train de lire les journaux du matin étalés sur son bureau. Il leva la tête et l'invita à s’asseoir d'un geste de la main pendant qu'il terminait la lecture de son article.

— Alors, raconte-moi. Comment ça s'est passé hier soir ?
— Les hommes postés à l'extérieur n'ont rien remarqué d'anormal. Pas de rôdeurs, pas de passants suspects. La seule chose bizarre, c'est qu'un gars est venu livrer une pizza que nous n'avions pas commandée.
— Quelqu'un vous a fait livrer une pizza ? s’étonna-t-il.
— Oui.

— Une seule ?

— En effet.

— Et ?

— Je ne sais pas. On a cru que le livreur serait notre tueur. Donc, suivant mon conseil, De Poortere s'est éloigné pour aller chercher de l'argent et a fait traîner les choses. Le livreur n'a rien tenté. Il a gardé son casque pour ne relever que la visière. Nous n'avons donc pas de description précise. J'ai demandé aux hommes de ne pas le suivre pour ne pas révéler leur position, mais de relever l'immatriculation.

— Et tu as vérifié cela ?

— Le type roulait sur une petite mobylette, donc pas d'immatriculation. J'ai empêché le jeune homme de manger la pizza au cas où elle serait empoisonnée. Je viens de la déposer au labo pour les empreintes et analyses.

— Bonne initiative, Alex. Est-ce que les coordonnées de la pizzeria se trouvaient sur la boîte ?

— Oui. Il s'agit du restaurant *La Tavola* situé à environ 500 mètres à vol d'oiseau de l'endroit où nous étions. Je vais leur téléphoner vers 11h00. Je suppose qu'à cette heure-ci, c'est encore fermé. Espérons qu'ils aient le nom et le numéro de la personne qui l'a commandée.

À ce moment-là, le téléphone de David sonna. Il fit signe à Alex de rester assise avant de décrocher. Il écouta quelques secondes, puis pianota sur le clavier de son ordinateur afin d'ouvrir sa boîte mail.

— Oui, je l'ai bien reçu. Ok, je regarde ça tout de suite. Merci et à plus, dit-il, avant de raccrocher.

— Qu'est-ce qui se passe ? demanda Alex.

— Une minute, laisse-moi lire.

Il ouvrit la pièce jointe attachée à l'email qu'il venait de recevoir d'Alexandre Mixailof, chef du labo. Alex put voir la stupeur se peindre sur son visage. Corduno se laissa aller contre le dossier de son fauteuil, renversa la tête en arrière et se perdit dans la contemplation du plafond. Il prit plusieurs minutes pour réfléchir, puis, au moment où Alex crut qu'il s'était endormi, il se redressa brusquement, la regarda et lui demanda :

— Tu m'as bien dit que c'est De Poortere qui a réceptionné la pizza, hein ?
— C'est bien ça, oui.
— A-t-il ouvert la boîte ?
— Non.
— Tu es sûre ?
— Formelle ! Quand il a fait mine de vouloir la manger, il m'a suffi de lui dire qu'il y avait des chances qu'elle soit empoisonnée. Après ça, il n'a plus posé ni les mains ni les yeux dessus.
— Qui était avec toi ?
— Juan. Mais c'est quoi cet interrogatoire ? Qu'est-ce qui se passe ?
— Est-ce que l'un de vous deux l'a ouverte ? insista Corduno, en évitant une deuxième fois de répondre à sa question.
— Non. J'ai demandé un sac plastique propre pour l'emballer et plus personne n'y a touché après.
— Juan aurait-il pu l'ouvrir pendant que tu étais aux toilettes, par exemple ?
— Je n'en sais rien. Je ne me souviens pas si j'y suis allée avant ou après la livraison. Mais nous étions là pour

protéger le gamin, pas pour surveiller une pizza. Peux-tu me dire ce qui se passe à la fin ? s'irrita-t-elle.

David hésita à lui parler de la théorie évoquée avec Michel la veille, selon laquelle le tueur bénéficiait peut-être d'une complicité au sein même de la police. Finalement, il décida de ne rien en faire dans l'immédiat. Après tout, c'était elle qui avait conservé la boîte chez elle toute la nuit. Elle était donc la mieux placée pour faire ce qu'il fallait. Il continua à la sonder :

— À qui as-tu remis la pizza au labo ?
— À Frédéric Loos.
— Était-il seul à ce moment-là ?
— Oui. Son chef était aux toilettes. J'ai demandé qu'ils s'en occupent immédiatement.

Il tourna l'écran de son ordinateur afin qu'elle puisse lire ce qui y était affiché et lui dit :

— Il y avait ceci sous la pizza.

Alex écarquilla les yeux à la vue du document scanné :

« Votre piège ridicule est une insulte à mon intelligence. Dans moins de trois jours, vous aurez deux nouveaux cadavres, bande de nases. »

— Envoie-moi immédiatement Michel et convoque toute l'équipe en salle de réunion pour 10h00 précise ! Et débrouille-toi pour avoir le restaurant en ligne avant ça. Je veux savoir qui a commandé cette putain de pizza.

— Regarde ça, dit-il à Michel, qui venait de faire irruption dans son bureau.
— Où as-tu trouvé ça ? s'enquit-il après avoir terminé de lire.
— On vient de le retrouver sous une pizza qui a été livrée hier soir, chez le voisin de Frank Boon où Alex et Juan étaient en planque. À vrai dire, je me suis un peu servi de toi, enfin surtout de ton idée.
— Tu peux m'expliquer ?
— Ton idée de « génie » de tendre un piège au tueur était un peu farfelue.

Le regard de Michel fit comprendre à Corduno qu'il n'appréciait ni la remarque ni la manipulation dont il avait été l'objet. Néanmoins, il reprit poliment :

— Je te remercie. Pourquoi as-tu accepté de marcher alors ?
— Pour te prouver que ma théorie tenait la route.
— Là, il va falloir que tu développes, parce que je pige que dalle !
— J'étais certain que le tueur n'allait pas se précipiter pour venir tuer notre témoin bidon. Il est trop intelligent pour ça. Par contre, j'étais pratiquement sûr que cela le vexerait et le pousserait à réagir. Quelle chance avait-on pour qu'il passe à l'action le jour même ? Pour ça, il aurait encore fallu qu'il soit devant sa télé, hier soir au moment du journal. Si j'ai accepté ton idée, c'était pour voir à quelle vitesse il allait réagir. Deux heures après les infos, la pizza était livrée. Tu

conviendras que c'est quand même très rapide. En fait, c'était ça le vrai piège, le pousser à réagir vite.

— Et ça confirme quelle théorie exactement ? s'exclama Michel, dubitatif.

— Tu as la mémoire courte, il me semble. Celle selon laquelle notre tueur ferait partie de la police.

— Ah non, hein ! Tu vas pas recommencer ?

— Écoute, faire livrer une pizza quelque part, c'est à la portée de tout le monde. Y glisser un message me semble plus compliqué. Il n'y a que quatre moments où il a pu y être ajouté : entre la pizzeria et le domicile, au domicile même, entre le départ de la pizza cette nuit et son arrivée au labo ce matin ou encore ici-même, au labo. La solution la plus probable et qui comporte le moins de risque, c'est la troisième.

— Et elle était où cette pizza pendant toute la nuit ?

David hésita quelques secondes avant de lui annoncer la nouvelle, ce qui eut le don d'agacer Michel, qui ne tarda pas à lui reformuler la question :

— Alors, t'accouche ?

— Chez Alex...

— C'est n'importe quoi ! s'emporta Meerpoel.

— Réfléchis deux secondes. Hier, c'est elle qui est allée trouver le voisin pour lui demander d'accepter de servir d'appât. En sortant de là, elle a eu tout le temps d'imaginer et de préparer son plan.

— Mais enfin, tu te rends compte de ce que tu dis ? Elle fait partie de notre équipe depuis des années. Qu'est-ce qui, selon toi, aurait pu la transformer en tueuse ? Quelle raison aurait-elle de vouloir se venger de toi ? Non, ça n'a aucun sens. Si ça tombe, le livreur était notre homme, mais, comme il voulait juste faire passer un message, il n'a couru aucun risque en venant lui-même. C'est même bien plus vraisemblable que ce que, toi, tu avances.

— En tout cas, je te demande de garder ça pour toi. Je vais également te demander de l'observer pendant la réunion et ensuite de la surveiller pendant deux ou trois jours.
— Mon Dieu, tu ne vas pas m'infliger ça quand même ? se plaignit-il.
— Écoute, ça me gêne que tu m'appelles comme ça. J'aime autant que tu utilises mon prénom, comme tout le monde.
— Idiot, va !
— Mais oui, moi aussi je t'aime. Viens, allons-y, l'encouragea Corduno.

Une fois que tout le monde fut installé en salle de réunion, Corduno s'informa de l'avancée des recherches d'Alex,

— J'ai eu *La Tavola* en ligne, commença-t-elle. Ils vendent bien des pizzas à emporter, mais n'ont pas de service de livraison. J'ai demandé si un client était venu hier soir pour chercher une pizza quatre fromages, entre 21h00 et 21h20.
— Et ? demanda David.
— Le pizzaiolo n'était pas encore arrivé, mais le patron m'a dit qu'ils avaient eu énormément de monde. Il a vérifié avec les bons de caisse et plusieurs commandes ont été passées, mais l'heure n'est pas notée sur les bons. Donc, on n'est sûr de rien.

— Bref, on n'est pas plus avancé, lâcha Corduno.

— On sait que notre tueur est loin d'être con, affirma le Fabe. Il a très bien pu payer un gamin avec une mobylette pour qu'il aille acheter une pizza à emporter en lui demandant de la livrer à une certaine adresse.

— Oui, ce n'est pas impossible. Mais quand aurait-il introduit le message dans la boîte ? dit Michel. Il aurait pris un risque énorme s'il avait demandé au gamin de le rajouter lui-même, surtout vu la teneur du message. Il laisserait en vie quelqu'un capable de l'identifier ? Je n'y crois pas trop.

— Ils sont peut-être complices, proposa Fabien.

— Non, il y a quelque chose qui cloche dans votre raisonnement, rétorqua Alex.

— Qu'est-ce qui cloche ?

— Je ne sais pas. Il y a un détail qui m'échappe. Je l'ai sur le bout de la langue, mais je n'arrive plus à m'en souvenir.

Alex ferma les yeux, baissa la tête et tenta de se remémorer le déroulement de la soirée de la veille. N'y parvenant pas, elle se tourna vers Fabien et le pria de répéter ce qu'il venait de dire :

— Quoi ? À propos du tueur qui aurait payé un gamin pour livrer la pizza en mopette ?

— Ah oui ! Voilà, c'est ça. Hier, pendant la planque, quand on a sonné à la porte, avant de décrocher le parlophone, on a demandé aux hommes en faction devant l'immeuble s'ils voyaient quelqu'un. La réponse était : « Oui, un livreur de pizza. » Ce qui veut dire que le gars devait être avec un scooter pourvu d'un box isotherme avec une marque de pizzeria. Donc, ta théorie du gamin payé par le tueur ne tient pas la route.

— Mais on sait que la pizzeria n'a pas de service de livraison, ajouta Michel. Alors quoi ?

— Alex, tu voudras bien te renseigner auprès de l'agent afin de déterminer s'il a relevé des détails concernant le scooter ? Couleur du box, logo éventuel, marque du scooter... commanda David.

— Le tueur a très bien pu voler la mobylette d'une société de livraison, acheter la pizza, y mettre le message et venir la livrer lui-même. À mon avis, ce n'est pas ça qui va l'arrêter, suggéra encore Fabien. De plus, comme personne ne sait à quoi il ressemble, il ne prenait pas beaucoup de risques en venant personnellement, ce qui pourrait également expliquer pourquoi il a gardé son casque sur la tête.

Tous se regardèrent, subjugués, en se demandant où ce petit bonhomme pouvait bien puiser son inspiration.

— C'est une excellente idée ça, s'empressa d'ajouter Michel, qui refusait toujours de croire à la théorie de Corduno.

— Alex, dès que tu as les infos sur le véhicule, tu prendras contact avec toutes les sociétés de livraison de la marque pour voir s'ils s'en sont fait voler un, ordonna David. Autre chose : le légiste nous a mis la puce à l'oreille et cela semble se confirmer avec ce dernier message. Le tueur a l'air bien informé des avancées de l'enquête. Vous est-il déjà venu à l'esprit qu'il a peut-être un informateur parmi nous ? Et quand je dis « nous », je pense au sens large du terme. Je pense au commissariat, voire à la scientifique.

— C'est pas impossible, en effet, émit Alex. La phrase : « votre piège ridicule » semble abonder dans ce sens. De plus, s'il a pris la peine de faire livrer une pizza avec un message à notre attention, cela prouve bien qu'il savait que nous serions sur place.

— C'est pour ça qu'on n'arrive pas à le coincer, cet enfoiré, ragea Fabien. Il a une longueur d'avance sur nous. Il sait tout ce qu'on va faire et ne tombera pas dans nos traquenards.

— À ce sujet, as-tu pu vérifier si notre serveur avait été piraté ?

— Oui, jusqu'à présent, je n'ai rien trouvé. Pareil du côté des emails entrants et sortants : nada.

— Et pour Bektachis ? Qui s'en est chargé ?

— Moi, chef, répondit Michel. J'ai pris le premier tour de garde hier, depuis le moment où il est sorti d'ici jusqu'à minuit. Il n'a pas bougé de chez lui. Un agent a pris la relève jusqu'à 8h00 et n'a rien remarqué d'anormal non plus.

David se leva de sa chaise et considéra l'écran du rétroprojecteur. Il passa tous les éléments en revue afin de clôturer la réunion et de donner ses dernières instructions,

— Bon. On laisse un homme pour surveiller ce trouduc de Bektachis et un autre pour protéger Luc De Poortere, juste pour éviter une catastrophe. Je ne pense pas qu'il lui arrivera quelque chose, mais mieux vaut prévenir que guérir. Michel, renseigne-toi au labo pour voir si la pizza était empoisonnée ou pas. Si c'est le cas, alors on triple l'effectif pour sa protection.

J'aimerais que l'on réfléchisse ensemble et que l'on étudie tous les dossiers internes pour voir s'il est possible d'avoir une taupe dans la maison. Une dernière chose, hier soir, la femme de Pascal a accouché d'un petit garçon. Le pauvre était tellement paniqué et angoissé qu'il m'a appelé. Je suis allé lui tenir compagnie jusqu'à la fin. Il est aux anges, mais on va devoir se passer de lui pendant deux ou trois jours. Allez, au boulot ! Vous savez chacun ce que vous avez à faire, dit-il en faisant un petit signe discret à Michel pour lui rappeler de surveiller Alex.

— Enfin, une bonne nouvelle. Je suis contente pour Pascal, c'est génial.

Corduno retourna dans son bureau et s'y enferma pour le reste de la journée. Il était complètement déprimé et se sentait dépassé par les événements. Il ne voulait pas décourager l'équipe, mais il sentait bien que, cette fois, les chances d'arrêter le coupable s'amenuisaient de jour en jour. L'idée de se retrouver avec deux cadavres de plus avant la fin de la semaine le tourmentait affreusement.

Pendant la réunion, Fabien avait eu un mal fou à cacher son malaise. Il n'avait pas été tout à fait honnête en disant que leur serveur n'avait pas été piraté. Il était bien placé pour savoir qu'il n'y avait pas eu d'intrusion dans leur système car il savait exactement ce qui s'était passé. Et, bien entendu, il ne pouvait en parler à personne.

Il passa l'après-midi à pianoter sur son clavier pour explorer les méandres de sa bécane afin de trouver les traces compromettantes. Ce qu'il découvrit fit encore augmenter son niveau de stress et d'angoisse. Il décida alors de crypter tous ses dossiers professionnels, puis, à 16h30 précises, il mit son ordinateur portable en veille, rabattit l'écran et fourra le tout dans son sac avant de quitter précipitamment son bureau.

Arrivé sur le trottoir, il traversa la rue et se retourna afin de regarder le bâtiment dont il venait de sortir. Peut-être était-ce la dernière fois qu'il le voyait et il en ressentit un pincement au cœur. Immédiatement, il s'en voulu d'être si pessimiste. Il n'avait pas prévu que les évènements prendraient cette tournure. « Il faut absolument que je règle ce problème au plus vite avant que quelqu'un s'en aperçoive », pensa-t-il.

Fabien avait de grosses dettes ainsi qu'une belle pension alimentaire à payer pour son ex-femme et son fils de cinq ans. Quand il avait rejoint la brigade, Corduno l'avait aidé et forcé à recourir aux services d'un médiateur qui avait pris un arrangement avec tous ses créanciers.

À cause de cela, il ne lui restait pas suffisamment d'argent, officiellement du moins, pour se louer un appartement convenable, raison pour laquelle il vivait dans une chambre meublée de 20 mètres carrés à Anderlecht.

Un jour où il passait devant le Westland Shopping Center, il tomba sur un vieux monsieur qui peinait à porter ses sacs de provisions, bien trop lourds pour lui. Après avoir conseillé au vieil homme de s'asseoir quelques instants sur le banc de l'arrêt d'autobus, pour reprendre des forces, Fabien lui proposa son aide.

Comme Jules De Neve habitait vraiment à proximité, il lui avait offert de porter ses sacs jusque chez lui afin de s'assurer qu'il arrive à bon port. Tout en marchant, Jules lui avait appris qu'il vivait dans une grande maison de quatre chambres à coucher, trop grande pour sa seule occupation, ce qui expliquait pourquoi il louait trois des quatre chambres à des personnes ayant des difficultés financières. Par ailleurs, les autres pièces de la maison étant communes, cela lui faisait de la compagnie.

En apprenant que le prix de la location n'était que de trois cent euros par mois – soit cinquante de moins que ce qu'il payait pour sa chambre minable –, Fabien avait demandé s'il accepterait de lui louer la dernière chambre libre.

Moins d'une semaine plus tard, il avait emménagé avec tout son barda. Le médiateur avait marqué son accord, ce qui lui laissait cinquante euros de plus chaque mois pour rembourser les montants à apurer. D'un autre côté, Fabien se retrouvait alors dans une situation indiciaire inchangée, mais, faisant bonne figure aux yeux de la justice, elle serait plus encline à le laisser tranquille. Du moins, tant que ses petites activités illégales, qui lui permettaient de vivre décemment, n'étaient pas repérées.

Il se prit d'amitié pour son nouveau propriétaire, qui était tout content d'avoir dans la maison un homme au service des forces de l'ordre. Au grand étonnement du Fabe, le vieil homme n'avait que soixante-huit ans alors qu'il en paraissait facilement dix de plus.

Pendant le trajet en métro, Fabien repensa au déroulement de la réunion de la journée. Lorsqu'Alex avait mentionné le nom du restaurant *La Tavola*, d'où provenait la pizza livrée la veille, il avait ressenti un léger malaise indéfinissable. Un début d'idée avait germé dans son esprit avant de s'évaporer aussitôt, avant même qu'il ait pu l'identifier.

Ensuite, alors que David lui avait demandé où il en était dans ses recherches d'un éventuel piratage de leur serveur, pendant qu'il parlait, son cerveau avait capté ce qui lui échappait quelques instants plus tôt. Les vérifications qu'il avait effectuées sur son PC portable pendant le reste de l'après-midi avaient confirmé ses craintes. Comment était-il possible d'être con à ce point ?

Il descendit du métro à Saint-Guidon, situé place de la Vaillance, remonta la rue qui longeait le Stade Constant Vanden Stock – fief du club de foot d'Anderlecht – et poursuivit sa route jusqu'à son domicile, où il vivait depuis maintenant deux ans. Quand il pénétra dans le salon, le temps que ses yeux s'habituent à l'obscurité, il discerna Jules, assis dans son fauteuil, qui s'énervait sur son GSM.

— Ah ! mon grand, tu tombes bien ! Tu veux bien me remontrer comment on envoie un message via WhatsApp ? Je ne m'en sors pas. Ça m'énerve ce bidule.
— D'abord, si tu ouvrais les *tentures* tu y verrais plus clair, dit-il en joignant le geste à la parole. Et puis, il faut aérer, ça pue le fauve ici !
— Qu'est-ce que tu veux, une maison dans laquelle vivent quatre hommes, c'est normal. D'ailleurs, dès qu'une chambre se libère, je chercherai une jeune fille. Il manque vraiment une présence féminine dans cette baraque.
— N'en choisit pas une trop jolie, hein ! Sinon, on risque de se battre pour elle.
— Ouh ! C'est pas avec moi que tu vas te battre. J'ai passé l'âge pour ça.
— Bon, alors, et ce message ? Demanda Fabien. À qui veux-tu l'envoyer ?
— À ma fille.
— C'est quand même pas compliqué, répondit-il. Tu la cherches dans le répertoire de ton téléphone comme si tu voulais l'appeler.

— Mais je ne veux pas l'appeler. Elle habite en France et ça va exploser mon forfait mensuel de vingt euros.
— Je sais, c'est pour ça que j'ai dit « comme si tu voulais l'appeler ». Regarde, derrière son prénom, tu vois la petite icône verte de WhatsApp.
— Ben, non, si c'est une petite icône, je ne la vois pas. Tu sais bien que ma vue baisse.
— Calme-toi et regarde. Tu cliques sur son prénom, un nouvel écran s'ouvre et...

Fabien se rendit compte que le vieil homme ne suivait plus et lui donna un petit coup de coude pour attirer son attention.

— Bon, tu te concentres sur ce que je t'explique, sinon dans dix ans tu ne sauras toujours pas t'en servir.
— Excuse-moi, j'ai décroché, répondit-il, fier de sa blague.
— Je vois que tu n'as pas perdu ton sens de l'humour ! Alors, tu cliques sur « Nathalie » dans le répertoire et, là, tu as quatre options : téléphoner, envoyer un SMS – ces deux-là sont payantes – ou bien téléphoner et envoyer un message via l'appli, et ces deux-là sont gratuites.
— Via l'appli ? Prout ma chère, dis.
— Te moque pas, c'est comme ça qu'on dit !
— Je peux téléphoner gratuitement avec WhatsApp ?
— Mais bien sûr, je te l'ai déjà expliqué.
— Et ça ne me coûte rien ? Et à ma fille non plus ?
— Bah... si tu veux. C'est ça la définition de la gratuité.
— C'est beau le progrès, quand-même. Faudra que j'essaie à l'occasion. Je vais demander à ma fille si c'est bien gratuit.
— Bonjour la confiance, dis. Bon, on continue ?

Le pauvre vieux avait l'air complètement largué et peinait à emmagasiner les informations que Fabien venait de lui fournir. Lentement, papy De Neve sortit de sa léthargie et acquiesça :

— Ok, désolé, mon petit, je t'écoute.
— Tu choisis une des quatre options, dans ce cas-ci « envoyer message WhatsApp », puis, tu rédiges ton message.
— Ça, je sais faire. Je tape pas très vite, mais je suppose que c'est pas trop grave, hein ?
— En effet, ça n'a aucune importance. Sauf, si tu veux aller te coucher avant minuit. Dans ce cas, je te conseille de commencer tout de suite.
— C'est qui qui se moque, maintenant ?
— Tu l'as bien cherché ! N'oublies pas, lorsque tu as fini ton message, de cliquer sur « envoyer ».
— Évidemment, pour qui tu me prends ?
— Oui, ben, je te rappelle que l'autre fois, tu avais quand même oublié ce petit détail. Est-ce que les autres sont déjà rentrés ? s'enquit-il.
— Non, pas encore.
— Bon, je vais me reposer une petite heure, puis je m'occuperai du *souper*, promit-il avant de s'apprêter à quitter la pièce.
— Merci pour ton aide en tout cas. Je ne sais pas ce que je ferais sans toi.
— De rien, avec plaisir.

Il monta au premier étage, se coucha sur son lit, régla le réveil de son téléphone sur 18h15, puis fit une petite sieste.

Chapitre 10

22h45. La journée avait été très longue et épuisante. Au service de midi, ils avaient affiché complet au rez-de-chaussée, l'étage n'étant ouvert que le soir. Certaines tables avaient même été renouvelées, au point que les derniers clients avaient quitté le restaurant peu après 16h00.

Sasha était restée avec sa collègue Graziella car la dernière table de six couverts avait commandé plusieurs desserts préparés en salle, sur un guéridon à proximité des convives, ce qui faisait partie du service de qualité du restaurant.

Pendant que Sasha s'était occupée des sabayons et des crêpes Suzette, flambées au Grand-Marnier, Graziella s'était chargée des Irish-Coffees et des tartes Tatin flambées au Calvados. Si Sasha avait laissé sa collègue préparer tous ces desserts seule, les clients auraient mangé à tour de rôle, ce qui était totalement inenvisageable.

Après son service, elle était rentrée à la maison pour faire une sieste de quarante-cinq minutes et, après un repas léger, elle était retournée à l'*Huîtrière* pour rejoindre Graziella, qui était de garde. Ses tâches avaient consisté à redresser les tables pour le service du soir, remplir les frigos à vins et ceux du bar tout en prenant les réservations par téléphone.

Avant de monter au vestiaire, Sasha était passée saluer ses collègues de la cuisine, qui travaillaient déjà d'arrache-pied à la mise en place. Arrivée au premier étage, elle s'était arrêtée pour vérifier si ses directives avaient bien été suivies à la lettre.

La plus petite des deux salles de l'étage avait été réservée pour un groupe d'une vingtaine de touristes américains désireux de déguster quelques spécialités belges. Le chef avait proposé une croquette aux crevettes grises en entrée, suivi d'un *waterzooï* de poissons accompagné de pommes vapeur en plat et d'une savoureuse mousse au chocolat belge en dessert.

Jean et Albert avaient terminé le dressage de la table tandis que Sasha avait fait son tour afin de vérifier que tout était en ordre.

— Il manque les verres à eau, Jean.

— Pas de soucis, on s'en occupe, avait répondu Albert.

— Est-ce qu'il y a un apéro de prévu ? avait demandé Jean.

— Oui, l'apéritif maison. N'oubliez pas de préparer les verres et remplissez bien vos frigos à vins et softs car la barmaid est malade ce soir et nous sommes complets en bas. Vous devrez donc vous débrouiller seuls, avec l'aide d'un commis.

— Quand même pas ce jeune blanc-bec qui sort juste de l'école, hein ? avait rouspété Jean.

— Je n'aime pas ta manière de le traiter, Jean. Ne crois pas que je n'ai pas remarqué ton petit manège. Tu le traites comme ton larbin, alors qu'il est diplômé du CERIA. En plus, il n'est jamais absent ou en retard, ce qui n'est pas ton cas. Il est courageux, rapide, il voit clair et ne sort jamais de la cuisine les mains vides. S'il n'y a pas d'assiette sur le passe-plat, il revient toujours avec de la vaisselle ou des couverts propres pour réapprovisionner nos tables de service. En plus, malgré le boulot ingrat qui est le sien, il ne se plaint jamais et reste toujours souriant. Crois-moi, dans moins de six mois, il sera chef-de-rang. Alors, tu vas me faire le plaisir de le respecter et de lui foutre la paix.

Blanc de colère, Jean n'avait pas répliqué. Il avait tourné les talons, puis s'était dirigé vers les toilettes en maugréant. Albert avait fait un clin d'œil à Sasha en levant un pouce pour la féliciter d'avoir eu le cran de remettre à sa place ce vieux loufiat méprisant.

Pendant le service, le Maître d'Hôtel étant en congé, Sasha était passée de table en table pour prendre les commandes, aussi bien en français et en néerlandais qu'en anglais, pour s'assurer que les convives ne manquaient de rien, pour resservir du vin ou du pain. En outre, elle avait eu la charge de trancher le saumon fumé et le jambon de parme qui trônaient sur une table ronde, au milieu de la salle de restaurant, et avait dû faire les additions.

Les premières tables étaient arrivées à 19h00 et le service s'était parfaitement déroulé grâce, notamment, à l'équipe de cuisine qui avait été rapide et très efficace. À 22h45, donc, il ne restait plus que trois tables dans le restaurant, dont deux qui attendaient les desserts et la dernière qui en était au digestif.

— Tu peux partir, Graziella. Nadia va reprendre ton rang.
— Ok merci, Sasha. Je vais boire un verre à l'*Hachepot*. Tu viens me rejoindre quand tu as terminé ?
— Non, je suis crevée, je pense que je vais plutôt rentrer.
— Oh, s'il te plaît, insista-t-elle. Viens, j'ai besoin de te parler de mon jules.
— Quoi, vous êtes à nouveau ensemble ?
— Oui et non. Enfin... C'est compliqué, répondit Graziella, volontairement vague.
— Ouais, comme toujours avec lui.
— Allez, j'ai vraiment besoin de me confier.

— Bon, d'accord. Mais pas jusqu'à 2h00 du mat' comme la dernière fois, hein ?

— Merci, t'es un chou ! À tout à l'heure.

— Essaie de ne pas être torchée avant que j'arrive, la taquina Sasha.

À 23h30, Sasha redescendit du vestiaire, éteignit les lumières et l'enseigne lumineuse, avant de sortir et de verrouiller la porte. Elle rangea les clés dans son sac et se massa la nuque pour libérer les tensions accumulées tout au long de la journée. Elle se dirigea vers la place Sainte-Catherine où l'attendait sa copine Graziella.

À aucun moment, elle ne remarqua la paire d'yeux qui la suivait derrière le pare-brise d'une voiture sombre, garée à 10 mètres de l'entrée du restaurant. Si elle avait été plus attentive, elle aurait aussi pu constater que ce n'était pas la première fois que son occupant l'épiait. Toutefois, comme elle ne se sentait pas en danger et qu'elle n'avait aucune raison particulière de penser que quelqu'un puisse lui vouloir du mal, elle était à mille lieues de percevoir ce genre de détails, qui n'étaient pourtant pas anodins.

Lorsqu'elle arriva à hauteur du restaurant *Chez François*, à deux pas du lieu de rendez-vous, la voiture démarra et la suivit lentement, tous feux éteints. La filature était discrète et Sasha ne se rendit compte de rien. La fois précédente, la voiture l'avait escortée jusque chez elle. Cela n'avait pas été bien compliqué, Sasha respectant scrupuleusement les limitations de vitesse. Ce soir-là, elle s'était couchée sans se douter de quoi que ce soit.

Depuis 4h30, David ne parvenait plus à fermer l'œil tellement son esprit gambergeait à propos de l'enquête. Il avait vainement tenté de se rendormir, se retournant sans cesse dans le lit. Comme Sasha avait déjà grogné deux fois dans son sommeil, il décida de se lever pour ne pas la déranger plus longtemps.

Il alla à la cuisine, alluma la machine à Nespresso, ouvrit le frigo et but deux grands verres d'eau bien fraîche avant de s'en servir un troisième. Il se fit couler un double expresso bien fort dans un grand mug, y ajouta trois sucres et emporta le tout dans le salon avec un grand paquet de spéculoos. Après avoir allumé la lampe halogène à côté du canapé, il diminua l'intensité de la lumière à l'aide du variateur afin de ne pas déranger le dormeur qui ronflait dans le fauteuil situé de l'autre côté de la table du salon.

Il ouvrit le paquet de biscuits et se mit à les tremper, un par un, dans son café avant de les ingurgiter à un rythme soutenu. Lorsqu'il eut mangé la moitié du paquet, sa bonne conscience le rattrapa afin de lui rappeler ses bonnes résolutions. Il n'hésita que très peu de temps avant de s'enfiler le reste du paquet, finit son café, but une grande gorgée d'eau et s'allongea dans le divan.

Mitsou, son British shorthair, qui avait fini par se réveiller, sauta du fauteuil, s'étira langoureusement et vint se blottir sur sa poitrine. Il se frotta la tête sur le menton hérissé de poils de son maître tout en ronronnant de plaisir. Il n'avait pas le droit de monter à l'étage alors qu'il aurait tant aimé dormir avec eux dans le lit. Il fut donc bien heureux que David vienne le rejoindre dans « sa chambre » et en profita pour lui faire des câlins et jouir de la chaleur de son corps. Le doux ronron finit par détendre Corduno, qui, rassasié, ne tarda pas à s'endormir, très vite imité par son chat.

Il sursauta lorsqu'une main se posa sur son front et Mitsou, par pure solidarité avec son maître, fit un bon de 15 centimètres avant d'atterrir de tout son poids – pas loin de 8 kilos quand-même – sur son estomac.

David constata que le jour était levé et vit le visage souriant de Sasha au-dessus de lui. Elle se tenait debout, derrière l'accoudoir sur lequel reposait sa tête, et le regardait avec amour.

— J'aurais dû faire une photo. Vous étiez tellement mignons mes deux gros pachas chéris.
— Quelle heure est-il ?
— 8h40. Je me demande bien lequel de vous deux tient compagnie à l'autre, dit-elle en riant. Que fais-tu ici, mon ange ?
— Je n'arrivais plus à dormir. Je n'arrêtais pas de cogiter et de remuer. Alors, je suis descendu pour ne pas te réveiller.
— Je vois que tu as repris ton régime, le gronda-t-elle gentiment en pointant l'emballage de spéculoos. Quelle volonté, je suis fière de toi, conclut-elle en se marrant franchement.
— Ben oui, je voulais manger équilibré. Il a donc fallu que je mange les deux moitiés du paquet. Et puis tu sais bien que, s'il reste ouvert trop longtemps, les biscuits deviennent mous et je n'aime pas ça.
— Ah bon ! Parce que quand tu les trempes dans ton café, ils ne deviennent pas mous sans doute ?
— Écoute, tu ne peux pas comprendre, laisse tomber.
— Mais oui, mon gros nounours, tu as raison. De toute façon, tant que TON biscuit ne se ramollit pas, c'est tout ce qui compte pour moi.
— Mais t'es vraiment une obsédée, toi !
— Oui, c'est vrai, mais je suis sûre que ça te plaît, répondit-elle, en s'asseyant à califourchon sur lui.

Ce fut seulement à ce moment qu'il se rendit compte de sa nudité. Mitsou abandonna son poste de fort mauvais grâce.

— Tu me fais mal au ventre, déplace-toi un peu ma chérie.
— Et là, je te fais mal ? reprit-elle, en s'asseyant sur son visage.

Étrangement, il ne répondit rien. Pourtant, il avait bien la bouche ouverte. Sasha, n'attendant aucune réaction verbale, ne s'en offusqua pas le moins du monde. Elle empoigna ses petits seins à pleines mains et les malaxa elle-même délicatement, les mains de Corduno étant occupées plus au sud.

Elle sentit une chaleur irradier de son sexe jusqu'à son bas-ventre. David était incroyablement doux avec sa langue et ses mains. D'ailleurs, le contraste entre cette douceur et les poils de sa barbe qui lui piquaient sa peau, fit rapidement monter le plaisir en elle jusqu'au point de non-retour. Elle se releva et retira le boxer-short de son homme, qu'elle envoya valdinguer de l'autre côté de la pièce. Elle n'en n'avait pas encore fini avec lui.

Quand elle vint s'empaler lentement sur son sexe turgescent, son souffle se saccada et un frisson lui parcouru l'échine. Se concentrant pour ne pas venir trop vite, elle bascula vers l'avant et agrippa des deux mains le cuir de l'accoudoir sur lequel reposait la tête de David.

Leurs lèvres se perdirent dans un baiser enivrant tandis qu'elle imprimait, de ses hanches, de langoureux mouvements de va-et-vient, légers d'abord, puis de plus en plus appuyés à mesure que les prémices de l'orgasme se faisaient ressentir. Elle le sentait au plus profond d'elle-même et savourait ces instants où elle dominait, laissant son côté animal prendre le dessus.

Ses yeux, ouverts depuis le début de leurs ébats, se délectant de l'effet qu'elle procurait à son amant, se refermèrent instantanément quand la main puissante de David empoigna sa chevelure. Elle résista, mais son emprise était trop forte. Il commença à accompagner de ses coups de reins, la danse qu'elle avait initiée, tout en la maitrisant par les cheveux. Il avait repris le dessus et accéléra le rythme.

Ne tenant plus, il tira lentement mais fermement la crinière de Sasha qui renversa sa tête en arrière. Elle se cambra, les mains toujours en appui sur l'accoudoir, offrant son buste bouillant. De sa main libre, Corduno lui caressa un sein et lui arracha des gémissements qu'il ne connaissait que trop bien. Le contact de sa langue sur le téton de la belle mit le feu aux poudres. Lâchant complètement prise, un tsunami déferla en elle et c'est en criant de plaisir qu'ils explosèrent en même temps.

Essoufflés et luisants de sueur, ils s'affalèrent sur le divan, récupérant doucement de leur corps à corps passionné. Ce rapport de force, quand ils faisaient l'amour, les excitait terriblement. Ils restèrent dix bonnes minutes enlacés, repus, comblés, heureux de leur complicité.

À 9h30, après s'être douchés ensemble, ils descendirent prendre leur petit-déjeuner.

— Comment avance l'enquête ? demanda-t-elle légèrement soucieuse.
— Tu vois ce que c'est « stagner » ? Eh bien, pareil. Zéro sur toute la ligne, lâcha-t-il, complètement dépité. La seule chose qui avance dans cette affaire, c'est le nombre de victimes. Il nous en a promis deux de plus d'ici demain soir au plus tard.

— Bon sang, mais c'est pas vrai ça ! Il est fou ou quoi ? À quoi joue-t-il exactement ?

— C'est bien ça le problème : on n'en sait rien. Honnêtement, on n'a jamais eu à résoudre une affaire aussi compliquée. Après les deux prochaines victimes, il ne devrait plus y en avoir qu'une seule pour que son petit jeu prenne fin. Il aura gagné et nous serons ridiculisés.

— Quoi, tu veux dire qu'après ça, il va s'arrêter et reprendre une vie normale ? demanda-t-elle, l'air incrédule. Qu'est-ce qu'il aura gagné ?

— J'en sais rien. Rien que d'y penser, ça me rend malade. D'ailleurs, dès que tout sera fini, j'aimerais que nous partions en Australie rendre visite à tes parents. J'aimerais vraiment faire leur connaissance et puis, même si ça fait un peu vieux jeu, j'aimerais demander ta main à ton père. On pourrait même envisager de rester vivre là-bas. Je démissionnerais et on recommencerait tout à zéro.

— Oh, mon amour, ce serait génial ! Je t'aime tu sais, fit-elle en venant s'asseoir sur ses genoux pour l'enlacer. Promet moi d'être très…

Soudain, son expression changea. Ses yeux s'emplirent de larmes. Elle tenta de parler, mais ses lèvres se mirent à trembloter. Elle s'écroula sur son épaule et le serra contre son cœur avant de se reprendre :

— Qu'est-ce que tu as dit ? Tu viens de me demander en mariage ? Tu parles sérieusement ?

— On dirait bien que oui ! lui sourit-il.

— Oh, oui, mon amour, accepta-t-elle, les yeux brillants d'émotion. C'est oui pour tout, mais promets-moi d'être très prudent. J'ai vraiment un mauvais pressentiment par rapport à cette affaire.

— Tu sais, tu ne dois absolument pas t'inquiéter pour moi. Si tu voyais la tronche des quatre péquenots qui m'ont agressé il y a deux jours...

— Quoi ? De quoi tu parles ? Pourquoi tu ne m'as rien dit ? cria-t-elle en le repoussant brusquement.

— Calme-toi chérie, c'était deux fois rien.

— Quatre types contre toi ? Tu appelles ça deux fois rien, toi ?

— En moins de vingt secondes, je les avais mis tous les quatre hors d'état de nuire.

— Mais qui étaient-ils, ces gars ? Qu'est-ce qu'ils te voulaient ? insista-t-elle encore, de plus en plus inquiète.

— Sais pas ! Mais je te promets de leur poser la question dès qu'ils se réveilleront, dédramatisa David.

— Arrête, je ne trouve pas ça marrant du tout. Qu'est-ce que je vais faire moi, s'il t'arrive quelque chose ?

— Mais il ne m'arrivera rien. Tu sais, j'aurais pu sortir mon flingue et ma plaque et il ne se serait rien passé du tout. Mais, malheureusement pour ces petits cons, ils sont très mal tombés. J'étais d'une humeur exécrable et j'ai eu envie de me défouler un peu.

— J'ai horreur de toute cette violence et j'ai de plus en plus de mal à supporter ton boulot. Tu as raison, on devrait tout plaquer ici et partir rejoindre mes parents de l'autre côté du globe. Pourquoi ne partirions-nous pas tout de suite ? le supplia-t-elle.

— Tant qu'il me reste un tout petit espoir d'arrêter ce malade, je ne peux et ne veux pas baisser les bras, déclara-t-il avec détermination. À quelle heure commences-tu à bosser aujourd'hui ?

— À 11h00. Je fais la garde, donc je ne rentre pas cet aprèm.
— Ok. Bon, moi, il faut que j'y aille. Passe une bonne journée ma chérie, dit-il en l'embrassant.
— Toi aussi amour et sois…
— … prudent, je sais. Arrête de t'inquiéter, je te dis !

C'est le cœur gros que David s'installa au volant de sa voiture. Il tourna la tête et aperçut Sasha derrière la fenêtre du living. Leurs yeux se croisèrent et il culpabilisa en la découvrant toujours aussi ébranlée. Sa haine pour le tueur n'en fut que décuplée.

La veille, en fin de journée, Michel s'était tenu prêt pour suivre Alex comme le lui avait imposé le patron. Lorsqu'elle s'était dirigée vers les ascenseurs, il avait attendu que la porte se referme sur elle pour dévaler les escaliers jusqu'au parking situé au premier sous-sol. Il était resté derrière la porte, au bas des escaliers, et avait attendu qu'elle sorte du bâtiment avant de se précipiter vers sa voiture. Il n'avait pas voulu la suivre de trop près afin de ne pas se faire repérer, il avait donc tablé sur le fait qu'elle rentrerait directement chez elle. En sortant du parking, il avait tourné à droite dans la rue de l'Amigo, dépassé l'hôtel du même nom et remonté la rue en direction du Sablon.

Il avait vu la voiture d'Alex quitter la place pour se diriger vers le Palais de Justice. Ayant ainsi obtenu la confirmation qu'elle rentrait bien chez elle, il avait laissé plus de distance entre leur deux véhicules avant d'emprunter les tunnels en direction du Cinquantenaire.

Au moment où il quittait le rond-point Montgomery pour s'engager dans l'avenue de Broqueville, il avait aperçu Alex qui se dirigeait à pied vers la librairie située sur le coin. Il s'en était fallu de peu pour qu'elle l'aperçoive. Il avait continué sa route et était allé se garer dans la rue où elle habitait, plus loin que son immeuble, en espérant qu'elle ne passe pas devant lui.

Plus tard, en début de soirée, Alex était ressortie et il lui avait à nouveau filé le train jusqu'à une salle de fitness située à 5 minutes de là. Ayant vu où elle s'était garée, il s'était absenté quelques minutes le temps d'aller s'acheter de quoi manger et boire pendant la soirée, qui s'annonçait longue.

Vers 21h00, lorsqu'elle avait quitté la salle de sport, Alex le mena jusqu'à un traiteur chinois, d'où elle ressortit avec deux sacs en plastique blancs. Après quoi, il l'avait suivie jusque chez elle et s'était garé de manière à avoir l'œil sur toutes les fenêtres de son apparemment.

Alex ôta sa veste et se rendit à la cuisine. Elle se servit un verre de Pinot Grigio, attrapa la dernière fourchette propre du tiroir à couverts et emporta l'ensemble dans son bureau où elle mangea à même la barquette, la vaisselle sale s'accumulant dans l'évier. Après quoi, elle retourna à la cuisine, sortit la bouteille de vin à moitié pleine du frigo et regagna son antre.

Elle se resservit un verre qu'elle vida d'un trait. Elle buvait trop ces derniers temps, elle en était bien consciente, mais elle en avait besoin. Cela l'aidait à oublier ou, plutôt, à ne pas penser. Elle bascula son fauteuil en arrière, posa les pieds sur le bureau et se perdit dans la contemplation du mur qui lui faisait face.

Elle avait commencé sa collection plus de trois ans auparavant et, aujourd'hui, à part le petit morceau de mur derrière l'écran de son ordinateur, le reste de ce pan était entièrement couvert d'articles de presse, de photos de Corduno et de scènes de crime. Tout ce qui concernait le célèbre inspecteur et les différentes affaires sur lesquelles il avait travaillé, était punaisé dans son sanctuaire.

Du bout des doigts, elle agrippa la bouteille posée par terre et but directement au goulot. L'alcool lui montant à la tête, d'un faux mouvement du pied, elle fit tomber le verre posé sur le bureau, qui alla s'écraser sur le parquet. Elle jura et à ce moment précis, le barrage céda. Elle éclata en sanglots, le corps secoué par la vague de tristesse qui la submergeait.

Il lui fallut plusieurs minutes pour se calmer. Elle se leva, rassemblant ses dernières forces pour se traîner jusqu'à sa chambre, où elle se laissa tomber sur le lit sans même se déshabiller et s'endormit avant même que sa tête touche l'oreiller.

Vers 23h15, un invité surprise s'était subrepticement introduit dans la voiture de Meerpoel. Il se prénommait Morphée et l'avait détourné de sa tâche. Il ne se réveilla qu'à 7h30, lorsqu'un coup violent sur le pare-brise le fit sursauter au point qu'il se cogna les genoux sur le volant. Le visage, collé à sa fenêtre, Alex le fixait avec colère. Elle lui fit signe de baisser sa vitre :

— Tiens, ton petit-déj et un café, lui dit-elle en lui tendant un sachet de krupuk et un gobelet en carton. Et n'oublie pas de téléphoner à ta femme pour lui expliquer pourquoi tu as découché cette nuit.

Sans lui laisser le temps d'ouvrir la bouche, elle tourna les talons, rejoignit sa voiture et démarra en faisant crisser ses pneus. Michel s'en voulut d'avoir foiré sa mission comme un débutant.

Après être rentré se doucher et se changer, Michel arriva deux heures plus tard au commissariat. Il trouva Alex à la machine à café et la rejoignit pour s'expliquer.

— David m'avait demandé de veiller sur toi pour qu'il ne t'arrive rien. Il craint que le tueur s'en prenne à l'un de nous, mentit-il.
— Super sympa ! Je dois dire que je me suis vraiment sentie en sécurité en t'observant ronfler dans ta voiture. Je suis presque certaine que j'aurais pu te la voler sans te réveiller. Mais tu sais ce qui me met le plus en *rot* ?
— Quoi ? fit-il en feignant la surprise.
— C'est que tu me prennes pour une conne !
— Mais, enfin, jamais de la vie, mentit-il de plus belle.
— J'ai vraiment l'air débile à ce point ? Hier, Corduno parle d'une taupe dans nos services et le soir même tu me suis et tu passes la nuit en planque devant chez moi. Tu vas finir par me vexer, si tu continues dans ce sens-là.
— Écoute, je suis désolé. Je vais t'expliquer.
— Te casse pas le cul, va. J'ai bien compris.
— Tu vas la fermer et m'écouter, la coupa-t-il fermement. J'ai dit à David que son idée était ridicule et que pour moi tu étais au-dessus de tout soupçon. Je te connais, je te respecte beaucoup et j'ai une confiance absolue en toi.

Lorsqu'il vit les larmes monter aux yeux de la jeune femme, il tenta de lui prendre la main, mais elle se dégagea d'un mouvement brusque, le regarda avec un mélange de colère et de tristesse et marcha d'un pas décidé vers les toilettes des dames, dont elle claqua violemment la porte. Que les soupçons viennent de Corduno lui brisait le cœur.

À l'arrivée de David, Michel se leva, l'attrapa par le coude et l'emmena vers son bureau :

— Il faut qu'on parle, tout de suite ! dit-il en serrant les dents.
— D'abord, tu me lâches. Ensuite, tu te calmes, rétorqua David, qui n'appréciait que très moyennement le manque de respect dont Michel faisait preuve devant l'équipe. Va déjà dans mon bureau, je te rejoins dans deux minutes.

Il remarqua le regard incendiaire que lui lança Alex lorsqu'il la salua et comprit aussitôt que quelque chose s'était passé.

— Bon, raconte, dit-il à Michel en s'asseyant derrière son bureau avec une tasse de café.
— Je t'avais bien dit que ta fameuse théorie était nulle.
— Pourquoi est-ce que ça te met en colère ? Ou, plutôt, pourquoi est-ce que ça VOUS met en colère ? J'ai vu le regard noir d'Alex.
— Elle m'a trouvé dans ma voiture devant chez elle ce matin et a compris tout de suite ce que j'y faisais.

Corduno manqua de renverser son café quand il porta la tasse à ses lèvres. Il n'en crut pas ses oreilles et s'assura qu'il avait bien compris le sens de sa phrase :

— Ce matin ? Tu veux dire que tu as passé la nuit à l'épier ?
— Oui... Euh... Enfin, je me suis un peu assoupi.

— Un peu ? Donc, si je comprends bien, tu as merdé ta mission et tu me tiens pour responsable ?
— Je t'en veux de m'avoir forcé la main et je m'en veux de ne pas avoir refusé.
— Je te rassure tout de suite sur le dernier point : tu n'avais pas le choix. C'est moi qui décide et tu avais intérêt à m'écouter. En plus, si tu avais réussi à être discret, nous n'en serions pas là. Qu'est-ce que tu lui as dit ?
— Que tu m'avais chargé de la protéger, mais elle n'y a pas cru une seconde.

David leva les yeux au plafond en se demandant comment quelqu'un d'aussi qualifié était parvenu à louper une banale mission de filature.

— Ah ouais ! Quand-même ! Tu as doublement merdé, quoi ! On peut dire que tu ne fais pas les choses à moitié, toi. Et je suppose que tu comptes sur moi pour arranger les bidons ? ironisa-t-il.
— Je te rappelle quand-même que c'était ton idée et que tu étais le seul à avoir des soupçons à son encontre. Donc, oui, débrouille-toi avec ça. Tu es responsable de ce fiasco, même si j'admets ne pas avoir été à la hauteur sur ce coup.
— Bon, demande-lui de venir dans mon bureau. Toi, de ton côté, j'aimerais que tu ailles au labo pour voir s'ils ont du neuf.

Tout en finissant son café, Corduno consulta, sur son ordinateur, le rapport tant attendu de Spreutels, qui avait, à sa demande, tenté de trouver des concordances entre les résultats d'autopsies des sept premiers corps.

Modi operandi, armes, ADN, âge, sexe, rien ne concordait... À part l'origine ethnique des différentes victimes ! Le légiste avait cependant décelé une évolution dans les souffrances infligées aux victimes, dénotant une prise de confiance de la part du tueur, qui semblait prendre un malin plaisir à retarder leur mort. Il en était là dans sa lecture lorsqu'on frappa deux coups secs à la porte.

— Entrez !
— Vous vouliez me voir, « chef », lança-t-elle froidement.
— Assois-toi, Alex. Tout d'abord, je te présente mes excuses. Tu n'es pas sans savoir que cette enquête est, de loin, la plus compliquée que nous ayons menée ensemble. Il n'y a aucune logique, aucun mobile, les cadavres s'entassent, les fausses pistes s'accumulent et l'idée d'avoir très prochainement deux victimes de plus me rend complètement fou. Je ne peux... NOUS ne pouvons pas nous permettre de négliger la moindre piste. Cette histoire de message dans le carton de la pizza m'a fait croire que, peut-être, c'était toi qui l'y avais glissé. Tu étais celle qui avait eu le plus de facilité à le faire. Si Juan avait lui-même ramené la pizza chez lui, c'est lui que j'aurais soupçonné.
— Ça fait quatre ans et demi que l'on bosse ensemble. Toi et toute l'équipe, vous êtes à la fois ma famille et mes amis. Je n'ai que vous. Je consacre ma vie à mon boulot au point de ne pas avoir de vie privée et sociale. Et toi, tu me soupçonnes d'être une criminelle ? Tu imagines un peu ce que je peux ressentir ? cracha-t-elle, rouge de colère.

— Je comprends et j'en suis sincèrement désolé. Mais tu avoueras quand-même que le tueur à l'air d'être bien informé du déroulement de notre enquête. Il a forcément quelqu'un dans la place qui le renseigne. Je n'ai pas exactement pensé à toi en tant que coupable, mais plutôt en tant qu'indic.

— C'est sensé me réconforter ? demanda-t-elle les larmes aux yeux. Tu ne peux pas savoir le mal que tu me fais.

David eut quelques secondes de répit pour masquer son embarras grâce au téléphone qui se mit à sonner. Il décrocha pour écouter ce que Michel lui annonçait.

— Ok, on arrive tout de suite. Tout le monde en salle de réunion.

— Qu'est-ce qui se passe ? se renseigna Alex en reniflant.

— Fabien a fait une découverte intéressante, apparemment. Avant que l'on sorte, laisse-moi te redire à quel point je suis désolé du mal que je t'ai fait. J'espère que tu pourras me pardonner ?

Alex fut submergée par son chagrin au point de ne pouvoir répondre. David se leva et la prit dans ses bras pour la réconforter. Elle posa la tête sur son épaule et sanglota. Il allongea le bras pour attraper la boîte de kleenex qui se trouvait sur son bureau et lui en tendit quelques-uns.

— Tiens, sèche tes larmes et rejoins-nous, dit-il en l'embrassant sur le front.

Lorsque David entra en salle de réunion, il remarqua que le Fabe était très mal à l'aise. Il allait lui demander s'il allait bien quand la porte s'ouvrit dans son dos. Il se retourna, s'attendant à voir Alex. Il fut donc bien surpris de voir Pascal dans l'embrasure.

— Eh bien, toi, qu'est-ce que tu fous ici ? s'enquit-il, abasourdi.
— Je devenais *zot* à la maternité. Ma femme ne fait que dormir ou s'occuper du bébé qui, lui, n'arrête pas de pleurer et de roupiller. Une vraie bande de marmottes !

Michel, Fabien et les autres agents présents dans la salle se mirent à siffler et à applaudir pour féliciter le jeune papa. Pascal fit une petite révérence lorsqu'une main l'agrippa par le col de sa veste et le tira en arrière. Lorsqu'il pivota, il se retrouva dans les bras d'Alex qui se hissa sur la pointe des pieds et le serra contre elle pour lui murmurer ses félicitations à l'oreille. Quand il la regarda et qu'il vit ses yeux rougis, il lui prit le menton et lui dit :

— Eh, baby, faut pas pleurer. C'est une naissance, pas un enterrement. Et puis tu vas me foutre des *snottebellen* sur ma veste.
— Arrête, ne gâche pas tout avec tes conneries, lui dit-elle en souriant.
— Bon, tout le monde est là ? On commence ! Fabe, nous t'écoutons, intervint David.
— Je suis très gêné parce que j'ai fait une connerie. Hier, lorsque tu m'as demandé si le serveur pouvait avoir été hacké, j'ai eu une illumination.
— Je n'étais pas présent hier, mais, une illumination, ça ne m'a pas l'air d'être une grosse connerie, lâcha Pascal.

— Attends, laisse-moi parler, c'est assez difficile comme ça. Comme je le disais hier, personne ne s'est introduit dans le serveur. En tout cas, je n'ai trouvé aucune trace le confirmant. En fait, c'est mon PC portable qui a été utilisé.

— Quoi ? Tu n'as pas d'antivirus ? C'est un comble pour un informaticien, enchaîna Pascal.

Devalk venait de dire tout haut ce que tout le monde pensait tout bas. Fabien était-il stupide ou coupable ? Michel lança un regard à David afin de deviner ce qu'il en pensait.

— Tu ne penses pas que ce serait mieux que tu retournes auprès de ta femme ? rétorqua Fabien. Mon PC – qui est bien équipé d'un antivirus – n'a pas subi d'attaque extérieure. Quelqu'un s'en est servi physiquement. »

— Qu'est-ce que tu veux dire exactement ? demanda Corduno.

— J'ai retrouvé des traces de fichiers qui ont été consultés sur mon ordinateur et, chaque fois, pendant la nuit.

— La nuit ? Mais comment est-ce possible ? Ton ordi n'est pas protégé par un mot de passe ?

— Si, mais comme mon disque dur n'était pas crypté, il y avait moyen de démarrer le PC avec une clé USB, sur un autre système – Linux par exemple – pour pouvoir y accéder sans avoir à donner le mot de passe. J'y ai remédié et je ne laisse plus traîner mon ordi la nuit.

— Tu veux dire que c'est ton propriétaire ou l'un de tes colocataires qui y a chipoté ?

— Mon proprio sait à peine se servir de son GSM, donc je penche plutôt pour un des deux autres.

Fabien fit part à l'équipe du fait qu'il avait eu l'occasion de fouiller leur chambre sans rien remarquer d'anormal. Il gesticula sur sa chaise en se rongeant les ongles, ne sachant pas trop comment aborder le sujet suivant.

— Mais il y a autre chose…
— Ah ! Parce que c'est pas tout ? râla David.
— Vous savez que j'habite à quelques centaines de mètres seulement de l'appart de la septième victime. Eh bien, le resto *La Tavola* se trouve, hum, quasi au coin de ma rue, bredouilla-t-il, avec la désagréable impression de s'être fait piéger.
— Bordel, ça ne peut pas être une coïncidence, lança Michel. On tient enfin quelque chose, fit-il en adressant un grand sourire à Alex.
— Je veux toutes les infos sur tes colocataires, ordonna David. Nom, prénom, date de naissance, adresse précédente, adresse de l'employeur, etc.
— Si je peux me permettre, risqua Alex, je pense que c'est une erreur de changer tes habitudes, donc d'avoir crypté ton disque dur et planqué ton ordinateur. Cela va juste servir à alerter le bonhomme. S'il retourne chipoter dans ton PC il se doutera de quelque chose. Il nous a promis deux victimes de plus d'ici demain soir, donc il va certainement agir ce soir ou demain. Il suffit de les mettre sous surveillance, DISCRÈTEMENT, insista-t-elle en lançant un regard furieux à Michel, dont le sourire s'effaça aussitôt.

Il fusilla Corduno du regard, le soupçonnant de ne pas l'avoir blanchi aux yeux d'Alex. Son boss lui renvoya toutefois un large sourire, ce qui le mit encore plus en rogne.

— Excellente idée ! applaudit David. On met tous les hommes disponibles là-dessus et toi, Fabien, tu vas rentrer chez toi en prétextant que tu es malade. Comme ça, tu pourras nous renseigner de l'intérieur. Je veux aussi tout savoir sur ton proprio. Surveille-le de près. Michel, as-tu des nouvelles du labo ? »

— Oui. La pizza n'était pas empoisonnée, bougonna-t-il. Ils ont relevé beaucoup d'empreintes, mais aucune n'a un rapport avec les différentes scènes de crime. Je me dis que Fabien pourrait peut-être nous fournir des échantillons de ses colocs et de son proprio, afin de les comparer avec les empreintes retrouvées sur la boîte de pizza et les lieux du crime.

— Ok, parfait ! Comme Fabien est « malade », tu vas le raccompagner chez lui et revenir dare-dare avec les empreintes et des prélèvements d'ADN, ordonna-t-il. Avec un peu de chance, on pourra le choper avant qu'il ne fasse d'autres victimes. Et Fabien, essaie de voir si tu peux me fournir des photos d'eux à transmettre à toutes les équipes de terrain, exigea David en se tournant vers lui.

Pris dans son excitation, il pointa Alex du doigt :

— Il faut mobiliser un maximum d'hommes pour cette opération. Je vais voir avec les autres brigades et les polices locales pour qu'ils nous prêtent main forte. On continue néanmoins la surveillance de Bektachis et la protection de De Poortere.

Corduno se leva d'un bond pour clôturer la réunion. Soucieux de régler le différend entre Michel et Alex, pour que cela n'entrave pas le bon déroulement de l'enquête, il les pria de rester encore quelques minutes, tandis qu'il exhortait les autres à se mettre au travail :

— Je sens que cette fois, on tient une bonne piste.
— J'ai vérifié auprès de l'agent qui a vu arriver le livreur, intervint Alex, avant qu'il ne clôture la réunion. Il y avait bien une boîte isotherme sur sa mobylette, mais sans aucun lettrage. Il a simplement compris à la forme du carton qu'il s'agissait d'une pizza.

⊥⊤⊥

Une heure plus tard, Michel était de retour avec un verre comportant les empreintes de Jacques Van Acker et une bouteille de Jupiler avec celles d'Alain Deblauwe. Leur travail avait été facilité par le fait que tous les occupants de la maison étaient absents, ce qui leur avait permis de fouiller librement toutes les chambres pour effectuer leurs prélèvements. L'ensemble fut déposé au labo.

Il avait également photographié les premières pages des contrats de bail des colocataires afin de disposer de leur nom et prénom correctement orthographiés, d'une photo d'identité, ainsi que de leur numéro d'identification au registre national. Grâce à ces renseignements, ils purent déjà constater que ni l'un ni l'autre n'avait de casier judiciaire. Il y avait donc fort à parier que les empreintes ne révéleraient rien d'intéressant non plus.

Ayant vu une photo du propriétaire, Michel informa David que c'était un vieillard en mauvaise santé vu son teint grisâtre, qui avait des difficultés pour se déplacer puisqu'il s'appuyait sur une canne. Soit, pas du tout le profil d'un tueur en série. Corduno était assez d'accord avec lui. Il mettait cependant beaucoup d'espoir dans les filatures des deux hommes. En effet, selon lui, ne pas avoir de casier ne voulait pas forcément dire que l'on était innocent, mais plutôt que l'on ne s'était jamais fait pincer, ce qui correspondait tout à fait au profil de leur tueur. Sept victimes et pas une seule erreur, pas le moindre indice, pour le confondre.

Alain Deblauwe, de corpulence moyenne, avait de longs cheveux grisonnants, la moustache assortie et une petite paire de lunettes à verres ronds sans monture. Il était vêtu d'un vieux jeans d'une propreté douteuse et d'un T-shirt bleu clair. De larges auréoles de transpiration s'étendaient sous ses aisselles. Il portait un sac sur l'épaule droite, duquel dépassait un thermos à café.

Il rejoignit sa vieille Peugeot 405 break de couleur blanche, enfin, selon la fiche qui se trouvait entre les mains des agents chargés de le suivre, parce qu'il était presque impossible de définir la couleur exacte du véhicule. Néanmoins, une chose était certaine, il serait très difficile de se faire semer par cette vieille guimbarde pourrie.

Ils suivirent le gars jusqu'à un bistro, à Anderlecht, devant lequel un petit groupe de fumeurs rigolait. Deblauwe serra les mains, dit quelque chose qui fit rire l'assemblée, puis entra dans l'établissement pour en ressortir assez rapidement avec un plateau de bières qu'il distribua à la ronde. Ils trinquèrent tous ensemble, semblant beaucoup s'amuser.

À un moment, l'agent le plus proche le vit rouler un joint. Après en avoir tiré quelques bouffées, dont il semblait ne pas vouloir recracher la fumée trop vite, il le passa à son voisin de droite, et ainsi de suite. Dix minutes plus tard, un autre fumeur de la bande paya une tournée. La soirée promettait d'être longue et, à ce rythme-là, ils seraient presque obligés de l'arrêter pour conduite en état d'ébriété à son retour chez lui, plutôt que pour meurtre.

Jacques Van Acker sortit de la maison communale à 16h34, respectant avec une précision d'horloger suisse, son horaire de petit employé. Au lieu de prendre le tram, il entra dans un night-shop, suivi de près par l'une des inspectrices, Carole Leminse du commissariat d'Anderlecht, appelés en renfort.

Il acheta deux bouteilles de Cava, une de Bacardi et un pack de six canettes de Jupiler de 50 cl, ainsi que deux paquets de chips et un saucisson. L'inspectrice prit un paquet de cigarettes et un de chewing-gum en se demandant s'il avait décidé de se suicider en buvant tout seul ou bien s'il se rendait à une soirée d'aussi bonne heure. Elle ressortit et se joignit à la dizaine de personnes qui attendaient le tram avec lui.

Lorsque le 81 arriva, elle y monta et s'assit trois places derrière lui, tandis que sa collègue restait debout près d'une des portes, parée à descendre rapidement en cas de besoin. Van Acker ne remarqua pas les deux femmes, trop occupé qu'il était à jouer sur son smartphone.

Arrivé à la Barrière de Saint-Gilles, il descendit, emprunta la chaussée d'Alsemberg puis tourna à droite et s'arrêta devant un immeuble. De la musique et des rires s'échappaient d'une fenêtre ouverte au troisième étage. Il posa son sac à provisions sur le pas de la porte, sonna puis s'écarta de la façade en regardant en l'air. Une jeune femme blonde se pencha à la fenêtre :

— Salut Jacquouille ! Tiens attrape, cria-t-elle en lui balançant un trousseau de clés.

Il tira sur le bas de son sweat-shirt en l'éloignant de son corps pour faire une sorte de poche afin d'y récolter les clés. Elles tombèrent sur le trottoir à un mètre de lui, ce qui fit beaucoup rire la blonde. Il les ramassa, empoigna son sac et entra dans la maison en claquant la porte derrière lui. Les deux inspectrices rejoignirent chacune leur collègue dans leur véhicule respectif et s'apprêtèrent à passer une longue soirée de planque.

Au cours de l'heure qui suivit, le manège avec le porte-clés se reproduisit pas moins de sept fois. Seulement deux d'entre-eux réussirent à rattraper le trousseau avant qu'il touche le sol, pour le plus grand bonheur de la blonde, de plus en plus éméchée, qui, à chaque fois, s'écroulait sur l'appui de fenêtre, telle une couette que l'on aurait mise à aérer. À 20h00, la fête battait son plein.

Entre-temps, David avait appelé Sasha pour l'informer qu'il ne rentrerait pas de la nuit car il y avait de fortes chances pour que le tueur passe à l'action avant le lever du jour. Elle lui recommanda, comme à l'accoutumée, d'être très prudent.

Deblauwe quitta le bistro et se dirigea vers le marchand ambulant de hamburgers et de boudins qui avait garé sa camionnette sur la place, juste en face de l'entrée du Stade Constant Vanden Stock. L'odeur alléchante qui s'en dégageait décida l'un des agents à sortir de son véhicule pour aller s'acheter un sandwich avec boudin blanc et moutarde.

Après avoir ingurgité son hamburger avec ketchup et oignons, non sans avoir ajouté de belles taches rouges sur son T-shirt, Alain pénétra dans un second bistro de la place où il descendit plusieurs pintes en un temps record.

À 22h00, il était toujours en train de picoler et de faire la navette entre les différents établissements du coin, selon une trajectoire de plus en plus aléatoire. Il rentra chez lui, à pied, aux environs de minuit. Si on devait l'interroger le lendemain, il était fort probable qu'il serait incapable de dire comment et à quelle heure il était arrivé chez lui. Il n'était même pas certain qu'il parvienne un jour à se souvenir de l'endroit où il avait garé sa poubelle, ce qui n'était pas forcément une mauvaise chose en soi.

L'agent amateur de boudin blanc téléphona à Corduno pour rendre compte de la situation. Vu l'état d'ébriété avancé du gaillard, ils furent d'accord pour ne laisser qu'une voiture en planque, juste au cas où il aurait simulé sa cuite.

Vers 2h00 du matin, lors de leur rapport à Corduno, l'une des deux voitures de surveillance à Saint-Gilles reçu l'autorisation de plier bagage. Il était évident qu'un seul véhicule avec deux agents était plus que suffisant pour surveiller un suspect qui n'avait pas l'air pressé de rentrer se coucher.

Il s'agissait de la nuit de samedi à dimanche et la fête pouvait encore durer des heures. Carole et son collègue Christophe Keymolen convinrent de dormir, à tour de rôle, par tranche de deux heures.

Chapitre 11

Lambert Bottango était déjà à son poste à 1h30 du matin, ou plutôt de la nuit. Il ne devait commencer qu'à 5h00, mais il venait de se coltiner une soirée dont il se serait bien passé. Comme à chaque fois qu'il redéposait ses enfants chez son ex-femme, garde alternée oblige, ce fut une de leurs innombrables prises de tête qui avait rythmé les échanges.

Leur séparation était récente. Il avait d'abord fallu encaisser le choc. Il n'avait jamais imaginé une seconde que Patricia demanderait le divorce pour un simple coup de canif dans le contrat. Ce n'était pas la première fois que cela arrivait, mais ce serait apparemment la dernière. Ses incartades avaient eu raison de leur couple et, après trois mois de séparation, la mère de ses enfants, dans un premier temps complètement détruite, était à présent bien décidée à le lui faire payer au prix fort.

Jusqu'à ce jour, elle avait toléré qu'il voie ses enfants à mi-temps. Pourtant, il n'avait de cesse de lui prouver que, non seulement, il n'était pas capable de s'en occuper, mais, en plus, il continuait à courir les filles, et ce, même devant ses enfants.

Maintenant que Lambert connaissait les intentions de son ex et sa détermination, il ne pouvait s'empêcher de voir le film de sa nouvelle vie en perspective et cela lui mettait le moral dans les chaussettes. De plus, il venait juste de se prendre une veste avec Olivia, une ex de vingt ans plus tôt, qu'il pensait toujours amoureuse de lui.

À sa décharge, il était vrai qu'elle était restée un peu nébuleuse en faisant de la rétention d'informations quant à sa disponibilité amoureuse. Il n'aurait probablement pas tenté sa chance s'il avait su que, malgré leur séparation, son ex et elle entretenaient encore une relation discrète, histoire de préserver leurs enfants respectifs, ne sachant pas où cela allait les mener. Toutefois, Lambert était tellement imbu de lui-même qu'il était devenu spécialiste dans l'interprétation de signes qui n'en étaient pas.

Décidément, le sort s'acharnait. C'était la deuxième fois cette semaine qu'il se méprenait sur les intentions de conquêtes potentielles. D'abord, Sébastien, ensuite, Olivia. Homme, femme, peu importait ; pour lui, le sexe n'avait pas de sexe. Quant à l'amour, il était évident qu'il ne s'était pas encore trouvé. Il ne savait pas s'il pouvait aimer davantage un homme qu'une femme, ou le contraire. La seule personne à qui il avait voué un amour inconditionnel jusqu'à présent, c'était lui-même.

Mauvaise journée, mauvaise soirée et, du coup, pas moyen de trouver le sommeil. Tant qu'à faire, mieux valait se rendre au turbin plus tôt, histoire de se changer les idées. Son job était éreintant, certes, mais lui laissait le privilège de gérer son emploi du temps plus ou moins à sa guise. Il travaillait dans une équipe qui s'occupait du nettoyage d'une salle de concert de réputation internationale : l'Ancienne Belgique. Toujours répertoriée dans le top trois du vieux continent, elle était pour l'instant au sommet du classement des salles de petite contenance, c'est-à-dire d'une capacité de moins de deux mille personnes.

L'acoustique y était d'une qualité exceptionnelle. Le staff de l'AB, lui, optimisait à la fois les voix et le son des instruments à la façon d'un magicien, trouvant l'alchimie parfaite pour métamorphoser ce lieu mythique en véritable Eden du quatrième art. Dans cette salle, le son avait parfois le pouvoir de vous transporter et de vous laisser en apesanteur. Les artistes eux-mêmes la plébiscitaient et, quand une tournée était organisée, ils aimaient se produire dans ce lieu plus intimiste qui les changeait des méga-salles trop impersonnelles.

À cette heure de la nuit, même si le centre-ville était encore bien animé, Lambert n'eut aucun mal à trouver une place pour sa vieille Scenic. Il stationna sa guimbarde dans une petite rue à sens unique, perpendiculaire au boulevard Anspach, qui donnait sur l'aire de déchargement latérale de la prestigieuse salle de concert. Il plaça son badge à l'effigie de l'AB sur le tableau de bord avant de sortir de la voiture et de se diriger vers l'entrée réservée au personnel qu'il ouvrit avec le pass permettant d'ouvrir tous les accès du complexe.

À peine entré, il commença son rituel : allumage des lumières, ouverture des portes, préparation du matériel pour démarrer le nettoyage de la salle et de ses accès... Il avait la tâche ingrate, mais, néanmoins primordiale, de s'occuper du balayage de la totalité de l'infrastructure et du nettoyage de certaines parties inaccessibles à l'auto-laveuse. Comme le reste de l'équipe arriverait à l'heure habituelle, il préparerait le terrain pour tout le monde et partirait après avoir presté ses heures. Il ne resterait plus aux filles qu'à nettoyer au mop tous les recoins habituels et à Alain, le chef d'équipe, qu'à passer l'auto-laveuse aux endroits accessibles.

À 5h30, le reste de l'équipe avait déjà pris le relais depuis plus d'une heure trente et Lambert avait fini sa part de boulot. Dans une petite demi-heure, il serait chez lui, ce qui représentait l'unique bonne nouvelle de cette putain de semaine. La fatigue l'avait enfin gagné et il n'aspirait qu'à une chose, retrouver son lit avant de poursuivre sa journée de travail. Déjà que son job était ingrat, il avait en plus hérité d'un horaire coupé. Le matin, à l'Ancienne Belgique, et le soir, dans un immeuble de bureaux.

Il monta dans sa voiture en se disant qu'il était temps d'en changer. Avant de mettre le contact, il se laissa aller quelques minutes. Cela lui fit un bien fou, comme si tout le poids de ses emmerdes lui glissait des épaules. Enfin, pouvoir se relâcher, même un court instant, quelques minutes, quelques secondes. La sensation de respirer à nouveau, une petite bulle d'oxygène avant de reprendre la route, avant de reprendre sa vie… Sa nouvelle vie. Il touchait le fond, il le savait, mais allait-il tenir le coup ?

Tout le long du trajet, il repassa en boucle les événements de ces derniers mois dans sa tête. Jusque-là, tout lui souriait plus ou moins. Sa vie n'avait tourné qu'autour de son propre nombril. C'était dans l'inconscience et le déni le plus total de l'enfer qu'il faisait subir à ses proches qu'il s'était laissé vivre au gré de ses conquêtes. Mais, depuis la rupture, sa vie était partie en couille. Il broyait régulièrement du noir et avait parfois des envies suicidaires.

Il ne s'était jamais remis en question, mais il avait le sentiment intense que le reste de sa vie ressemblerait étrangement à ces trois derniers mois. Ses années de gloires étaient révolues et, maintenant, il allait manger son pain noir : ses enfants un week-end sur deux, une rente alimentaire pour la marmaille et une autre pour sa future ex-femme, qui allaient le mettre complètement sur la paille. Tout ceci induisait que l'argent allait lui faire défaut à un point tel qu'il n'en aurait plus pour ses sorties hebdomadaires. Adieu la drague et le sexe, bienvenue au virtuel. Il devait se reprendre, ça ne pouvait pas se passer de cette manière. Il devait se préparer à cette guerre et en ressortir gagnant. Pas d'états d'âmes, c'était la clé de la réussite.

Tellement perdu dans ses pensées, il fut surpris de constater qu'il avait déjà stationné sa voiture dans l'allée qui longeait sa maison. Il coupa le moteur. Les pins, qui faisaient office de clôture, montaient à 4 mètres de haut, ce qui lui permettait de ne pas avoir de vis-à-vis avec les voisins directs, une aubaine pour les fois où il ramenait une proie, victime de son charme exotique. Il s'affala à nouveau dans son siège afin de remettre un peu d'ordre dans ses pensées. Après quelques secondes, il fut prêt à sortir.

Sa main se dirigea vers la clé pour la retirer du contact. C'était étrange, il lui avait bien ordonné de le faire, mais elle ne bougea pas, pas plus que le reste de son corps. Plus aucune sensation, même ses orteils semblaient ne plus répondre ; plus rien à l'exception d'une douleur fulgurante et d'une brûlure intense à la gorge. Encore plus étrange, il sentait sa transpiration lui couler le long du cou. En fait, ce n'est pas exactement qu'il ne ressentait plus rien, mais plutôt qu'il était paralysé de la tête aux pieds.

Il avait encore des sensations, mais son corps ne lui obéissait plus. Il avait chaud, au point qu'il transpirait anormalement fort, sa sueur lui nappant le cou, le torse et le dos. Que se passait-il ? Il voulut regarder dans le rétroviseur intérieur, mais ne put bouger que ses yeux. Calmement, une main orienta le miroir pour lui faire découvrir une scène de film gore. Une lame passait de part et d'autre de son cou, laissant gicler des flots de sang sporadiques un peu partout dans la partie avant de l'habitacle.

Le rétro retrouva sa position initiale et, là, il put saisir le regard qui le fixait froidement. Il le reconnut ! Mais... P... pourquoi ? Ensuite, tout s'obscurcit, seuls des sons raisonnaient encore à ses oreilles... Deux mains gantées saisirent chaque côté de la lame à double tranchant et la tirèrent vers l'appuie-tête, jusqu'à obtenir un craquement sourd. Pas d'état d'âmes, c'était la clé de la réussite.

À 9h00, toute l'équipe avait convenu de se retrouver au snack d'Angie pour y prendre un petit-déjeuner bien mérité et faire le point sur la situation. Fabien, le seul à être rentré chez lui pour la nuit, arriva le dernier.

David avait reçu les rapports des agents chargés des filatures. Le résultat était unanime et sans appel. Ils avaient affaire à une belle paire de poivrots qui n'avaient probablement jamais rien tué d'autre qu'une grosse quantité de cellules neuronales. En tout cas, pour l'instant. D'autres agents avaient pris le relais pour leur filer le train, juste au cas où ils arriveraient à sortir de leur lit avant Noël.

— En même temps, aucun meurtre n'a encore été signalé, avança Alex.
— C'est vrai, mais ça ne veut pas forcément dire grand-chose. Tous les commissariats sont en alerte maximale et des patrouilles sillonnent les rues de la capitale, ajouta Corduno.
— Je peux confirmer qu'Alain m'a tenu éveillé une partie de la nuit tellement il a été malade, intervint Fabien. Il s'est cassé la figure au moins trois fois dans les escaliers avant d'arriver à sa chambre. Quant à Jacques, il est rentré au moment où je partais. Il était moins torché que l'autre, mais il tenait quand-même une bonne *doef.*
— Dis, mais tu vis qu'avec des *zatlap*, toi, lança Pascal.
— Mon propriétaire est rentré vers 17h00 et il n'a pas quitté la maison de la soirée. Il est monté se coucher vers 21h30, sobre, précisa-t-il, en regardant Pascal.
— Alex et Pascal, après le petit-déjeuner, j'aimerais que vous alliez dormir quelques heures et que vous reveniez à 14h30...
— Oh oui, chouette alors, dit Pascal en souriant.

— Je pense qu'il voulait dire : chacun chez soi, le taquina Alex. N'oublie pas que tu es papa maintenant.

— Quand ils reviendront, Michel, ce sera ton tour d'aller te reposer un peu. Gardez tous votre téléphone à portée de main, que je puisse vous joindre s'il y a du nouveau.

— Et toi, tu n'as pas besoin de repos ? Tu as l'air crevé, répondit Michel.

— Je me reposerai dans mon bureau.

⊥⊤⊥

Tous les matins, vers 9h00, madame Bossemans sortait promener son chien, un superbe Doberman répondant au nom de Rex. Depuis des années, ils suivaient toujours le même parcours, empruntant la rue qui partait perpendiculairement à leur habitation et faisant le tour du pâté de maisons.

Rex reniflait toujours aux mêmes endroits et levait la patte, au millimètre près, au même emplacement qu’à la balade précédente. Qu'il vente, qu'il pleuve ou qu'il neige, dès que Monique Bossemans décrochait la laisse du portemanteau dans le hall d'entrée, Rex se mettait à japper et à sauter dans tous les sens, comme s'il avait été maintenu en cage pendant des mois. Seulement, aujourd'hui, elle avait été incapable de se lever.

En effet, la veille, Jeff et elle avaient fêté leurs trente-cinq ans de mariage avec leurs enfants, petits-enfants et amis proches pour rentrer au petit matin. À 11h00, elle s'était levée pour prendre un comprimé contre le mal de cheveux et avait ouvert la porte du jardin afin que Rex puisse aller se soulager. Elle s'était promis de faire une plus longue balade dans le courant de l'après-midi.

À 16h30, dès que sa maîtresse avait ouvert la porte d'entrée et qu'ils en eurent tous deux franchi le seuil, l'animal s'immobilisa, le museau en l'air. Il devait avoir senti quelque chose d'anormal car il se mit à grogner et à tirer sur sa laisse. Monique s'agenouilla à ses côtés, le gratta derrière les oreilles et lui parla doucement pour tenter de le calmer :

— Qu'est-ce qu'il y a mon grand ?

Bien entendu le chien ne lui prêta pas la moindre attention, au lieu de quoi, il se mit à gémir de plus belle en lançant des regards nerveux en direction de la maison voisine. Pensant qu'il avait probablement repéré la présence d'un chat ou d'un de ses congénères, elle se redressa pour démarrer leur itinéraire habituel. Une fois arrivés sur le trottoir, au lieu de continuer tout droit pour traverser la rue, Rex tira d'un coup brusque vers la droite, manquant de peu de faire tomber sa maîtresse.

Il devenait de plus en plus nerveux, un grondement sourd sortait de sa gorge. Il voulait absolument partir dans cette direction. Bien que son comportement semblât tout à fait inhabituel de sa part, elle ne s'inquiéta pas outre-mesure. Elle tenta de ramener la bête à la raison en élevant la voix et en tirant à son tour sur la laisse. Rien n'y fit !

Au contraire, maintenant, il aboyait furieusement et, dressé sur les pattes arrière, voulait absolument entraîner Monique dans son sillage. Elle finit par abandonner avant que son épaule ne cède à la traction de plus en plus forte. Arrivé devant la maison voisine, Rex s'arrêta derrière la voiture garée dans l'allée, entre la maison et les hauts sapins. Il continua d'aboyer de plus belle, mais sans plus avancer cette fois-ci, comme s'il craignait quelque chose.

Suivant le regard de son chien, madame Bossemans leva la tête et remarqua que le plafonnier du véhicule était allumé et que la portière côté chauffeur était entrouverte, De l'ouverture, un goutte-à-goutte alimentait une flaque sombre et poisseuse, qui s'étendait jusqu'au pneu avant. Elle remarqua que le pare-brise était également maculé de taches rouges.

À cet instant, son estomac se contracta et rendit son contenu sur le dos du chien – qui ne sembla pas s'en formaliser. Elle tira de toutes ses forces sur la laisse de Rex tout en courant vers chez elle en hurlant. Jeff, alerté par les hurlements, sortit de la maison en hâte :

— Qu'est-ce qui se passe ? s'inquiéta-t-il. Hé, mais c'est dégueulasse ! reprit-il après que le chien les eut tous les deux aspergé de vomi en s'ébrouant, apparemment plus rancunier qu'il n'y paraissait.

Il remarqua le visage livide de son épouse lorsqu'elle ouvrit la bouche :

— Le voisin… La popo… la police… vite !
— Calme-toi, chérie. Respire profondément et recommence, je n'ai rien compris.
— Appelle… police. Le voisin… du sang partout, recommença-t-elle en reprenant difficilement son souffle.

Jeff voulut se rendre compte lui-même de ce qui se passait, mais sa femme le retint par la main. Il se dégagea doucement, lui demanda de rentrer avec le chien, et avança prudemment vers la maison voisine.

Il hoqueta lorsqu'il découvrit la scène et rentra chez lui en vitesse pour téléphoner à la police.

⊥┬⊥

— Ho, putain ! C'est vraiment dégueulasse ! s'écria Pascal à la vue du carnage.

Suite au coup de fil de monsieur Bossemans, l'équipe avait été dépêchée au domicile de Lambert Bottango. Le médecin légiste et les experts de la scientifique n'allaient pas tarder à débarquer, mais David, Pascal et Alex attendaient déjà sur place.

— Michel, nom de Dieu, mais qu'est-ce que tu fous ? C'est déjà la quatrième fois que je t'appelle. Tu bouges tes fesses et tu viens dès que tu as mon message ! Et il va falloir qu'on cause, mon vieux, ça ne peut plus continuer comme ça !
— Hou là, t'as l'air bien énervé, dis, lança Pascal.
— C'est Michel qui me met sur les nerfs. C'est au moins la troisième fois qu'il est injoignable alors qu'on a besoin de tout le monde sur le terrain. Ça commence à me gonfler grave, grogna David.
— C'est vrai que, ces dernières semaines, il est un peu absent, ajouta Alex. Si j'ai bien compris, il y a de l'eau dans le gaz entre Sandra et lui. Faut juste lui laisser un peu de temps, tu sais bien que ce n'est pas dans ses habitudes.
— Eh bien, justement, le temps, c'est ça qui nous manque pour l'instant. Il y a un taré qui en est à sept meurtres et on n'a rien de concret pour avancer. À ce train-là, il pourrait même en tuer cinquante sans qu'on puisse lui tomber dessus. On n'a rien sur lui ! Rien, rien et rien ! s'emporta Corduno.

Un silence d'église s'installa dans les rangs. Personne n'avait encore vu David dans cet état, les nerfs à vif à ce point. Il sentait l'enquête lui filer entre les doigts, le narguant de ses questions sans réponses. Il devait absolument se reprendre, se calmer, apprivoiser la colère qui grondait en lui et l'empêchait d'avancer. « Calme-toi, calme-toi... L'herbe est verte, le ciel est bleu. L'herbe est verte, le ciel est bleu. Respire... Respire... »

Petit à petit, la tempête faiblit, le gros vent se fatigue...le contrôle revient, enfin.

— Désolé, les gars, je suis un peu sous pression pour l'instant. Ça m'a échappé.

Au moment où l'air fut apparemment libéré de toute son électricité, un rugissement de quatre cylindres ponctué de coups de klaxon raisonna dans l'allée de la maison. Toute l'équipe sursauta de concert.

— Salut les filles, salua Michel, coiffé de son casque modulable, mentonnière relevée au-dessus de la visière.

Pascal et Alex le fixèrent avec des yeux exorbités. Étonnamment, David ne broncha pas. Ni reproches, ni bonjour, rien, et c'était mieux ainsi. Il dut laisser s'écouler cinq bonnes secondes avant de répartir les tâches.

— Bon, Pascal, tu viens avec moi. On se tient prêt pour explorer la maison dès que la scientifique arrive. Alex et Michel, sécurisez la zone et jetez un œil, mais ne touchez à rien ! Faites attention aux alentours, l'allée, les sapins. On cherche des indices, on prend des photos avec nos smartphones, mais on ne touche à rien. Il ne manquerait plus que de polluer la scène de crime et de se mettre les experts à dos.

— Ok, chef ! obtempérèrent Alex et Pascal, tandis que Michel parvenait enfin à se faire discret.

— Il va finir par me vexer à nous prendre pour des bleus, chuchota Alex à son partenaire.

— Dis-donc, il a une dent contre moi, David ? interrogea Michel.

— Non, qu'est-ce que tu vas t'imaginer ? Il est juste content de te voir, c'est tout.

— Ah ! Ça, c'est quand il est content ?

— Ouais ! Pas content, c'est si tu n'étais pas venu. Tu sais bien qu'avec cette affaire, on doit être dispos vingt-quatre heures sur vingt-quatre. T'es en train de tirer un peu trop sur l'élastique, Michke. T'étonne pas s'il te pète à la gueule un de ces quatre.

— J'y peux rien, j'étais en bécane et du coup j'ai pas entendu directement ses appels.

— Ah bon ! Et ton kit main libre Bluetooth, il compte pour du beurre ou quoi ? lança-t-elle en fixant la petite diode bleue qui clignotait sur le côté de son casque.

Michel ôta son casque, désactiva le système de communication et, se sachant en tort, commença à triturer la jugulaire de son casque Nolan en détournant le regard.

— J'ai oublié de l'allumer en démarrant, ça peut arriver, non ? se vexa Michel.

— Bon, de toute façon, c'est pas moi que tu dois convaincre, hein ! Mais fais quand même gaffe à l'avenir. Du fait qu'on n'avance pas d'un poil, il est encore moins à prendre avec des pincettes que d'habitude.

— Ouais, tu as raison. C'est juste qu'avec Sandra, c'est en train de foirer. Ça, plus ce détraqué qu'on n'arrive pas à situer, c'est tout en même temps et je suis un peu désorienté. Mais, là, ça va, je sens que ça va mieux. Alors, tu as déjà essayé de voir quelque chose ? questionna Michel pour changer de sujet.

— C'est une vraie boucherie... Enfin, je suppose, vu qu'on ne voit rien ! Tout l'avant de l'intérieur de la voiture est tapissé de sang : pare-brise, tableau de bord, portières et vitres, pas un centimètre n'a été épargné, du sol au plafond. Par contre, l'arrière du véhicule est plus ou moins nickel. C'est par les fenêtres latérales qu'on a pu voir ça. La portière du côté conducteur est à peine entrouverte. Juste assez pour laisser passer de quoi constituer la belle flaque de sang dans laquelle tu es sur le point de mettre les pieds !

Michel, surpris, s'arrêta net pour constater qu'Alex disait vrai.

— Eh bien, heureusement que ça va mieux, ironisa Alex. Pour le reste, difficile à dire sans ouvrir la bagnole. On attend encore la scientifique et le légiste.

L'allée qui longeait la maison était constituée de pavés-klinkers. Malgré le fait qu'elle était mal entretenue, que les mauvaises herbes s'étaient approprié le moindre interstice entre les pierres et que les tons beiges clairs d'origine avaient viré au gris foncé, si un indice devait traîner sur le sol, il ne serait pas trop difficile à repérer.

Après en avoir vérifié les moindres recoins, nos deux inspecteurs ne purent que constater qu'il n'y avait rien à se mettre sous la dent. Rien dans l'allée, rien non plus entre les sapins, pas plus qu'autour et en-dessous du véhicule.

La scientifique et le légiste venaient d'arriver. Après avoir délimité une zone autour de la voiture, Loos et Spreutels s'approchèrent de la portière entrebâillée, tandis que le reste de l'équipe, dirigée par Mixailof, s'apprêtait à pénétrer dans la maison. La porte de la bâtisse n'était pas verrouillée ; il avait suffi d'une minute au serrurier pour l'ouvrir. Corduno et Pascal les rejoignirent après avoir reçu le feu vert de l'expert.

— Apparemment, rien de spécial, lança Alexandre.
— Ah bon ! répondit Pascal. Vu le boxon qu'il y a, je ne serais pas étonné qu'on ait fouillé la baraque. Et je ne parle pas de l'odeur…
— Ben, manifestement, il avait un ordre bien à lui, donc je pense que tout cela est son œuvre. Le linge éparpillé un peu partout dans le salon, les déchets qui traînent à côté du fauteuil avec les cadavres de cannettes de bière bon marché, les restes de bouffe dans les barquettes en aluminium… On peut aisément retracer ses allées et venues dans tout le rez-de-chaussée en démarrant du divan, mais rien n'a l'air d'avoir été déplacé récemment. À mon avis, il était juste super bordélique et peut-être bien un tantinet dépressif, en déduisit Mixailof.

Pascal, visiblement incommodé par les effluves nauséabonds qui empuantissaient la pièce, se couvrit le nez et la bouche avec le col de sa veste.

— Ouais, mais l'odeur ? Putain, ça schmoute le cadavre ! Si c'est pas lui, il y a au moins toute une famille de rats morts ici, fit remarquer Pascal.

— Alors, pour l'odeur, j'avoue, ça schlingue, mais pas le cadavre. Je dirais plutôt que ça sent le fauve mal, voire très mal, lavé, conclut l'expert.

— Et alors mon vieux, tu ne te souviens même plus de cette odeur-là ? le taquina David.

— Rigole bien, toi ! Tu verras quand tu auras des enfants.

— Tu veux dire que tu n'as plus rien fait depuis... Trois jours ?

— Je veux dire que j'ai un enfant depuis trois jours, mais que ma femme n'a plus utilisé mon anaconda depuis plus de six mois. Tu verras, tu feras moins ton *Jan fafoule* quand ce sera ton tour. Je serai le premier à me foutre de ta balle quand tu auras ton petit retour de *kip* en pleine poire.

David était toujours autant tenaillé, à l'instar de toute la brigade, face à ce choix cornélien : le rectifier dans ses lapsus, ou les noter pour en faire un best-seller en cinq tomes. Bref, il se contenta de rire en espérant ne pas oublier de le noter plus tard.

Après un rapide tour du propriétaire, David et Pascal commencèrent à se ranger à l'idée de Mixailof. Rien de spécial ne ressortait, a priori, à part le désordre puissance dix et le doux parfum du mâle en rut qui semblait avoir imprégné toute l'habitation.

— Eh ben, dis donc... siffla Pascal. J'espère qu'il lavait plus souvent son *tich* que sa maison, hein. Sinon, avec tout le fromage qu'il devait avoir dans la corniche, j'aurais pas voulu être à la place de la greluche qui devait lui faire une turlutte.

L'humour gras de Pascal, rarement situé au-dessus de la ceinture, était loin de faire l'unanimité auprès de ses deux collègues, qui le dévisagèrent d'un air dégouté.

— Toujours aussi élégant, constata Alexandre, sans se démunir de son sourire plein de dents.
— Je pensais que ça irait mieux après l'accouchement, mais, manifestement, c'est pire, lâcha David. Il est dans les starting-blocks pour une séance d'équitation avec Madame.
— Oui, eh bien, n'y compte pas trop, intima Mixailof. Souvent, la libido de « Madame » redescend après l'accouchement. J'ai un ami qui a attendu neuf mois avant de réussir à avoir une partie de jambes en l'air avec sa femme, suite à la naissance de leur fils.
— Et ? Ça va mieux, maintenant ? Tout est rentré dans l'ordre ? s'inquiéta Pascal.
— Si on veut… Ils ont divorcé !
— Quoi ? Mais, enfin, ils avaient juste recommencé ! s'indigna Pascal.
— Oui, et elle est retombée enceinte du premier coup. Depuis, je l'appelle *goldentich*.

David éclata de rire en voyant la tête de son subalterne, qui restait pantois.

— Mais ne t'inquiète pas, lui dit-il, ça va s'arranger. Hein, Alexandre, que ce n'est pas une généralité ?

Pour toute réponse, il afficha un sourire éclatant.

— Pourquoi il me regarde comme ça ? chuchota Pascal. Et pourquoi il ne bouge plus ? Regarde, on dirait un mannequin de cire.

— À mon avis, il est embêté et se force à ne rien dire parce qu'il n'aime pas mentir, répondit David. Je ne l'ai encore jamais vu comme ça. Il prend tellement sur lui que j'ai l'impression qu'il est en train de bugger. Je crois que, quelque part, ça veut dire qu'il t'aime bien.

— C'est fou comme tu sais me rassurer, toi. Si on a fini, je voudrais bien qu'on y aille, il me fout les jetons quand il est comme ça.

Après avoir passé la carrosserie au crible à la recherche d'empreintes, Loos rejoignit Spreutels qui patientait devant la portière conducteur de la vieille Scénic. Alex et Michel reculèrent de deux pas pour leur laisser un peu d'espace.

— À vous l'honneur, dit Spreutels à l'attention de l'expert.

— Merci bien, lui répondit-il.

— Mais c'est bien naturel, ajouta le légiste.

— Peut-être, mais cela reste quand même très urbain de votre part, souligna Loos.

— C'est vrai, mais...

— Hé, c'est bon là ! Quand vous aurez fini vos politesses, n'hésitez pas à ouvrir la porte. On n'a pas le temps pour ces conneries, les informa Michel.

— Désolé, reprirent-ils en chœur.

Fred ouvrit la portière délicatement en prenant soin d'éviter la flaque de sang. Le corps étant toujours attaché par la ceinture de sécurité, il ne bougea pas. Par contre, le bras gauche, qui était en équilibre sur le genou de la victime et en appui contre la portière, tomba d'un bloc dans la marre d'hémoglobine, arrachant des cris stridents à nos deux spécialistes. Comme ils faisaient en partie écran de leur corps, Michel et Alex n'eurent conscience de ce qui se passait que lorsque Loos et Spreutels s'écartèrent en sautant comme des cabris.

Pas de cris stridents pour Alex qui devint pâle comme un linge et dut s'agenouiller pour se remettre de ses émotions. Quant à Michel, pour la seconde fois, il faillit polluer la scène avec des restes de steak tartare qui tentèrent de se frayer un chemin entre les doigts qu'il avait placés devant sa bouche pour faire barrage.

Le bras sectionné, qui avait soigneusement éclaboussé tout le monde en tombant, baignait dans une pataugeoire brunâtre. Le coude formait un angle droit et le poing était fermé. On aurait pu croire qu'il menaçait les personnes qui venaient de le découvrir.

Le menton du cadavre reposait sur son torse et du sang drapait tout son buste. La vue de profil était impressionnante et la scène entière était complètement psychédélique. À la place de l'épaule, on pouvait voir un cercle énorme au milieu duquel trônaient ce qui semblait être les profils de la clavicule et de l'omoplate.

David et Pascal, qui sortaient de la maison, eurent droit au numéro de danse contemporaine de Loos et Spreutels, ainsi qu'au geyser de Michel passant à deux doigts de la tête d'Alex qui venait juste d'effectuer une petite génuflexion pour, apparemment, se recueillir devant des mauvaises herbes ou une coccinelle écrasée. Ce n'est qu'en approchant de la voiture qu'ils réalisèrent toute l'atrocité et la barbarie du tableau.

— Mon Dieu, murmura David. Comment peut-on commettre une chose pareille ?
— Ça va, Alex ? questionna Pascal, en l'aidant à se relever.
— C'est quoi cette horreur ? dit-elle, d'une voix chevrotante.

Personne ne put répondre et tous prirent le temps de se remettre avant de continuer le sale boulot.

— Corduno ! héla Spreutels. Regarde, le poing serré.

David approcha et observa de plus près le membre que le légiste pointait d'un index tremblant.

— C'est lui ! ET MERDE !!! hurla-t-il de rage.
— Quoi, qu'est-ce qui se passe ? s'enquit Michel.
— Il manque le majeur et c'est la main gauche, souffla David.

On put lire toute l'impuissance et le désarroi dans les yeux de chacun des membres de l'équipe. Le tueur les baladait à sa guise, sans jamais faire la moindre erreur. On commet toujours des erreurs, on connait tous un moment d'égarement, de faiblesse, un jour ou l'autre. Mais là, rien ! Le tueur avait toujours une longueur d'avance, voire deux, sur eux. C'était statistiquement impossible.

Seulement, l'impossible devenait possible et, pour la première fois, la peur bourgeonna au sein de la brigade. La peur de ne pas pouvoir stopper ce psychopathe, de n'être rien d'autre que des pions inutiles sur un échiquier qu'ils connaissaient pourtant par cœur, écrasés sur leur propre terrain de jeu, torturés et tués à travers toutes ces victimes innocentes. Où cela allait-il s'arrêter ? La voix de Spreutels sonna comme un gong et sortit tout le monde de la torpeur qui plombait la scène.

— David, regarde mieux que ça !

Corduno se mit à quatre pattes pour se rapprocher au plus près du membre mutilé. En effet, le poing était fermé, mais, comme le majeur était sectionné jusqu'à la deuxième phalange, on put voir qu'à l'intérieur de la main, un objet rond attendait d'être libéré.

— Spreutels, je me trompe ou c'est ce que je pense ? Tu peux voir ça directement ? insista David.
— No problemo, chef.

Le légiste s'appliqua à ouvrir les doigts rigidifiés qui enserraient la chose. La petite sphère, qui avait baigné dans le sang stagnant de la main qui l'emprisonnait, glissa des doigts de Spreutels. En tentant de la rattraper, il ne réussit qu'à la faire voltiger vers Pascal qui la bloqua du pied.

— Hé, moi, je ne touche pas à ça, hein ! C'est dégueulasse ! laissa-t-il échapper.

Spreutels vint récupérer le projectile. Il le frotta à l'aide d'un chiffon pour en ôter le sang en partie coagulé. On en distingua rapidement la couleur initiale.

— On dirait que notre bonhomme aime bien les Kinder Surprise, remarqua Pascal.
— Ouvre-le, s'impatienta Corduno.

Le légiste s'exécuta en pressant l'ovale en plastique entre ses doigts. L'œuf leur livra alors un petit rouleau de papier plié en deux. Après l'avoir déplié et déroulé, Spreutels, sans parvenir à contenir ses tremblements, le tendit à David. Quand leurs yeux se croisèrent, Corduno sut que le cauchemar était loin d'être terminé.

« Je ne comprends pas. Je pensais avoir affaire au meilleur flic de la criminelle et son équipe, mais, en vérité, vous n'êtes pas du tout à la hauteur. Franchement, quelle déception ! Vous pataugez et je commence à m'ennuyer.
Pour mettre un peu de piment dans ce jeu, je vous donne l'adresse de ma prochaine victime :
Rue Eigenhuis, 15b à Watermael-Boitsfort.
Je ne m'attends pas à ce que vous m'arrêtiez, mais peut-être arriverez-vous à sauver une vie humaine et ainsi marquer un point dans cette partie où je mène 8-0.
Tout dépendra de la vitesse à laquelle vous découvrirez ce cadavre-ci et mon petit mot doux.
Alors, les gars, on se sort les doigts du cul et on se bouge ! »

— Aaaaargh !!! hurla Corduno en bandant tous ses muscles. Mais comment c'est possible ?

David sentit une rage folle monter de ses entrailles, telle la lave en fusion d'un volcan, prête à tout dévaster sur son passage. Il sentait bien qu'il risquait de perdre la raison s'il essayait de la contenir. Il libéra sa fureur en cognant du poing sur le toit de la Renault tout en vociférant comme un fou.

Le temps se figea et toute l'équipe laissa à Corduno le temps de reprendre ses esprits. Michel ramassa le message que son chef avait laissé tomber. Un « ah merde ! » bien senti lui échappa et il enchaîna avec la lecture de l'indice à voix haute pour le reste de la meute. Tous, sans exception, étaient bouche bée.

— La prochaine étape, c'est quoi ? interrogea nerveusement Pascal. Ce taré est tellement sûr de lui qu'il a peut-être prévu de nous livrer son identité lui-même.
— Si ça se trouve, c'est un piège ? suggéra Alex.
— Possible, mais on ne peut pas se permettre de spéculer, riposta David. Michel, tu préviens le dispatching pour qu'ils envoient trois patrouilles de Watermael-Boitsfort, directement sur place, ordonna-t-il après une brève hésitation. Je veux une surveillance discrète et aucune initiative jusqu'à notre arrivée. Des voitures banalisées, pas de gyrophares, pas de sirènes et des agents en civil. Je veux également nos brigades d'interventions habituelles – Juan et sa clique. On se retrouve à un point de chute. Demande l'agent de quartier qui s'occupe de cette zone, il est le mieux placé pour nous trouver ça. Et je veux qu'il soit là aussi, il nous sera sûrement d'une grande aide, conclut-il.

Il fit une pause pour reprendre sa respiration et ordonner ses idées. Il avait le tournis et sentait l'angoisse lui tordre l'estomac. Il faillit prendre appui contre la voiture, mais se retint de justesse, de crainte d'effacer d'éventuels indices. Il avait déjà probablement fait suffisamment de dégâts comme cela en la martelant. Michel mit cette interruption à profit pour téléphoner au central.

— Spreutels, peux-tu nous donner l'heure approximative de la mort de notre homme ? reprit David légèrement ragaillardi par cette pause.

— Pas avant d'avoir pris sa température. Je ne voudrais pas me fourvoyer avec des infos erronées. Trop d'éléments viennent fausser la donne. Il s'est inévitablement vidé de son sang très rapidement et les températures sont relativement basses pour l'instant. J'ai des calculs à faire par rapport à ces paramètres et je ne pourrai m'y atteler qu'une fois le corps sur ma table d'autopsie. Mais, de toute façon, il a passé l'arme à gauche depuis plus de trois heures, au bas mot.

— Et moi, j'en ai encore pour une bonne heure avant qu'il puisse l'embarquer, anticipa Loos.

— Ok ! Vous faites au plus vite et vous me tenez au courant du moindre indice suspect.

— Ça marche, patron ! reprirent-ils ensemble.

— Michel, tu viens avec moi en voiture. Alex et Pascal, vous y allez à deux. On reviendra chercher vos véhicules plus tard. On se dirige vers l'adresse à Watermael-Boitsfort, en espérant que l'agent de quartier ne mette pas des heures avant de nous contacter.

— Allô, ouais ? répondit Michel, le portable à l'oreille. Ah ! Super ! Merci, répondit-il après quelques minutes. Tu peux envoyer Juan avec ses hommes là-bas et me transférer l'adresse par SMS. On quitte Wemmel maintenant et on devrait être sur place d'ici une vingtaine de minutes.

Le soleil était déjà couché lorsqu'ils grimpèrent en voiture. Michel se fit la réflexion que cela risquait fort de leur compliquer la tâche. Quoique, l'obscurité leur permettrait peut-être d'approcher l'habitation plus discrètement.

— C'était le dispatching, expliqua Michel après avoir

raccroché. L'agent de quartier nous donne rendez-vous dans une école d'équitation qui se situe à trois rues de l'adresse en question : *Le manège du possible*. Il y a un espace assez grand pour toutes les camionnettes et les voitures, ainsi qu'une cour intérieure à l'abri des regards indiscrets. Alors, ça se trouve au numéro 7, Heiligenborre à Watermael-Boitsfort, fit-il en lisant le message qu'il venait de recevoir.

Il introduisit l'adresse dans le GPS et lança le guidage.

— Pour ce qui est de l'adresse fournie par notre messager anonyme, reprit-il, il s'agit d'une petite maison appartenant à un couple – monsieur et madame Verhaeghe –, sans enfants et dont l'arrière du jardin donne sur la forêt de Soignes. . On aura plus de renseignements au manège. La maison et le centre équestre sont espacés de trois rues et situés de part et d'autre de la chaussée de la Hulpe. L'agent de quartier nous garantit qu'on ne peut pas être repérés.
— Ça me rend malade de suivre cette piste, mais on n'a rien d'autre. Je n'arrive pas à comprendre comment on n'a encore rien trouvé de plus que ce qu'il veut bien nous laisser. Il nous trace un chemin qu'on ne peut que suivre, sous peine d'être largués. Toujours deux longueurs d'avance, aucun indice involontaire. J'ai beau retourner ça dans tous les sens, je ne comprends pas, lâcha David, dépité. Je ne la sens pas, cette piste.
— Mais on n'a pas le choix, reprit Michel. Allez, on se bouge et on croise les doigts pour que ce psychopathe commette l'erreur qui le foutra dedans.

Chapitre 12

Huguette Verhaeghe n'avait pas mis le nez dehors en huit jours. Elle passait ses journées à pleurer, à dormir et à boire de la bière à même la cannette. Depuis le jour où, rentrant plus tôt du travail parce qu'elle commençait la grippe, elle avait surpris son mari au lit avec une petite jeunette d'à peine vingt-quatre ans, elle n'avait rien avalé d'autre que des somnifères à grands renforts de lampées de Jupiler.

Bruno avait quitté le domicile conjugal le jour même parce qu'il était raide dingue amoureux de la gamine. La seule chose qui consolait un tout petit peu Huguette, c'était la certitude que cette petite pouffe ne resterait pas longtemps avec un « vieux » qui avait plus du double de son âge.

Déjà, quand il avait quitté sa première épouse pour elle, qui avait dix ans de moins que lui, elle aurait dû se méfier. Et voilà qu'aujourd'hui, il recommençait le même cinéma. À ce rythme-là, il irait attendre sa prochaine conquête à la sortie de l'école primaire. Maintenant que c'était son tour de souffrir, elle se sentait affreusement coupable envers Marlène, la première cocue de la série.

Elle eut subitement envie de l'appeler pour voir s'il pensait à elle et si, éventuellement, il ne regrettait pas déjà son geste. Peut-être même attendait-il son coup de fil pour revenir à la maison, la queue entre les jambes et un bouquet de fleurs entre les mains. Elle prit son portable et garda le doigt au-dessus du numéro 1, correspondant à la touche d'appel abrégé de celui qui, il y a une semaine encore, comptait plus que tout pour elle.

Elle hésita de longues minutes, sentant l'irritation grandir en elle, à tel point qu'elle finit par balancer son téléphone avec force. Il termina sa course contre le mur du salon et vola en éclats. Cet accès de colère eut pour effet de libérer une part de sa fureur. Elle s'allongea sur le canapé en sanglotant et ne tarda pas à s'endormir d'un sommeil agité.

Soudain, elle s'éveilla en sursaut. Un bruit sourd venait de la tirer de ses songes. Elle écouta attentivement pendant quelques minutes, mais il faisait tellement calme qu'elle ne savait plus si ce bruit appartenait à son cauchemar ou s'il était bien réel.

Elle se redressa, les genoux ramenés contre la poitrine, les bras enlacés autour des jambes. Très vite, elle fut incommodée par sa propre odeur corporelle. Depuis quand ne s'était-elle plus lavée ? Elle était incapable de le dire.

La bouche pâteuse, elle se leva et tituba jusqu'à la cuisine, en quête de la bière fraîche dont elle avait besoin. En entrant dans la pièce, elle shoota par mégarde dans le bol de Mirza, son Jack Russell, dont le contenu s'éparpilla à travers la pièce. « Manquerait plus que je casse ma pipe en glissant sur ses croquettes ! » râla-t-elle.

En revenant vers le salon, un déclic se fit dans son esprit embrumé : « mais où est donc ce satané clebs ? ». Elle l'appela, en vain, avant de se souvenir qu'elle l'avait laissé sortir dans le jardin, mais impossible de savoir si c'était une demi-heure ou deux jours plus tôt.

Elle fit demi-tour, au passage, buta sur le bol d'eau qui valsa à l'autre bout de la cuisine et ouvrit le châssis coulissant. Elle l'appela plusieurs fois, mais sans résultat. La nuit était tombée et, comme le jardin était à l'orée de la forêt, elle savait que Mirza se faufilait souvent sous la clôture pour aller chasser les lapins. Avant d'aller se doucher, elle décida de laisser la porte entrouverte, juste le temps de finir sa bière.

Les coéquipiers prirent la route avec le sentiment qu'ils allaient tomber sur un nouveau carnage. Corduno conduisait calmement et Michel l'observait du coin de l'œil. Il le connaissait par cœur et n'aimait pas le voir dans cet état. Cependant, quelque chose de tout à fait inattendu venait de se produire : David venait de perdre le contrôle. La seule fois où cela s'était produit, en plus intense, c'était à la mort de sa mère. Le décès de son frère fut un choc plutôt déstabilisant, mais celui de sa mère fut un cataclysme complètement dévastateur.

Quand un monde s'écroule, c'est une chose ; il y a toujours des repères qui traînent et auxquels on réussit plus ou moins à s'accrocher pour sortir lentement de son cauchemar, tout doucement panser ses plaies et, enfin, se remettre sur les rails. Mais quand un monde explose, il n'y a plus rien, juste quelqu'un qui a survécu pour on ne sait trop quelle obscure raison, alors que les autres ont disparu. Rien que des souvenirs, qui passent en boucle, viennent vous rattraper quand une lueur d'espoir apparaît, plus fidèles que prévus.

C'était peut-être indicible aujourd'hui aux yeux des autres, mais cela n'avait pas échappé à Michel, son ami d'enfance, son frère de cœur depuis toujours. David avait eu une petite hésitation, alors qu'il avait toujours su gérer et peser le pour et le contre quant à la décision à prendre dans toutes les situations. Impossible de le prendre au dépourvu, jamais. Et si c'était le cas, jamais personne ne le remarquait. Le contrôle total, même dans la défaite!

Michel avait pris les rênes pour sauver son ami, mais le plus étonnant était que David l'avait laissé faire. Et, pour lui, c'était plus que révélateur, une vraie reddition. C'est précisément de la sorte qu'il avait réagi à la mort d'Arlette. Avant de devenir le roc qu'il était à l'heure actuelle, il avait dû réapprendre à vivre, trouver de nouvelles balises, se reconstruire, pièce par pièce, jour après jour, pendant des années.

Ce n'était qu'après ce long travail sur lui-même que la confiance et l'assurance lui étaient revenues, plus fortes qu'avant, comme pour un phénix renaissant de ses cendres. Le David d'avant était toujours là, mais avec quelque chose en plus. Une carapace indestructible... Jusqu'à aujourd'hui, où une micro fissure venait de poindre à l'horizon. Cela suffirait-il à faire resurgir ses vieux démons ?

— Ça va, David ? murmura Michel.
— Hein, pardon, tu disais ?
— T'as hésité !
— De quoi tu parles ? rétorqua-t-il, comme s'il n'avait pas compris à quoi son ami faisait allusion.
— Tu le sais très bien ! Tu veux qu'on en parle ?
— Je ne sais plus où j'en suis, Michel, reconnut-il, très affecté et la voix tremblante. Je ne me reconnais plus. Je ne sais pas où tout cela va nous conduire et je me sens manipulé, impuissant. Je commence à douter de moi, de mes capacités à assumer tout ça.
— Écoute, c'est la première fois que ça t'arrive. Toutes tes enquêtes, tu les as bouclées et à chaque fois le bon coupable était arrêté, mieux encore, envoyé sous les verrous. Tu es le seul flic qui n'est jamais rentré bredouille. Et, que je sache, on n'a pas l'intention d'abandonner.

David se tortilla afin de sortir son mouchoir de la poche de son pantalon. Il se moucha bruyamment et eu besoin d'un long moment avant de pouvoir reprendre, avec colère :

— Ouais, mais huit meurtres… Huit, bordel de merde !
— David, tu ne peux pas endosser tout ça, personne ne le peut, tempéra-t-il, en posant la main sur le bras de son ami. Toi et moi, on sait très bien pourquoi tu fais ce boulot et, franchement, c'est déjà un miracle de ne pas avoir eu d'affaire non-élucidée jusqu'à maintenant. C'est moche à dire, mais on n'est jamais que des hommes, on ne peut pas faire mouche à chaque fois. On n'est pas des machines.
— Je sais, mais toutes ces familles détruites, elles ont besoin de réponses pour pouvoir faire leur deuil. Le moins que je puisse faire est de trouver le responsable de ces boucheries. Je ne peux pas imaginer un seul instant que…
— David, le coupa Michel d'une voix douce, que tu résolves ou non cette série de meurtres, ça ne ramènera pas ta mère et ton frère à la vie.
— Tu as raison, se résigna David. Tu sais, je me suis toujours dit que le seul point positif dans ce qui m'est arrivé, c'est que, pour moi, le plus dur était fait. J'avais pleuré ma famille, tellement fort, que je pensais que ça ne m'arriverait plus jamais. Plus personne à perdre, donc plus de peine. Eh bien, j'avais tort. À chaque enterrement et Dieu sait s'il y en a dans notre profession, je chiale comme un gosse. Tout remonte. J'ai l'impression de revivre leur mort à chaque fois. Je pensais être à l'abri, mais c'est pire ! Parfois, je ne sais pas comment je ferais sans Sacha. J'aimerais avoir des enfants, plein d'enfants, mais j'ai tellement peur qu'il

leur arrive quelque chose, tellement peur de les perdre, que je n'aurais pas le courage de continuer, j'en suis sûr.

Michel vit les yeux de David s'embuer. Son ami avait beaucoup de mal à se confier, gardant tout en lui, se refusant de craquer et se disant qu'il y avait toujours pire ailleurs, mais cette affaire le ramenait inexorablement au drame qui avait anéanti son univers, sa vie.

— On va le coincer, David… On va le coincer, comme à chaque fois, tenta de le rassurer Michel en lui posant la main sur l'épaule.

Une ébauche de sourire s'invita sur son visage. Michel le lui rendit et le reste du trajet se passa dans un silence complice.

Huguette monta péniblement les marches, tout en ôtant le haut de son survêtement qu'elle abandonna sur place. Ensuite, elle fit une halte sur le palier pour enlever le bas. Elle entra dans la salle de bain et se saisît en voyant l'image que lui renvoyait son miroir. Elle avait le teint cireux, de profonds cernes noirs sous les yeux et ses cheveux gras lui collaient au crâne. Son regard descendit jusqu'à sa poitrine et elle contempla ses seins qui pendouillaient, comme de vieux gants de toilettes, au-dessus de sa taille qui s'épaississait.

Là, elle comprit pourquoi son chéri avait éprouvé le besoin d'aller voir ailleurs. Elle n'était vraiment plus de première fraîcheur. Elle eut la nausée et un spasme violent la plia en deux au-dessus du lavabo. Elle régurgita un flot de bile et de bière qui lui laissa en bouche un goût amer. Elle se redressa péniblement, à cause des vertiges, puis entra dans la cabine de douche.

Elle laissa l'eau chaude couler sur sa tête et ses épaules pendant de longues minutes, puis attrapa le flacon de shampoing pour se laver les cheveux. Elle recommença l'opération une deuxième fois, avant de se rincer abondamment la tête et le visage pour ôter le shampoing qui lui coulait dans les yeux.

Pendant un bref instant, elle crut que ses paupières étaient restées collées, avant de réaliser que la salle de bain était en fait plongée dans l'obscurité la plus totale. Elle tourna le mitigeur pour couper l'eau. Lorsqu'elle entendit le grincement que la porte de salle de bain émit en s'ouvrant, son corps fut parcouru d'un frisson. Elle fit coulisser le battant de la cabine de douche et attrapa son drap de bain afin de s'y envelopper.

⊥ ⊤ ⊥

Le manège était effectivement spacieux et, quand les inspecteurs arrivèrent sur place, Juan et sa brigade se tenaient déjà prêts pour l'intervention. Michel s'était toujours demandé comment ce grand gaillard et son escouade réussissaient invariablement à apparaître dix minutes avant tout le monde.

L'agent de quartier les accueillit. Apparemment déjà mis au parfum, il paraissait très nerveux. Sa contribution à l'arrestation d'un tueur en série constituerait certainement l'élément culminant de sa carrière, mais la rencontre avec le grand Corduno, dont la réputation avait déjà dépassé les frontières du pays, avait l'air de l'intimider plus encore.

— Inspecteur Corduno, je suis enchanté de faire votre connaissance. Je suis l'agent Patrick Verhulst, c'est moi qui m'occupe de cette zone. Dites-moi comment je peux vous aider.

— J'attends de vous des renseignements quant aux voies d'accès relatives à cette maison, à l'environnement, aux endroits stratégiques pour les équipes de surveillance et d'intervention. Aussi, un numéro de téléphone afin de joindre le couple pour qu'on puisse, dans un premier temps, les prévenir et savoir s'il y a moyen de poster quelques-uns de nos hommes à l'intérieur sans éveiller les soupçons des voisins et du tueur, qui est peut-être déjà dans le coin, annonça-t-il d'une traite.

La discussion avec Michel lui avait fait du bien et il se sentait ragaillardi. L'agent déplia un plan du quartier sur le capot de la voiture d'Alex.

— Alors, voilà : la maison se trouve ici, indiqua-t-il du doigt. La rue Eigenhuis est coupée par la rue Auguste Bernaert qui forme une espèce de fer à cheval.

Après une bonne minute d'observation, David donna ses directives. Une partie des sbires de Juan allèrent se positionner dans la forêt pour avoir une vue imprenable sur l'arrière de l'habitation, de larges baies vitrées dévoilant la totalité du rez-de-chaussée.

L'étage, lui, était partiellement occulté par d'épaisses *tentures*. D'autres policiers se placèrent à chaque extrémité de la rue ainsi qu'à l'angle de la chaussée de la Hulpe et la rue Auguste Bernaert, dans les camionnettes banalisées. Les trois patrouilles en civil de la commune étaient, quant à elles, disséminées un peu partout dans la zone.

David et ses fidèles restèrent au manège, craignant d'être repérés par le tueur qui avait l'air d'être bien informé sur eux.

— Il y a quelqu'un ? demanda Huguette, inquiète.

Pour toute réponse, elle entendit Mirza gémir.

— Idiote, tu m'as foutu une de ces frousses, souffla-t-elle, soulagée.

Elle sortit de la douche à tâtons, s'agrippa à l'évier et se dirigea vers la porte. À ce moment-là, elle sentit une langue venir lui lécher le pied gauche.

— Mirza, arrête. Tu sais bien que je n'aime pas ça, protesta-t-elle en secouant la jambe.

Son cœur fit un bond dans sa poitrine lorsqu'elle entendit distinctement un petit ricanement derrière elle. Un vent de panique s'empara d'elle, tandis qu'un étau se refermait autour d'une de ses chevilles. Une langue lui lécha à nouveau le pied, avant de la relâcher.

Elle devint hystérique et se précipita vers la porte, qui se referma brutalement sur ses doigts. Deux mains saisirent subitement le bas de ses tibias et la tirèrent avec une force inouïe. Elle s'étala de tout son long sur le carrelage glacial.

— Bon, vous avez un numéro où joindre notre couple ? demanda David à l'agent Verhulst.
— Non, chef. Je ne comprends pas. Pas de téléphone fixe et pas de portable.
— Quoi, ni l'un ni l'autre ? s'étonna Corduno.

— Il y a de plus en plus de gens qui n'ont plus de téléphone fixe. Le portable suffi. Et, si les budgets sont serrés, pas besoin d'abonnement. Une carte prépayée est plus facile à gérer et évite les surprises d'une surconsommation qui ferait exploser la facture, expliqua Michel.

— Merde ! souffla David. Pas moyen de les joindre en direct. Et le numéro de leur boulot ? Ils travaillent, je suppose. Une baraque dans le quartier, c'est pas gratos.

— Bruno Verhaeghe est commercial dans une grosse boîte informatique. Il aurait posé ses congés in extremis pour une période de deux semaines, qui a commencé la semaine passée. Quant à madame Verhaeghe – Huguette Verhaeghe –, elle est employée de bureau, termina l'agent de quartier.

Huguette sentit un corps s'asseoir sur ses reins, des doigts empoigner ses cheveux et lui tirer la tête en arrière, jusqu'au point de rupture des cervicales et du cuir chevelu. Puis, brusquement, la main lui repoussa violemment la tête et lui écrasa le visage au sol. Les os de son nez craquèrent, trois dents volèrent en éclats et son visage se barbouilla de sang.

Corduno remit son téléphone en poche et se tourna vers ses collègues. Il récapitula la conversation qu'il venait d'avoir :

— D'après Juan, une personne se trouve dans la maison à l'étage. La lumière, de ce qu'on suppose être la chambre, était allumée et, au vu de l'éclairage qui change d'intensité régulièrement, une télévision le serait également. Il y a bientôt vingt minutes que la pièce, collée à la chambre, s'est éclairée elle aussi. La salle de bain, probablement. Rien ne laisse supposer que c'est notre tueur. Pas de mouvement de bagarre, rien. Personne n'est entré ou sorti depuis le début de la planque. Donc, soit c'est le mari ou la femme et, là, on gère, soit c'est notre homme et c'est mission impossible pour lui de nous échapper. En théorie, tout est sous contrôle.

— En fait, tout ce qu'on peut faire pour l'instant, c'est attendre, en conclut Michel.

— Ouais, et ça m'énerve, rajouta David en appelant Spreutels.

— Allô, chef ? répondit le légiste.

— Alors ? Loos avait parlé d'une heure avant que tu puisses embarquer le corps. Je me demandais où tu en étais de l'autopsie ?

— Eh bien, à vrai dire, on décolle seulement maintenant de la scène de crime.

— Quoi ? C'est une blague ? le fustigea-t-il.

— Loos en a eu pour plus longtemps que prévu et, une fois que j'ai eu son feu vert, c'est la société des pompes funèbres qui nous a retardés. Ils ont grillé une priorité et se sont pris un camion-citerne de plein fouet. Sinistre total ! Leur deuxième fourgonnette est arrivée trois quart d'heure plus tard.

— Et Loos, une piste, avec tout ce temps perdu ?

— Heu... non ! C'est pour manipuler la victime qu'on a dû être prudent afin de ne pas bousiller les traces sur les supports : siège, appuie-tête, pommeau de levier de vitesse, etc. Il était littéralement collé ! Je pourrai t'en dire plus dans une grosse heure.

— Ok, j'attends de tes nouvelles, céda David en raccrochant, dépité. Rien de plus de ce côté-là non plus, soupira-t-il.

Il n'eut pas le temps de ranger son portable en poche qu'il se remit à sonner.

— Oui, Juan, quelque chose ? espéra Corduno.
— Peut-être. Un de mes hommes placé à l'arrière de la maison a remarqué que la porte de la cuisine donnant sur le jardin est entrouverte. Avec le froid de canard qu'il fait, on trouve ça bizarre. Qu'est-ce qu'on fait ? On reste en planque ou bien on essaie de s'introduire par-là ?

⊥┬⊥

Huguette entendit un rire démoniaque retentir dans la pièce, juste avant que deux paumes lui claquent les oreilles avec une force telle que ses tympans éclatèrent. Elle poussa un cri inhumain, puis une lame s'enfonça dans ses chairs, entre les côtes et perfora son poumon gauche. Enfin, elle s'enfonça dans les abîmes sans fonds de l'enfer.

⊥┬⊥

Alex et Michel interrogèrent David du regard.

— Je te rappelle tout de suite, Juan.
— Des nouvelles ? s'enquit Pascal.

— Une des portes arrière serait ouverte et Juan me propose une intervention en douceur.
— Et ? Tu ne préfères pas attendre encore un peu ? suggéra Michel.
— Ça fait presque deux heures qu'on surveille. À mon avis, deux heures de plus n'y changeront rien. Qu'est-ce qu'on risque en rentrant ? Si on tombe sur les Verhaeghe, au moins ça nous permettra de les prévenir. Mais si ça se trouve, le tueur est peut-être sur place occupé à perpétrer son neuvième crime, avec un plan pour sa sortie, pendant qu'on attend sagement dehors. À chaque fois, il nous met au défi. Et si, maintenant, son défi était de tuer quelqu'un au nez et à la barbe de la police, quasi sous nos yeux ? On est en train de perdre de vue qu'en dehors du fait qu'on doive absolument le chopper, on doit également faire en sorte qu'il y ait le moins de victimes possible. Pour moi, y a pas photo : je préfère heurter quelques susceptibilités que d'avoir un cadavre de plus.
— Bon, on y va quand ? s'impatienta Pascal, que l'inactivité rendait nerveux.
— Maintenant !

Au moment où David s'apprêta à téléphoner, Juan le prit de court :

— Chef, on vient d'entendre un cri perçant en provenance de la maison. Qu'est-ce qu'on fait ?
— Allez-y rapidement, mais soyez vigilants.
— Ça marche, on fonce.

Les hommes qui étaient dans les camionnettes se tenaient à présent le long des façades des maisons voisines, collés aux murs afin de ne pas être vus depuis la maison des Verhaeghe. Corduno et sa troupe attendaient trois maisons plus loin sur le même trottoir. Après s'être assuré que tout le monde était en place, Juan donna le signal pour l'intervention.

Un membre de l'équipe de déminage se faufila par le passage découpé dans la clôture, séparant le jardin de la forêt, dans le coin droit de la pelouse. Il longea la palissade qui le mena au mur extérieur de la cuisine, puis arriva à la partie vitrée. Aidé d'un manche télescopique au bout duquel était disposé un petit miroir, il jeta un coup d'œil discret qui lui apprit que la pièce n'était pas occupée. Il continua à raser la paroi de verre, mais ignora la porte par laquelle il était censé rentrer pour continuer son ascension vers le living et la salle-à-manger.

En passant devant la fenêtre de la cuisine, il avait pu observer, par la porte intérieure grande ouverte, que les pièces de vie avaient également l'air désertes. À présent à hauteur de la séparation cuisine et séjour, toujours plaqué le dos au mur, il pivota la tête à *nonante* degrés vers la gauche et décolla légèrement ses épaules de la brique rouge, ce qui lui permit d'avoir une vue partielle oblique sur le reste de ces deux pièces. Personne sous cet angle.

Il s'accroupit et plaça cette fois le miroir au ras du sol. Il l'inclina en tournant lentement le manche entre ses doigts. À la vue du hall d'entrée qui se reflétait en partie dans le rétroviseur, la porte étant entrouverte de 40 bons centimètres, il put en déduire que, s'il y avait quelqu'un dans la maison, ce serait plutôt à l'étage. En rebroussant chemin, il fit légèrement coulisser le châssis, à l'écoute du moindre bruit ou cliquetis suspect.

La porte s'ouvrit sans résistance. Aucun dispositif n'avait apparemment été placé pour piéger cette entrée. Il se retourna et fit signe au reste de l'escadron que la voie était libre.

— Alors, ça donne quoi ? murmura Juan.

— À l'étage, aucune idée, mais au rez-de-chaussée, ça a l'air d'aller. Vous sécurisez ce niveau-ci, mais vous ne rentrez pas dans le hall d'entrée. Je n'ai pas pu voir la totalité de l'espace et je ne peux pas garantir que ce ne soit pas piégé. Donc, c'est moi qui y entre le premier.

— Ok, on y va.

Juan entra dans la cuisine, suivi de cinq molosses, les six autres restant dehors en renfort, si nécessaire. Après avoir rapidement investi les trois premières pièces dans un silence d'église, on fit signe au démineur qu'il pouvait attaquer le hall d'entrée. Il poussa la porte entrouverte jusqu'au butoir en caoutchouc vissé au sol.

Avant d'arriver à la porte d'entrée, il fallait vérifier un autre local sur la droite. Probablement une buanderie ou une toilette. Il regarda par le trou de la serrure et n'y vit que du noir. La lumière étant manifestement éteinte, il ouvrit la porte lentement, toujours à l'affût du son qui tue. Une toilette, rien de plus. Rien d'anormal ne vint attirer son attention et il dressa son pouce vers le haut à l'attention de la brigade.

Juan s'apprêtait à monter les escaliers lorsqu'il stoppa l'équipe en levant la main. Il venait de repérer des vêtements sur le premier palier, à mi-étage. L'idée de tomber sur le couple en plein ébat lui vint rapidement à l'esprit et il se sentit soulagé de savoir qu'il n'aurait pas la tâche ingrate de se confondre en excuses. Le cortège redémarra et croisa la suite d'une tenue de femme sur le palier du premier étage.

Le couloir desservait quatre portes. Juan fit signe de faire monter deux hommes supplémentaires, qui arrivèrent dans les dix secondes. La stratégie était simple : deux hommes par porte et une entrée en force synchronisée au signal du boss. La main en l'air avec l'annulaire et l'auriculaire rabattus, Juan commença son décompte : trois, deux... Une voix masculine se fit entendre depuis le rez-de-chaussée, suivie d'une autre, féminine cette fois, qui lui répondait de façon assez virulente. Chacun se crispa, saisi par ce remue-ménage inattendu.

Une scène de ménage en pleine intervention, c'était du jamais vu. Puis, plus rien ! À nouveau le silence total. Un des malabars du peloton monta sans bruit pour prévenir de l'allumage soudain et, surtout, spontané, de la télévision du living. Ne trouvant pas la télécommande, ils avaient rapidement débranché l'appareil.

Après s'être remis de leurs émotions, ils reprirent l'intervention en cours. Trois, deux, un, GO ! Les quatre portes s'ouvrirent en même temps, mais le duo de la salle de bain en ressortit rapidement, en prenant soin de refermer la porte pour sécuriser la zone. Pendant ce temps, les autres binômes continuaient la fouille de l'étage.

— Allô, chef ?
— Oui, Juan, quelles nouvelles ? interrogea Corduno.
— Mal, très mal ! On est arrivés trop tard. On vous ouvre la porte, ça se passe à l'étage, dans la salle de bain.

David entra et monta directement au premier, suivit de Michel, qui lui emboîta le pas. Pascal et Alex restèrent au rez-de-chaussée pour l'inspecter de fond en comble.

— La vache, ça caille ici ! grelotta Alex. Il fait plus froid que dehors.
— Le thermostat indique que le chauffage est coupé. Il faut être complètement malade avec le temps de merde qu'il fait pour la saison, souffla Pascal.

Juan attendait David sur le palier du premier étage.

— On aurait pu intervenir beaucoup plus tôt, lui apprit-il. Les allumages et extinctions des lumières et des télévisions étaient activés par un simulateur de présence. C'est le genre de gadget que l'on peut se procurer sur le net entre cinquante et deux mille euros, selon le modèle. Il y a même moyen de les contrôler depuis un smartphone.
— Ouais, mais ça, on pouvait pas le sucer de notre pouce ! lança Corduno. De toute façon, personne n'est rentré ou sorti depuis qu'on est là. Ça peut vouloir dire deux choses : soit il est reparti avant qu'on arrive, soit il est encore ici. Vous avez fouillé toutes les pièces, caves, garage, abri de jardin ?
— Toutes, sans exception, rétorqua Juan, relativement vexé.
— Eh bien, on a notre réponse : il est reparti avant qu'on arrive, corrobora Corduno d'un ton exaspéré. Où est la salle de bain ? rugit-il.

L'armoire à glace fit un pas de côté pour laisser passer l'inspecteur principal. En arrivant dans la pièce, un haut le cœur étreignit David. Il eut le réflexe de se masquer le nez et la bouche de la main. Le corps d'une femme reposait dans un bain de sang, au fond de la baignoire, qui était remplie à ras-bord. Seul le sommet du crâne dépassait du niveau de l'eau.

Le tueur avait tondu le chiffre neuf au sommet de la chevelure. À part ce détail et le sang qui détrempait le sol en imprimant un chemin vers la zone où reposait le corps, la scène était beaucoup moins gore que d'habitude. Corduno s'était attendu à bien pire.

— Oh, putain de merde, éructa Michel en rejoignant son ami. Comment il a pu faire ça ? On est partis de Wemmel directement. Comment il a réussi à être aussi rapide ?
— D'abord, on ne connaît pas l'heure du décès de la victime précédente. Et je ne sais pas si tu penses comme moi, mais, pour celle-ci, j'ai le sentiment qu'il a eu beaucoup moins de temps, répondit David.
— C'est vrai que là, au niveau mise en scène, ça a l'air un peu bâclé par rapport à ce qu'on a vu jusqu'à présent, remarqua Michel. Est-ce qu'il ne serait pas en train de se fatiguer ?
— J'en ai bien l'impression. Il nous a baladés jusqu'ici, mais je pense qu'il est au bord de la boulette. Il va la commettre, son erreur ! Et, à mon avis, plus tôt que prévu.
— Je ne voudrais pas jouer l'oiseau de mauvais augure, mais on n'a rien d'autre que ce qu'il nous laisse sciemment, rappela Alex, qui venait de se joindre à eux. Et ça fait toujours une victime de plus.
— Ouais, c'est vrai, soupira Corduno. En plus, je me demande si on n'est pas en rupture de légiste. Il y a assez de monde à la scientifique pour assurer une deuxième scène de crime, mais on est tenus par le temps et je ne pense pas que Spreutels puisse s'en sortir tout seul. Michel, tu peux joindre le dispatching pour la procédure habituelle ? Je vais téléphoner moi-même au légiste pour savoir comment il peut gérer l'affaire.

Spreutels décrocha à la deuxième sonnerie.

— Ne me dis pas que tu m'appelles dans l'espoir d'avoir déjà des nouvelles ? Je viens à peine d'arriver et le corps n'est même pas encore dans mon labo.
— Si seulement ce n'était que ça, j'en serais plus que ravi. Malheureusement, c'est pour t'annoncer qu'il y a une autopsie supplémentaire. On est arrivés trop tard...
— J'en suis sincèrement désolé, David, répondit-t-il, déconcerté. Quand est-ce que cela va enfin cesser ?
— Je ne sais pas, mais, dans un premier temps, j'ai besoin de toi à Watermael-Boitsfort.
— Comme tu t'en doutes, je n'ai pas encore le don d'ubiquité, mais je peux contacter une collègue qui a déjà bien roulé sa bosse. Un véritable bourreau de travail. Je suis presque sûr que, non seulement elle acceptera de nous aider sur ce coup, mais, en plus, qu'elle serait carrément capable de m'en remercier.
— J'aurais préféré que ce soit toi, mais, si tu t'en portes garant, je te fais entièrement confiance.
— Après moi, c'est la meilleure ! le rassura le légiste.

Après avoir pris soin de noter l'adresse des Verhaeghe, Spreutels chercha le nom de sa collègue dans le répertoire de son iPhone et composa le numéro.

— Allô, Xavier ?
— Je vois que tu as toujours mon numéro en mémoire, dit-il, le visage s'illuminant d'un petit sourire en coin. Bonjour, Esmé.

Chapitre 13

Les experts de la scientifique débarquèrent dans la demi-heure, dirigés par Michel Parmentier, fraîchement débarqué dans l'équipe, dont Mixailof paraissait entièrement satisfait.

— Inspecteur Corduno ? Heureux de faire votre connaissance. Quelque chose de particulier à nous signaler avant que l'on commence ?
— Et vous êtes ? se méfia David.
— Oh, désolé. Je manque vraiment à tous mes devoirs. Michel Parmentier, de la scientifique. Je ne fais partie de l'équipe que depuis deux mois et, Mixailof étant déjà occupé sur une expertise, il m'envoie m'occuper de celle-ci.
— Ah ! Le fameux Parmentier, quelle bonne nouvelle ! Vu la combinaison blanche, j'aurais dû m'en douter. Effectivement, votre supérieur ne tarit pas d'éloges à votre égard. En ce qui concerne notre affaire, il y a en effet un point qui m'interpelle. Je voudrais des précisions sur les simulateurs de présence de la maison. Appartiennent-ils aux Verhaeghe ou est-ce le tueur qui les a installés pour nous embrouiller ? Par contre, pouvez-vous commencer par la salle de bain pour que la légiste ait le champ libre dès qu'elle arrivera ? C'est à l'étage, deuxième porte à droite. Je vous préviens, c'est pas très beau à voir.

— Je vous rassure, ce n'est pas ma première scène de crime, répondit Parmentier en montant les marches deux par deux.
— Il a l'air cool, non ? dit Pascal.
— Il peut avoir l'air de ce qu'il veut. Du moment qu'il fait bien son boulot, c'est le principal. J'espère surtout que Spreutels aura réussi à convaincre l'autre légiste de venir. On perd un temps précieux.

Quatre techniciens, vêtus de leur combinaison, avaient pris possession du logement depuis plus de quarante-cinq minutes et Corduno commençait à s'impatienter.

— Bordel, qu'est-ce qu'elle fout cette légiste ?
— T'inquiète, tu sais bien qu'avec Spreutels, ce ne sont jamais des paroles en l'air, le rassura Michel.

Et comme pour confirmer ses dires, on frappa à la porte d'entrée.

— Désolée de vous interrompre, pourriez-vous me dire où se trouve l'inspecteur principal, David Corduno ?

Les regards se tournèrent à l'unisson vers le hall d'entrée. On put y distinguer une silhouette de femme, vêtue d'un tailleur, tenant une large mallette d'une main et une paire d'escarpins de l'autre. Chacun fut surpris de découvrir une créature aussi élégante sur ce genre de scène.

— C'est moi, répondit David. Et vous êtes ?
— Esméralda Texeira, médecin légiste et amie du Docteur Spreutels.

— Ah ! Enchanté ! Il a donc réussi à vous persuader. Je vous remercie sincèrement de vous être déplacée. On est un peu débordés ces dernières semaines.
— C'est ce que j'ai cru comprendre. Cette affaire a l'air d'un vrai casse-tête, d'après Xavier. Vous me voyez ravie de pouvoir vous aider à faire parler ce corps. Pouvez-vous me tenir ceci, demanda-t-elle, en présentant ses escarpins, le temps que j'enfile mes chaussons ?
— Mais bien sûr, s'empressa de répondre Michel en tendant la main.
— Bon, où se trouve le corps ? reprit-elle, une fois préparée.
— Dans la baignoire, au premier étage, dit Corduno.
— La baignoire, remplie ou vide ?
— Remplie au maximum. Il n'y a que le sommet du crâne qui émerge.
— Et il fait aussi froid dans la salle de bain qu'au rez-de-chaussée ?

David venait de décrocher, perdu dans ses pensées et rattrapé par la dure réalité des évènements. Depuis le début, il ne croyait pas à cette piste, même s'il avait secrètement espéré arriver à temps. Résultat, ils avaient un cadavre de plus sur les bras.

— Oui, répondit Michel à la place de Corduno.
— Ah ! Voilà autre chose ! répondit-elle, feignant d'ignorer la petite absence du boss.
— Un problème ? questionna David.
— Le moins que l'on puisse dire, c'est que votre tueur se casse la tête pour fausser les pistes. D'abord, la température glaciale dans la maison, ensuite, le corps

plongé dans l'eau. Ça va être coton pour estimer l'heure du décès. J'aurai besoin de vider la baignoire de son contenu pour pouvoir effectuer mes premières observations, mais on risque de laisser s'échapper des pièces à conviction si on enlève simplement le bouchon. Il me faudrait donc deux aspirateurs d'eau munis d'un filtre métallique à mailles très serrées. Pourriez-vous me les faire monter, s'il vous plaît ? demanda-t-elle tout naturellement.

— Et où voulez-vous que je trouve ce genre de chose ? s'étonna Corduno.

— Voici les clés de ma camionnette. C'est dans le coffre, un Vito noir stationné juste en face.

Son style vestimentaire était en totale contradiction avec le véhicule qu'elle conduisait. Meerpoel se l'imaginait plutôt au volant d'une berline de luxe.

— Vous avez ça dans votre... camionnette ? se surprit à demander Michel, en interceptant les clés.

— Oui, évidemment ! C'est le véhicule du boulot et il se trouve que je suis médecin légiste. Par conséquent, j'ai besoin de tout mon matériel pour palier à toute éventualité et, in fine, éviter de perdre un temps précieux. Pourriez-vous également me dépêcher l'expert de la scientifique qui a pris les clichés ? J'aurai besoin de lui pour en prendre d'autres une fois la baignoire vidée.

— Bon, ben, je m'en occupe, dit Michel, tandis que David et Texeira montaient les marches qui menaient au premier.

Plantée devant la porte grande ouverte, la légiste observait la scène tout en enfilant des gants en latex. Elle prit son temps, ne négligeant aucun détail, scrutant chaque millimètre qui la séparait de la victime. David fut surpris de l'aplomb du médecin. Son professionnalisme sautait aux yeux et, bien que le tableau fût moins macabre que les précédents, il n'en était pas moins impressionnant.

Spreutels avait vu juste, elle voyageait en terrain connu, analysant le tout sans émotion apparente. Les faits et rien que les faits. « Juste ce qu'il nous fallait, » pensa-t-il. Michel et Pascal montèrent avec deux aspirateurs immenses munis de trois moteurs, auxquels était raccordé un tuyau d'un diamètre trois fois supérieur à la moyenne. Une fois le premier branché, un hochement de tête signifia à Texeira que tout était en place.

— La contenance de chaque aspirateur est de cent litres et celle d'une baignoire, en moyenne de deux cents. Vu la quantité de sang qu'il y a sur le sol, si tout se trouve bien ici, il ne devrait pas y avoir plus de trois litres en plus dans le bain. Avec un peu de chance, on pourra tout aspirer en deux fois. Tout dépendra du volume du corps. On y verra plus clair d'ici une minute.

La légiste joignit alors le geste à la parole en empoignant le flexible de l'aspirateur et enclencha, un à un, ses trois moteurs. Un vrombissement assourdissant retentit dans la maisonnée. Texeira introduisit le long tuyau dans le liquide rougeâtre et le niveau diminua à vue d'œil, dévoilant de plus en plus la partie immergée de l'iceberg.

Ce qu'ils découvrirent les fit tous pâlir, sans exception. Ce crime, qui paraissait le plus soft jusque-là, se révéla être le plus horrible de la série. On allait crescendo dans l'abject, dans l'abomination la plus totale. Le visage de la dépouille semblait être un négatif de l'original. Hormis les paupières et les lèvres, il était dépiauté du haut du front à la base du cou, comme si l'assassin avait voulu s'en faire un masque.

L'atrocité de ce spectacle innommable laissa toute l'équipe figée d'effroi, témoins impuissants d'un cauchemar, construit de toute pièce par un esprit névrosé et indéniablement désinhibé, dans lequel on les avait projetés contre leur volonté. Le meurtrier semblait ne souffrir d'aucune limite. Qu'avait bien pu vivre ce monstre pour en arriver là ? Quelle haine pouvait bien l'animer pour qu'il soit capable de commettre des actes d'une telle férocité sur des personnes qu'il ne connaissait probablement pas ?

Malgré les filtres olfactifs, les effluves nauséabonds de la substance aspirée commençaient à se propager dans la pièce par l'air expulsé de l'aspirateur, ajoutant ainsi au visuel, une atmosphère lourde et oppressante.

Le son typique du flotteur en haut de course et le régime moteur plus élevé, indiquant que la machine était pleine, sortirent la légiste de sa torpeur. Le niveau était descendu d'un peu plus de la moitié et le corps délivrait, par étapes, la suite du calvaire enduré par la défunte.

Lorsque Texeira coupa les moteurs, tout ce qui était pris en sandwich entre l'aspiration et le filtre métallique, situé au bout du flexible, retomba aux pieds de la suppliciée. Visiblement, le torse avait été relativement épargné, si l'on ne comptait pas les deux clavicules brisées en leur centre, plusieurs déformations au niveau du côté droit de la cage thoracique et une entaille d'une quinzaine de centimètres entre deux côtes du flanc gauche. Les jambes n'étaient pas encore visibles, mais le bout des gros orteils semblait vouloir remonter à la surface.

La légiste leva le tuyau le plus haut possible, pour être sûre que rien de ce qui pouvait y rester comme liquide ne puisse se déverser sur le sol. Ensuite, elle enroula le tube autour de l'aspirateur et l'emboîta dans une bague prévue à cet effet sur le côté de la cuve métallique.

— Pourriez-vous me brancher le second aspirateur, s'il vous plaît ? demanda-t-elle à Michel, qui était encore sous le choc.
— Bbb... bien sûr, bredouilla-t-il. Euh, je mets les moteurs en route ?
— Oui, merci, lui répondit Texeira, après avoir saisi le flexible du deuxième aspirateur, prête à terminer sa besogne.

Bruit de moteurs hurlants, nouveau plongeon du collecteur, et le niveau de la baignoire recommença à descendre, plus vite encore que la première fois. Quand il n'y eut plus rien à aspirer, Texeira fit signe de débrancher l'engin et pratiqua le même rituel : flexible en hauteur, enroulage du tube et du câble d'alimentation autour de l'aspirateur.

Le silence emplit l'endroit et les regards hagards se croisèrent, se demandant ce qu'il y avait à comprendre dans ce carnage. Ce corps ne reflétait plus que la souffrance qu'il avait dû endurer. Torturé, cabossé, tout en fractures, de la tête aux pieds. Les rotules n'étaient plus à leur place d'origine, les chevilles ainsi que leurs malléoles étaient en bouillie. Enfin, au niveau des pieds, les scaphoïdes et métatarsiens étaient complètement défoncés.

Texeira observa la victime, commençant mentalement son office, prête à trouver les indices qui pourraient mener à une piste exploitable.

— Où est le technicien pour les clichés ? Il devrait déjà être ici ! lança-t-elle, ce qui remit les inspecteurs sur les rails. Et les pompes funèbres aussi, pour la civière.
— Je m'en occupe, dit Pascal.
— Je prendrai la température rectale lorsqu'on l'aura mise sur la civière. Mais c'est vraiment pour la forme, parce qu'avec tout ce qu'elle a encaissé, j'ai du mal à me dire qu'elle ait pu tenir le coup jusqu'au bout. Et, même si c'était le cas, le tueur a vraiment pris son temps pour la charcuter. Certainement quelques heures. Je verrai à l'autopsie ce qui a été fait post-mortem, mais l'entaille qui se trouve entre les côtes gauches m'intrigue.

Alors que les inspecteurs peinaient à se remettre de leurs émotions, la légiste, elle, complètement absorbée, semblait visualiser le déroulement de la scène. Tentant de prendre la place du tueur, elle se contorsionna dans diverses positions, mais ne réussit qu'à deviner l'angle d'entrée de la lame.

— En-dehors du visage, c'est la seule coupure qu'il y ait sur le corps, reprit-elle. Le reste est le résultat de coups portés avec et sans objet contondant. D'habitude, les psychopathes s'acharnent sur leur victime avec la même arme. Là, il y a une seule incision, nette et précise. Le tueur savait ce qu'il faisait. Il a probablement des connaissances en anatomie, voire en médecine. Ensuite, il change d'outil. Beaucoup de grosses fractures sans toucher une seule artère… Ça tient de la chance ou du génie ! Et l'annulaire sectionné de la main gauche, c'est quand même particulier !
— C'est sa signature, l'informa Corduno.

— Pardon ? Vous voulez dire qu'il coupe l'annulaire gauche de chaque victime ?

— Je suppose que, dans l'urgence, Spreutels a négligé ce détail. En fait, c'est pire que ça ! Il a commencé avec un pouce droit pour en arriver aujourd'hui à l'annulaire gauche. Un doigt par meurtre, façon décompte. On suppose que l'objectif est de commettre dix crimes sans se faire choper. On ne connaît ni ses motivations, ni sa description. On n'a rien sur quoi approfondir. Tout ce dont on est sûrs, c'est qu'il est complètement taré et prêt à tout.

— Comme profil psychologique, c'est un peu vague, asséna Texeira.

Bien que froissé, Corduno encaissa cette réflexion sans broncher. La diplomatie ne faisait manifestement pas partie de ses priorités, mais il était hors de question de se passer des connaissances de cette experte de haut-vol. C'est en ravalant péniblement sa salive et sa fierté que David continua l'exposé de sa théorie.

— La seule logique qu'on peut lui prêter dans cette affaire, c'est le décompte relatif aux doigts sectionnés. Et le seul espoir qu'on ait de l'appréhender est fondé sur son ego. À chaque cadavre qu'il laisse sur sa route, il prend un peu plus d'assurance. Pour celui de madame Verhaeghe, il a apparemment mis le paquet. Et, d'après ce que vous me dites, il a pris ses aises. Il se sentait comme chez lui ! Et, plus il prend de l'assurance, plus il est près du faux pas, du détail qui nous mènera à lui.

— Et qui vous dit qu'il s'arrêtera à son dixième trophée ?

— On ne le dit pas, on l'espère !

— Ok... Ah ! Le technicien est arrivé! Je voudrais que vous nous immortalisiez ça pour que je puisse retourner le corps et continuer mon tour du propriétaire... Si je puis me permettre.

David fut surpris par l'humour de la légiste. Michel, lui, en fut ravi. Tandis que la civière était déployée par les deux employés des pompes funèbres, le flash du Minolta de l'expert crépitait au rythme de ses clichés. Quand il eut fini son boulot, il se mit sur le côté pour les laisser déposer la victime sur le brancard.

— Cette face-là, je l'ai déjà faite. Retournez-la afin que j'examine le dos.
— C'est demandé si gentiment, laissa échapper un des employés, tout en s'exécutant.

Texeira reprit son boulot sans s'attarder sur cette remarque. Rien de particulier n'attira son attention en dehors du cou qui, comme elle s'en doutait, était dépourvu de peau jusqu'à la première vertèbre dorsale. Elle sortit ensuite un ustensile, muni d'une fine sonde souple de 30 centimètres, qu'elle déposa sur le bord de la civière, à hauteur des hanches du cadavre.

Michel et David se jetèrent un coup d'œil perplexe lorsqu'ils virent la légiste triturer et écarter une des fesses de la défunte. C'est en redirigeant leur regard vers elle qu'ils comprirent, ne pouvant s'empêcher de grimacer, que le médecin prenait la température du corps, la sonde enfouie aux trois quarts dans l'anus de la morte.

— Ne me dites pas que c'est la première fois ? s'étonna Texeira en voyant les mines dégoûtées des inspecteurs.

— ...

— Ah ! Ok. Désolée, j'aurais dû vous prévenir. Quoiqu'il en soit, comme je vous l'avais dit, tout ce que je peux avancer actuellement, c'est qu'elle est décédée depuis plus de trois heures. Pour plus de précisions, il faudra attendre les résultats de l'autopsie. Je me mets en route immédiatement vers l'institut médico-légal. Xavier m'a déjà fait préparer une table à côté de la sienne. Nous pourrons ainsi confronter nos propres constatations.

— On vous rejoindra une fois que la scientifique en aura terminé avec la maison. Spreutels vous l'a peut-être dit, mais il y a vraiment urgence. C'est une vraie course contre la montre qui a déjà fait assez de morts. On ne peut pas se permettre de la perdre.

— Ne vous inquiétez pas, Inspecteur Corduno, quand je commence un job, c'est toujours au finish. À plus tard, à l'institut, alors ?

— Oui, à plus tard. Et merci pour tout Docteur Texeira.

— C'est moi qui vous remercie.

La nuit promettait d'être longue.

⊥⊤⊥

Spreutels accueillit Texeira avec un large sourire et la prit dans ses bras, la serrant tendrement contre lui, comme une amie qu'il n'avait plus vue depuis des siècles. Étreinte réciproque, qui résuma à quel point ces deux-là tenaient l'un à l'autre.

— Esmé, ça me fait tellement plaisir de te revoir. Tu m'as manqué, tu sais !
— Plaisir partagé, tu le sais, Xavier.
— Pourquoi attendre de si macabres événements pour se retrouver ?
— Tu sais très bien pourquoi. Javier avait beaucoup de mal à supporter notre complicité. Tu sais ce que c'est les méditerranéens, la jalousie personnifiée.
— Le mot est faible ! À ce propos, comment va-t-il, ton pitbull ibérique ?
— Aucune idée, on est divorcés depuis trois ans.
— Oups, désolé ! Ce n'est pas de ma faute, quand même ?
— Va savoir… répondit elle, laissant planer le doute.
— Ha ? Nous aurons tout le temps d'en parler plus tard. Pour l'instant, on n'a pas une minute à perdre. Le temps que ton cadavre arrive, je vais te briefer sur cette série de meurtres, histoire que tu puisses faire des rapprochements possibles qu'on aurait éventuellement ratés. Un regard nouveau ne peut que nous être bénéfique.

Spreutels fit part de toute la complexité de cette affaire à son amie, qui n'en rata pas une miette. Le corps d'Huguette Verhaeghe arriva vingt minutes plus tard et prit place sur la table préparée à son intention. On la sortit du sac mortuaire et les deux cadavres se trouvaient maintenant à 2 mètres l'un de l'autre, parallèles et nus. Les deux légistes se mirent à l'œuvre et ne levèrent le nez qu'à l'arrivée de Corduno et Michel, quatre heures plus tard, vers 23h30.

— Alors, que vous disent ces corps ? demanda Corduno, en guise de bonjour.

— David, c'est de la folie pure, cette histoire ! J'ai déjà vu beaucoup de choses invraisemblables dans ce métier, mais, là, c'est vraiment très inquiétant de savoir ce monstre en liberté, répondit Spreutels, arborant un visage crispé qu'on ne lui connaissait pas.

— Bon, chaque chose en son temps. Commence par m'en dire plus sur Lambert Bottonga.

— D'après mes calculs, il aurait passé l'arme à gauche ce matin entre 5h00 et 6h30. Pour le tuer, on a utilisé une arme blanche à double tranchant, qui lui a transpercé le cou de la droite vers la gauche, ce qui nous permet de supposer que le tueur est probablement droitier. La mort a été rapide, mais pas instantanée. Il a eu le temps de souffrir quelques secondes, peut-être même de se rendre compte de ce qui lui arrivait, en tout cas, jusqu'à ce que le meurtrier tire assez fort la lame vers l'appuie-tête pour lui briser les vertèbres cervicales. Avec un peu de chance, il se sera coupé sur la lame et aura laissé un peu de sang. La scientifique est occupée sur les analyses. Encore faut-il qu'il soit fiché, mais, si on pouvait déjà avoir un groupe sanguin, ça pourrait réduire le champ des recherches. Pour le reste, il s'est un peu lâché, bien que ce ne soit rien à côté du neuvième meurtre, mais on y reviendra.

Spreutels se déplaça autour de la table et désigna, de son pointeur laser, les plaies suivantes :

— Alors, monsieur Bottonga a eu le bras gauche, ainsi que le majeur de ce dernier, sectionnés. Franchement, pour effectuer ce genre de prouesse débile aussi proprement, il faut être boucher ou chirurgien, avança-t-il, partagé entre l'admiration et le dégoût.

Apparemment, notre homme aurait opéré avec la même arme, assez longue et tranchante pour ne laisser aucune trace de bavure. Le bras a été coupé en une seule manipulation. J'avais pensé à un katana, le fameux sabre des samouraïs, mais, à ma connaissance, il n'est pas à double tranchant. Sinon, ce pourrait être un couteau de para-commando. La lame, malgré qu'elle soit moins large, est en pointe pour pouvoir rentrer facilement dans les chairs, et possède un double tranchant... Mais il n'est pas assez long. Au final, j'opterais pour un glaive, ou bien...

Le légiste se redressa, paru réfléchir en se grattant le menton, quand soudain son visage s'illumina :

— Une fabrication artisanale, pourquoi pas... Et là, tout est possible, dit-il pour lui-même.

Michel et David s'écartèrent pour le laisser se déplacer vers l'autre extrémité de la table. Il indiqua les incisions au niveau des quadriceps et continua sur le même ton :

— Les deux jambes ont été transpercées de part en part au niveau des cuisses. L'arme a d'ailleurs perforé l'assise du siège en bout de course, à chaque reprise.

David se fit la réflexion que le légiste devait, comme le reste de l'équipe, être très affecté par cette affaire. En effet, il ne l'avait jamais vu exposer les faits dans un tel désordre. C'est embarrassé qu'il repassa devant eux en s'excusant pour revenir vers le haut du corps.

— En auscultant la tête, j'ai pu constater qu'un des yeux manquait et avait été remplacé par deux phalanges d'un index gauche. On l'a identifié comme appartenant à Frank Boon, notre septième victime. Notre homme a également placé la lame entre les deux mâchoires pour lui élargir le sourire jusqu'aux oreilles. Tout se serait passé dans la voiture, d'où le côté « restreint » des blessures post mortem. L'endroit est étriqué et les mouvements, limités. Qui plus est, tout s'est déroulé à 6 mètres de la rue. Malgré les sapins qui masquaient le véhicule, n'importe qui aurait pu circuler là à pied et gêner notre tueur. Ça n'a pas l'air d'être du genre à improviser, mais, là, il n'a pas eu beaucoup de temps pour agir.

Spreutels marqua une pause, enleva ses lunettes, qu'il nettoya avec un petit chiffon en microfibres sorti de sa poche, puis poursuivit ses commentaires :

— Ce qui veut dire qu'il commence à prendre des risques, à y prendre goût aussi, et surtout à se sentir invincible. Maintenant, il risque de commettre l'erreur qui le perdra.

Texeira jeta un regard à David, qui était déjà arrivé à cette conclusion quelques heures plus tôt. Elle révisa son jugement à son sujet ; il était bien à la hauteur de sa réputation.

— Tu as vu la mise en scène ? questionna Xavier. Pour le peu de temps qu'il a eu, il n'a pas ménagé ses effets. Le bras coincé entre le corps et la portière, par exemple, vu tout le sang qu'il y avait partout, il était impossible de deviner qu'il était détaché du corps. Ce taré savait pertinemment ce qu'il faisait et l'effet que cela aurait sur nous. Il tente vraiment de nous faire peur et je dois avouer que je ne suis pas particulièrement fier de la réaction que j'ai eue quand le bras est tombé dans la mare de sang, fit-il penaud. Y a pas à dire, il a le sens du spectacle, cet enfoiré ! En attendant, toujours aucune empreinte qui puisse nous aider.

— Tu n'as pas à avoir honte de quoi que ce soit, on est tous très secoués par cette affaire. Ce serait plutôt l'absence de réaction qui serait anormale. Personne ne se sent fier en ce moment, sauf lui je suppose. Et pour Huguette Verhaeghe ? s'enquit Corduno en s'adressant à Texeira.

— Ça se complique et, en même temps, on commence à y voir plus clair.

— C'est-à-dire ?

— Il a vraiment pris le temps de s'amuser. Elle a certainement souffert une bonne demi-heure. Les traces qu'elle porte au-dessus des chevilles laissent à penser qu'elle a été tirée en arrière d'une manière assez brutale. Je pense que c'est la chute qui a causé les lésions faciales. Son visage a heurté le sol sans qu'elle ait pu faire le moindre mouvement pour amortir le choc.

— Mais… ça sous-entend que le meurtrier était à plat-ventre ? Ça n'a aucun sens ! Pourquoi ne pas rester debout ? Il aurait eu beaucoup plus de force, argumenta Michel.

— Je vous dis juste ce que le corps me raconte, dit-elle d'un ton abrupt. Parlons d'abord des blessures ante-mortem. Elle tombe vers l'avant, les rotules peut-être endommagées par le choc. Puis le visage s'écrase contre le carrelage qui lui fracasse le nez et lui brise trois dents. Elle est sonnée et surprise. Pour la neutraliser, le tueur s'assied sur elle et lui enfonce une lame assez grande, je dirais de minimum 30 ou 40 centimètres, entre les sixième et septième côtes sternales gauches, provoquant instantanément un pneumothorax. Alors qu'elle peut à peine respirer, bouger devient quasiment impossible. Ce n'est déjà pas triste, mais c'est à partir de ce moment qu'on verse dans l'horreur. Maintenant qu'elle est immobilisée, le tueur la retourne sur le dos, de façon à pouvoir l'observer pendant qu'il la torture. Les rotules sont démises, peut-être à coups de talons ou à l'aide d'un objet contondant.

— Comme une batte de base-ball ? proposa Michel.

— Je dirais plutôt un gros maillet en bois. Les rotules ont été sorties de leur emplacement d'un seul coup, déchirant au passage les ailerons rotuliens. La batte ne permet pas ce genre de précision, à moins d'être un joueur professionnel. Les tibias et péronés sont également fracturés. Ensuite, il s'assied à nouveau sur sa victime et, pour s'assurer qu'aucune résistance ne puisse l'empêcher de commettre son chef d'œuvre, il lui brise les clavicules. Elle est toujours vivante, en détresse respiratoire sévère. L'accélération cardiaque, due à ses lésions, l'a épuisée et, pour corser le tout, le poids de son agresseur l'oppresse. Il en joue, il sent qu'elle arrive à ses limites et décide de porter l'estocade. Il penche son buste vers l'avant tout en bloquant les jambes de la suppliciée par son assise. Il approche son visage du sien, pour voir ses yeux de plus près, sentir sa peur lui sortir par tous les pores. Elle voudrait bien réagir, mais ses bras ne veulent pas se lever pour faire barrage. Ses clavicules démolies ne le lui permettent pas.

La légiste marque un temps d'arrêt, laissant l'équipe, projetée sur la scène de crime, suspendue à ses lèvres dans un silence pesant. Elle reprit son récit, d'une voix douce et posée :

— Alors, tranquillement, sans détourner son regard, il glisse sa main droite dans l'entaille faite entre ses côtes du côté gauche, les écartant lentement, forçant le passage en déchirant les muscles intercostaux qui résistent. Elle est toujours vivante, mais ne respire plus. Elle est en apnée, les yeux exorbités, du sang lui coulant dans la gorge, entraînant au passage deux dents éclatées qui venaient de se libérer de sa lèvre supérieure. Des larmes lui échappent et déferlent sur ses tempes. La main est maintenant entrée entièrement et prend la place du poumon affaissé. Le meurtrier marque un arrêt, elle ne doit pas mourir maintenant, pas tout de suite. Un souffle se fait entendre, lent et douloureux. Une respiration s'amorce, pénible, sifflante. La pièce est figée, comme pour immortaliser cette terreur qui l'embaume. Les yeux se referment au ralenti. Elle survit, mais tente de se reposer. Et là, il le sent, le caresse, ce cœur qui bat, fatigué, mais encore chaud. Les yeux s'agitent sous les paupières, puis s'ouvrent brusquement. Il tient son cœur dans sa main et elle le sent. Plus aucune larme ne coule, ne subsistent que de l'épouvante, de la douleur dans tout son corps et dans sa tête prête à exploser. Ce n'est plus elle, qui contrôle sa respiration, c'est lui, pressant son organe, puis le relâchant à son gré. Une fois, deux fois, trois fois. Ces quelques secondes semblent durer des heures. Elle ne tient plus. Elle va mourir, elle le sait, elle le sent, mais ce n'est pas à elle de décider. Alors, il serre une ultime fois, lentement, mais de plus en plus fort, jusqu'à l'éclatement. Le corps tendu d'Huguette Verhaeghe, se vide subitement de toute vie. Votre tueur est à son zénith, Inspecteur Corduno. Il se prend carrément pour Dieu, dit-elle en retrouvant sa voix rythmée, libérant du même coup la salle d'autopsie de la pression qu'elle lui avait insufflée.

Texeira recouvra lentement son souffle, jouissant de l'effet de sa narration, qu'elle pouvait encore lire sur les visages crispés de son auditoire. Elle exultait et attendit encore plusieurs secondes avant de reprendre la parole.

— Pour les lésions post-mortem, les chevilles, les malléoles, ainsi que les scaphoïdes et les métatarsiens, tout a été réduit en bouillie par le même objet contondant. L'annulaire a été tranché avec une lame très, très bien affûtée. La peau du visage a certainement été découpée avec la même arme. Malgré l'horreur du geste, je dois dire que cela a été fait très proprement. Il a laissé uniquement ce qu'il voulait, à savoir les yeux, munis de leurs paupières, et les lèvres. Une fois la découpe pratiquée, il a retiré la peau comme on dépiaute un lapin. Par contre, on ne l'a pas retrouvée sur place. Pareil pour son doigt, que le tueur a vraisemblablement emporté avec lui.
— Mon dieu, murmura Michel, blanc comme un linge.
— Excusez-moi, mais je ne vois pas en quoi on y voit plus clair ? lâcha Corduno.

Contre toute attente, il vit la bouche de la charmante légiste s'étirer en un sourire espiègle. Elle semblait prendre un malin plaisir à faire durer le suspense.

— Justement, j'y viens, annonça Texeira, tout excitée. On sait déjà qu'il y a de fortes chances pour que notre tueur soit droitier. Il a également de bonnes connaissances en anatomie. Il s'est peut-être coupé lors du huitième meurtre, à vérifier avec la scientifique, qui pourra nous dire si un groupe sanguin se distingue sans correspondre avec l'entourage de Bottonga. Maintenant, les indices qui tuent ! Toujours aucune empreinte à exploiter. Le tueur devait porter des gants en latex. Par contre, d'après mes constatations quant aux marques de mains laissées sur le cœur et les chevilles, je peux vous affirmer à *nonante*-cinq pourcent que notre homme mesure entre 1,70 mètre et 1,80 mètre. De plus, le corps de la victime a commencé à se dégrader plus vite que la normale. C'est le genre de chose qui se produit lorsqu'un corps a stagné dans un liquide pendant quelques temps et c'est le cas de Madame ici présente. L'eau et la température glaciale de la maison avaient conservé le corps, mais quand il est sorti de l'élément liquide, il a rattrapé rapidement le retard relatif à sa décomposition.

Elle décida d'effectuer une nouvelle pause pour ménager l'effet de la dernière bombe qu'elle s'apprêtait à lâcher :

— D'après mes calculs, elle est morte entre 21h15 et 23h00 dimanche soir.

— Pardon ? Vous êtes en train de me dire que la neuvième victime est morte avant la huitième. J'ai bien compris ?
— Tout-à-fait. C'est la raison pour laquelle il pouvait vous donner son adresse sans risquer de se faire prendre, répondit-elle.
— Une fois de plus, on s'est bien fait balader ! ragea Michel.
— Peut-être, mais, pour une fois, on a des éléments en plus. C'est mieux que rien, remarqua Corduno. Texeira, Spreutels, bon boulot ! Merci à vous !

Tandis que les deux légistes terminaient les préparatifs afin de pouvoir ranger les cadavres dans les frigos, David et Michel quittèrent les sous-sols de l'institut médico-légal en silence et regagnèrent leur voiture. Avant de se quitter, Corduno énonça ses ordres :

— Michel, demain matin, tu t'occupes de voir où en est la scientifique pour le groupe sanguin et rappelle-leur que je veux des nouvelles pour le simulateur de présence chez les Verhaeghe. De mon côté, je ferai venir deux de mes camarades de jeux qui sortent demain de l'hôpital pour les interroger.
— Ok. À demain, 9h00 ?
— 7h30 ! J'ai déjà prévenu les autres, ainsi que la scientifique.

Ils retournèrent à leurs pénates pour une nuit qui allait peu probablement leur apporter le sommeil.

Chapitre 14

Ayant eu du mal à se rendormir après s'être levé à 4h30 pour une envie pressante, David en était à son troisième café et terminait le paquet de Choco Prince ouvert dix minutes plus tôt. Pas le temps de préparer quoi que ce soit, le régime attendrait la fin de l'enquête. Il fallait bien compenser d'une manière ou d'une autre.

Après avoir pris une bonne douche, il enfila les vêtements de la veille, de peur de réveiller Sasha en entrant dans la chambre. Il lui laissa un petit mot sur le plan de travail où ils avaient l'habitude de petit-déjeuner. Ces moments étaient devenus rares au cours des dernières semaines et cela lui manquait. Il se promit de s'appliquer à rattraper le temps perdu dès que ce dossier serait clôturé.

À 6h00, Corduno fut surpris de tomber sur Alex, assise à son bureau en train d'éplucher un rapport.

— Eh bien, on dirait que je ne suis pas le seul à avoir un problème de vessie ?

— Salut, Boss ! Je n'ai pas de soucis à me faire de ce côté-là, mais toi, vu ton âge avancé, tu n'es pas si loin de ton premier examen de la prostate ! plaisanta-t-elle.

— C'est une proposition ?

Ils se regardèrent avec de grands yeux, puis éclatèrent de rire. Ce petit break humoristique de grand matin leur fit le plus grand bien. Alex avait toujours su le mettre à l'aise et David l'appréciait énormément. Il fut même un temps où il s'était surpris à imaginer une idylle avec elle. Son corps à se damner et son caractère bien trempé – un impératif selon ses goûts – ne l'avaient jamais laissé indifférent. Puis Sasha avait débarqué dans sa vie et cette vision fugace s'était évanouie comme elle était arrivée, sans prévenir.

— Alors, qu'est-ce que tu regardes ? reprit Corduno.
— C'est le rapport de la scientifique concernant Lambert Bottonga. Pas de groupe sanguin qui sorte du lot. Les moindres traces d'ADN exploitables appartiennent à la victime, pour l'avant du véhicule, et à ses deux enfants, pour l'arrière.
— Ah merde ! Il avait des gosses ?
— Ouais, et une femme qui avait entamé une procédure de divorce. Elle a été relativement touchée par le décès du père de ses enfants quand on lui a annoncé la nouvelle, mais j'ai eu l'impression que c'était plus pour les enfants que pour elle-même. J'y retourne aujourd'hui avec Pascal pour lui poser les questions d'usage, elle était complètement à l'ouest hier soir.
— On le serait à moins ! Autre chose ?

Alex referma la farde qu'elle tenait entre les mains et en prit une seconde, qui patientait dans la pile épaisse sur le coin de son bureau.

— Oui, le rapport d'Huguette Verhaeghe. La victime était mariée, mais fraîchement séparée de son mari. Ou plutôt, je devrais dire que le mari s'était fraîchement séparé d'elle. Il s'était tiré en vacances avec une petite jeunette depuis une semaine. Et, vu le nombre de canettes de bière vides retrouvées dans la baraque, elle n'avait pas l'air de le vivre très bien. Le couple avait un chien, un Jack Russell. On l'a retrouvé dans le sèche-linge. La bonne nouvelle, c'est qu'on a également retrouvé la peau du visage de la victime. La mauvaise nouvelle, c'est que l'expert de la scientifique qui l'a découvert a fait un malaise lorsqu'il a sorti le chien de la machine. Le tueur avait collé le masque de madame Verhaeghe sur la tête de la bête.

Éberlué, David tira une chaise et s'assit en face de sa collègue. Il n'arrivait pas à comprendre d'où ce détraqué puisait son inspiration.

— D'après le véto qu'on a fait venir, le clebs aurait été empoisonné. On a fait rapatrier… Mirza, c'est son nom, pour l'autopsier, reprit-elle après avoir consulté les notes. Spreutels et Texeira ont fait le boulot ensemble. Ils ont l'air de bien se connaître ces deux-là ! Le fait est que dans l'estomac de Mirza, ils ont retrouvé des traces de mort-aux-rats mélangé à des restes de nourriture.
— Pauvre bête !
— Ouais, ce mec me fout vraiment les jetons.
— Les légistes sont toujours occupés ?
— Non, ils sont passés à 5h00 du matin pour me déposer les rapports. Concernant les simulateurs de présence, ils n'y ont pas relevé la moindre empreinte digitale. Cela laisse donc supposer que c'est notre tueur qui les a apportés.
— T'es là depuis quelle heure ? s'étonna David.
— Je ne savais plus dormir, autant venir et essayer de décortiquer quelques dossiers. T'inquiète pas, Boss, j'ai fait une petite sieste d'une heure dans ton divan.

— Tu me rassures. Si tu en as besoin, n'hésite pas à y retourner. « Mi casa es tu casa », cita-t-il, en se retournant pour aller chercher des cafés supplémentaires.
— Si seulement c'était possible, murmura Alex pour elle-même.
— Tu dis ? la surprit David.
— Je disais, merci, chef ! mentit-elle en illuminant son visage d'un large sourire.
— De rien, Alex.

⊥┬⊥

À 8h00, chacun était à son poste et un fourgon déposa deux des « agresseurs » de David à l'Amigo. Ils furent accueillis avec tous les égards que l'on réserve, dans ces établissements, aux crapules qui s'en prennent aux flics. On les plaça dans des cellules séparées, où ils patientèrent plus d'une heure en attendant d'être interrogés.

Poil de carotte se trouvait à présent assis sur une chaise, les mains menottées à l'anneau situé au centre de la table qui le séparait d'une autre chaise, vide celle-là. La pièce était mal éclairée et la petite frappe se sentait quelque peu tendue. Lorsqu'Alex ouvrit la porte, la lumière du couloir laissa apparaître des lézardes dans les peintures des murs et deux longues crevasses dans le béton lisse du sol. On discernait bien le caractère austère de la salle d'interrogatoire. La porte se referma et l'Inspectrice vint s'installer sur la place libre. Le dossier du jeune délinquant en main, elle commença sa lecture à voix haute :

— Stéphane Devos, né le 12 mai 1991 à Etterbeek. À dix-neuf ans, tu as déjà un casier long comme le bras. Beaucoup de petits larcins, mais rien de transcendant.

Vols à l'étalage, agressions – mais toujours sur la gent féminine et à plusieurs, quel courage – attentats à la pudeur sur des mineures de moins de douze ans, détention et recel de cannabis, de speed, mais aussi de cocaïne. Déscolarisé depuis tes quatorze ans, arrêté à six reprises au volant de voitures volées, dont deux fois en état d'ébriété, avec trois délits de fuites à ton actif. Six mois de prison, dont un ferme, pour un car-jacking avec violence. Y a pas à dire, tu m'as l'air d'être un jeune tout ce qu'il y a de plus responsable.

Le visage tuméfié du voyou, paré de bleu et de violet, transpirait l'arrogance. Son profil gauche était rasé au-dessus de la tempe suite aux douze points de suture qui refermaient une plaie. La lèvre supérieure n'arborait que sept points de suture. Trois incisives étaient cassées, formant une belle diagonale découverte par son sourire en coin.

— Et quoi, y a un problème ? Ça te dérange ? Puis d'abord, je m'appelle Mustapha, c'est plus ce nom de pédé depuis longtemps. J'l'ai pas choisi, moi, ce nom de tapette. C'est Mustapha, t'as compris, espèce de connasse !
— Dis-moi, Stéphane, tu as appris à parler le français en Afrique du nord ou c'est juste que tu t'intègres facilement ? lui demanda-t-elle calmement.
— Ouais, j'vais t'buter, espèce de grosse pute ! cria-t-il, fou de rage. Mais avant j'vais bien te niquer ton cul et tous mes potes y vont te passer dessus ! Comment qu'tu m'parles ! Et comment qu'tu m'manques d'respect ! Tu m'parles pas comme ça, tu m'entends ? Sinon, j'te démonte ta sale gueule de salope, moi !

— Bon, sinon, est-ce que tu peux me dire la raison pour laquelle tes amis et toi vous en êtes pris à un agent des forces de l'ordre, Stéphane ?

Alex avait bien compris qu'en ignorant l'agressivité de son interlocuteur, il sortirait de ses gonds bien plus rapidement :

— Hé, tu comprends pas quand on te parle ou quoi ? Tu m'parles pas comme ça, j'te dis ! C'est l'autre fils de pute qui nous a cherché. J'te promets que si je l'retrouve, ce bâtard, j'le bute, moi ! Tu peux lui dire à l'enculé, j'ai pas peur de lui, moi ! Si y nous avait pas pris par surprise, il était mort ! J'te promets, il était mort !
— Donc, si j'ai bien compris, c'est lui qui vous a provoqué ? C'est bien ça, Stéphane ?

Complètement hors de lui, il bondit et tenta d'attraper Alex – toujours imperturbable – par son perfecto en cuir. Peine perdue puisque la table était fixée au sol, ce qui lui bloqua les poignets après 30 centimètres de course. Il était tellement énervé que quelques points de suture avaient décidé de se faire la malle. Un mélange de sang et de pus suintait de la croûte qui recouvrait la majorité des cicatrices. Il était mûr !

On entendit trois gros coups portés au miroir sans tain qui trônait au milieu d'un des murs de la salle, ce qui eut l'avantage de calmer l'olibrius illico. Sans broncher, Alex se leva et sortit du local. Une minute plus tard, la porte s'ouvrit et le visage apeuré de monsieur Devos résuma à lui seul l'état dans lequel il se sentait intérieurement. On put entendre une mouche voler.

Il commença à transpirer abondamment lorsqu'il vit Corduno refermer la porte à clé. Quand l'inspecteur s'approcha pour lui ôter ses menottes, une auréole foncée et odorante se dessina au niveau de sa braguette, tout en s'élargissant vers le bas. Il fut parcouru de tremblements, presque convulsifs. Ce n'était plus de la peur, mais bien de la terreur qu'on pouvait lire dans ses yeux. Profitant de cet avantage conséquent, David ne perdit pas une seconde et entra, sans plus attendre, dans le vif du sujet :

— Alors, mon p'tit Steph, tu vas parler maintenant ? Ou il faut que je te fasse un remake du film d'il y a deux jours ?

L'équipe au grand complet s'était réunie derrière le miroir de la salle d'interrogatoire et se délectait du savoureux moment. Il n'avait fallu qu'une phrase de Corduno pour lui faire cracher le morceau. La réponse ne manqua pas de les étonner. Ensuite, après avoir pris soin de remettre les menottes à Stéphane, qui avait soudainement retrouvé son accent bruxellois, David les rejoignit.

— Vous avez entendu ça ? C'est quand même incroyable, non ? Vous y croyez, vous ?
— À partir de l'instant où une personne ne contrôle plus sa vessie rien qu'à la vue d'une autre, j'aurais tendance à la croire, avança Michel. En voyant l'état dans lequel il était, je suis certain que ses deux neurones n'ont même pas eu le temps de se concerter pour penser à mentir. Regarde-le ! Il crevait de trouille face à toi. Et, depuis que tu es sorti, il pleure comme une madeleine.
— Bon, tu viens, Alex ? On remet le couvert avec l'autre pour voir si sa déclaration confirme celle de son pote.
— Avec grand plaisir ! J'aime tellement me faire traiter de grosse pute sans pouvoir coller des baffes…

Le second agresseur fut conduit dans la salle d'interrogatoire, sans oublier de faire en sorte qu'il croise son pote qui, lui, ne le calcula pas une seconde, trop absorbé par la frayeur dans laquelle il baignait encore. C'est peu rassuré qu'il s'installa sur la chaise qu'on lui désigna pendant qu'on l'attachait à l'anneau central de la table.

Sa lèvre supérieure et le côté gauche de son nez étaient suturés d'une pièce. Le sommet de son front était décoré d'une cicatrice plus petite, mais relativement profonde et formant une courbe qu'on aurait cru dessinée par un enfant de trois ans. Son avant-bras droit, ainsi que sa main, étaient emprisonnés dans un plâtre de toute évidence trop lourd pour lui.

Quand Alex ouvrit la porte, elle fut accueillie par des flots d'injures et de noms d'oiseaux divers. Plus énervé encore que « Mustapha », cet énergumène n'avait manifestement pas l'intention de collaborer. Cela eut le don d'irriter Corduno au point qu'il entra sans sommation dans la pièce afin de régler ce petit malentendu le plus rapidement possible.

— C'est bon, tu peux y aller. Je m'en occupe, dit-il à sa collègue.
— Hééé, non, m'dame ! Me laissez pas seul avec lui, s'y vous plaît, m'dame ! C'est bon, j'vais tout dire. M'frappez pas, m'sieur... Pitié !

David claqua la porte violemment pour ajouter un peu de pression.

— Je t'écoute !
— On nous a payés, M'sieur!
— Qui ?
— J'sais pas, m'sieur, c'était un vieux. Y nous a donné cinq cents euros chacun pour qu'on vous pète la gueule.

Alors on n'a pas hésité, m'sieur, c'est beaucoup d'argent.

— Un vieux ? Vieux comment ?
— J'sais pas, m'sieur. Il avait une perruque et des lunettes. Mais c'était beaucoup d'argent, hein, m'sieur ?
— VIEUX COMMENT ? hurla Corduno, en frappant des deux poings sur la table.
— J'sais pas, m'sieur. J'vous jure, commença-t-il à geindre. Vieux... comme vous !
— Et, pourrais-tu me le décrire, ce vieux... comme moi ? lui demanda David en tentant de se calmer.
— J'vous ai dit, m'sieur, j'sais pas ! Il avait une perruque et des lunettes de soleil. On voyait pas bien sa tête, m'sieur.
— Et t'as pas remarqué quelque chose de particulier chez lui ? Une cicatrice, une chevalière ? Quelque chose, quoi ?
— Non, m'sieur, rien. Ah si ! Quand même. Il avait une canne et y boitait un peu.
— De quelle jambe ?
— Ça j'vous promets que j'sais pas, m'sieur. Je l'jure sur la tête de ma mère, M'sieur !

Corduno quitta la pièce et retrouva ses amis derrière le miroir. Tout le monde était sous le choc.

— C'est énorme, non ? lâcha Michel.
— C'est complètement dingue ! reprit David. Jamais je n'aurais imaginé que tout ça soit lié à notre affaire !
— En même temps, ça prouve aussi que le tueur ne te connaît pas si bien que ça, affirma Alex.

— D’après le premier, le deal se serait fait sur la place du Jeu de Balle, pensa Corduno à voix haute. Il va falloir enquêter dans ce coin pour trouver un « vieux comme moi », qui boite un peu et qui s’aide d’une canne pour marcher.

— La journée n’est pas prête de se terminer, lâcha Pascal.

— C’est clair, renchérit Michel. Allez, let’s go !

Lorsqu'elle était en congé, Sasha avait coutume de se rendre au snack *Kozi Lunch*, derrière la maison communale de Dilbeek. Elle avait découvert cet établissement tout à fait par hasard, en allant faire ses courses, et était tombée sous le charme. Une seule table haute, en bois clair avec quatre tabourets assortis, trônait au milieu de la salle qui comptait une quinzaine d'autres tables de taille normale, pour deux à quatre personnes.

Elle s'était tout de suite liée d'amitié avec Vauke et Vérona, les deux magnifiques et sympathiques cousines métisses qui géraient le snack. Elle raffolait de leurs pâtisseries et biscuits maison, sans compter qu’elle aurait vendu père et mère pour un de leurs fameux Cappuccinos.

Vérona, qui travaillait en cuisine, était un véritable cordon bleu. Sasha avait essayé, à maintes reprises, de lui soutirer la recette de sa sauce bolognaise. Une certaine épice lui donnait un goût subtil et délicieux, mais elle n'arrivait pas à l’identifier. Elle hésitait encore entre le poivre de Sichuan et le Curcuma. À chaque fois, la cuisinière lui répondait que, même sous la torture, elle ne parlerait pas.

Lorsqu'elle poussa la porte, Vauke était en grande discussion, en néerlandais, avec un couple de personnes âgées. En entendant la porte se refermer, elle se retourna et accueillit l'habituée avec un grand sourire :

— Hello, quelle bonne surprise ! Tu vas bien, ma chérie ? demanda-t-elle en venant la serrer dans ses bras.
— Très bien. Je suis contente de te voir.
— Tu as l'air fatiguée, toi. Tu bosses trop !
— C'est vrai que je n'ai pas des masses de jours de congé.
— Ah ! Je ne vais pas me répéter à chaque fois que l'on se voit, mais mon offre tient toujours, tu sais. Ce serait bien que tu viennes bosser avec nous. Tu imagines ? Congé tous les week-ends et tous les soirs.
— Je sais chou, mais j'aime trop ce que je fais. Et puis, franchement, tu ne sauras jamais me payer ce que je vaux, la taquina-t-elle. Je vais embrasser Miss en cuisine et j'arrive. Tu veux bien me préparer un de tes cappu et un muffin aux fruits rouges, s'il te plaît ?
— Ok. Je t'installe à ta table habituelle ?
— Évidemment puisque c'est MA table. Je te défends de laisser quiconque d'autre s'y installer, répondit-elle en riant.

Sasha s'arrêta à l'entrée de la cuisine et observa Vérona qui lui tournait le dos. Elle huma le parfum de la sauce qu'elle était en train de mélanger. Elle devait bien admettre que, même de dos, la jeune femme était d'une beauté saisissante. Elle avait vraiment de belles formes dans son jeans noir moulant et son top noir en coton avec une partie en dentelle dans le dos. Sans oublier que les fines bretelles du petit haut mettaient en valeur la couleur caramel doré de ses épaules.

— Tu sais que, si j'étais pour les femmes, je te sauterais tout de suite dessus ?

— Te vexe pas, hein, mais je préfère les hommes, répondit-elle en se retournant. Salut, ma belle. Tu vis encore ? Ça doit bien faire dix ans qu'on ne t'a plus vue.

— Qu'est-ce que tu veux ? Il y en a qui bossent... Tu es magnifique, la complimenta-t-elle, en venant l'embrasser. Comment vas-tu ?

— Très bien, merci. Toi, t'as une sale mine, par contre. Et t'es toute maigre. Tu vas me faire le plaisir de rester manger ici ce midi. Faut que tu reprennes un peu de poids.

— Ok, si ça te fait plaisir, mais à une seule condition...

— Tu peux toujours courir ! T'auras pas ma recette, sinon tu ne reviendras plus jamais. Ou alors tu vas la revendre et faire fortune sur mon dos.

— T'as toujours eu une bonne mémoire toi et ça m'énerve... Comment savais-tu que j'allais te demander ça ?

— Je te connais comme si je t'avais faite, ma puce. Allez, va t'asseoir et laisse-moi bosser. Je viendrai te voir plus tard.

Le service de midi commença et, comme s'ils s'étaient passé le mot, tous les clients débarquèrent quasiment en même temps. En moins de dix minutes, la salle fut complète et, comme toujours, tous étaient pressés.

Par habitude, et en signe d'amitié, Sasha se leva et aida Vauke à prendre les commandes, à dresser les tables en apportant sets de table et couverts, puis servit les boissons. Vers 14h00, lorsque la dernière table demanda l'addition, Sasha s'installa à sa place habituelle et commanda un spaghetti bolognaise.

— Merci pour le coup de main, lui dit Vauke, reconnaissante. Qu'est-ce que je peux t'offrir à boire pour la peine ?
— Rien, c'était avec plaisir, tu le sais bien.
— Je t'offre ton plat, alors. Qu'est-ce que tu fais ce soir ?
— Je n'en sais rien. Pourquoi ?
— Tu n'as pas envie de nous accompagner à notre cours de Zumba ? Ce serait sympa que l'on se voie ailleurs qu'ici. Tu sais bien qu'on t'adore. On aimerait vraiment passer de temps en temps une soirée en ta compagnie. Et puis, tu pourrais nous présenter ton homme, dont tu nous dis tellement de bien, finit-elle en souriant.
— Je te vois venir avec tes grands sabots… Comme tu viens de le dire, c'est mon homme, alors, pas touche.
— Mais, ma parole, tu as peur qu'on te le pique ou quoi ?
— Non, mais vous êtes tellement canons toutes les deux que j'ai peur qu'il craque. Pour la Zumba, une autre fois peut-être. Ce soir, ça ne m'arrange pas.

Vers 15h30, après avoir mangé, Sacha prit congé de ses amies et rentra chez elle pour se reposer.

Le lendemain matin, Michel ouvrit les yeux. La lumière filtrant à travers les stores lui révéla le décor d'une chambre qu'il ne connaissait pas. Il eut besoin de quelques secondes pour que ses souvenirs remontent à la surface. Il fallait dire qu'il n'avait pas beaucoup dormi.

Il se tourna doucement sur son côté gauche et admira le splendide visage, dont la chevelure blonde dorée s'étalait sur l'oreiller. Il n'arrivait toujours pas à croire qu'il avait réussi à séduire une fille aussi belle. Ce qui l'étonnait encore plus, c'était que cette beauté soit encore célibataire. Comment était-ce possible ? Était-ce par choix ?

Il était persuadé que tous les hommes qu'il connaissait seraient prêts à payer cher pour décrocher une soirée avec elle, dans l'espoir que cela finisse au minimum par un flirt, alors que lui venait de passer la nuit à lui faire l'amour, à trois reprises ! Il avait adoré caresser, cajoler et embrasser son corps parfait. De sa langue et de ses mains, il avait exploré la moindre parcelle de sa peau de pêche hâlée. Le parfum de son sexe le rendait littéralement fou.

Malheureusement, il connaissait une personne qui ne serait pas vraiment ravie de le savoir là. Cette personne se prénommait Sandra et partageait sa vie comme son lit depuis trois ans. Il aimait profondément sa compagne, mais, Sylvie, il en était tombé raide dingue amoureux dès qu'il l'avait aperçue derrière le comptoir de la réception où elle bossait.

David, le connaissant par cœur, avait bien vu que son ami avait flashé sur cette fille, mais il était à mille lieues de se douter jusqu'à quel point. D'ailleurs, Michel ne voulait pas qu'il l'apprenne car Sasha et lui adoraient Sandra; les deux couples passaient régulièrement de bonnes soirées ensemble. Si David avait appris son infidélité, il n'aurait pas manqué de le sermonner et la dernière chose dont Michel avait envie, c'était de se voir rappelé à l'ordre.

Il n'avait pas réussi à mettre Sylvie tout de suite dans son lit. Il avait dû l'inviter, à plusieurs reprises, pour une soirée au resto ou en boîte de nuit, et sortir le grand jeu afin de la séduire. L'enquête difficile sur laquelle l'équipe travaillait actuellement justifiait à elle seule les heures tardives auxquelles il rentrait et Sandra ne lui avait pas fait la moindre remarque.

Le plus compliqué à gérer, c'était ses retards répétés au boulot et David qui réclamait des explications. Cette nuit était donc la première fois qu'il découchait, mais le bonheur qu'il ressentait s'accompagnait d'un désagréable sentiment de culpabilité.

Du bout du doigt, il caressa le petit nez et le contour des lèvres de la jeune femme, qui dormait encore. Subitement, elle ouvrit la bouche et mordit le doigt qu'elle garda entre ses dents bien serrées. Elle ouvrit un œil espiègle qu'un rayon de soleil illumina, tel un diamant.

— Heureusement que c'était mon doigt, fit-il en grimaçant de douleur.
— Dommage que ce n'était que ton doigt, tu veux dire. J'aurais bien gardé un petit bout de toi pour mettre sur mon bureau aujourd'hui. Comme ça, j'aurais pu penser à toi toute la journée.
— T'es folle, ma pauvre fille.
— Tu n'avais pas l'air d'avoir quoi que ce soit à me reprocher de ce côté-là cette nuit. Tu étais comme un jeune chien fou.
— J'ai eu comme l'impression que ça te plaisait, la charia-t-il.
— Mmm, qu'est-ce que tu fais ce soir ? J'ai envie qu'on remette ça.
— Ce soir, non, je serai en planque une bonne partie de la nuit, mentit-il. Mais, là, maintenant, tout de suite, je suis prêt.
— Je vois ça. Tu as déjà planté la tente, rit-elle, en jetant un œil à la bosse sous le drap. T'es vraiment infatigable, toi.

— Ton corps me rend complètement fou, souffla-t-il en plongeant sous les draps, tête la première.

Vingt minutes plus tard, il s'en alla. Il était déjà arrivé trop souvent en retard au boulot et David commençait vraiment à la trouver mauvaise. D'un autre côté, il se sentait quand même très mal à l'aise par rapport à Sandra. Il culpabilisait énormément, mais c'était plus fort que lui. Jamais il n'avait eu l'occasion de faire l'amour avec une femme aussi belle auparavant.

Je pensais vraiment que j'allais savourer ce duel et qu'il m'apporterait la paix intérieure à laquelle j'aspire depuis le jour où j'ai élaboré mon plan. Ce qui, au début, m'excitait et me plaisait, est maintenant en train de décupler mon impatience. Son incompétence me rend complètement barge. Je me demande s'il est vraiment à la hauteur de mes espérances et de la publicité qu'on lui a faite.

Le coup tordu que je lui ai joué pour le neuvième macchabé commence à porter ses fruits. Je vois ses fondations en partie détruites, il commence à vaciller sur son piédestal. Malgré tout, je pense ne pas me limiter aux dix cadavres initialement prévus. Il faudra au minimum une victime de plus pour vraiment savourer le goût de ma victoire et le démolir psychologiquement.

Il est grand temps que cela se termine car le fréquenter au quotidien devient vraiment insupportable. Il ne me reste que quelques détails à peaufiner avant de pouvoir tuer cette salope. Et je sais que ça, ça va totalement l'anéantir. Après, il ne me restera plus qu'à l'attirer à moi pour pouvoir le torturer et le laisser crever dans d'atroces souffrances. Les derniers coups que je vais lui porter vont définitivement le faire chuter.

En tout cas, ces lunettes de vision nocturne sont vraiment très efficaces. Quel excellent investissement ! Je n'ai pas fini de l'amortir.

Chapitre 15

Voilà déjà trois jours que les corps des deux dernières victimes avaient été découverts et ils ne disposaient toujours pas du moindre indice permettant d'identifier le coupable. Corduno décida de rédiger une liste récapitulative des derniers éléments avérés. Il se dirigea, muni d'un gros marqueur noir, vers le tableau blanc qui se trouvait dans son bureau. Il réfléchit quelques instants puis commença à écrire :

1. ***Le serveur de la police n'a pas été hacké.***
2. ***Quelqu'un a utilisé le PC de Fabien.***
3. ***La Pizzeria se trouve à 100m de son domicile.***
4. ***L'appart de De Poortere, à 400m " " ".***
5. ***Les colocs de Fab, suivis depuis la fin de l'après-midi pendant près de 24h. Ils n'ont donc pas eu la possibilité de commettre les crimes.***
6. ***Fab est resté chez lui pour surveiller son propriétaire.***
7. ***La 9e victime a été tuée environ 8h avant la 8e.***

Après avoir noté ces éléments, David recula de deux pas et se relut plusieurs fois. Soudainement, une chose lui sauta aux yeux. Il décrocha son téléphone, appela Michel sur sa ligne fixe et lui demanda de venir dans son bureau avec Alex.
Quand ils arrivèrent, David leur demanda de lire le tableau et d'énoncer la première chose qui leur venait spontanément à l'esprit.

— Tu as vraiment une écriture de cochon, lança Michel.

— Ce n'est pas le moment de faire le mariole. Je suis sérieux, là, rétorqua-t-il d'une voix autoritaire.

— Je dirais : Fabien, proposa Alex. Pourquoi as-tu écrit ça ? voulu-t-elle savoir, intriguée.

— Ce sont les derniers éléments dont nous sommes certains.

Alex leva la main droite et compta :

— Un, deux, trois... Moi, j'en compte quatre qui sont des faits incontestables. Les autres, nous les tenons pour véridiques parce que venant de Fabien. À quel point lui fais-tu confiance ? reprit Alex, relativement soulagée de voir les soupçons de son chef dirigés vers quelqu'un d'autre.

— À cet instant précis, alors que tu confirmes ce que je pensais, ma confiance en lui vient de chuter brutalement.

— Ça y est, ça te reprend. Après Alex, maintenant c'est Fabien le suspect. Ne compte pas sur moi pour lui filer le train, hein ! s'écria Michel, furieux.

— Pourquoi, tu ne dors pas bien dans ta voiture ? ironisa Alex. Écoute, sérieusement, pour les points un et deux, nous n'avons que sa parole. Aucun de nous n'a les compétences pour vérifier ses dires. Et pour le point six, nous ne savons pas si Fabien est réellement resté chez lui toute la soirée. Il faudrait interroger son proprio, qui est lui aussi un des suspects.

— Tu es géniale Alex, tu lis dans mes pensées. C'est exactement le raisonnement que j'ai eu, reprit David, espérant ainsi se faire pardonner pour la peine qu'il lui avait occasionnée en la suspectant. Imaginons : Fabien monte son plan pour que la totalité de nos effectifs soit occupée à suivre ces deux poivrots, de sortie toute la nuit, afin d'avoir le champ libre pour aller et venir sans être inquiété. Il se peut même qu'ils soient de mèche tous les trois. Lui, il a un alibi en béton. Il m'a envoyé plusieurs SMS dans la soirée pour dire qu'il n'y avait rien de suspect de son côté. De plus, cela pourrait également expliquer pourquoi il a tué deux personnes en une seule nuit. C'était le moment ou jamais de frapper un grand coup.

— Tu crois vraiment qu'il aurait eu les couilles et la force physique de tuer neuf personnes de manière aussi atroce et de venir bosser le lendemain matin comme si de rien n'était ? s'exclama Michel, de plus en plus incrédule.

— À mon avis, le problème du tueur ne se situe pas dans son slip, mais bien dans sa tête. Il est juste complètement fou, assura Alex, convaincue que David venait de trouver une piste.

— N'oublie pas qu'il a quand même un passé de délinquant, surenchérit David.

— Oui, mais c'est toi qui as tout fait pour l'intégrer dans notre équipe. Je suppose donc que tu lui faisais confiance ! protesta Michel.

— Tout le monde peut commettre des erreurs de jugement...

Un tintement provenant de l'ordinateur de David signala l'arrivée d'un nouveau mail.

— Qu'est-ce que tu proposes ? demanda Alex. Tu as déjà un plan ?

— Non, c'est pour ça que je vous ai fait venir. Je suis complètement perdu, j'attends vos suggestions.
— À part le suivre, je ne vois pas trop ce que l'on peut faire, proposa Michel.
— Oui, tant que ce n'est pas toi qui t'en charges, cela peut fonctionner, reprit David.

Meerpoel encaissa difficilement le coup. Que son pote de toujours continue à le narguer, alors qu'il estimait que c'était entièrement de sa faute à lui, le vexa profondément. Il se défendit, de fort mauvaise humeur :

— Je vais encore l'entendre longtemps, celle-là ?
— Et si je montais déposer sa tasse à café au labo pour faire comparer ses empreintes avec celles de toutes les scènes de crime de cette affaire ? proposa Alex pour atténuer la tension palpable dans le bureau.
— De par son passé, ses empreintes figurent déjà dans le fichier central. Et ça n'avait rien donné, rappela Corduno.
— On pourrait essayer de lui piquer son GSM pour y mettre un traceur, suggéra Michel.

Alors que le silence se faisait dans la pièce, Alex vint se placer devant le tableau qu'elle relut à plusieurs reprises, sentant que quelque chose lui échappait. Finalement, la lumière se fit dans son esprit.

— À votre avis, comment ce jeu va-t-il se terminer ? demanda-t-elle en les dévisageant.

Comme aucun des deux ne répondit, elle continua à exposer son idée :

— D'après notre théorie, il ne reste plus qu'une personne à tuer. On est tous d'accord avec ça ? Eh bien, moi, je crois qu'il va chercher la confrontation avec toi, David.
— Tu veux dire que David sera la prochaine victime ? s'exclama Michel.
— Moi ? Alors, toute notre petite théorie sur Fabien s'effondre. Tu crois vraiment qu'il aurait la force de me faire du mal ? Il n'est vraiment pas équipé pour ou, alors, il cache vraiment bien son jeu. De plus, si c'est lui qui m'a envoyé les quatre loustics, non seulement, il ne doit pas avoir le cran de m'affronter de face, mais, en plus, il sait maintenant que ce genre d'intimidation ne marche pas avec moi.
— Tu te souviens de ce que la légiste a dit ? Notre tueur est droitier et mesure entre 1,70 mètre et 1,80 mètre, répéta Michel.
— Oui. Et alors ?
— Fabien est gaucher et il est relativement petit. Voilà deux caractéristiques bien précises qui ne correspondent pas avec sa description. Comme pour Alex, je ne crois pas du tout à ta théorie.
— Il peut très bien être ambidextre et, à 4 centimètres près, il a la bonne taille. Je vais te transférer le rapport, reprit-il en se dirigeant vers son ordinateur.

En s'asseyant, il secoua la souris afin de sortir son écran du mode veille. Il remarqua alors la petite enveloppe jaune, dans le coin inférieur droit de son écran, signe d'un nouveau mail non lu. Il agrandit la fenêtre Outlook Express et cliqua sur le nouveau message. Il provenait de l'adresse mail : **yessssss@live.be**. L'objet du mail, **Game Over**, lui fit froid dans le dos.

Dans le corps du texte, figurait simplement la mention : **10-0**.

— Putain de merde ! hurla-t-il.

Michel et Alex sursautèrent et le rejoignirent à son bureau.

— Oh, putain, c'est pas vrai. Où est le Fabe ? cria Michel.
— À son bureau, répondit Alex. Je vais le chercher ?
— Attends une minute, dit David, qui tentait de reprendre ses esprits.
— En tout cas, s'il est dans la pièce à côté, il ne peut pas être le tueur, rétorqua Michel.
— Ça ne veut rien dire. Le tueur nous a donné l'adresse de la neuvième victime et on a cru qu'on pourrait l'avoir alors que la pauvre dame était déjà morte. Ici encore, il a très bien pu tuer sa dernière victime cette nuit et n'envoyer le mail que maintenant, de la pièce d'à côté pour se couvrir. Alibi parfait !
— Je pense qu'on peut retracer la provenance d'un mail, hasarda Alex.
— Oui, mais le problème c'est que je n'ai plus confiance en lui.
— À la scientifique, ils ont aussi des gars qui peuvent s'en charger, précisa-t-elle.
— Ok, je transfère le mail à Mixailof. Alex, tu l'appelles et tu lui expliques ce que l'on veut s'il te plait ?

Elle décrocha le téléphone qui pendait à sa ceinture et composa le numéro du labo. Fred Loos lui répondit et elle expliqua ce qu'elle attendait d'eux. Il lui demanda de rester en ligne car ce ne serait pas long.

— Ils s'en chargent tout de suite, dit-elle à Corduno en gardant le téléphone collé à l'oreille.

Au bout d'un bref moment, elle répéta ce qu'on venait de lui répondre :

— Le mail n'a pas été envoyé du bâtiment. Ils sont en train de remonter à la source. On aura l'adresse précise dans quelques instants.

Moins d'une minute plus tard, son visage se décomposa. « Quoi ? C'est pas possible ! Vous êtes sûr ? Recommencez, s'il vous plaît. Putain de bordel de merde, hurla-t-elle, après avoir raccroché. » Elle se tourna vers David et Michel, blanche comme un linge. David crut qu'elle allait défaillir. Elle tremblait de tous ses membres et semblait presque translucide vu que le sang avait déserté son visage.

— L'ad… resse, c'est la… la tienne, David. Le mail a été… envoyé… de chez toi !
— Quoi ? NOOOOON ! hurla-t-il. C'est pas possible.

Il attrapa son téléphone, mais il était tellement choqué qu'il ne parvenait pas à trouver le numéro de Sasha dans le répertoire. Michel le lui prit des mains, sélectionna « Amour » dans la liste, lança l'appel et rendit l'appareil à son propriétaire, qui le laissa sonner jusqu'à ce qu'il bascule sur la messagerie vocale.

— Chérie, c'est moi. Quitte la maison tout de suite et appelle-moi d'urgence.

Il raccrocha, appuya sur la touche de rappel et demanda à Michel d'appeler l'*Huîtrière* pour vérifier si Sasha travaillait. Il n'arrivait plus à s'en souvenir. Il laissa un deuxième message sur le répondeur de sa compagne en la suppliant de le rappeler au plus vite. Il saisit son casque et les clés de sa moto avant d'interpeler Alex :

— Téléphone à la police de Dilbeek pour qu'ils envoient des patrouilles. Il faut bloquer la rue et aussi envoyer une ambulance. Garde mon téléphone si jamais elle rappelle, moi, je ne l'entendrai pas sur la moto. Demande aussi à Juan de venir et de surveiller Fabien. Qu'il ne le lâche sous aucun prétexte. Puis tu nous rejoins en bagnole avec Pascal. Michel, prends ta bécane, on s'arrache en vitesse.
— Elle ne travaille pas aujourd'hui, annonça-il en raccrochant. Tu crois que tu vas pouvoir conduire ?
— La ferme et suis-moi, aboya-t-il en s'élançant hors du bureau.

Il n'eut pas la patience d'attendre l'ascenseur et dévala les marches quatre à quatre, porté par le flot d'adrénaline qui se déversait dans son corps. Arrivé au premier sous-sol, il mit son casque, dont il attacha la jugulaire, sortit le gyrophare aimanté du top-case et le plaqua sur le couvercle métallique. Au moment où il fit vrombir le moteur, Michel apparut à son tour dans le parking, déjà coiffé de son casque.

Ils enfourchèrent leur moto, actionnèrent l'ouverture automatique de la porte de garage et sortirent en trombe du parking, toutes sirènes hurlantes. Ils prirent la rue du Midi en sens inverse, rejoignirent le boulevard Anspach qu'ils parcoururent à toute vitesse. Une fois arrivés aux tunnels de la petite ceinture, ils durent slalomer entre les voitures à une allure complètement folle. Ils sortirent des tunnels à la Basilique de Koekelberg, brûlèrent tous les feux rouges et s'engagèrent sur le boulevard Louis Mettewie.

À cet instant précis, David aperçut une voiture de patrouille bloquer le carrefour, à la hauteur du Château du Karreveld, pour leur permettre de ne pas ralentir. En passant, il reconnut Pascal, qui n'avait pas fait les choses à moitié. Il avait contacté le commissariat de Molenbeek, afin de bloquer tous les carrefours jusqu'à la chaussée de Ninove.

Ils avaient mis moins de sept minutes depuis le centre-ville. Ils tournèrent à droite et remontèrent la chaussée de Ninove en direction du Ring de Bruxelles. Pascal les suivait à tombeau ouvert, escorté de près par Alex, qui avait pu bénéficier des barrages policiers pour gagner du terrain sur David et Michel. Arrivé au coin de la rue où il habitait, David, accompagné de Michel, put franchir le barrage, alors que Pascal et Alex durent attendre que l'agent bouge son véhicule pour les laisser passer.

Lorsqu'ils arrivèrent à leur tour devant la maison, Alex vit la moto et le casque de David, gisant sur la route, alors que Michel avait pris le temps de déplier sa béquille. Il leur fit signe de les rejoindre :

— Alex, tu surveilles la porte de garage et l'allée qui mène au jardin. Nous, on rentre, prévint-il en prenant les clés des mains de David, qui ne s'en sortait pas tellement il était nerveux. On y va prudemment, c'est sûrement un piège.

Michel poussa doucement la porte du pied, tenant fermement son arme à deux mains. La maison était étrangement silencieuse lorsqu'ils en franchirent le seuil. David ordonna :

— Michel, tu prends le salon et la cuisine, Pascal le garage et la cave. Moi, je monte. Soyez prudents les gars.

Michel ouvrit la porte du salon. Ayant l'avantage de connaître la maison pour y avoir beaucoup travaillé avec son ami, il connaissait par cœur la disposition des pièces du rez-de-chaussée. Il regarda précautionneusement par l'entrebâillement de la porte, côté serrure d'abord, puis, après l'avoir ouverte un peu plus, côté charnières, afin de s'assurer que personne ne l'attendait derrière.

Une fois la porte complètement ouverte, il avança dans le salon, parfaitement bien rangé. Rien de spécial à signaler jusque-là. Le chat dormait dans son fauteuil favori, aux pieds duquel Michel repéra des traces de boue noirâtre maculant le tapis. Mitsou ouvrit un œil et, dès qu'il aperçut l'adjoint, se leva d'un bond pour s'enfuir vers le jardin. Michel sursauta en entendant le bruit de la chatière qui vint troubler le silence oppressant.

Il se dirigea vers la salle à manger et repéra sur la table deux tasses à café et une brique de lait renversée, dont le contenu se déversait encore sur l'une des chaises. Ses narines furent soudain assaillies par une odeur qu'il avait trop souvent sentie ces dernières semaines et son cœur s'emballa. Il avança rapidement vers la cuisine et son estomac se révulsa à la vue du corps ensanglanté qui reposait sur le carrelage. Il tomba à genoux et hurla :

— NOOOOON ! DAVID, par ici !

Il entendit un claquement de porte à l'étage, immédiatement suivi de bruits de pas effrénés dans l'escalier. Au même moment, Pascal déboula du garage et courut derrière son chef dans le séjour. Michel s'était relevé et tenta d'empêcher son ami de pénétrer dans la cuisine, mais il l'envoya valser contre le mur d'un coup d'épaule et s'arrêta net aux pieds de Sasha. Il était bâti comme un roc que l'on aurait pu croire indestructible, mais il s'effondra comme un château de cartes en hurlant d'horreur :

— Sasha, oh mon dieu, nooooon ! Mon amour...

Son corps était secoué de tremblements incontrôlables. Alex, alertée par les cris, pénétra dans la salle à manger, accompagnée d'un agent de Dilbeek et les rejoignit à la cuisine. Elle hoqueta, épouvantée, en découvrant la scène. Avec l'aide de Pascal et Michel, Alex tenta de relever David, qui se débattait. Ils eurent toutes les peines du monde à l'empêcher de prendre Sasha dans ses bras.

Alex était bouleversée. Elle n'avait jamais vu son chef dans cet état-là. Il pleurait comme un enfant. Michel pleurait également et serrait David dans ses bras. Elle réalisa à quel point leur amitié était forte. Elle finit par réussir à les ramener vers le salon, où David s'écroula dans le canapé. Elle demanda à Pascal d'appeler Spreutels.

Corduno était maintenant prostré, le visage inondé de larmes, son ami lui tenant compagnie. Les yeux baissés, Michel détourna la tête pour ne plus voir la tache, qu'il avait prise pour de la boue sur le tapis.

David se leva péniblement et se dirigea vers les toilettes en titubant. Il laissa échapper un gémissement qui se mua petit à petit en un hurlement de douleur et de rage mêlées. Des coups violents ébranlèrent la porte du petit local où il venait de s'enfermer, quand toute sa colère éclata.

Xavier Spreutels pénétra dans la cuisine, interrompit le travail du photographe judiciaire et contempla la scène. Le corps de Sasha reposait face contre terre, la tête et le buste baignant dans une mare de sang. Le crâne avait été littéralement scalpé, comme au temps des Apaches. Le scalp, abandonné sur place, reposait entre la tête et le frigo.

Avec précaution et respect, il s'approcha de la victime et la retourna. Le visage était complètement méconnaissable et le front, défoncé à coups de marteau. Xavier découvrit l'arme du crime, dissimulée sous le corps. Le nez de Sasha ressemblait à une tomate trop mûre, éclatée et incrustée d'éclats de cartilage. Le corps était encore chaud, la rigidité cadavérique ne s'étant pas encore installée. Il estima donc la mort à moins de deux heures.

Il resta plusieurs minutes à la regarder, profondément atteint par tant de cruauté et la mort brutale de cette jolie jeune femme, qu'il avait eu l'occasion de rencontrer à deux ou trois reprises. Même pour un légiste de son âge, avec une expérience acquise tout au long de sa carrière, le fait de connaître la victime était une épreuve traumatisante.

Il était écœuré et triste, au point que l'idée de mettre un terme à sa carrière lui traversa l'esprit. Il se releva, fit signe au photographe qu'il pouvait continuer son travail et donna l'ordre à ses hommes d'embarquer le corps dès qu'il en aurait terminé avec ses clichés.

En revenant vers la salle de séjour, il sentit une boule lui serrer la gorge à la vue de l'air abattu et malheureux de Corduno. Alex, Pascal et Michel, visiblement très atteints par le drame qui venait de se dérouler dans cette maison, lui tenaient compagnie. Il s'agenouilla devant David, posa une main sur les siennes et les secoua délicatement pour attirer son attention.

— Je suis tellement, tellement désolé, David. Je... Je te promets... de m'occuper d'elle avec le plus grand soin et...

Sa voix se brisa. Submergé par l'émotion, il dut ravaler sa salive avant de terminer sa phrase :

— Je suis là, si tu as besoin de moi. Occupez-vous bien de lui, recommanda-t-il à l'équipe réunie autour du patron.

Il fit un signe de tête discret à Michel pour lui demander de le suivre, avant de prendre congé. Une fois dans le hall d'entrée, il l'invita à sortir, s'assit sur les marches, s'alluma une cigarette avant d'en proposer une à Michel, qui venait de se laisser tomber à ses côtés, la mine déconfite.

— C'est une horreur. Comment cela a-t-il pu se produire ? demanda Xavier.
— Je n'en sais rien. Je vais être honnête avec toi, je me sens atrocement responsable de ce qui est arrivé.
— Responsable ? Pourquoi ?
— Parce que j'aurais dû parler à David. J'aurais dû le prévenir, sanglota-t-il.
— Mais, enfin, de quoi tu parles ? s'inquiéta le légiste.
— Il semblait évident que le tueur en voulait à David. J'avais peur qu'il s'en prenne à la personne qui comptait le plus pour lui. À plusieurs reprises, j'ai passé la soirée dans ma voiture, devant le resto où elle travaillait, à attendre qu'elle ait fini son service. Ensuite, je la suivais jusqu'à ce qu'elle rentre chez elle, pour être sûr qu'il ne lui arrive rien.
— Mais, pourquoi as-tu fait cela sans en parler à David ?

Meerpoel hésita avant de répondre. Il avait honte et redoutait le jugement du médecin. Finalement, il se lança :

— Je serais bien incapable de te le dire. Je crois que j'espérais voir le tueur l'épier. J'aurais alors pu l'identifier, le suivre et l'arrêter avant qu'il ne fasse d'autres victimes. Tu sais, cette histoire nous rend tous barjots. C'est un échec pour chacun d'entre nous. Au bout du compte, comme je n'ai jamais rien remarqué d'anormal, j'ai cessé de la suivre et n'en ai pas parlé à David. Dire que j'aurais peut-être pu éviter tout ça, lâcha-t-il en pointant la maison du pouce, par-dessus son épaule.

— C'est trop tard, maintenant. Ne perds pas ton temps et ton énergie à culpabiliser. Concentrez-vous tous sur l'enquête et tachez de m'attraper le salopard qui a fait ça.
Que l'un d'entre vous reste en permanence avec lui, j'ai peur qu'il fasse une connerie.

Il posa une main sur le genou de Michel, se leva et partit d'un pas las, le dos voûté, comme s'il portait, lui aussi, le poids de la culpabilité sur ses épaules. Michel se rendit aux toilettes, que David avait quittées, avant de rejoindre le salon.

En entendant le bruit de la fermeture éclair de la housse mortuaire, Alex proposa à David de l'accompagner à l'étage afin qu'il prépare ses affaires. Il était hors de question qu'il reste seul dans cette maison.

Arrivés à l'étage, il se posta à la fenêtre de la chambre de devant et regarda le brancard sortir en emportant la dépouille de la femme de sa vie. Alex se posta derrière lui et le serra dans ses bras sachant qu'il serait vain qu'elle essaie, seule, de l'empêcher de regarder. Lorsque le corbillard disparut au coin de la rue, il se retourna, prit Alex dans ses bras, posa sa joue sur son crâne et resta longtemps ainsi à pleurer.

Une fois sa valise bouclée, David demanda à Alex de l'attendre en bas. Il voulait se rafraîchir et se changer. Lorsqu'il entendit la porte du living se refermer, il se rendit à la salle de bain, fit couler la douche et descendit l'escalier en silence. Il sortit discrètement, releva sa moto qu'il poussa jusqu'au coin de la rue avant d'enfiler son casque et de démarrer. Il avait besoin d'être seul pour pouvoir s'apitoyer sur les ruines de sa vie.

— Bon sang, mais qu'est-ce qu'il fout ? Ça fait presque vingt minutes qu'il est sous la douche, s'impatienta Pascal, brisant ainsi le silence.
— Je vais voir, entreprit Michel.

Il arriva à l'étage et frappa à la porte de la salle de bain. N'obtenant pas de réponse, il entra. La pièce était vide alors que l'eau coulait toujours dans la cabine de douche. Il ferma les robinets et fit le tour des chambres à la recherche de son ami. Aucune trace de lui. Il dévala les escaliers, déboula dans le salon, rouge de colère, et gronda Alex :

— Bordel, Alex, tu l'as laissé seul à l'étage alors qu'on devait veiller sur lui. Il s'est barré !
— Il voulait se rafraîchir et se changer. Qu'est-ce que j'étais censée faire ? L'aider à s'habiller ?
— Le surveiller ! Tu as quand même bien vu dans quel état il se trouvait, non ?
— T'avais qu'à aller prendre ta douche avec lui si t'étais inquiet à ce point-là, se défendit-elle.

— Eh, c'est pas le moment de vous disputer, intervint Pascal. Je vais lui téléphoner.
— Pas la peine, reprit Alex en levant la main qui tenait le téléphone de David. Il me l'a refilé quand vous avez quitté le poste à moto, au cas où Sasha rappellerait.

Pascal sortit de la maison en courant. La moto du boss avait disparu. Il interpella un des agents :

— Où est sa moto ?
— Il est parti avec.
— Il y a combien de temps ?
— Je ne sais pas exactement. Je dirais vingt, vingt-cinq minutes.
— Quoi ? Mais on ne l'a pas entendu démarrer.
— C'est normal, il a poussé sa bécane jusqu'au coin de la rue. Puis il l'a démarrée et est parti.
— Et ça ne vous a pas semblé bizarre qu'il la pousse ?
— Absolument pas. On voit bien que vous n'êtes pas motard. Une bécane qui est restée couchée, même quelques minutes, une fois qu'on la redresse, est impossible à redémarrer immédiatement. Et puis, à ce que je sache, il est inspecteur principal. Pour quelle raison et de quel droit l'aurais-je empêché de partir ? rétorqua-t-il comme s'il énonçait une évidence.
— Par où est-il parti ?
— Par là-bas, dit-il en pointant du doigt le bout de la rue.

Pascal revint à la maison et expliqua la situation à ses collègues.

— Je viens de téléphoner au bureau, il n'y est pas, annonça Alex.

— Il faut qu'on essaie de localiser sa bécane via le signal GPS. Tu veux bien rappeler le labo pour leur demander de faire le nécessaire ? demanda Pascal.
— Visiblement, il ne veut pas qu'on le retrouve. Il a déconnecté son GPS ainsi que la balise de traçage, expliqua-t-elle après avoir raccroché.
— Quelle balise ? s'exclama Michel.
— Apparemment, tous les véhicules de police en sont équipés afin de pouvoir les localiser facilement en cas de nécessité ou de problème grave.
— J'ignorais ça, mais lui devait le savoir on dirait.
— C'est pour ça qu'il est chef et pas toi, ironisa Pascal, toujours aussi diplomate.

Michel était partagé entre l'envie de lui coller une bonne paire de baffe ou de l'ignorer. Il opta pour la seconde option. Ils devaient rester unis s'ils voulaient le retrouver rapidement.

— Vous êtes potes depuis des années, tu ne vois pas où il aurait pu aller ? questionna Alex.
— Je ne sais pas, je… Je n'arrive pas à réfléchir. Je suis perturbé par cette tragédie.
— Réfléchis. Est-ce qu'ils n'avaient pas un endroit romantique où ils aimaient aller ? Où s'étaient-ils rencontrés ?
— Via un site de rencontres sur le net.
— Ah ! Et où se sont-ils vus pour la première fois en live ?
— C'était il y a deux ans, Alex, je ne m'en souviens pas. Je ne sais même pas si je l'ai jamais su.

La porte du salon s'ouvrit à la volée. Alexandre Mixailof et Fred Loos firent leur entrée, la mine complètement décomposée. Il était assez rare qu'ils se déplacent ensemble sur une même scène de crime. En effet, ils disposaient d'une grosse équipe de techniciens hautement qualifiés et compétents, qu'ils accompagnaient seulement lorsque plusieurs scènes de crimes étaient à inspecter simultanément ou, encore, lorsqu'il manquait des techniciens pendant les vacances.

À voir leur tête, ils étaient surtout venus par solidarité vis-à-vis de leur collègue. Michel entreprit de leur raconter, en détails, la découverte du corps et l'évaporation de David.

— Je suis vraiment très inquiet pour lui. J'ai peur qu'il fasse une connerie. Il était complètement abattu. On a déjà demandé à vos gars, au labo, de localiser sa moto, mais il a déconnecté GPS et traceur.
— À mon avis, la seule connerie qu'il est susceptible de commettre, c'est de massacrer le gars qui s'en est pris à sa femme, le rassura Mixailof.
— Je suis d'accord, enchaîna Fred. C'est après qu'il risque de craquer.
— J'espère que vous avez raison, les gars. Je suis mort d'inquiétude.
— Je suppose que vous avez essayé de lui téléphoner ? suggéra encore Alexandre.
— Non, c'est moi qui ai son téléphone, intervint Alex.
— Ah ! Ça c'est con, répliqua-t-il. Bon, je vais vous demander de quitter la maison maintenant, histoire que nos gars puissent faire leur boulot. Nous allons les aider et essayer de trouver une piste concrète.

Réunis dans un véhicule de patrouille, Alex et Michel informèrent Pascal des soupçons de David à l'encontre de Fabien. Maintenant qu'on connaissait l'identité de la dernière victime, Pascal leur fit remarquer que Fabien ne pouvait pas l'avoir tuée s'il était arrivé au poste avant Corduno le matin même.

Michel récupéra le téléphone de David et leur proposa de se retrouver au parking de l'Amigo pour monter ensemble informer Fabien des derniers événements. Il voulait bénéficier de l'effet de surprise, estimant qu'ils ne seraient pas trop de trois pour observer ses réactions. Ensuite, il passerait quelques coups de fil pour tenter de retrouver son ami.

— Je peux savoir ce qui se passe ? fulmina Fabien, lorsqu'ils entrèrent dans la salle de réunion. Ça fait des heures que vous êtes tous partis en trombe, sans rien me dire, et que l'autre énergumène m'empêche de sortir de cette pièce. J'dois pisser comme un bœuf en plus.
— Va pisser et reviens avec des cafés, faut qu'on parle. Il vient de se passer quelque chose de terrible.

Michel fit signe à Juan de le suivre, tandis qu'il sortait en se dandinant d'un pied sur l'autre.

— Vous me laissez parler et vous observez ses réactions, commanda Michel. Alex, appelle vite l'accueil pour savoir à quelle heure il est arrivé ce matin, s'il te plaît.

Elle reçut la confirmation qu'il était arrivé à 7h30, soit deux heures avant Corduno. Il n'avait donc pu commettre le meurtre lui-même.

— Bon, maintenant que Conchita vous a apporté vos cafés, elle peut savoir ce qui se passe ? cracha Fabien, toujours très énervé.
— Sasha est morte ce matin, lança Michel, en allant droit au but.

Fabien ouvrit la bouche, mais aucun son n'en sortit. La fureur l'abandonna instantanément et il devint si pâle qu'Alex crut qu'il allait s'évanouir. Il se laissa tomber sur une chaise, posa ses coudes sur ses genoux et laissa tomber sa tête au creux de ses mains, le temps de digérer la nouvelle. Les autres l'observaient sans rien dire.

— Qu'est-ce qui s'est passé ? souffla-t-il.
— Elle est la dixième et dernière victime.
— Hein, c'est pas vrai ? Vous vous foutez de moi ? cria-t-il en se levant d'un bond.
— Malheureusement, non, reprit Michel, qui entreprit de lui raconter l'arrivée du mail, dont ils avaient retracé la provenance.
— Là, c'est sûr, vous me faites marcher. Aucun d'entre vous n'est capable de faire ça.

Ils le regardèrent tous les trois sans broncher, un peu mal à l'aise.

— À moins que... vous ayez fait appel aux gars du sixième étage ! s'exclama-t-il, incrédule. Ça va, pas la peine de répondre, vos tronches en disent suffisamment long. Donc, ça signifie que vous m'avez volontairement mis sur la touche ?
— Non, mentit Alex. J'étais en ligne avec Fred lorsque le mail est arrivé. Il a entendu Corduno crier et a

demandé ce qui se passait. Quand je lui ai expliqué, il m'a proposé de lui envoyer le mail afin de pouvoir retracer sa provenance. On ne voulait pas perdre une minute.

— Mais oui, c'est ça. Il est marqué quoi, ici ? demanda-t-il en se tapotant le front avec deux doigts. Crétin, c'est ça ? Pourquoi ne m'avez-vous rien dit en partant, alors ?
— Tu ne penses pas qu'on avait plus urgent à faire ? intervint Michel. Dès qu'on a su que Sasha était en danger, ça a été le branle-bas de combat. On ne savait pas encore si elle était à la maison, si elle bossait, si elle était encore en vie. Et puis, n'oublie pas que tu n'es pas flic. Tu sais très bien que tu n'as pas le droit de nous accompagner dans ce genre de déplacements ou sur une scène de crime.

Fabien n'en revenait pas. Ses collègues et amis se méfiaient de lui ? Il n'arrivait pas à en comprendre la raison.

— Et lui ? dit-il en pointant Juan du pouce, vous pouvez m'expliquer ?
— Écoute, je propose que l'on reporte cette discussion à plus tard. On a d'autres priorités pour l'instant. Il faut absolument que l'on retrouve David.
— Comment ça ? Vous voulez dire qu'il s'est fait enlever ?
— Non, il s'est tiré alors qu'on le croyait sous la douche, répondit Pascal, penaud.
— Ah ! Bravo, les inspecteurs chevronnés. C'est vrai que vous n'étiez que trois pour veiller sur lui, railla-t-il.
— Euh, un ton plus bas mon vieux. Je ne te permets pas de nous juger, grogna Michel.

— Je suppose que, maintenant, vous avez besoin de moi pour tracer son téléphone ?

Pour toute réponse, Michel posa le portable de David sur la table.

— De mieux en mieux. Je suis d'accord avec vous, on a plus urgent à faire dans l'immédiat, mais sachez que je suis vexé et qu'on n'en restera pas là, capitula-t-il. Qu'est-ce qu'on fait maintenant ?
— Corduno est parti en bécane, mais il a déconnecté le GPS et le traceur. Donc, on n'a aucun moyen de savoir où il est. Tu as une idée à proposer ?
— Non. Qu'est-ce qui est le plus urgent ? Retrouver Corduno ou le tueur ?
— Le tueur, on le cherche depuis des mois et, si l'on en croit ta théorie, le jeu est terminé, puisqu'il a tué ses dix victimes. Donc, je dirais que le plus urgent, c'est de retrouver le boss avant qu'il ne fasse une connerie.
— C'est bien pour ça qu'il ne fallait pas le laisser filer.

Ne voulant pas épiloguer sur le sujet pour l'instant, il posa la question qui lui brulait les lèvres depuis qu'il avait appris sa disparition :

— D'ailleurs, je ne comprends pas, pourquoi est-ce qu'il s'est cassé ?
— Ça, on n'en sait rien. On le lui demandera quand on le retrouvera, répliqua Pascal, sarcastique.
— Je demande ça parce que, si on sait pourquoi il est parti, on saura où le retrouver. Vous pensez qu'il est du style à aller se bourrer la gueule pour noyer son

chagrin ? Si c'est le cas, on lui fout la paix et il réapparaîtra demain ou après-demain.

— Je n'ai pas peur qu'il se bourre la gueule, mais qu'il se la fasse sauter avec son flingue.
— Ça, ce serait synonyme d'abandon et, franchement, ce n'est pas son style. Sa femme se fait massacrer et, lui, il va baisser les bras sans chercher à la venger ?
— Il n'était pas dans son état normal, ces derniers jours, rétorqua Alex. On voyait bien que cette affaire le minait plus qu'il ne voulait le montrer. Donc, je ne parierais pas là-dessus, Fabien.
— Pourquoi est-ce que le GSM de David clignote ? demanda Pascal.

Michel se précipita dessus et vit que Spreutels appelait.

— Putain, il était sur silencieux, cria-t-il. C'est le légiste.
— Allô ?
— David, c'est moi.
— Non, c'est Michel à l'appareil. David nous a... faussé compagnie.
— Il me semblait vous avoir demandé de ne pas le quitter d'une semelle...
— Tu as déjà fini l'autopsie ? l'interrompit Michel, qui en avait marre de se faire engueuler pour ça.
— Non, même pas commencée, mais il faut que tu viennes d'urgence. Et, quand je dis d'urgence, ça veut dire : tu laisses tout tomber et tu rappliques dans les cinq minutes. C'est extrêmement important, j'ai du nouveau.
— Tu ne peux pas me le dire par téléphone ? On est un peu occupés ?
— GROUILLE ! hurla Spreutels avant de raccrocher.

⊥┬⊥

— J'espère que c'est vraiment très important, lança Michel en faisant irruption dans la salle d'autopsie, moins de dix minutes après avoir raccroché.

— Sais-tu exactement depuis combien de temps David et Sasha étaient ensemble ?

— Exactement, non, mais je dirais un peu plus de deux ans. J'aurais pu te le dire par téléphone, tu sais. Ce n'était pas nécessaire de me faire prendre le risque de me tuer à moto pour ça.

— Viens, approche, il faut que tu voies ça.

— Tu m'as dit ne pas encore avoir commencé l'autopsie, que veux-tu que je vienne voir ?

— Eh, *snotneus !* Arrête de toujours *zieverer.* Approche, je te dis ! Viens encore plus près. À ton avis, David aurait-il pu passer à côté de ça ? demanda-t-il, en pointant de l'index une partie du corps de Sasha.

Michel hoqueta en découvrant ce que Spreutels lui montrait.

— Qu'est-ce que c'est que ça ? s'informa-t-il.

— C'est exactement ce à quoi ça ressemble.

— Tu veux dire que...

— Oui, tout à fait. Et c'est confirmé par deux éléments, dont voici le premier, fit-il en indiquant une autre partie du corps.

— Ah ! Merde alors !

— Comme tu dis. Le deuxième élément est celui-ci, annonça-t-il en se tournant pour attraper une pochette en plastique qu'il lui tendit.

Michel dut s'asseoir pour lire, à trois reprises, le message laissé par le tueur.

— Où l'as-tu trouvé ?
— Là-dedans, à la place du… Enfin, tu vois ce que je veux dire.
— Oui, pas besoin d'un dessin.
— Avant d'entamer l'autopsie, je vais radiographier le corps et faire une échographie pour avoir une confirmation formelle. Je t'envoie un SMS dès que j'ai le résultat, mais je peux déjà te dire que je suis sûr de moi. Plusieurs signes ne trompent pas.
— Tu aurais quelque chose à boire ? Je ne me sens pas très bien, gémit Michel, qui vacilla en se relevant.
— Ça y est, tu recommences à faire ta chochotte ? Je l'ai même pas encore ouverte.
— M'emmerde pas, s'il te plaît. C'est pas le moment.
— Sers-toi dans le frigo de mon bureau. Et puis, mets tout en œuvre pour retrouver David au plus vite. Je suppose que, maintenant que tu sais, il n'est pas nécessaire de te dire à quel point c'est important.
— Tu supposes très bien. Allez, à plus. On se tient au courant.
— Ça roule, ma poule.

De retour au commissariat, Michel informa ses collègues des découvertes faites par Spreutels. Il leur montra également le message du tueur. Ils furent estomaqués ! Jamais l'un d'entre eux n'aurait pu imaginer un tel retournement de situation. Décidément, ce type était un génie. Un grand malade, bien sûr, mais aussi un génie. Il les avait menés par le bout du nez depuis le début. Il ne faisait aucun doute que son plan avait été mûrement réfléchi et mis au point avec la plus grande minutie.

Ils diffusèrent un avis de recherche avec la photo de Corduno, dans tous les commissariats du royaume, avec une description précise de sa moto et son numéro d'immatriculation. Michel proposa de réunir tous les agents dont ils disposaient pour surveiller chaque scène de crime et faire le tour de tous les endroits où David avait ses habitudes. Pour sa part, il surveillerait le cimetière où reposaient sa maman et son frère, au cas où il aurait l'idée d'aller s'y recueillir. Il décrocha son téléphone et sélectionna un numéro dans son répertoire :

— Allô, Angie ? C'est Michel à l'appareil.
— Salut, Michke. Ça va ? Tu as une drôle de voix.
— Est-ce que Dave est chez toi ?
— Le chanteur ?
— Écoute, dit-il d'une voix tendue. Il est arrivé quelque chose de très grave à Sasha aujourd'hui. Je n'ai donc ni le temps ni l'envie de blaguer.
— Tu me fais peur là. Qu'est-ce qui se passe ?
— Je ne peux pas t'en dire plus pour le moment. Est-ce qu'il est chez toi ?
— Non. La dernière fois que je l'ai vu, c'est quand vous êtes venus ensemble prendre votre petit-déjeuner la semaine dernière.
— S'il vient, il faut absolument que tu me préviennes tout de suite. C'est d'une importance capitale. Tu es sa meilleure amie, il y a donc de fortes chances pour qu'il te contacte.
— Ok.
— Angie ? reprit-il, avant qu'elle ne raccroche.
— Oui ?

— Est-ce que j'ai été bien clair ? C'est une question de vie ou de mort.
— Ça y est, je suis complètement flippée maintenant.
— Promet-moi de m'appeler immédiatement, à n'importe quelle heure.
— Je te le promets.
— Merci Angie.

Il raccrocha, puis passa d'autres appels, sans succès. David restait introuvable. Il passa le restant de l'après-midi à essayer de le localiser.

Le lundi soir, Sandra avait entraînement de tennis de 19h30 à 21h00 au Royal Tennis Club du Baudouin à Dilbeek. Comme c'était un cours collectif, elle restait souvent boire un verre après, avec ses amis du club. Ce soir-là, il était passé 22h00 lorsqu'elle avait rejoint l'appartement à Jette, proche de la place du Miroir. Elle était sous la douche lorsqu'elle entendit Michel rentrer.

D'habitude, il la rejoignait sous la douche ou, à tout le moins, venait lui dire bonsoir. C'est pourquoi elle trouva étrange qu'il ne vienne pas. Lorsqu'elle coupa la douche, elle crut discerner des sanglots dans leur apparemment. Elle ouvrit la cabine de douche, attrapa sa serviette pour s'essuyer et enfila son peignoir.

En arrivant dans le salon, elle trouva Michel, affalé dans le canapé, le corps secoué de spasmes. Elle s'agenouilla à ses côtés, lui enveloppa le visage de ses mains et l'embrassa pour le consoler. Dix minutes plus tard, lorsqu'il lui eut raconté les événements de la journée, ils inversèrent les rôles. Elle s'effondra complètement.

C'étaient eux qui avaient indirectement provoqué la rencontre entre David et Sasha, grâce au site web qui leur avaient également permis de se rencontrer. Depuis lors, Sandra s'était vraiment prise d'affection pour la compagne de Corduno.

— Ma chérie, est-ce que tu aurais une idée de l'endroit où il aurait pu vouloir se rendre ? demanda-t-il, lorsqu'elle se fut un peu calmée.
— Est-ce que tu as essayé aux endroits où vous avez l'habitude d'aller ?
— Oui. J'ai téléphoné à Angie et à Ivone. Elles m'ont promis de m'appeler si jamais il se manifeste. Pareil à l'*Huîtrière*. Je pensais plutôt à un endroit romantique où ils auraient été ensemble et dont elle t'aurait parlé. Quelque part où il aurait voulu aller pour penser à elle, comme une sorte de pèlerinage.

Elle essaya d'y réfléchir, mais elle était submergée par le chagrin. Michel se rendit à la cuisine pour préparer un sandwich. Il n'avait plus rien avalé depuis le matin et son estomac protestait bruyamment. Lorsqu'il revint au salon, Sandra était attablée devant son PC portable et pianotait frénétiquement sur le clavier.

— Qu'est-ce que tu fais ? articula-t-il, la bouche pleine.
— J'ai eu un souvenir qui m'est revenu subitement. Pour fêter leur premier anniversaire, ils sont partis en week-end à Bruges
— Oui, je me souviens de ça.
— Sasha m'avait raconté qu'ils avaient logé dans une superbe maison particulière transformée en Bed and Breakfast. Elle avait adoré la chambre et la salle de bain. Elle m'en a parlé pendant des semaines. Les trois

chambres portaient toutes des noms de fleurs. La leur était l'*Orchidée*.

Michel n'avait aucun souvenir de cela. Tous ces trucs romantiques, il trouvait cela un peu ridicule. Néanmoins, il approuva d'un :

— Oui, oui, ça me dit vaguement quelque chose. Et, tu l'as retrouvée ?
— Non, pas encore. Je ne me souviens plus du nom. Je crois que c'était un nom en anglais, si j'ai bonne mémoire. Je suis en train de faire une recherche sur booking.com, mais il y en a toute une chiée.
— Tu crois vraiment qu'il aurait pu aller jusqu'à Bruges ? douta Michel.
— Je me dis que ce n'est pas impossible. Il devait être énervé et, comme tu m'as dit qu'il était en moto, je le vois bien avoir besoin de libérer sa rage en traçant sur l'autoroute.
— C'est pas con, ça.
— Ah ! Ça y est ! Il s'agit du B&B *A Room With A View*. Voici le numéro de téléphone. La propriétaire s'appelle Corine, dit-elle en lui tendant un post-it sur lequel elle avait griffonné les infos.

Michel composa immédiatement le numéro et, malgré l'heure tardive, une voix féminine répondit dès la deuxième sonnerie.

— *A Room With A View*, goedenavond, bonsoir.
— Bonsoir, Madame. Je suis désolé de vous déranger si tard. Je suis Michel Meerpoel, inspecteur à la brigade criminelle de Bruxelles.

— Oui, que puis-je pour votre service, Inspecteur ?
— Je suis à la recherche de mon collègue, David Corduno. Auriez-vous un client qui serait arrivé seul cet après-midi ?

Cette dame semblait avoir une excellente mémoire car elle répondit presque aussitôt, dans un français impeccable :

— Ce nom ne m'est pas inconnu, mais je n'ai que trois chambres doubles, dont deux sont occupées par des touristes britanniques et une, par deux jeunes filles hollandaises.
— Sa compagne et lui ont loué une chambre chez vous, il y a environ un an, reprit Michel. Serait-ce la raison pour laquelle son nom vous dit quelque chose, ou bien l'avez-vous eu en ligne aujourd'hui ?
— Non, récemment, certainement pas. Il n'est pas impossible que cela remonte à plus ou moins un an. Souhaitez-vous que je consulte mon registre ?
— S'il ne vous a pas téléphoné aujourd'hui, ce ne sera pas nécessaire. Ne vous donnez pas cette peine. Par contre, s'il devait vous contacter ce soir ou demain, pourriez-vous me prévenir au numéro que je vais vous donner, s'il vous plaît ? À n'importe quelle heure, c'est extrêmement important, insista-t-il avant de lui dicter ses coordonnées.
— Bien sûr, pas de problème. Bonne nuit, Inspecteur.
— Rien, dit Michel en se tournant vers Sandra. Ça valait la peine d'essayer. Allons nous coucher, proposa-t-il, je suis vanné.

Michel fut tiré de son rêve par une sonnerie stridente. Dans un demi-sommeil, il tâtonna à la recherche de son réveil et appuya sur tous les boutons, sans aucun résultat. Sandra lui envoya un coup de coude et, dans un gémissement, lui fit remarquer que c'était son téléphone qui sonnait. Cela eut pour effet de le réveiller tout à fait. Il décrocha :

— Allô ?
— Michke, c'est Angie. Il est là, il vient d'arriver.
— Quelle heure est-il ?
— 2h35.
— T'es encore au snack à cette heure-ci ?
— Mais non, *Zot !* Il est chez moi, à la maison. Il est dans un sale état. Tu peux venir ?
— Oui, tout de suite. Envoie-moi ton adresse par SMS si tu veux bien.

Il se leva, enfila ses vêtements à la hâte, introduisit l'adresse dans l'appli Google Maps de son smartphone et gagna sa voiture au pas de course. À son arrivée, Angie attendait sur le pas de la porte, emmitouflée dans un gros peignoir en éponge, les yeux rougis. Il voulut entrer dans la maison, mais elle le retint en posant la main sur sa poitrine.

— Il est complètement bourré, mais, ce qu'il m'a dit sur Sasha, c'est vrai ? s'inquiéta-t-elle, la voix chevrotante.
— C'est encore pire que ça, répondit-il.
— Qu'est-ce qu'il peut y avoir de pire que la mort ?

Michel lui raconta brièvement ce qui s'était passé. Le visage d'Angie s'allongea encore et elle se remit à pleurer. Elle le laissa entrer et le conduisit jusqu'au séjour, où il trouva David affalé dans le canapé.

— Oooh ! Ma 'tite caille en p'luzche Qu'ez que tu vais là ?

Michel se rua sur lui pour le prendre dans ses bras.

— Putain, vieux frère, tu m'as fait peur ! Ne me refais plus jamais un coup pareil.
— Z'est churé.
— Pouah, mais tu pues l'alcool.
— Et tzoi, tu vas zentir le veumi, dit-il en pointant son T-shirt.

Dans la précipitation, Michel n'avait pas remarqué que David s'était vomi dessus, autrement, il ne l'aurait très probablement pas serré contre lui. Avec l'aide d'Éric, le mari d'Angie, il allongea David sur la banquette arrière de sa voiture. Le temps qu'il les remercie, David ronflait déjà.

Plus tard, en arrivant chez lui, Michel réussit tant bien que mal, à le faire monter au premier étage, sans ascenseur, l'installa dans le canapé, le couvrit d'un plaid pour qu'il ne prenne pas froid et le menotta à la table basse. Il ne voulait pas courir le risque qu'il se fasse à nouveau la malle, quoique, dans son état, c'était plus qu'improbable. Il alluma faiblement une lampe halogène, éteignit toutes les autres lumières, prit place dans un fauteuil et se prépara à y passer la nuit.

Chapitre 16

— J'ai une question importante à te poser, David.
— Vas-y, mais ne parle pas trop fort. J'ai un de ces mal de crâne.
— Est-ce que Sasha avait de fausses loches ?
— T'es vraiment un obsédé sexuel. J'ai la gueule de bois et, si c'est pour t'entendre dire des conneries, j'aime autant que tu la fermes, éructa-t-il, rattrapé par les souvenirs du drame qui s'était déroulé la veille, jusque-là mis de côté, grâce à sa cuite.

Sandra avait préparé un plein thermos de café bien fort et un verre d'eau avec deux aspirines pour David. Après quoi, elle les avait laissés à la table de cuisine dans le but d'aller se préparer pour sa journée de travail.

— Écoute, David, j'ai une TRÈS bonne nouvelle et une mauvaise. Mais, d'abord, j'ai besoin que tu répondes franchement et rapidement à deux questions. Donc, je te répète la première : Sasha avait-elle de fausses loches, oui ou non ?
— Mais t'es con ou quoi ? reprit-il, incrédule. Elle avait de tout petits seins. En général, quand on se fait mettre des implants, c'est pour en avoir des gros, pas des petits.
— T'énerve pas, j'avais juste besoin de l'entendre de ta bouche.

— J'espère que ta deuxième question est un peu moins tordue ?
— Non, au contraire. Donc, essaie de garder ton calme, s'il te plaît, c'est hyper important.
— Je m'attends au pire. Laisse-moi boire mon aspirine et mon café avant.
— Est-ce que Sasha était une femme ? lança-t-il sans tenir compte de sa demande.

David avala par le trou du dimanche et recracha son médicament sur la table. Une toux violente le secoua, au point qu'il eut besoin de plusieurs secondes avant de recouvrer sa voix.

— Mais qu'est-ce qui t'arrive ? C'est toi qui t'es bourré la gueule hier soir ou j'ai mal compris ta question ?
— Je veux savoir si Sasha était une femme ou un transsexuel? insista encore Michel.
— Un quoi ?
— Tu as bien entendu : un trans.

David en resta sans voix. Il n'avait qu'une envie, c'était de lui en coller une en pleine figure. Sa fureur retomba d'un coup lorsque Michel s'expliqua :

— Le corps de Sasha ou, devrais-je dire, celui que nous avons pris pour elle, était en réalité le corps d'un transsexuel opéré. Il avait la même corpulence qu'elle, la même chevelure et portait SES vêtements. Comme elle était couchée sur le ventre, dans TA cuisine, on en a évidemment conclu que c'était son cadavre. Mais Spreutels m'a immédiatement appelé lorsqu'il s'en est rendu compte. J'ai vu le corps nu, David. J'ai vu son...

sexe. Enfin, ce qu'il en restait, vu l'opération qui a fait de lui une femme. J'ai également vu, de mes yeux, les prothèses mammaires en silicone. Ce que je veux te dire, Dave, c'est que Sasha n'est pas morte. Ça, c'est la TRÈS bonne nouvelle. La mauvaise, la voici, finit-il, en déposant le message sur la table, devant lui.

« Même pas foutu de reconnaître ta femme. Quelle honte !!! Je la retiens prisonnière. Mardi soir, à 20h00 précises, elle sera morte. À moins que tu n'arrives à temps pour la sauver. Peut-être que ce sera la motivation dont tu as besoin pour révéler ton talent d'enquêteur. Je veux me mesurer à toi. Cesse de chialer et bouge-toi le cul ! »

Corduno éclata en sanglots, tout en riant de bonheur. Il se leva, contourna la table, saisit Michel par les épaules et le serra contre lui. Ils pleuraient tous les deux, dans les bras l'un de l'autre, lorsque Sandra pénétra dans la cuisine.

— Je ne vous gêne pas, les amoureux ?

David l'attrapa par la main et la tira à eux afin qu'elle partage leur bonheur. Ils pleurèrent alors joyeusement à trois. Plus on est de fous...

⊥ ⊤ ⊥

À 9h30, Michel et David s'étaient douchés, séparément bien sûr, et David put enfiler des vêtements propres grâce au sac qu'Alex lui avait préparé la veille. Toute l'équipe se trouvait maintenant au complet en salle de réunion, en larmes.

— Bon, les filles, la boîte de Kleenex est vide. On s'y met ? rigola Alex, le visage baigné de traînées humides.

Corduno sortit son smartphone et composa un numéro :

— Salut, c'est moi. Est-ce que Fred et toi pouvez descendre immédiatement en salle de réunion ? Merci.

Alexandre et Fred se joignirent à eux deux minutes plus tard, avec un air de chien battu, et furent stupéfaits de la bonne humeur générale qui régnait.

— On a raté quelque chose ? s'enquit Fred.

David se fit un plaisir de leur annoncer la bonne nouvelle. Les deux scientifiques, heureux, marquèrent leur joie, sans pleurer :

— C'est génial, mais il nous reste moins de onze heures pour la retrouver, rappela Alexandre. Qu'est-ce qu'on a comme piste ?
— Je ne sais pas, c'est pour ça que je voulais que vous participiez à la réunion. Avez-vous trouvé des indices ou un autre message sur place qui pourrait nous aider ?
— Nous avons comparé des cheveux qui baignaient dans la flaque de sang avec ceux retrouvés sur une brosse à cheveux, dans la salle de bain. Il n'y a pas de concordances. Maintenant, nous savons pourquoi, répondit Fred.
— Par contre, pas d'autre message, surenchérit Alexandre. Pas non plus la moindre empreinte digitale qui puisse nous être utile.

— L'enquête de voisinage n'a rien donné non plus. Les agents ont sonné à toutes les portes des maisons ayant une vue directe sur la tienne, mais elles étaient toutes vides. Idem pour les maisons mitoyennes, précisa Pascal.
— Normal, ce sont tous des couples qui travaillent et dont les enfants vont à l'école. La rue est déserte en journée.
— Est-ce que Sasha possède une voiture ? demanda Mixailof.
— Oui, une petite Nissan Juke grise.
— Où est-ce qu'elle la met d'habitude ?
— Dans le garage.
— Il n'y avait aucun véhicule quand nous avons passé la maison au crible, affirma Fred.
— Je confirme, intervint Pascal. Quand nous sommes arrivés hier, j'ai commencé par cette pièce et elle était vide.

David tenta de se souvenir si Sasha l'avait déposée à l'entretien ou si elle l'avait garée ailleurs. Il fut certain que non et le confirma à ses collègues :

— Ça, ce n'est pas normal. Où est-elle, alors ?
— Je ne vois qu'une seule solution, répondit Alexandre. Si le tueur est reparti avec Sasha, il a pu la ligoter, l'enfermer dans le coffre et ressortir du garage avec sa voiture, sans courir le risque que quelqu'un le remarque.
— Le tueur a forcément dû arriver chez toi en voiture, puisqu'il transportait le corps que nous avons retrouvé. Il n'a donc pas pu repartir avec la sienne et

celle de Sasha en même temps, conclut Michel. Ou alors, cela nous ramène à la théorie du complice.

— On ne sait pas si le trans était mort en arrivant ou s'il l'a tué sur place, avança Alex.
— Je vous garantis qu'elle a bien été tuée sur place, répondit Alexandre. La quantité de sang sur le sol, ainsi que les éclaboussures sur les murs et les meubles, le confirment. Il a vraiment dû s'acharner sur elle car même le plafond comportait des taches. D'ailleurs, le tueur lui-même devait en être recouvert. Je suppose qu'il portait une combinaison pour protéger ses vêtements et ne laisser aucune trace de son ADN. Ou, alors, il a dû prendre une douche et se changer après.
— Ça, on ne le saura jamais, répondit Pascal. David a laissé couler la douche tellement longtemps avant de partir qu'il a dû effacer toutes les pistes.

Tous les regards se tournèrent vers David, qui se sentit un peu stupide.

— Oups. Désolé, c'était vraiment pas malin de ma part.
— Est-ce qu'on peut envisager que le tueur soit arrivé avec sa voiture pour repartir avec celle de Sasha et qu'il soit revenu, ou veuille revenir, plus tard pour récupérer la sienne ? proposa Fabien.
— Ce n'est pas impossible, en effet, répondit Fred.
— On devrait peut-être surveiller la rue et le choper s'il pointe le bout de son nez, alors ?
— Non, trop hasardeux et grosse perte de temps, répondit David. Il a très bien pu la garer trois rues plus loin et être déjà revenu la chercher depuis lors.

La sonnerie du téléphone de Michel interrompit la discussion. Il constata que l'appel émanait de Spreutels et décrocha :

— Michel, s'annonça-t-il. Oui, nous l'avons retrouvé cette nuit, il va bien. Tu as du neuf ?

Il écouta ce que Spreutels avait à lui raconter et ne réagit que par des « ah bon ! », « t'es sûr ? », et quelques onomatopées. Enfin, il termina la conversation :

— Ok, scanne-la et envoie-la par mail, s'il te plaît. Et merci pour ces infos.

Tout le monde le fixait avec impatience. Il s'expliqua :

— Il a procédé à une échographie de l'abdomen pour confirmer ce qu'il pensait. C'était bien le corps d'un homme ayant changé de sexe. Comme le visage a été complètement défoncé, il est méconnaissable, mais il a trouvé une carte d'identité dans la poche arrière de son jeans. Elle est au nom de Philippine Lavaux. Il avait donc également changé de prénom, mais assez récemment car la carte d'identité a été émise il y a quelques mois à peine. Il va nous en envoyer une copie par mail avec ses empreintes digitales. Par contre, ce qui est très étrange, c'est qu'il ne lui manque aucun doigt. Normalement, selon son schéma de jeu, il aurait dû lui couper l'auriculaire gauche.

Le visage de David se décomposa lorsqu'il crut comprendre ce que cette information signifiait.

— Oh, merde ! J'ai peur de ce que ça veut dire... En somme, sa dixième victime, ce sera Sasha. C'est son doigt qu'il va couper ! paniqua-t-il.

— Bon, alors, on a vraiment intérêt à se grouiller pour la retrouver, encouragea Michel.

— J'ai une idée, intervint le Fabe. Imaginons que le tueur soit arrivé, non pas avec sa voiture, mais avec celle de Lavaux et, ensuite, reparti avec celle de Sasha. Dans ce cas, il ne devait pas se casser le cul à venir rechercher sa voiture plus tard. De plus, si un témoin l'avait vu arriver, on n'aurait de toute façon pas pu remonter jusqu'à lui.

— Tu sais que t'es loin d'être con toi ? dit Mixailof.

— Alors, on peut demander à la D.I.V[1] s'il y a une voiture immatriculée au nom de Lavaux et, en même temps, on aura son adresse, proposa Alex.

— Est-ce que quelqu'un se souvient s'il y avait des voitures garées près de chez moi ? s'enquit David.

— On a même mieux que ça, répondit fièrement Fred. L'un de nos techniciens a photographié la rue et la maison sous tous les angles, en attendant que le légiste nous laisse le champ libre.

— Demande-lui de nous apporter ces photos. Je pourrai tout de suite repérer une voiture inhabituelle dans ma rue.

David se fit la réflexion que Fabien avait toujours de bonnes idées. À moins qu'il soit en réalité le cerveau de l'affaire et qu'un complice s'occupe d'exécuter ? Il n'arrivait pas à savoir quoi en penser. Il était partagé entre l'affection qu'il éprouvait pour lui et le gros doute qu'il n'arrivait pas à se sortir de la tête.

[1] Direction pour l'Immatriculation des Véhicules.

En visionnant les photos, il avait immédiatement repéré une Dacia Duster blanche, dont on pouvait clairement lire la plaque minéralogique. Elle correspondait aux renseignements reçus de la D.I.V. et était au nom de Philippe Lavaux, domicilié au 73 de la chaussée Romaine, à Strombeek-Bever.

Ils étaient en route pour le domicile de Lavaux, à bord de trois voitures banalisées. David et Michel occupaient la première, suivis de Pascal et Alex dans la seconde. Juan, Marc et deux agents de terrains, tous lourdement armés, fermaient la marche dans la troisième voiture. Ils avaient utilisés les gyrophares et les sirènes pour sortir du centre-ville et, à un kilomètre de leur destination, les avaient coupés afin de ne pas annoncer leur arrivée au tueur, au cas où il les attendrait sur place.

La joie, que Corduno avait éprouvée en apprenant que Sasha était toujours en vie, avait maintenant cédé la place à l'inquiétude. L'heure avançait dangereusement. Il était maintenant 11h50 et il fondait beaucoup d'espoir dans leur toute dernière découverte.

Avant de quitter le commissariat, Fabien avait proposé d'étudier les lieux grâce à Google Street View. Le logement se trouvait dans un petit immeuble de trois étages à appartements multiples. Sur le côté gauche du bâtiment, se trouvait une rampe d'accès aux garages situés sous l'immeuble. Le vaste jardin qui se trouvait à l'arrière était également accessible via un petit chemin. Ils avaient donc rapidement préparé leur plan d'attaque afin que chacun sache ce qu'il y avait à faire.

Par ailleurs, David avait chargé un agent d'accompagner une psychologue et une assistante sociale chez les parents de Lavaux, afin de leur annoncer la mauvaise nouvelle et de faire un prélèvement ADN pour confirmer l'identité de la victime, mais, aussi, de récupérer le double des clés de l'appartement de leur fils, s'ils en possédaient un. L'agent devait venir rejoindre la brigade sur le parking d'un supermarché Carrefour pour le lui remettre. Pour terminer, un avis de recherche pour la voiture de Sasha avait été lancé, tandis que celui concernant David avait été annulé.

Corduno était de plus en plus convaincu que le tueur, cherchant la confrontation directe avec lui, avait délibérément laissé la voiture de sa victime garée à 10 mètres de sa maison. Est-ce que cette mise en scène signifiait qu'il retenait Sasha prisonnière dans l'appartement de Philippine Lavaux ? Cela lui semblait un peu trop simple et risqué pour le tueur, qui n'aurait pas de solution de repli aisée. Non, David penchait plutôt pour le départ d'un jeu de piste, dont la première étape n'allait plus tarder.

⊥ ⊤ ⊥

Deux des agents prirent place dans le jardin arrière de la résidence, collés contre la façade, sous les balcons du premier étage, afin de ne pas être repérés depuis le bâtiment. Juan et Marc engagèrent la voiture dans la pente du garage et l'immobilisèrent à 2 mètres de la porte. Ils descendirent de voiture et s'accroupirent chacun d'un côté entre les quatre portes ouvertes, Juan tenant son arme pointée vers l'arrière, Marc la pointant vers l'avant, tous deux prêts à faire feu.

Pascal montait la garde dans le hall d'entrée de l'immeuble, tandis qu'Alex se planquait dans la cage d'escaliers, entre le rez-de-chaussée et le premier étage. De cette manière, ils couvraient toutes les issues possibles.

Michel et David montèrent à pied, en silence, jusqu'au troisième étage. Ils tachèrent de ne pas allumer les lumières, au cas où le tueur monterait la garde derrière la porte de l'appartement, l'œil rivé au judas optique. David sortit une minuscule lampe de poche, qu'il alluma, afin de pouvoir lire les noms sur les sonnettes des trois portes que comptait le palier. Lorsqu'il repéra la bonne, il dirigea le faisceau vers le sol et fit signe à Michel. Ils restèrent plusieurs minutes à écouter, l'oreille collée contre la porte.

David entendait un cognement sourd et régulier qui semblait accélérer au fil des minutes. Il réalisa enfin que c'était simplement les battements de son propre cœur. Il transpirait à grosses gouttes. Michel fit un pas en arrière et observa le bas de la porte. Il se mit à genoux, écarta l'épais paillasson en fibre de coco et regarda sous le vantail grâce à l'espace de près d'un centimètre. Personne derrière la porte.

Soudain, ils entendirent une clé tourner dans une serrure et un double cliquetis lorsqu'elle se déverrouilla. Corduno sortit sa plaque et son arme, qu'il maintint plaquée contre sa cuisse. La porte de l'appartement adjacent s'ouvrit, inondant le palier de lumière du jour. L'homme qui franchit le seuil eut un brusque mouvement de recul lorsque Corduno bondit sur lui, en exhibant sa plaque sous son nez et posant un doigt sur ses lèvres pour lui intimer le silence.

Il le repoussa gentiment dans son appartement pendant que Michel appuyait sur le bouton d'appel de l'ascenseur. À son arrivée, l'adjoint ouvrit la cabine, enfonça le bouton du rez-de-chaussée et puis referma la porte. L'ascenseur descendit aussitôt et Michel rejoignit David. Il prévint Pascal par radio de la manœuvre qu'il venait d'effectuer.

— Avez-vous une terrasse qui communique avec celle de votre voisin de palier ? chuchota David au vieil homme qui se remettait doucement de ses émotions.

Il hocha la tête affirmativement. Michel sortit alors sur la terrasse, enjamba le garde-corps et rejoignit la terrasse voisine en y sautant prestement. Il s'accroupit et regarda par la première fenêtre qui donnait sur la cuisine. Personne. Il avança lentement jusqu'à la suivante et risqua un coup d'œil. L'absence de rideaux et *tentures* lui permit d'avoir une vue d'ensemble sur le salon. Personne dans cette pièce non plus.

Il se redressa, colla son visage à la vitre et scruta plus attentivement l'intérieur. En se décalant un peu sur la gauche, il pouvait distinguer la porte d'entrée. Il voulait s'assurer qu'elle ne leur saute pas à la figure lorsqu'ils l'ouvriraient. Enfin, il reprit le chemin inverse et rejoignit David, qui s'entretenait toujours avec le pensionné et sa femme.

— La voie est libre, dit-il.

Ils prirent congé des voisins en demandant qu'ils ne quittent pas le domicile jusqu'à leur départ. Ils viendraient les prévenir lorsqu'ils auraient terminé la fouille. David appuya sur l'interrupteur du palier et introduisit la clé dans la serrure. Il ouvrit lentement la porte avant de sortir son arme et d'entrer dans l'appartement, Michel sur les talons.

L'un partit à droite vers la chambre et la salle de bain tandis que l'autre prenait à gauche vers la cuisine et les toilettes. Après avoir sécurisé les lieux, ils se retrouvèrent dans le living, meublé avec beaucoup de goût et de soin. Une déco très féminine.

— Selon les voisins, c'est une jeune femme célibataire qui vit ici. Elle a emménagé il y a à peine six mois. Elle est très gentille et calme. Je ne leur ai pas dit qu'elle était un homme avant, précisa Corduno.

— De toute façon, ils n'auront plus l'occasion de s'en rendre compte, maintenant. C'est tellement triste. Elle n'aura pas eu le temps de profiter de sa nouvelle vie.

Ils fouillèrent la pièce, ouvrirent les armoires et les tiroirs à la recherche d'indices. Enfin, au bout de vingt minutes, Michel attira l'attention de David :

— Regarde ça, dit-il, en pointant du doigt une caméra posée sur le dessus d'un meuble vitrine. Je crois qu'on nous observe.
— Qu'est-ce qui te fait dire ça ?
— Reste à côté de moi sans bouger, tu vas voir.

Et, en effet, au bout de trente secondes, le petit témoin rouge s'éteignit.

— Cette caméra est équipée d'un détecteur de mouvements. Dès qu'on va bouger, le témoin va se rallumer. Avec ce genre de caméra, tu peux installer une application sur ton smartphone pour être averti dès qu'elle détecte une activité. Tu peux même visionner les images en direct sur ton téléphone, une tablette ou un PC.

David leva la main et constata que Michel avait raison. Soudain, une sonnerie de téléphone retentit dans la pièce. Ils se regardèrent et sortirent chacun leur appareil. Ils secouèrent tous les deux la tête et s'évertuèrent à trouver la provenance de la musique. Comme elle semblait venir du canapé, David balaya tous les coussins et tomba sur un vieux Nokia. Il hésita une seconde avant de s'en emparer et d'appuyer sur la touche verte pour décrocher :

— Allô ?
— Si vous êtes là, c'est que vous êtes moins cons que je le pensais, répondit une voix déformée par un modulateur vocal. Par contre, vous en avez mis du temps. Je vous attendais hier. Il ne vous reste que quelques heures pour sauver ta femme.
— Alors, sale con, qu'est-ce que tu veux ? Tu veux te mesurer à moi ? Viens, si t'as les couilles ! On va régler ça entre hommes.
— Tu n'as pas été à la hauteur jusqu'ici, alors je te conseille de fermer ta grande gueule.
— Je veux parler à Sasha, ordonna David.
— C'est ça. Et, moi, j'aimerais coucher avec Jennifer Aniston. On n'a pas toujours ce qu'on veut dans la vie.
— Je ne ferai rien tant que je n'aurai pas entendu sa voix.
— Au contraire, tu feras exactement ce que je te dis. Tu n'es pas du tout en position d'exiger quoi que ce soit. Tu as vu de quoi je suis capable, alors ne m'énerve pas. À partir de maintenant, tu ne quittes plus ce téléphone. Tu l'emportes partout avec toi car ce sera ton seul moyen de la sauver, mais tu devras venir seul. Je te retéléphone plus tard, pour te donner mes instructions.

L'appel fut interrompu. David consulta le journal des appels et constata, sans surprise, qu'il provenait d'un numéro masqué. Le répertoire était vide, ainsi que la boîte de réception des SMS. Il avait pris soin de réinitialiser l'appareil et la batterie était complètement chargée, ce qui le rassura. Il composa son propre numéro et colla l'appareil à son oreille. Il entendit un message signalant que la carte n'avait plus de crédit.

— Merde, une carte prépayée, mais sans unités. Il a pensé à tout.

Il voulut ouvrir le téléphone pour voir s'il l'avait équipé d'un dispositif de traçage, mais Michel l'en dissuada :

— Si tu l'ouvres et que tu retires la batterie, il va s'éteindre. Et, comme on n'a pas le code Pin, tu ne pourras plus le rallumer. Tu n'auras plus aucune chance de revoir Sasha vivante.
— BORDEL ! hurla-t-il en fracassant une chaise sur la table pour libérer sa fureur.

Il se planta devant la caméra en agitant les bras, puis pointa de l'index droit l'objectif, avant de ramener la main à la hauteur des épaules et de faire passer son pouce sur sa gorge, de gauche à droite. Lorsqu'il eut rejoint Pascal dans le hall de l'immeuble, David demanda à Michel d'appeler Alex, qui dévala aussitôt les escaliers, puis il entreprit de leur raconter ce qui avait été découvert.

— Donc, on est sur la bonne voie, résuma-t-elle.
— Oui, sauf qu'on n'a toujours aucun indice qui nous permette de savoir où elle est retenue prisonnière. Nous n'avons que ce téléphone et pas d'autre choix que d'attendre qu'il m'appelle. C'est encore lui qui tient toutes les cartes en main et ça me rend fou, ragea-t-il entre ses dents serrées.

À ce moment précis, le téléphone sonna dans sa main. Il s'empressa de décrocher :

— Ouais ?

— Je pensais avoir été clair, reprit la même voix caverneuse. Tu dois être seul ! Renvoie-les tous ! ordonna-t-il avant de raccrocher.

David se rua dehors en criant :

— Il nous observe.

À part un vieux bonhomme qui se déplaçait à la vitesse d'un escargot, voûté sur son cadre de marche, la rue était déserte. Ils inspectèrent toutes les voitures garées le long du trottoir, mais sans succès.

— Il peut se trouver dans un des appartements de l'immeuble derrière moi, risqua Michel. Seules les fenêtres des deux premiers étages ont vue sur le hall où nous étions.
— Tu veux qu'on cerne le building et qu'on le fouille ? demanda Pascal.
— Pour chercher qui ? On ne sait même pas à quoi il ressemble. Et puis, tant qu'il tient Sasha, le mieux à faire c'est de lui obéir. Rentrez tous au poste, on se tient au courant.
— Je refuse que tu y ailles seul, brailla Michel.
— On n'a pas le choix. Allez, cassez-vous ! Tout de suite !

Maintenant que David savait Sasha toujours en vie, il n'avait plus peur de rentrer chez lui. Hier, il avait envisagé de ne plus jamais remettre les pieds dans cette baraque. Il aurait préféré y mettre le feu plutôt que de retourner y vivre, vu le massacre qui s'était déroulé entre ses murs.

Il pénétra dans la maison par le garage, monta à l'étage pour se doucher et se changer. Après quoi, il descendit à la cave, ouvrit la porte blindée, qu'il avait installée pour créer une petite chambre forte, et s'équipa. Sur sa jambe droite, il plaça un holster de cheville, avec une petite arme à feu et, sur la gauche, un couteau à lame courte. Dans un sac à dos, il fourra des grenades lacrymogènes, un masque anti-gaz et plusieurs armes de poing avec des chargeurs de munitions. Le téléphone claironna.

— J'écoute.
— Où es-tu ?
— Chez moi, j'attendais ton appel.
— Va à Beekkant, laisses-y ta bagnole et prend la ligne un de métro en direction de Stockel.

La communication fut coupée avant qu'il n'ait l'occasion de demander à parler à Sasha.

Il jeta le sac à dos sur son épaule, après y avoir ajouté deux bouteilles d'eau fraîche et prit sa voiture pour se diriger vers le métro. Il trouva une place de stationnement à la fin du boulevard Edmond Machtens, verrouilla sa voiture et courut jusqu'à l'entrée de la station.

Il acheta une carte de dix trajets au préposé, qui avait l'air de s'ennuyer à mourir dans son aquarium, oblitéra son ticket et dévala les escalators jusqu'au quai. Il parvint de justesse à sauter dans un wagon au moment où la sonnerie stridente annonçait la fermeture des portes.

Il resta debout, adossé à la paroi en bout de voiture et observa les passagers, peu nombreux à cette heure. Aucun d'entre eux ne lui accordait la moindre attention. Il sortit son GSM, consulta l'écran qui indiquait 14h27, et décida d'appeler Michel pour l'informer des dernières directives du tueur.

Lorsque, cinq minutes plus tard, la rame quitta la station De Brouckère, il prit la décision de tenter quelque chose pour déterminer s'il était suivi ou non. Il descendit du métro à la Gare Centrale et observa les passagers qui se ruèrent hors du wagon en même temps que lui. Tous avaient l'air pressé de rejoindre leur correspondance avec le train. Il se retourna et observa les voyageurs restés à bord. Encore une fois, personne ne semblait l'épier. Il s'assit sur un banc et attendit.

Au bout de dix minutes, le téléphone sonna :

— Où es-tu ?
— Entre Schuman et Mérode, mentit-il.
— Descends à Mérode et attends.

Grâce à sa ruse, David était maintenant certain d'une chose : il n'était pas suivi. Trois minutes plus tard, la sonnerie retentit à nouveau :

— Si je te dis que tu dois venir seul, ce n'est pas pour téléphoner à Michel et lui donner des infos, émit la voix, sur un ton de reproche. Tu jettes immédiatement ton téléphone dans une poubelle et tu remontes dans la prochaine rame, même direction. Encore une connerie de ce genre et je lui tranche un de ses beaux petits seins, que je t'enverrai par colis. Est-ce que j'ai été bien clair ?

David sentit les battements de son cœur accélérer et une sueur froide lui couler le long de la colonne vertébrale. Une seconde chose était sûre : son téléphone était sur écoute. Il se rappela alors qu'il était parti sans son GSM lorsqu'il avait découvert le corps de Sasha et ne l'avait récupéré que le lendemain matin. Donc, le coupable avait disposé de près de vingt-quatre heures pour faire le nécessaire.

Fabien avait été le seul à ne pas se trouver dans le hall de l'immeuble de Lavaux lorsqu'ils avaient reçu l'appel du tueur. De plus, de l'équipe, il était le seul à avoir les compétences pour effectuer ce genre de prouesse. Il éteignit son portable, l'emballa dans quelques pages arrachées au journal *Métro*, qui traînait sur un siège proche du sien, se dirigea vers le bout du quai et le glissa précautionneusement dans la toute première poubelle, dans l'espoir de pouvoir venir le récupérer plus tard.

Après avoir vérifié qu'il s'agissait bien de la ligne un, il grimpa dans le premier métro qui était arrivé à quai et s'assit. Sur cette portion de voie, les lignes un et cinq suivaient le même parcours, jusqu'à Mérode, où elles se séparaient. La rame venait de dépasser la station Alma lorsque le téléphone sonna :

— Tu es déjà à Stockel ?
— Encore deux arrêts.
— Pourquoi est-ce que ça dure si longtemps ?
— Le métro est resté bloqué plusieurs minutes à Maalbeek, mais j'ignore pour quelle raison, mentit-il à nouveau.
— Quand tu arrives à Stockel, tu le reprends dans l'autre sens jusqu'à Montgomery. Tu as vingt minutes, pas une de plus, pour y arriver et sortir côté boulevard Brand Whitlock. Je te rappellerai. Et tu as intérêt à y être seul. Sinon, tu sais ce qui l'attend…

Comme à chaque fois, son correspondant raccrocha avant de le laisser parler. Il ne voulait pas lui laisser la moindre occasion de négocier ou de modifier ses plans. Corduno trouva très étrange que le tueur soit si strict sur le temps qu'il lui laissait pour arriver à destination. Comment pourrait-il être sûr, lorsqu'il appellerait, qu'il serait bien au bon endroit alors qu'il lui avait déjà menti deux fois sans qu'il ne s'en rende compte ?

⊥┬⊥

— *Godverdoeme*, ils viennent de perdre le signal, cria Pascal, en raccrochant.
— Perdre le signal ? Comment ça ? C'est pas possible, l'invectiva Michel.
— Eh, *Ket !* J'y suis pour rien moi. D'après eux, le téléphone a été éteint. Et, vu qu'il était dans le métro, le signal n'était déjà pas top.

Michel n'avait pas perdu de temps. À peine arrivé au bureau, il était entré en contact avec le magistrat en charge de l'affaire et avait demandé une injonction afin d'obtenir l'aide de Proximus pour tracer le signal du GSM de David.

Dans les quinze minutes, il avait reçu le document par mail et l'avait transmis à leur contact chez l'opérateur de téléphonie mobile. L'idée de Michel était de suivre son ami, de loin, une fois qu'il sortirait du métro. Plusieurs patrouilles de police étaient déjà en place, en plusieurs endroits de Bruxelles, le long de la ligne un.

Juan avait été chargé de raccompagner Fabien chez lui. Il était suspendu jusqu'à ce que l'affaire soit réglée. Un agent en civil du commissariat d'Anderlecht se tenait déjà en planque devant son domicile – dans un fourgon équipé de matériel très sophistiqué lui permettant d'entendre ce qui se dirait dans la maison – quand ils arrivèrent. Michel n'avait voulu courir aucun risque, mais voilà que son plan s'effondrait. Ils avaient perdu la trace de Corduno.

— Où était-il lorsque le signal s'est éteint ? s'énerva Meerpoel.
— Gare Centrale, indiqua Pascal. Mais, ce qui est bizarre, c'est qu'il est resté immobile pendant une bonne dizaine de minutes.
— Ce qui veut dire que soit la rame était à l'arrêt, soit il n'était pas dans un wagon. Renseigne-toi auprès de la STIB[1] pour savoir si une rame est restée bloquée en station.
— Je vais demander à la patrouille la plus proche d'aller vérifier s'il y est encore et de visionner les images des caméras de surveillance des quais, proposa Alex.
— Excellente idée, Alex. C'est vraiment con, on avait tout ce qu'il fallait pour le suivre à distance. Chez Proximus ce sont vraiment des pros avec un système de traçage quasi au mètre près !
— Eh, mais tout n'est pas foutu. Tu viens de me donner une bonne idée, cria Alex, tout excitée. Il nous reste une toute petite chance d'arriver à le localiser. Viens avec moi, Michel, il faut qu'on monte au labo.

Dans l'ascenseur, elle lui expliqua son plan. Ils devaient d'abord vérifier quelque chose avec Mixailof pour pouvoir passer à l'action. Arrivés au sixième étage, ils coururent jusqu'au bureau d'Alexandre. Alex lui expliqua rapidement la situation et lui exposa son idée. Il lui remit immédiatement le document requis, qu'ils consultèrent sans plus attendre.

— Bingo ! Il n'y est pas. Avec un peu de chance, notre tueur vient de commettre sa première erreur.

---

[1] Société des Transports Intercommunaux de Bruxelles.

Croisons les doigts. Merci Alexandre, dit-elle, avant de tirer Michel par la manche.

Alex sortit son téléphone, consulta le répertoire, y trouva le numéro qu'elle cherchait et le nota sur un bout de papier, puis le tendit à Pascal en lui expliquant ce qu'elle attendait de lui.

— On reste en contact, dit-elle.

Elle et Michel prirent l'ascenseur jusqu'au parking souterrain et gagnèrent chacun leur voiture. Avant même de quitter le bâtiment, elle reçut la confirmation de Pascal qu'elle avait vu juste. Elle décrocha sa radio de bord et annonça la bonne nouvelle à Michel. Ainsi, ils prirent la route en espérant ne pas arriver trop tard pour sauver David et Sasha.

Chapitre 17

— Allô ?
— Tu es au point de rendez-vous ?
— Ouais.
— Tu dois quitter le rond-point sur le trottoir de droite du boulevard Brand Whitlock en direction de la place Meiser.
— Alors, je suis du mauvais côté du boulevard. Je traverse en courant, dit-il en piquant un sprint. Ça y est, j'y suis, reprit-il, moins de vingt secondes plus tard.
— Dis-moi quelle est la marque de la troisième voiture garée le long du trottoir.
— Oh, putain de merde, dit-il en l'apercevant.
— C'est pas une marque ça !
— Une Nissan Juke grise.
— La portière est ouverte et la clé de contact se trouve au-dessus du pare-soleil. Le GPS est programmé, tu n'as qu'à suivre les instructions. Tu as trente minutes pour arriver. Grouille-toi !

Fin de la conversation. Voilà la réponse à sa question. David n'aurait jamais pu tromper le tueur sur sa présence au bon endroit, simplement grâce au modèle de la voiture. La voiture de Sasha !

Il fut assailli par le parfum de sa femme, qui imprégnait l'habitacle, et sentit les larmes lui monter aux yeux. Il espérait de tout cœur qu'elle serait encore en vie quand il arriverait. Il n'avait plus eu l'occasion de demander à lui parler et son intuition lui disait que c'était mauvais signe.

Si jamais il était trop tard, il tuerait ce malade à mains nues, en le faisant atrocement souffrir, tant pis pour sa carrière et sa réputation. Il était prêt à mourir tout de suite ou même à faire de la taule, pour sauver ou venger la femme qu'il aimait.

Si elle mourrait, il n'aurait plus aucune raison de vivre. Il avait déjà perdu sa mère, son frère et n'avait pas la moindre idée de l'endroit où se trouvait son père, ou s'il était encore en vie. Sasha était la seule famille qui lui restait et il comptait bien l'agrandir, cette famille. Il voulait au minimum deux enfants et, tous ensembles, ils iraient rejoindre ses beaux-parents en Australie, où ils commenceraient une nouvelle vie.

En descendant du viaduc Reyers, il constata que la circulation était complètement à l'arrêt à la place Meiser. En cause, les feux de signalisation en panne, ainsi que l'absence d'agents pour régler le trafic. Il était en train de perdre un temps précieux, ce qui le mit en colère. Vert de rage, il hurla et tapa du poing sur son volant.

Il réalisa que la dame dans la voiture à côté de la sienne le regardait d'un drôle d'air. Elle tourna la tête en levant les yeux au ciel lorsque son regard croisa le sien. Du coin de l'œil, il capta un mouvement dans son rétro latéral. Il ouvrit rapidement sa vitre pour sortir la tête et la main gauche, tendant sa plaque pour arrêter le motard de la police qui slalomait entre les véhicules à l'arrêt.

— Bonjour. Pouvez-vous m'ouvrir la route ? Il faut absolument que je passe ce carrefour le plus vite possible. C'est une question de vie ou de mort.
— Pas de soucis, suivez-moi, lui répondit-il sans poser de questions.

Il fit bouger toutes les voitures afin que David puisse se faufiler derrière lui. Arrivé au milieu de la place, le motard fit signe à Corduno d'attendre. Il descendit de sa moto, arrêta les voitures qui venaient de toutes parts et laissa passer la Nissan. David le remercia en klaxonnant et s'engagea à toute allure sur le boulevard.

Le GPS indiquait qu'il lui restait treize minutes avant d'arriver à destination. Il était dans les temps. La circulation était relativement fluide. Il put donc souffler un peu. Les jointures de ses doigts étaient toutes blanches tellement ses mains étaient crispées sur le volant. Il se força à respirer profondément.

En regardant dans le rétroviseur intérieur, il remarqua un élément inhabituel à moitié caché derrière le miroir : un petit boîtier noir, plus petit qu'un paquet de cigarettes, qu'il identifia rapidement comme étant une caméra embarquée, collé au pare-brise avec une ventouse. Ce malade pouvait ainsi suivre sa progression.

Une idée lui vint alors. Au premier feu rouge, il s'arrêta, défit sa ceinture de sécurité, s'agenouilla sur son siège et tendit son corps par-dessus le dossier pour inspecter la lunette arrière. Il repéra une seconde caméra ventousée à la vitre, derrière l'appui-tête de la banquette arrière, servant ainsi à vérifier qu'il n'était pas suivi.

Arrivé au bout du boulevard Lambermont, juste après la gare de Schaerbeek, le GPS le dirigea vers une petite rue à droite, qui descendait vers l'avenue de Vilvoorde. Sa destination finale se trouvait maintenant à 500 mètres.

Son rythme cardiaque s'accéléra et ses mains devinrent moites. Il devait bien se l'avouer, il était terrorisé. Pas pour lui, il n'avait peur ni de l'affrontement ni de la mort, mais pour la vie de sa femme qui était en jeu. C'était bien cela qui l'inquiétait le plus.

Sur sa droite, entre l'avenue et les rails de chemin de fer, quelques usines abandonnées se dressaient, tels des châteaux hantés. Il comprit alors que Sasha y était détenue. Il fit une embardée lorsque le téléphone sonna. Ce maudit appareil lui était complètement sorti de la tête.

— Ralentis ! La deuxième grille sur ta droite est ouverte. Entre dans la cour, tout doucement. Avance encore un peu… Voilà ! Fais demi-tour, arrête-toi et va ouvrir le coffre que je puisse en voir l'intérieur.
— D'abord, je veux parler à Sasha, somma-t-il.
— Pas la peine, tu la verras dans moins de cinq minutes, à condition que tu te magnes le cul. Ok, retourne au volant… Maintenant, fais un quart de tour à droite. STOP ! Ouvre toutes les portes et éloigne-toi de la voiture !

David obtempéra.

— Passe de l'autre côté de la bagnole, que je puisse te voir. Jette ton sac à dos dans le coffre et viens vers le bâtiment. Tu vas le contourner par la droite. Derrière, il y a une porte ouverte. Tu peux jeter le téléphone, tu n'en auras plus besoin.

Il le lança de toutes ses forces, de sorte qu'il alla se fracasser contre le mur de briques de la construction délabrée. Le long immeuble bas comprenait un rez-de-chaussée, mais aussi un étage au toit plat. Le sol était jonché de débris de verre provenant des vitres brisées. Il progressa lentement, collé contre la façade, afin d'éviter de servir de cible si le tueur décidait de l'éliminer tout de suite.

Quand il arriva au coin arrière de l'usine, il sortit son arme dissimulée dans la ceinture de son pantalon, contre ses reins. Avant de faire le tour de la voiture, il avait eu le temps de sortir une grenade lacrymogène du sac et de la mettre dans la poche de sa veste. Tant pis pour le masque anti-gaz.

Il risqua un coup d'œil pour étudier le terrain à l'arrière, ainsi que la façade. Il resta plusieurs minutes à scruter les environs, mais ne remarqua rien, mis à part le grincement d'une porte que le vent faisait bouger.

Il brandit son arme devant lui, s'écarta du mur et avança en direction de la porte entrouverte à environ 6 mètres de lui. Toutes les fenêtres de ce côté de la construction avaient été occultées par des planches de bois. Il avança encore, tout en prenant garde où il mettait les pieds pour éviter de révéler sa position. Il sortit sa lampe torche, l'alluma et tira la porte à lui. Il fut surpris par la luminosité qui inondait la pièce devant lui.

En franchissant le seuil, il remarqua que le toit de cette partie de l'immeuble s'était écroulé à l'intérieur, emportant tout sur son passage et laissant devant lui un mur de décombres haut de plus de 3 mètres.

La seule solution qui s'offrait à lui était d'emprunter le couloir qui partait sur sa droite. D'une hauteur sous plafond d'environ 2,50 mètres, il longeait tout l'édifice. À vue de nez, David estima qu'il devait y avoir une demi-douzaine de portes qui s'ouvraient sur le couloir. En ouvrant la première, une odeur nauséabonde lui sauta au visage.

Il éclaira la pièce de sa lampe et constata qu'il s'agissait des toilettes. La deuxième porte, plutôt grinçante, donnait sur un vestiaire, équipé de vieilles armoires métalliques rouillées sur un pan de mur, et de vieux bancs en bois vermoulus sur l'autre, avec un passage qui menait aux douches dans le fond. Il en fit rapidement le tour et ressortit. Les deux portes suivantes étaient soit verrouillées, soit bloquées car il ne parvint pas à les faire bouger.

Il continua sa progression dans le couloir et arriva devant la cinquième porte. Quand il la poussa, il se trouva à l'entrée d'un immense atelier assez obscur. Il marqua un arrêt et tendit l'oreille. Le silence qui y régnait était oppressant. Il avança lentement et découvrit plusieurs camions dans le même état que le toit qui les abritait.

Il se trouvait maintenant sous une passerelle qui longeait deux des quatre murs de l'atelier. Il resta en-dessous et prit à gauche. Il dépassa trois camions, puis repéra un énorme moteur, suspendu par une grosse chaîne à une poulie, elle-même accrochée à une poutrelle en acier. Sous le moteur se tenait une immense table métallique sur laquelle reposait ce qui ressemblait à un grand sac. Cependant, les rayons du soleil n'arrivant pas jusque-là, il ne put distinguer correctement de quoi il s'agissait.

Il alluma sa torche pour la brandir vers la table. Lorsque son cerveau enregistra ce que ses yeux venaient d'apercevoir, son cœur manqua un battement. Ce n'était absolument pas un sac, mais bien un corps. Le corps de sa femme, pour être plus précis. Et son T-shirt était maculé de sang séché. Il tomba à genoux et tenta de reprendre sa respiration.

Il reprit lentement ses esprits et ramassa la lampe que sa main tremblante avait laissé échapper. Il éclaira la poitrine de Sasha et, à son grand soulagement, il la vit monter et descendre, signe qu'elle respirait encore.

Il ramassa quelques graviers et les lança vers la table. Au deuxième essai, elle sursauta et tourna la tête vers lui. Elle avait les yeux exorbités, la sueur lui collait les cheveux au visage et un grand morceau de bande adhésive grise lui couvrait la bouche.

Elle avait les mains et les pieds attachés à la table par de solides cordes. Il réalisa alors qu'il l'aveuglait et qu'elle ne pouvait pas voir son visage. Il dirigea donc la lumière vers lui, l'espace de quelques secondes, lui envoya un signe d'encouragement, puis pointa à nouveau la lumière vers elle.

Elle avait maintenant les yeux emplis de larmes. Elle le suppliait du regard. Il put y lire un mélange de soulagement, de peur et de souffrance. Une porte claqua, quelque part dans l'usine, et le bruit se répercuta sur les murs. Il éteignit sa torche et se cacha prestement derrière un établi tout en gardant les yeux rivés sur Sasha.

Au bout de quelques instants, il ralluma la lampe, la braqua sur elle et lui demanda en chuchotant si elle allait bien. Elle était terrorisée et secoua la tête en essayant visiblement de lui faire comprendre quelque chose.

À côté de lui, une table métallique à roulettes, suffisamment grande pour qu'il puisse se tenir en-dessous, lui permettrait de se mettre à l'abri des balles. Il s'y glissa et se rapprocha doucement de Sasha. À mi-chemin, il fit une halte, inspectant la galerie pour tenter de débusquer le tueur. Il discerna plusieurs portes, menant vraisemblablement aux anciens bureaux de l'entreprise. Toutes étaient fermées et aucune lumière ne filtrait à travers les vitres crasseuses des locaux.

En distinguant un grincement, il reconnut le bruit de la porte des vestiaires. Plusieurs dizaines de mètres le séparant d'elle, il décida de risquer le tout pour le tout. Il accéléra sa progression jusqu'à atteindre Sasha, sortit le couteau accroché à sa cheville et trancha les liens qui retenaient sa main et son pied gauches.

Elle se mit alors à sangloter bruyamment. Il tenta de la calmer, sentant son corps secoué de spasmes. Il s'assit et repoussa la table à roulettes. Tout à coup, son sang se glaça quand il entendit un éclat de rire démoniaque retentir dans la pièce. Il réalisa alors que les sanglots de Sasha s'étaient transformés en un rire hystérique. « Ça y est, pensa-t-il, elle pète les plombs, elle craque. »

Il se releva pour la prendre dans ses bras et la rassurer, mais, au moment où il s'approcha de son visage pour l'embrasser, il ne réalisa pas que l'adhésif avait déjà disparu de sa bouche. C'est ce moment qu'elle choisit pour lui envoyer un violent coup de tête qui lui fracassa le nez. Le sang gicla, se répandant sur son menton et son torse. Il tituba et fit un pas en arrière. Sasha s'assit sur la table, alors même qu'il était certain de ne pas avoir tranché tous les liens qui la retenaient prisonnière, et pointa une arme sur Corduno.

— Surprise ! cria-t-elle, avec une voix qu'il ne lui connaissait pas.
— Mais, Sasha, je… Qu'est-ce que… Je ne comprends pas, bafouilla-t-il, ignorant les lancements qui irradiaient de son nez cassé.
— Qu'est-ce que tu ne comprends pas, pauvre con ?
— Mais, enfin, chérie…
— Arrête de m'appeler comme ça, ça m'agace ! ragea-t-elle comme une folle.
— Mais…
— Au cas où tu te poserais la question, elle est chargée et je sais m'en servir, l'interrompit-elle, en tirant une balle qui frôla sa cuisse avant de venir se loger dans l'établi en bois.

David resta bouche bée, ne saisissant toujours pas ce qui était en train de se produire.

— Aaah ! Mon pauvre Dave. « Le » grand Corduno qui n'a absolument rien vu venir. Pour ta défense, faut bien avouer que tu as eu affaire à la meilleure. Je ne vois vraiment pas comment tu aurais pu me démasquer. Je t'ai mené par le bout du nez depuis le début, se gaussa-t-elle.

Corduno ne comprenait rien à ce qu'elle racontait. Il avait l'impression d'être en plein cauchemar. Il allait sûrement se réveiller d'une minute à l'autre en hurlant, le corps couvert de sueur. Ses mauvais rêves étaient très fréquents depuis plus de deux ans, mais, là, ils prenaient une tournure qu'il n'aimait pas du tout, au point qu'il avait vraiment l'impression de ressentir la douleur dans son nez. Lorsqu'un coup de feu claqua dans la pièce et que la balle lui transperça le pied, il prit enfin conscience qu'il ne dormait pas du tout.

— David, t'as l'air complètement paumé. Est-ce que tu comprends ce que je viens de te dire ? dit-elle, soucieuse, en le dévisageant.
— Putain, Sasha, tu viens de… me tirer dessus, gémit-il. Cette comédie a… assez duré, ça suffit maintenant. Donne-moi… cette arme !
— Mais t'es vraiment débile ou quoi ? T'as encore rien compris ? Le jeu est terminé, j'ai gagné ! C'est si difficile à admettre pour toi, mon pauvre chéri ?
— Mais admettre quoi ? À quoi tu joues ? balbutia-t-il, encore sous le choc.
— Comment as-tu pu en arriver à diriger la brigade criminelle en étant aussi naïf et stupide ! s'exaspéra-t-elle. Si je comprends bien, je vais encore devoir tout t'expliquer pour ne pas que tu meures idiot ? finit-elle avec une moue contrariée.

— Ouais, c'est ça, explique-moi. J'suis vraiment trop con ! lança-t-il, blessé dans son amour-propre.

— Bon, allez, comme le condamné a droit à une dernière volonté, je vais donc satisfaire ta curiosité. La première fois que je t'ai vu, j'avais vingt-neuf ans et, toi, tu te pavanais dans mon petit écran, telle une star promise à un bel avenir comme inspecteur de la criminelle. Depuis tes débuts et jusqu'à ce jour-là, tu avais fait un sans-faute. Les médias, les politiques, tout le monde t'encensait. Aux yeux du peuple, tu passais presque pour un Dieu.

Le ton était calme et serein, presque nostalgique, tandis qu'elle se baladait dans ses souvenirs, tout en triturant dangereusement le chien de son révolver.

— Mais, ce que personne ne voyait, c'était que tu attrapais la grosse tête, que tu commençais à te la péter un peu trop. Il fallait donc bien que quelqu'un te remette à ta place. Moi, j'avais compris ton petit manège, tu mettais le monde entier au défi. Tu recherchais un adversaire à ta mesure, avec cet air suffisant de celui qui était convaincu de ne jamais échouer. TU m'as obligée à agir ! Tu ne peux t'en prendre qu'à toi-même. Tu aurais pu éviter tout ça. J'ai voulu tout savoir de toi : je t'ai suivi, scruté, analysé, pendant des années ! Je connais toutes tes petites manies, comme le flingue que tu as planqué dans ton pantalon contre tes reins... chargé à blanc, soit dit en passant.

Elle éclata d'un rire de forcenée en voyant sa mine déconfite.

— Tu ne pensais quand même pas que j'allais te laisser venir avec de vraies munitions ? J'ai changé les balles de toutes les armes qui se trouvent dans ta chambre forte.

Corduno était abasourdi. Comment avait-elle pu jouer la comédie si longtemps ? Il n'avait jamais rien soupçonné. Il avait même été certain que les sentiments qu'il avait pour elle étaient partagés :

— Tu n'as pas pu faire semblant ! On était fous amoureux l'un de l'autre. Tes sentiments étaient sincères, j'en suis sûr. Je le sentais !
— À ton avis, pourquoi ai-je fait un break de deux ans après avoir tué ma cinquième victime ? Tu crois vraiment que notre rencontre était due au hasard ou au destin ? Eh bien, non ! Ça faisait partie de mon plan. Et j'avais deux bonnes raisons pour cela. D'abord, je suivais ton actualité sur Internet. Jusqu'au jour où j'ai vu que tu t'étais créé un profil sur *Rendez-vous.be*. C'était l'occasion rêvée pour moi de t'approcher pour suivre la progression de l'enquête. Mais tout ça n'a été qu'une perte de temps car vous n'avanciez pas du tout.
— Mais... Je t'ai aimée dès que je t'ai vue, Sasha. J'étais prêt à passer le restant de mes jours à tes côtés. Je t'aurais fait un enfant et nous serions allés vivre en Australie, auprès de tes parents, insista-t-il d'une voix à peine audible, complètement anéanti.

Réalisant qu'il n'avait toujours rien compris, subitement, elle vit rouge. Elle bondit de la table, telle une furie, se rua sur lui et lui décocha un coup de genou entre les jambes. Il se plia en deux de douleur. Sans lui laisser de répit, le coup de pied fouetté retourné qui l'atteignit à la tempe l'envoya au tapis.

Folle de rage face à son déni, elle se recroquevilla, se prit la tête entre les mains, frottant convulsivement la crosse de son *Smith & Wesson* sur la tempe, tout en psalmodiant à voix basse. D'un coup, elle se redressa, le jaugea et cracha d'une voix agressive :

— Il n'y a personne de ma famille là-bas. C'était juste une excuse pour que tu ne me fasses pas chier à vouloir les rencontrer.

Toujours aussi largué émotionnellement, il prit néanmoins conscience qu'il fallait absolument gagner du temps. David se garda bien de lui dire que, sans elle, sa vie n'aurait plus beaucoup de sens. Malgré le fait qu'il l'aimait toujours, il n'avait pas envie de lui faire ce petit plaisir. À cet instant, David aperçut sur la table le GSM et le modulateur de voix dont Sasha s'était servi à chaque appel. Il n'y avait donc plus aucun doute possible quant à sa participation à ce traquenard.

Par contre, il était certain qu'il pouvait aisément la désarmer et la mettre hors d'état de nuire, même avec une balle dans le pied. Le problème, c'est qu'il était tout bonnement incapable de lever la main sur la femme qu'il aimait et qui partageait sa vie depuis tant de mois. Pourtant, en l'observant bien, il devait se rendre à l'évidence : elle n'avait plus rien de la Sasha d'il y a deux jours. Elle était méconnaissable, tellement la folie et la fureur déformaient ses traits.

— Et la deuxième raison ? interrogea-t-il pour temporiser.

— Je t'ai dit que je savais tout de toi, pauvre petit « sans famille » : plus de père, plus de mère, plus de frère, pas de femme ni d'enfants… Il était évident que la seule façon pour toi de te reconstruire, c'était de t'en recréer une. J'avais enfin trouvé ton talon d'Achille et je comptais bien l'exploiter, exulta-t-elle. Mon but était de te rendre fou de moi et je dois bien avouer que le résultat a largement dépassé toutes mes espérances. À chaque fois qu'on faisait l'amour, tu pensais me baiser, mais en fait c'est moi qui te baisais, parce que je savais que tu t'accrochais de plus en plus. Bon, ok, tu étais un bon coup et ça me plaisait. C'était ma petite récompense à moi. Ça et l'idée que j'allais te démolir ont été les seules choses qui m'ont permis de tenir le coup pour mener mon plan jusqu'à son terme.

Corduno, éberlué et les yeux embués de larmes, était totalement brisé. Ces dernières années de bonheur, défilant en vrac dans sa tête, n'étaient en réalité qu'une illusion. Maintenant qu'il avait toutes les cartes en main, son esprit travaillait à toute vitesse. Certains recoupements concernant plusieurs détails de l'enquête se firent dans sa tête. L'expression : « l'amour rend aveugle » prenait tout son sens !

Sasha savoura son effet, tentant de faire ralentir son rythme cardiaque qui ne cessait de s'emballer à l'idée de lui porter l'estocade.

— Je voulais te détruire en t'arrachant la personne que tu aimais le plus au monde : MOI ! Et surtout, toi, le boss, le grand Corduno, je voulais te prouver que ton esprit de déduction est lamentable, que tu n'es qu'un misérable imposteur, un incapable. Tu n'as pas été foutu de sauver mes proies, pas plus que tu n'as pu sauver ta famille…

La tête haute, le regard fier, les épaules en arrière, elle toisa David à la recherche de l'expression de sa capitulation.

— Qu'est-ce qu'on fait maintenant ? demanda-t-il. Tu vas me descendre ?
— Pour abréger tes souffrances ? N'y compte surtout pas, j'ai bien trop pris goût à la torture… D'ailleurs, comme il reste des balles dans mon chargeur, je me vois bien faire quelques trous dans ta carcasse, histoire d'encore augmenter tes douleurs. Puis, une fois que j'en aurai terminé avec toi, ce ne sera plus qu'une formalité de m'occuper de cette salope d'Alex, qui te tourne autour depuis le début, sans même faire preuve de discrétion. Je prendrai sûrement autant mon pied qu'au massacre de ma mère, cette tarée autoritaire qui nous pourrissait la vie à mon père et à moi ! Heureusement qu'il était là, c'est lui qui m'a tout appris. Je n'avais que douze ans à l'époque, je manquais encore un peu d'expérience… Mais, depuis, j'ai eu tout le loisir de m'entrainer, conclut-elle, le visage radieux.

Revenant au temps présent, elle leva son bras et pointa son arme en direction de David, hésitant entre l'épaule, la hanche ou le genou, un sourire sadique étirant ses lèvres.

— Moi je pense que tu vas plutôt passer le reste de tes jours en taule, reprit-il, en ignorant sa dernière réplique. Comme c'est triste, tout ça pour rien. Finalement, tu n'auras rien gagné du tout.
— Au cas où tu ne l'aurais pas remarqué, c'est moi qui suis du bon côté du flingue. Je peux savoir comment tu comptes t'y prendre pour m'arrêter ?

— Je vais te demander gentiment, une seule fois, de jeter ton arme et de lever les bras.
— Oh, comme c'est mignon. Le grand flic qui fait son cinéma. Et si je refuse ?
— Alors, je te fais sauter le caisson et je repeins la pièce avec ta petite cervelle, espèce de sale pouffiasse, rétorqua Alex en lui collant le canon de son arme sur la nuque.

Sasha blêmit de rage. Ses lèvres tremblaient et, à travers les émotions qui se succédèrent sur son visage, David comprit qu'elle était prête à faire feu, au risque de perdre la vie. Son révolver était toujours braqué sur lui. Du coin de l'œil, il perçut Michel et Pascal émerger, sur la pointe des pieds, de derrière l'un des camions. Ils tenaient tous les deux leur arme braquée vers Sasha.

— Chér... Sasha, baisse ton arme, s'il te plaît. Il y a déjà eu assez de morts dans cette histoire.
— Non. Il y en a encore qui doivent mourir...
— Tu l'as entendu ? aboya Alex en accentuant la pression du canon sur son crâne. Je n'hésiterai pas une seconde à tirer.

Michel et Pascal s'arrêtèrent, toujours hors de la vue de Sasha, de peur de l'effrayer, mais en la maintenant en joue. Elle baissa lentement le bras. À cet instant précis, David vit un éclair de détermination dans ses yeux. Elle pivota rapidement sur elle-même, tout en fléchissant les genoux et vociféra :

— Crève SALOOOPE !
— NOOOOON, hurla David, les bras tendus en avant.

En moins de deux secondes et trois détonations, tout fut terminé.

Chapitre 18

Deux semaines plus tard, Michel arriva au CHU Brugmann, sur le site Paul Brien, à Schaerbeek. David y avait été transporté d'urgence après la fusillade dans l'usine désaffectée.

On était samedi et Michel avait prévu de passer l'après-midi avec Sandra au chevet de son ami. Quand l'hôpital l'avait appelé à 9h30 pour lui demander de venir d'urgence, il avait aussitôt laissé tomber petit-déjeuner et projets de la matinée.

Depuis le jour fatidique, il venait tous les jours rendre visite à David. Certaines fois, il n'y restait qu'une heure alors que d'autres, il y passait l'après-midi et la soirée.

Il monta à l'étage et frappa à la porte du bureau des infirmiers du service où il séjournait. L'infirmière en chef décrocha son téléphone pour prévenir le médecin de son arrivée.

— Que se passe-t-il ? demanda Michel, incapable d'attendre l'arrivée du médecin tellement il était anxieux.

— Son état se dégrade de jour en jour et nous pensons qu'il est urgent de le transférer dans un autre service.

— Bonjour, Monsieur Meerpoel, lança le médecin en entrant. Merci d'être venu aussi vite. Suivez-moi, allons dans mon bureau.

— Comment va-t-il ?

— Écoutez, physiquement, c'est un solide gaillard et il récupère bien. C'est plutôt son état psychologique qui nous inquiète. Un psychiatre est venu lui rendre visite ce matin, à la suite de quoi nous avons tenu une réunion pluridisciplinaire pour débattre de son cas. Nous sommes tous d'avis qu'il faut le faire interner en psychiatrie. Il y recevra un traitement médicamenteux adapté, suivra une thérapie et pourra même y continuer sa revalidation physique. Pour être tout à fait honnête avec vous, nous avons peur qu'il mette fin à ses jours. Il reste prostré toute la journée et fait des cauchemars presque toutes les nuits.

— Si vous pensez vraiment que c'est nécessaire, je ne vais pas m'y opposer. Je veux ce qu'il y a de mieux pour lui, se résigna Michel.

— Parfait. Nous allons immédiatement organiser son transfert. Je vous garantis que vous prenez la bonne décision. Par contre, les visites seront interdites, au minimum pendant les trois premières semaines. Ensuite, nous réévaluerons la situation.

— Vous ne pouvez pas faire une exception pour moi ? Il n'a que moi, nous sommes comme des frères.

— Je comprends bien, mais, malheureusement, vous êtes également lié au drame qui est à l'origine de sa dépression sévère. Vous pourrez prendre de ses nouvelles auprès du personnel soignant et je vous promets que, dès que ce sera possible, vous pourrez venir le voir.

Michel signa les documents marquant l'accord pour l'internement et repartit, le moral au plus bas.

⊥⊤⊥

Outre la balle que Sasha lui avait tirée dans le pied, David avait également été touché à l'épaule gauche. Alex avait le doigt crispé sur la détente, prête à faire feu, lorsque Sasha avait brusquement fait volte-face. Quand le coup était parti, la balle était passée juste au-dessus de la femme qu'elle tenait en joue pour percuter David de plein fouet.

De leur côté, Michel et Pascal avaient fait feu en même temps et avaient tous deux atteint leur cible. Un des projectiles avait déchiré la cuisse droite de Sasha, sectionnant l'artère fémorale, tandis que l'autre lui avait perforé l'abdomen. Elle s'était éteinte avant l'arrivée des secours, emportant avec elle toutes les réponses concernant cette sordide affaire.

Alex s'en voulait énormément de s'être laissée surprendre et de ne pas avoir été capable de réagir de manière appropriée. Elle avait failli tuer son boss et, accessoirement, l'homme dont elle était éperdument amoureuse depuis des années. Elle venait également lui rendre visite tous les jours et passait ses soirées à pleurer et à picoler.

Le comité P[1] l'avait suspendue de ses fonctions – pour avoir fait usage de son arme à feu sur son supérieur – jusqu'à la fin de l'enquête sur cette bavure, qui avait failli coûter la vie à deux personnes.

Michel avait passé les trois mois qui venaient de s'écouler à s'occuper d'Alex. Dans un premier temps, il l'avait tirée d'affaire en témoignant lors de l'enquête des bœuf-carottes. Il leur avait affirmé qu'elle était une inspectrice hors pair, sans oublier que, si on avait retrouvé Corduno et la coupable de la série de meurtres – qui avaient épouvanté Bruxelles pendant plus de deux ans –, c'était grâce à elle.

En effet, l'idée de génie permettant de les localiser venait d'elle. En vérité, la seule erreur qu'elle avait commise était due à

[1] La police des polices.

la situation très délicate dans laquelle ils s'étaient tous retrouvés. La tension avait été extrême à cause du fait qu'ils étaient tous amis avec la coupable qui, elle, ne craignait pas de mourir. Sa version des faits fut confirmée par Pascal. Ses états de service irréprochables et le soutien de sa hiérarchie avaient finalement suffi à la réintégrer dans la brigade.

Malgré tout, Michel avait bien compris qu'il restait un problème de taille à régler pour Alex. À plusieurs reprises, elle était arrivée au boulot le matin, empestant l'alcool et arborant une mine de déterrée.

Ainsi, un soir, aux environs de 20h00, il avait débarqué chez elle à l'improviste et avait menacé de défoncer la porte si elle ne le laissait pas entrer. Quand elle finit par accepter, il découvrit qu'elle était déjà bien entamée et avait piqué une crise, fouillant l'appartement à la recherche de tout ce qui pouvait ressembler, de près ou de loin, à de l'alcool. Une fois toutes les bouteilles vidées dans la cuvette des toilettes, il était resté discuter avec elle jusqu'à passé minuit.

Il avait promis de l'aider à conquérir le cœur de David, à la condition qu'elle promette d'arrêter de boire et de faire preuve de patience. En effet, David aurait besoin de beaucoup de temps pour réussir à cicatriser les blessures causées par la relation qui avait failli lui coûter la vie.

De son côté, lui avait décidé de rompre avec Sylvie. Les derniers événements l'avaient fortement rapproché de Sandra, ce qui lui avait permis de réaliser qu'il était grand temps d'arrêter de courir plusieurs lièvres à la fois, pour se consacrer à la femme qui l'avait soutenu les derniers mois. Et cette femme, il l'aimait de tout son être.

Pascal commençait à s'habituer à sa nouvelle vie de papa et son fils, Mathis, le comblait de bonheur. Si on lui avait dit, six mois plus tôt, qu'il serait un jour un papa gâteau, il n'y aurait pas cru. Avec sa femme, Martine, la situation semblait également s'améliorer sur le plan sexuel.

En ce dimanche après-midi de fin juillet, le soleil brillait dans un ciel bleu azur. Michel était passé chercher Alex et Pascal, mais l'ambiance dans la voiture était plutôt à l'angoisse. Ils allaient enfin pouvoir rendre visite à David après trois mois d'une attente interminable, délai bien plus long que ce que le médecin-chef avait annoncé au départ.

La veille au soir, le psychiatre avait téléphoné à Michel pour donner son feu vert. Il estimait que son patient était en bonne voie de guérison et que les visites permettraient même d'accélérer le processus. Pascal essaya deux ou trois blagues pour détendre l'atmosphère, mais, comme elles ne firent aucun effet, il décida d'en rester là.

Ils franchirent le sas d'entrée qui menait au service psychiatrique de l'hôpital et furent accueillis par l'infirmier-chef, dont le badge indiquait qu'il se prénommait John.

— Bonjour. Je vais vous accompagner, mais, d'abord, je dois vous mettre en garde pour que vous ne soyez pas saisis en le voyant. Il n'est plus tout à fait comme avant et ne vous étonnez pas s'il ne vous reconnaît pas tout de suite. Il lui arrive parfois de piquer des crises. Dans ce cas-là, le mieux à faire est de le laisser se calmer.

— Mais j'avais cru comprendre qu'il allait mieux ? risqua Michel.

— Oui, oui. Il va mieux, mais il n'est pas encore tout à fait tiré d'affaire. Venez, suivez-moi. Essayez de ne pas trop le fatiguer.

L'infirmier les précéda dans un long couloir menant à une salle de séjour très lumineuse.

Le soleil inondait la pièce par les grandes baies vitrées, mais l'air conditionné permettait de garder une température très agréable, propice au bien-être des patients.

Quelques-uns d'entre eux tournaient en rond dans la pièce, semblant poursuivre les fantômes qui les hantaient. D'autres s'adonnaient au bricolage. Pascal remarqua un homme et une femme, assis à une table, tenant chacun des cartes en main. Aucun des deux ne semblait avoir envie de jouer. Ils se regardaient dans les yeux sans bouger, sans parler.

Alex repéra David, assis dans un fauteuil près de la fenêtre, et fit signe à ses collègues de la suivre. Ils se dirigèrent vers lui. Il avait le teint blafard et un filet de bave coulait sur son menton. Il dormait profondément. Alex posa délicatement sa main sur son front et le caressa avec douceur.

Il ouvrit péniblement les yeux, comme s'il sortait d'un profond coma. Il cligna plusieurs fois des paupières tout en continuant à regarder par la fenêtre. Il finit par tourner la tête et dévisagea ses visiteurs, ne semblant pas les reconnaître. Quand un éclair de lucidité jaillit de ses prunelles, il se raidit. Soudain, ses yeux se révulsèrent et son corps fut saisi de convulsions tellement violentes que son fauteuil en fut projeté contre le mur.

— Infirmier, à l'aide ! cria Michel en se retournant.

C'est alors qu'il remarqua la réaction du personnel qui les surveillait et il se souvint de la recommandation de John. Il tira une chaise vers lui et s'assit dessus, tout en observant Alex et Pascal, occupés à le calmer. Au bout d'une quarantaine de secondes, la crise sembla s'estomper. À ce moment-là, Michel commença à applaudir. Surpris, Alex et Pascal se retournèrent vers lui.

— Quel cinéma, dis. Belle interprétation mon salaud, lança-t-il à David, qui ne put retenir son hilarité plus longtemps.

Alex lança un regard incendiaire vers John et les autres infirmiers qui applaudirent à leur tour.

— Désolé, Mademoiselle, mais c'est lui qui nous a ordonné de vous faire cette blague. Vous savez, ici, c'est lui le boss, hein.

Elle se retourna et lui envoya une belle tape sur l'épaule, puis elle éclata de rire et finit par le prendre dans ses bras en sanglotant.

— Sale type, grogna-t-elle à travers ses larmes.
— Avouez, c'est quand-même bien dans cet état que vous pensiez me trouver, non ?
— Tu nous as manqué, déclara Pascal avec émotion. Comment te sens-tu ?
— Ça va, je commence à sortir la tête du trou, répondit-il, à bout de souffle. J'ai moins d'idées noires, mais il me faudra encore du temps avant de pouvoir reprendre une vie normale.
— Prends ton temps, surtout, lui dit Michel. Du moment qu'on peut venir te rendre visite, c'est le principal pour nous. Tu m'as vraiment fait peur, vieux frère, reprit-il, les larmes aux yeux.

— Il y a quand-même quelque chose qui me tracasse. Comment avez-vous fait pour me retrouver ? interrogea-t-il, complètement réveillé cette fois.
— Mais c'est nous qui t'avons fait hospitaliser ici. Et puis, nous sommes quand-même venus te voir plusieurs fois. Tu ne t'en souviens plus ? s'inquiéta Pascal.
— *Zotte moeche*, va. Je ne te parle pas d'aujourd'hui, mais du jour où...
— Tu veux vraiment qu'on parle de ça maintenant ? l'interrompit Michel.

En regardant tour à tour ses amis réunis autour de lui, David repensa à ces quelques mois où il en avait été éloigné. Il avait fait la traversée du désert sans eux, mais, à présent, il était certain de pouvoir compter sur leur soutien.

— Oui. Je réalise que vous m'avez sauvé la vie, répondit-il avec gratitude. Maintenant, j'ai besoin de combler les trous pour pouvoir avancer en thérapie.
— Alex, à toi l'honneur, reprit Michel.
— Nous avions demandé à Proximus de retracer le signal de ton GSM. Tout allait bien jusqu'à ce que tu l'éteignes et que tu le jettes dans une poubelle de la station Gare Centrale.
— Comment vous savez ça ? demanda-t-il, interloqué.
— Caméra de surveillance, répondit Pascal.
— Alors, j'ai eu l'idée de demander à Mixailof s'ils avaient retrouvé le téléphone portable de Sasha chez toi, après avoir découvert le cadavre. La réponse fut négative. Il nous a donc suffi d'en retracer le signal, en priant pour qu'il soit toujours actif. Et ce fut bien le cas.

Après une pause, pour permettre à David d'enregistrer les infos, Alex poursuivit :

— Comme Proximus nous a confirmé qu'il restait au même endroit, Pascal n'a pas voulu rester au bureau. Il a pris sa bagnole et nous a rejoints.
— C'est comme ça que nous sommes arrivés sur place. Quand nous avons retrouvé la voiture de Sasha dans la cour de l'usine, nous étions sûrs d'être dans le bon. Heureusement que tu avais laissé la porte de l'atelier ouverte, ça nous a permis d'y entrer sans nous faire remarquer. En plus, on a tout entendu. La suite, tu la connais, termina Michel.
— Aussi, comme nous avions lancé un avis de recherche sur la voiture de Sasha, un motard de la police a contacté le central pour faire savoir qu'il venait de l'aider à passer le carrefour Meiser en direction du Lambermont. La direction coïncidait avec le signal du GSM de Sasha, ajouta Pascal.
— Merci, les amis, dit David. Même si, à ce moment-là, j'étais prêt à la laisser me flinguer, je suis quand-même heureux d'être vivant et de vous avoir auprès de moi. Nul doute que j'aurai besoin de vous pour surmonter cette épreuve.

Ils passèrent toute l'après-midi avec lui et revinrent régulièrement en visite les mois suivants, surtout Alex, qui avait compris qu'il s'agissait d'une occasion en or pour se rapprocher de lui. Elle était aux petits soins, lui apportant régulièrement de bons plats cuisinés avec amour.

Fabien, qui avait pourtant été mis totalement hors de cause dans cette affaire, continuait à faire la tête, vexé d'avoir été soupçonné d'être l'auteur de cette vague de crimes atroces. Voilà pourquoi il avait refusé de venir rendre visite à David. Il avait besoin de temps pour digérer l'affront et remettait sérieusement en doute sa capacité à continuer à travailler dans l'équipe.

En attendant le retour de son ami, Meerpoel dirigeait la brigade. Alex, Pascal et lui étaient très liés depuis cette affaire, qui les avait tous atteints au plus profond de leur être. Une véritable complicité et une solide amitié les unissait plus que jamais. Michel avait décidé d'épouser Sandra, mais il attendait avec impatience que son témoin sorte de l'hôpital avant de choisir la date.

Disposant enfin des empreintes de la coupable, Mixailof et Loos avaient pris l'initiative de les comparer avec celles répertoriées sur les différentes scènes de crime. Ils avaient été bien inspirés puisqu'ils trouvèrent une correspondance avec celles relevées sur les jambes de la deuxième victime, Jessica Despiegeleer, suspendue au plafond de son garage.

Cette découverte était une bonne nouvelle car ils détenaient à présent une preuve irréfutable de sa culpabilité. Toutefois, mauvaise nouvelle, elles étaient également accompagnées d'autres empreintes suspectes. Cela sous-entendait que Sasha avait un complice. Étant donné qu'aucune n'était fichée, l'identité du complice restait encore un mystère.

Mais chaque chose en son temps...

FIN

Expressions Belges

- **Alleï ! :** allez (dis) !
- **Américain préparé :** bœuf haché avec mayonnaise et assaisonnement
- **Babbeleir :** bavard, pipelette
- **Bais' :** bisou
- **Braaf :** gentil, bon
- **Caberdouche :** cabaret, débit de boissons
- **Carabistouilles :** sottises, bêtises
- **Caricoles :** escargots de mer ou bulots
- **Dag :** (néerl.) bonjour
- **De dikke en den dunne :** « Le gros et le mince », allusion à Laurel et Hardy
- **Doef :** cuite, biture
- **Fieke :** (diminutif familier) fille, femme
- **Floche :** pénis
- **Fritkot :** friterie, baraque à frites
- **Godverdoeme :** (néerl.) nom de Dieu
- **Goldentich :** (litt.) pénis en or, homme qui a eu plusieurs enfants
- **Fafoule :** hâbleur, grande gueule
- **-Ke :** (suffixe) petit
- **Ket(je) :** garçon de Bruxelles, pendant bruxellois du titi parisien
- **Kip :** (néerl.) poulet
- **Klet :** idiot, sot
- **Kluut :** (litt.) testicule, couillon
- **Madameke :** petite dame
- **Mitraillette :** baguette sandwich contenant un hamburger, des frites et de la sauce
- **Nonante :** 90
- **Non peut-être :** oui, certainement
- **Peye/Peï :** mec, type
- **Pistolet :** sandwich rond à la croute croustillante
- **Potverdekke :** nom d'une pipe
- **Rot :** pourri / Se mettre en **rot :** se mettre en colère
- **Schatteke :** petit(e) chéri(e)
- **Sketté (être) :** fatigué, cassé (être)
- **Smeirlap :** saligaud, cochon, ordure
- **Snotneus :** morveux
- **Snottebelle(n) :** crottes de nez, morve
- **Snul :** idiot, imbécile
- **Souper :** repas du soir
- **Stoemelings (en) :** en cachette, en douce
- **Stoemp :** purée de pommes de terre aux légumes
- **Tentures :** rideaux opaques
- **Tich :** (litt.) zizi, surnom mi-affectueux, mi-moqueur
- **Tof :** bien, beau, sympa, chouette
- **Waterzooï :** recette gantoise à base de poisson ou de poulet
- **Zatlap :** ivrogne, poivrot
- **Ziever(er) :** radoteur
- **Zot :** fou, maboul
- **Zotte moeche :** foufou

Les Auteurs

Derrière le pseudonyme « Yves Laurent » se cachent deux auteurs belges, Yves Vandeberg et Laurent Vranjes, qui sont parvenus à allier avec brio leur talent pour écrire ce roman cent pourcent bruxellois.

Yves, qui voue un amour inébranlable à la littérature depuis toujours, s'est d'abord passionné de lecture avant de se mettre à l'écriture. Habitué des changements radicaux tant au niveau personnel que professionnel, il travaille aujourd'hui dans une maison de repos, après s'être remis d'un burnout. Voyant en l'écriture une véritable méthode thérapeutique, il entend également en profiter pour surprendre les lecteurs.

Laurent, qui s'exprime depuis sa plus tendre enfance à travers ses écrits, n'a été attiré par la lecture que vers la fin de son adolescence. Son histoire de vie pourtant très difficile n'est jamais parvenue à entacher son éternel optimisme. Aujourd'hui papa d'une fille qui fait sa plus grande fierté, il lui consacre tout son temps en-dehors de son travail d'entrepreneur indépendant et de l'écriture.

Avec *Jeux de mains...* Yves et Laurent signent leur tout premier roman policier, co-écrit et publié en collaboration avec les lecteurs grâce à la méthode *Esfera, Imaginons ensemble*. La suite des aventures de David Corduno et de sa brigade est déjà en cours d'écriture.

Remerciements

Yves

Je remercie mon amie Sabine Peeters qui a été ma première lectrice et correctrice en 2007, lorsque j'ai commencé l'aventure. Ton enthousiasme et ta franchise m'ont beaucoup aidé.

Mon amie Marie-France Bily de *Completude coaching*, qui m'a aidé à retrouver la confiance en moi, la force et la détermination de reprendre l'écriture.

Je tiens également à remercier le Dr Serge Gozlan et ma psychologue Marie Carlier. Vous ne pouvez pas savoir à quel point vous m'avez aidé à me reconstruire.

Laurent

Je remercie ma fille, Luna, qui a toujours cru en moi. Tes encouragements et ton amour inconditionnel m'ont porté plus que tu ne peux l'imaginer. Merci, mon ange, de me laisser devenir ton héros.

Mon amie Nadine Henrot, qui, à travers de longs échanges de mails, sans s'en douter, m'a remis le pied à l'étrier alors que j'avais laissé l'écriture en hibernation. Moments magiques !

Yves Laurent

Nous remercions également nos bêta lecteurs (Thomas C., Sonia D., Éric D., Marc G., Sylvie G., Éric G., Jeannette H., Sabine P., Christophe P., Nathalie R., Pauline R., Sylvie V. et Sabrina W.). Vous avez toutes et tous adoré notre roman, ce qui nous a permis de croire que l'aventure pourrait aller jusqu'à l'impression de ce livre.

N'oublions pas tous nos amis, qui nous ont inspiré une bonne partie des personnages… Ils se reconnaitront !

Ces remerciements seraient incomplets si nous ne mentionnions pas Jessica Candelario Perez, créatrice des initiatives *Talentbulle, révélation de talents littéraires* et *Esfera, Imaginons ensemble*. Depuis le début, tu as cru en nous et ces mois passés à travailler ensemble ont été un vrai bonheur.

Enfin, merci à vous, lecteurs, d'avoir acheté ce livre, nous espérons qu'il vous procurera de beaux frissons de lecture…

Les Contributeurs

Nous tenons également à remercier tous ceux qui ont permis la publication de ce roman grâce à leur contribution sur *Hello Crowd!* et *Ulule*.

Jeanne Advocat, Anne-Michèle Albert, Ivone Alves de Oliveira, Michèle Angenard, Tania Antuña Grandal, Luigi Arialdi, Jane Arkell, Cedric Artiges, Guillaume Babin, Rudi Babuder, Tony Babuder, Martine Bailly, Marianne Bakkers, Pascal Bakkers, Nathalie Banbanasti, Evelyne Becue, Cédrik Bernard, Olivia Billington, Marie-France Bily, Sylviane Boeckmans, Fan Bombaerts, Helena Borralho, Christian Boucart, Danielle Bougard, Régine Bougard, Christine Broeckx, Geneviève Bry, Gert Buekens, Sabine Calvi, Ines Candelario Perez, Juan Candelario Perez, Jean Canivet, Alex Charlier, Nathalie Chavatte, Jennifer Christophe, Lilianne Cieters, Raphaël Cirriez, Mark Clement, Jean-Paul Clerbois, Thomas Cobbaert, Stéphanie Coenraets, Gisele Collado, Anne-Rose Corbisier, Christel Corman, Camille Cornelis, Jean Cornélis, Marc Cornélis, Flore Cornet, Emmanuelle Cossais, Vincent et Suzanne Crahay-Bakkers, Mélissa et Xavier Crochet, Voyame Dallacosta, Rosalie Danckaert, Laurence Debailleul, Nathalie De Beys, Michel De Boeck, Jeremy De Brandt, Leslie Degreef, Julien de Groot, Anne De Meyer, Sonia De Neve, Céline De Paepe, Charlotte De Rycke, Christine Debray, Nadine Debroux, Jean-Luc Debruyn, Beatrice Deconinck, Didier, Koenraad Degroeve Degueldre, FabiBaba De Gussem, Valerie Dehou, Philippe Delsaut, Bernadette Demanez, Pierre De Mol, Thierry Demoulin, Maïté Depasse, Marie-Thérèse Depasse, Valerie Dequesnes, Tanguy Derave, Axel Derboven, Eric De Rijck, Joke Desmet, Laurence Devos, Pascale Devuyst, Dirk De Win, Martine Dewit, Alexandre Doven, Bruno Draps, Laetitia Dubreucq, Mariette et Willy Dujardin, Olivier Dujardin, Sandra Dujardin, Sophie Dumont, Raphaël Du Pré, Laurent Durieux, Christine Dusart, Valérie Englebert, Christa Expeel, Virginie Fabre, Carole Fantini, Cindy Ferin, Valérie Feys, Rafaëllo Fiorese, Audrey Fisicaro, Cathy Fortomaris, Jean-Marc Franquet, Restaurant French Kiss, Alain et Micheline Gaillard, Marc Ganseman, Laurence Genin, Frédéric Gérard, Nathalie Giele, Alain Gilbart, Claire Gillekens, Veronique Goedgezelschap, Sylvie Goffart, Audrey Gorham, Laurent Gossiau, Marie Jose Grau, Alain Gravelines, Daniel-Dominique Grellier, Sylvie Grisart, Serge Guillaume, Bruno Guisti, Sabrina Guiteras, Mireille Guldemont, Samuel Haessig, Laetitia Heitz, Nadine Henrot, Pierre Hody, Eve Hoffmann, Daniel Holsters, Henry Houdmont, Didier Hu, Micheline Hubert, Khanh Huynh, Els Jacobs, Ludo Jacquet, Courtier en Assurances Bernard Jadot, Nataly Jambac, Soumia Jaouani, Elsa Jenaste, Viviane Joiris, Eric Joly, Dominique Jonckers, Maggy Katrucs, Sylvie Kedzierski, Alain Keerens, Pascale Kenis, Francis Kermis, Yassine Khadira, Chantal Kieckens-Love, Fabrice et Eloïse Korman, Tatiana Kozyreff, Martine Krzyzanowski, Daniel Labas, Isabelle Labas, Pierre Labrousse, Jasmine Larose, Cécile Laurenty, Graziella Lazerini, Le Petit Kiss restauration et traiteur, Josiane Lebeau, Gaël Ledoux, Delphine Lefebvre, Alice Lejeune, Yves Lengele, Fiona Lepage, Sophie Leroy, Karine Leygnac, Maïté Ligot, Frédéric Loos, Nadine Louis, Philippe Maes, Yves Maltaux, Anick Malvaux, Gino Marioni, Patrick Marquetecken, Philippe Martin, Maryse, Brigitte Masson, Luc Mathieu-Dabois, Francis Mattart, Marcelle Mayo, Cecile Meert, Sandrine Merle, Cathy Mester, Josiane Meulenberg, Sylvie Meurisse, Didier Micalowa, Ollivier Mignon, Régis Millet, Raphaël Mintiens, Rosa Miuccio, Alexandre Mixailof, Raphael Moens, Elodie Moës, Charles Molon, Marie-Anne Monfils, Laurence Morsiaux, Christian et Marie-Laurence Mottas, Rosalie Napoletano, Mariano Navarro-Rubio, Véronique Navez, Véronique Nonni, Nicolas Noyer, Kathlin Paquet, Isabelle Parmentier, Michel Parmentier, Sabine Peeters, Dominique Perrin, Eliane Pétry, Nathalie Pinet, Frédéric Piret, Babette Pleeck, Françoise Pourveur, Olivier Potvin, Faby Pracias, Gilles Préat, Juliette Prévôt, Arife Pyz, Nathalie Rahier, Patrick Rahier, Virginie Rassart, Pauline Rasse, Pierre Respen, Mylène Robert, Lindsay Robyns Mulquet, Yannick Robyns, Patricia Rognon, Anne Ronsyn, Nathalie Rooseleer, Michael Roumain, Frédéric Sagaer, Michèle Scheers, Stephane Schodduyn, Laurence Schuurman, Vincent Seghin, Laetitia Selosse, Vanessa Selosse, Chantal Sinnaghel, Frédéric Sobotka, David Souchu, Marie-Claire Spits, Philippe Sterckx, Pascale Stiévenart, Pierre Stoquart, Eddy Temmerman, Myriam Terme, Catherine Theys, Jean-Pol Theys, Luc Timmerman, Chantal Timmermans, Frida Timmermans, Ana Toderel, Julie Tornero, Céline Toussaint, Guy Toussaint, Corinne Trouillet, Agata Ulicka, Jean-Marie Van Belle, Michel Van Buggenhout, Colette Van Daele, Dominique Van Damme, Patricia Van de Voorde, Sylvie Van de Winckel, Serge Van den Bergh, Eveline Van Driessche, Martine Van Hemelryck, Claudine Van Hoorebeke, Daniel Van Impe, Quentin Van Innis, Sandra Van Looy, Sophie Van Malder, An Van Olmen, Bruno Van Putte, Alix Vandeberg, Guy Vandeberg, Jacques Vandeberg, Luc Vandeberg, Romane et Mathis Vandeberg, Françoise Vandenbossche, Mireille Vanderkam, Philippe Vanderschueren, Frédéric Vanderstraeten, Serge Vandervelde, Julien Vanfleteren, Fabienne Vanwarbeck, Nikki Verbreyt, Françoise Verheyen, Christine Vermeulen, Wivine Vermeulen, Axel Vernimmen, Frédéric Vilain, David Vilhena, Michèle Vinck, Pierre Visart, Laure Vuyge, Sabrina Wainwiller, Annick Walschap, Frédéric Walkise, Jean-Pierre Willame, Patrick Wouters, Milena Yazichyan, Aysun Yildirim, Isabelle Wijnants, Dany Zannen, Nathalie Zannen, Véronique Zinnen, Anne-Marie Zurrer.

SOMMAIRE

D/2017/14.167/1